AMOR ENTRE GUERRAS

Marianne Nishihata

AMOR ENTRE GUERRAS

O romance entre uma carioca e um japonês que lutou pelo Brasil na 2ª Guerra Mundial

Planeta

Pesquisador: Thiago Minami
Revisão: Maurício Katayama e Pamela Oliveira
Diagramação: Ingrid Velasques
Capa: Composição Compañía com arquivo da família Yamada
Imagens de miolo: Arquivo pessoal da família Yamada

CIP-BRASIL. CATALOGAÇÃO-NA-FONTE
SINDICATO NACIONAL DOS EDITORES DE LIVROS, RJ

N638a

Nishihata, Marianne
Amor entre guerras : O romance entre uma carioca e um japonês que lutou pelo Brasil na 2ª Guerra Mundial / Marianne Nishihata. - São Paulo : Planeta, 2015.

ISBN 978-85-422-0602-9

1. Romance brasileiro. 2. Guerra Mundial, 1939-1945. I. Título.

15-25690 *CDD: 869.93*
CDU: 821.134.3(81)-3

2015

EDITORA PLANETA DO BRASIL LTDA.
Rua Padre João Manuel, 100 - 21º andar
Edifício Horsa II – Cerqueira César
01411-000 – São Paulo – SP
www.planetadelivros.com.br
atendimento@editoraplaneta.com.br

Para Roberto Hirao
In memoriam

Introdução

Sou nipo-brasileira, neta de japoneses que chegaram ainda crianças ao Brasil, na década de 1920. Acompanhavam suas aventureiras, corajosas e necessitadas famílias, que acreditavam ser aqui o lugar onde encontrariam solos férteis e riqueza. Minha inspiração para escrever este romance, baseado na vida real do casal Alberto Tomiyo Yamada e Ilma Faria, vem desse movimento migratório, muitas vezes sofrido, de centenas de milhares de japoneses em busca de uma vida melhor neste país continental e hospitaleiro. Mas, antes, eu queria contar um pouco de como cheguei a essa história de amor que resistiu ao preconceito e à Segunda Guerra Mundial.

A imigração japonesa para o Brasil começou oficialmente em 1908, e o período entre 1924 e 1935 foi a época em que o maior número de nipônicos aportou em terras brasileiras: 141,7 mil, no total*. Minha família faz parte dessa estatística.

Quando aqui chegaram, meus avós paternos foram viver no centro-oeste paulista. Inicialmente agricultores, suas famílias se tornaram comerciantes e se instalaram em Tupã (a cerca de 520 km de São Paulo), onde passaram a ter muito contato com seus colegas *gaijins*, termo que significa estrangeiro em japonês e que é comumente usado pela colônia oriental quando se refere aos brasileiros que não são descendentes de japoneses. A partir dessa convivência, aprenderam a falar e a escrever o português e até a negociar usando o famoso "jeitinho" brasileiro. O início da vida em terras brasileiras, como

* Saito, Hiroshi. Alguns Aspectos da Mobilidade dos Japoneses no Brasil. *Kobe Economic and Business Review 6th Annual Report*, 1959, p. 50.

para muitos que emigraram do Japão, foi difícil. Passaram muitas dificuldades, incluindo um despejo da casa na qual moravam.

Na outra ponta da minha história, as famílias dos meus avós maternos chegaram do Japão e foram viver e trabalhar na pungente zona rural do interior paulista. Casaram-se por *miai* — casamento arranjado —, muito comum naqueles tempos.

Minha avó materna sempre se divertia quando contava para os netos sobre o dia em que ela e meu avô se conheceram, pois meu avô gostou mesmo foi de sua irmã. Segundo ela, enquanto ele conversava com seu futuro sogro, avistou duas garotas ao longe, entre as árvores. A primeira era quem ele acreditava ser sua pretendente, e não a outra, que achou ter o rosto recheado de pintas pretas. As manchas eram, na verdade, sardas, o saldo de anos trabalhando embaixo do sol forte nos cafezais — por ser a filha mais velha, não lhe foi permitido frequentar a escola e só o que ela aprendeu foi a lida na lavoura.

Pois ele se casou com a "moça das pintinhas" e viveu, inicialmente, longe dos grandes centros, em um sítio em Mogi das Cruzes (a cerca de 60 km de São Paulo), plantando legumes e trabalhando em granjas. Nesse período, eles só conviviam com outros migrantes do seu país, comunicando-se apenas em japonês.

Os anos se passaram e meus avós fincaram raízes no Brasil, vencendo as dificuldades, criando seus filhos e mantendo as tradições de seu país de origem. O idioma, no entanto, se perdeu pelas gerações, mantido somente entre os mais velhos como a língua oficial. Meu pai, por exemplo, pouco fala o idioma dos meus avós, enquanto minha mãe aprendeu o português quando tinha oito anos — foi com essa idade que ela começou a frequentar a escola e a dividir seu mundo com os gaijins, diferente do que acontecia no seu isolado cotidiano do sítio. Seus pais haviam lhe ensinado que ela tinha um nome em português, que nem eles conseguiam pronunciar de forma correta. Era Elsa, com a letra "s", como gostavam de reforçar, mas ela se reconhecia apenas por Satie.

Nunca alguém havia lhe chamado de outra forma. Por isso, naquele primeiro dia de aula, quando as professoras repetiram o nome de cada aluno no pátio, minha mãe se viu perdida, sem saber para onde ir. Uma a uma as crianças se colocaram em suas devidas filas para entrar nas salas, seguindo os responsáveis por cada classe. Minha mãe não escutou ninguém chamar por Satie. Não entendia uma só palavra em português, nunca vira aqueles rostos antes e sabia apenas que aquele era o lugar onde aprenderia a ler e a escrever em *burajirugo* — lê-se buradirugô — , a língua do Brasil (na mescla de palavras, comum naquele tempo, criaram-se novos vocábulos e burajirugo é a junção de "burajiru", que significa Brasil em japonês, e "go" que significa idioma).

Em seus cabelos pretos usava um enorme laço branco, amarrado com destreza por sua mãe especialmente para aquele dia tão importante. Vestia uma roupa nova, também branca e cerzida por minha avó, extremamente habilidosa na costura. Essa imagem está registrada em uma famosa foto de álbum de família, e eu sempre questionei o motivo do tamanho daquele arranjo na cabeça.

Aos poucos o barulho de dezenas de vozes diminuía, assim como o número de pessoas ao seu redor. Procurou por seus dois irmãos mais velhos, que frequentavam a escola há alguns anos, mas não os encontrou e acabou por se acomodar em um dos bancos que encontrou por ali. De tão pequenina que era, seus pés nem alcançavam aquele novo chão de terra enquanto se mantinha sentada no canto do pátio.

As vozes cessaram e quando deu por si não havia mais ninguém além dela naquele local, que visto da solidão dos olhos de uma menina parecia ser dez vezes maior do que seu real tamanho. Estava sozinha e não tinha ideia do que acontecera.

Essa é a mais remota história que me lembro de ter ouvido sobre a imigração japonesa e a minha própria origem. Minha mãe contou-a para mim inúmeras vezes e também o seu final feliz. Horas depois (que podem ter sido apenas minutos) uma professora apareceu, caminhou em sua direção e finalmente disse algo que ela compreendeu:

— Elsa Satie Ikegaya?

Minha mãe jamais soube o que realmente aconteceu naquele dia: se a chamaram de Elsa e não reconheceu o próprio nome, se esqueceram de colocá-la na lista de alunos ou se simplesmente não conseguiu entender coisa alguma do que diziam em português.

Mas eu sei o que aconteceu comigo após ouvir essa e tantas outras prosas sobre meus ascendentes japoneses. As histórias despertaram em mim um interesse genuíno em conhecer o passado desses migrantes, sua adaptação, o porquê desse êxodo para o Brasil e todos os desdobramentos e referências que remetem a essa cultura milenar, ao mesmo tempo tão próxima e tão distante de mim.

Assim como minha mãe, cresci em Mogi das Cruzes, onde cerca de 20% dos habitantes são descendentes de japoneses. Nas escolas onde estudei, a proporção era quase a mesma. Nos finais de semana eu frequentava um clube da colônia e minhas primeiras baladas foram as chamadas japotecas, os bailinhos onde 98% dos jovens eram orientais.

Eu e meus amigos éramos rotulados como sendo os japas, as japoneusas, os CDFs do colégio.

Em casa, um dos pratos mais essenciais do cardápio diário era o *shiro gohan*: arroz branco japonês, mais grudadinho, com zero óleo e também chamado pelos meus amigos gaijins, que às vezes nos visitavam, de "unidos venceremos".

Alguém se importava realmente com essas diferenças físicas e culturais e com os termos que usavam para nos identificar? Creio que muitos, sim. Eu, por exemplo, não suportava ser chamada de "japoneusa". Também me incomodava profundamente quando alguém que nem me conhecia se dirigia a mim me chamando apenas por "japonesa".

Décadas depois de ter saído da adolescência, me dei conta de que nunca perguntei a meus amigos daquela época o que eles realmente pensavam sobre sermos japoneses.

Mais tarde decidi que, mesmo quando os encontrasse novamente, jamais perguntaria sobre isso. O motivo? Descobri que não éramos japoneses. Em meados de 2002, mudei-me para Tóquio, para trabalhar na editora JBC, que publicava a revista *Made in Japan* e o jornal *Tudo Bem*, voltado para os *nikkeis* — como é identificado todo descendente japonês — que ganhavam a vida nas fábricas do Japão, também chamados de *dekasseguis* — quem trabalha longe de casa. Na época, não tinha fluência no idioma, que arranhava com sotaque. Meu nome, para os japoneses, era estrangeiro e, quando falava, sempre alto, gesticulava muito. Definitivamente eu não era uma japonesa para os habitantes de Tóquio, e os nipônicos, em sua maioria, me relembravam constantemente esse fato com diálogos como este:

— Você é chinesa?

— Não.

— Coreana?

— Também não.

— Então veio das Filipinas ou da Malásia?

— Não. Sou brasileira.

Então eu ouvia um som que lembrava uma longa interjeição assustada e fazia questão de explicar a imigração japonesa ao Brasil, que muitos deles desconheciam, principalmente em Tóquio. Além de, no final, me divertir com a situação, finalmente descobri que a japonesa que eu era no Brasil não passava de uma estrangeira no Japão.

Em 2005, quando voltei definitivamente ao Brasil, não mais me incomodava em ser chamada de "japa", no lugar do meu próprio nome. Pelo menos não quando o interlocutor era amigo ou pessoa próxima ao meu cotidiano.

Hoje, sinto orgulho de que minhas origens estejam tão enraizadas na minha própria alma, e não apenas no formato dos meus olhos. Há mais de quinze anos ganhei um apelido no meio jornalístico que ainda hoje perdura: Sushi. Tenho poucos e bons amigos que nunca me chamaram de outra maneira. Em contrapartida, tenho amigos *nikkeis* que não se conformam com o que definem ser um ato permissivo de minha parte. Só a própria pessoa pode colocar um limite no que considera um preconceito, e o meu está aqui explícito.

Há um sem-número de atos preconceituosos que podem alterar e deixar marcas na vida de pessoas, como aconteceu com a dos protagonistas deste romance. Na década de 1940, o descendente de japoneses Alberto Tomiyo Yamada conheceu a gaijin Ilma Faria, por quem se apaixonou. Sua família proibiu o romance, que não se desfez nem em meio às batalhas da Segunda Guerra Mundial.

Tive o privilégio de ter sido apresentada à verídica história do casal, quando pesquisava sobre os *nikkeis* que fizeram parte da Força Expedicionária Brasileira (FEB), durante o conflito. Meu primeiro estágio como jornalista foi no *NippoBrasil*, jornal semanal voltado à comunidade nipônica. Foi lá que, pela primeira vez, ouvi sobre os pracinhas descendentes de japoneses que atuaram nos mais diversos setores da campanha brasileira na Itália.

Estava escolhido o tema para o meu projeto de conclusão do curso de jornalismo na Universidade de Mogi das Cruzes (UMC), em 2001. Conheci e entrevistei sete pracinhas de origem japonesa, após ler cada um dos 25 mil nomes da lista de combatentes, a fim de descobrir todos os possíveis sobrenomes nipônicos que pudessem ter feito parte do exército de Getúlio Vargas.

A pesquisa original que fiz há quatorze anos era voltada à história desses rapazes, que acabaram lutando do lado contrário ao do país de seus próprios pais e avós, divididos entre a farda e suas origens. O Japão fazia parte da chamada Aliança do Eixo, junto da Alemanha e da Itália, países contra os quais o Brasil declarou guerra em 1942, aliando-se aos Estados Unidos, Inglaterra e França.

Nesse período, a situação dos imigrantes já estava submetida a restrições. Em 1937 foi proibido o ensino de língua estrangeira para menores de quatorze anos. Escolas da colônia japonesa, que funcionavam dentro de fazendas e sítios, foram fechadas. No ano seguinte foi a vez das publicações em outros idiomas serem banidas. A partir de 1945, após o fim da guerra, os jovens pracinhas *nikkeis* brasileiros sofreram novo revés. Depararam-se com japoneses que viviam no Brasil e não acreditavam que a Terra do Sol Nascente tivesse perdido o conflito. Esses nacionalistas ficaram conhecidos como *Kachigumi* e faziam parte da organização Shindo Renmei — Liga do Caminho dos Súditos —, que chegou a matar 23 compatriotas que propagavam ser verdadeira a informação sobre a derrota nipônica. Este último grupo era chamado *Makegumi*. As famílias dos ex-combatentes tinham de se isolar, manter-se em sigilo e jamais mencionar que os seus entes próximos ganharam a guerra pelo Brasil e que, sim, o Japão havia se rendido e o imperador deixara de ser considerado um ser divino.

Em meio a tanto sangue e rivalidade emergiu a singela e romântica história de Yamada e Ilma. Infelizmente não cheguei a conhecer Alberto Tomiyo Yamada, nascido no Japão e que veio ainda bebê para o Brasil, onde foi registrado e serviu como cabo durante a

Segunda Guerra. Já sua mulher, a carioca Ilma Faria, me acolheu como se eu fosse uma de suas netas. Passei temporadas em sua casa no Rio de Janeiro e, em cada conversa, a alegre e ao mesmo tempo nostálgica senhora me contava detalhes sobre o grande amor que viveu em meio à guerra de preconceitos no Brasil e a impulsionada por canhões, rifles e tanques do outro lado do Atlântico. Lembrava-se de cada detalhe desse seu romance proibido, mas obstinado, até como estava o céu na primeira vez em que encontrou o seu "japonês", como se referia a Yamada antes de saber qual era o seu nome.

Nas páginas a seguir repito o uso do termo "japonês" sem nenhuma intenção de cunho racial, e sim respeitando e valorizando a história real do casal. A mim, dona Ilma confiou todas as cartas que os dois trocaram durante o período da guerra, desde a época em que seu então namorado se encontrava reunido com o 6º Regimento de Infantaria em Caçapava até os dias no teatro de operações da Itália. Os textos dessa correspondência foram reproduzidos na íntegra neste livro.

Capítulo 1
Não adianta fugir

As mãos tremiam como se nunca tivessem segurado uma carta. Ainda não era primavera, mas as flores no canteiro da rua, que observava diariamente pelo portão lateral da casa, começavam a desabrochar e perfumavam a paisagem com seu colorido. Morava com sua família nos fundos da residência de um médico da cidade e acostumara seus ouvidos a perceber quando o carteiro se aproximava.

Sempre entre duas e três horas da tarde, Buzé, o cachorro da vizinha ao lado, se postava a latir e empurrar uma velha lata que estava sempre em sua companhia. Esse era o sinal para que ela saísse em disparada pelo estreito corredor a céu aberto que a conectava com a calçada. Nos dias de maior ansiedade, fazia a procissão até o portão horas antes e esperava em pé, acompanhada apenas por suas tranças, a chegada do rapaz do correio.

O jovem estava nessa função há um ano, e era ciente do impacto que os envelopes que trazia em sua bolsa causavam nos corações dos destinatários. Praticamente se desculpava quando não havia o que entregar além dos recados de contas a pagar. Sentia-se responsável pela felicidade daqueles olhos castanhos, de onde recentemente só saíam lágrimas de tristeza.

Desde que começara a ser portador de correspondências, considerava suas as notícias que carregava em forma de telegramas, bilhetes e códigos, e que aumentaram exponencialmente desde a entrada do Brasil na Segunda Guerra Mundial. Imaginava as palavras que preenchiam as linhas daqueles papéis e as histórias que passaram e ainda passariam por suas mãos. Tinha vontade de escrever ele mesmo as cartas para as tantas mães, irmãs, namoradas, noivas, enfim, para as mulheres que ansiavam por notícias dos quartéis. Certamente muitos homens tinham a mesma expectativa pelos envelopes, mas eram elas que abriam seus corações e revelavam seus medos a ele, o carteiro.

Quem sabe montaria as palavras colando letras do jornal para que não percebessem o verdadeiro remetente. Só queria poder entregar um envelope naquelas mãos, que pareciam estar quentes de tanto serem esfregadas naqueles momentos de tensão e espera. Decidiu que faria isso se a rapariga que morava no número 54 estivesse sem sorte naquele dia. Solteiro e órfão, não suportava ver as pessoas se sentirem tristes e sozinhas.

Avistou-a de longe, parada no mesmo portão de sempre. Ultimamente andava sempre calada, mas seus vizinhos lhe disseram que ela era bem alegre, falante e até engraçada. Antes de chegar a ela, teve de entregar uma encomenda que parecia ser um pedaço de tecido na casa de número 28, e depois seguiu em direção à moça. Não tinha previamente conferido o que havia em sua bolsa, talvez para não demonstrar o desapontamento que ele mesmo sentiria ao parar naquelas grades cinzas e baixas. Ela estava com um vestido claro e segurava um terço. Cumprimentaram-se como de costume e ele logo ouviu:

— Boa tarde, Ferreirinha. Tem algo para mim? Diga que sim, pois não me aguento de tão nervosa.

A surpresa seria para os dois. Ainda lhe faltava muito mais que a metade do trabalho daquele dia, então havia uma infinidade de papéis em suas mãos. Procurou com a mesma determinação que usara para achar o testamento de seu pai, perdido na gaveta da sala há alguns anos. E encontrou. Dessa vez as lágrimas que sairiam dos olhos castanhos seriam de felicidade.

Não durou mais do que segundos, mas ele sentiu o calor acolhedor no rápido abraço que recebeu daquela moça, em forma de agradecimento. Ela desapareceu pelo corredor aos gritos, indecifráveis. Corria e saltitava de euforia. Seriam boas as notícias? Jamais saberia. Lembra-se também de ter ouvido um efusivo "obrigada", mas tudo aconteceu de forma tão ligeira que ainda tentava distinguir o real do imaginado. Deveria ao menos ter espiado de onde viera ou quem escrevera a carta, assim conseguiria gravar em suas memórias para depois reconstruir a fictícia história em seus próprios pensamentos.

Dentro da casa dos Faria não havia ninguém. Ilma atravessou a sala em direção ao seu quarto e abriu o envelope da maneira como sempre fazia: com um pequeno alfinete rasgava o canto do papel e terminava com os próprios dedos.

Onde será que ele estaria? Teria embarcado? Haveria chance de terem dispensado seus serviços? Saberia como encontrá-lo nos próximos meses? A Lua que olharia durante a noite seria a mesma que ele veria em qualquer outro lugar do mundo?

Não havia endereço no remetente, e essa foi a razão do primeiro calafrio que sentiu enquanto desdobrava as folhas. Sem rua, número, bairro e, principalmente, país não seria possível responder àquelas palavras que ainda nem tinha lido.

Demorou a reconhecer a letra que marcava o papel. Suas mãos ainda trêmulas balançavam a fina dobradura e impediam a leitura completa do documento. Era dia 29 de setembro de 1944 e acabara de receber a primeira carta de seu namorado após terem se despedido, cheios de incertezas, sem saber quando seria a próxima vez em que teriam a chance de se encontrar.

Setembro de 1944

Inesquecível Ilma,

Não foi possível escrever até hoje, conforme havia prometido, porque eu me achava confuso pelas informações sobre a partida da nossa tropa à capital federal.

Outro motivo, como tu sabes, o dia exato da partida, sendo apenas boato, não foi possível despedir do teu pessoal no domingo último.

Conforme este boato, o nosso embarque será feito no dia 12 de manhã, com todos os elementos do batalhão exceto a companhia do Sampaio, Celso, Chico e Henrique, que seguirão uma semana depois, ao mesmo destino.

Mesmo assim não acredito na saída inesperada do batalhão, sendo assim irei ainda este sábado para me despedir temporariamente do pessoal que tanto estimo.

Ilma, tu não imaginas qual foi a minha surpresa ao saber do embarque. A saudade apertou de tal maneira que cheguei a dar os primeiros passos para a fuga.

Não sendo possível ficar por mais tempo, envio a todos desta boa e atenciosa família um abraço sincero.

Por enquanto não posso dizer para onde vou, mas dentro em breve poderei saber e comunicar o endereço.

Estarei constantemente pensando em ti e espero que tu faças o mesmo.

Envio-te um grande abraço de felicidade do fundo do meu pequeno coração.

Do teu Tomiyo

Chorar não seria mais uma novidade para Ilma, desde que abriu o envelope desta carta. Teve que tirar os óculos, limpar as lentes e se recompor para reler a carta outras duas vezes até compreender que esta provavelmente seria a última vez que receberia notícias de Alberto Tomiyo Yamada antes de sua partida para a guerra, um lugar ainda desconhecido e sem endereço. Mesmo que quisesse responder a correspondência naquele mesmo dia, não tinha para onde mandar e de nada adiantaria enviar para o quartel, no Rio de Janeiro. A incerteza era o que mais lhe doía. Colocar os óculos novamente, após enxugar as lágrimas, e enxergar apenas suposições enfraquecia o seu coração.

No fundo ainda acreditava que havia chances de os soldados serem liberados dessa penitência e que o Brasil desistiria de enviar seu contingente para um combate do qual nem era personagem principal. Se isso acontecesse, Yamada estaria livre.

Podia ouvir cada palavra escrita como se estivesse sendo dita por ele bem à sua frente. A entonação sobre a fuga a assustou. Sabia que não se tratava de desertar, e sim de uma vontade angustiante de vê-la nem que fosse por algumas horas, assim como tinha feito tantas vezes desde a convocação para a guerra.

Em um dos episódios, Yamada viajou do Rio para São Paulo escondido dentro de um saco de café só para conseguir se encontrar com Ilma, que sempre ficava em êxtase quando o via fora de hora programada, mas ao mesmo tempo sentia medo das possíveis retaliações que ele poderia sofrer quando voltasse ao quartel.

Naquele momento, a simples menção de que Yamada faria tamanho sacrifício para que os dois pudessem se encontrar mostrava o quanto ele estava se sentindo sozinho. Na impossibilidade de ajudá-lo, Ilma Faria se afundou em angústias e silêncio, interrompido somente pelas seguidas orações diárias para que nada de mal acontecesse e que o retorno do seu soldado fosse breve.

Iniciou ali um processo de abandono de sua própria vida, no qual cada segundo era dedicado apenas às lembranças de Yamada.

Capítulo 2
A partida

Era como se estivesse na prateleira de um armário. Como se ele, soldado, fosse um prato espremido entre tantos outros no guarda-louça, com tábuas que dividiam o espaço em linhas horizontais. A estante era alta, mas a distância entre cada uma dessas divisórias se limitava a poucos centímetros, o que dificultava a respiração, o movimento e a liberdade das "cerâmicas".

Se pudesse escolher, em vez de prato seria uma peça de laca negra com gotas douradas aplicadas na madeira de boa qualidade, talhada com o mesmo cuidado e paciência característicos do artesão que tanto admirava quando era garoto. A técnica de laqueação não era complexa, mas, sim, árdua e demorada. São repetidas camadas da mesma resina intercaladas por um polimento. Resina, polimento, resina, polimento, que resultavam em um delicado produto cuja principal característica era a durabilidade.

Árduo, demorado, duradouro. Adjetivos que se adequavam à sua realidade naquele navio. O que chamava de prateleira era, na verdade, um beliche de lona. Havia cinco, um embaixo do outro. Ou, melhor dizendo, um em cima do outro, amontoados. O "armário de camas" ia do chão ao teto, suspenso por duas fortes barras de ferro e correntes. E, assim como um abrigo de louçaria, o espaço entre elas era pequeno. Nem ao menos sentar-se era possível.

A guerra ainda estava a milhas de distância, mas já se sentia preso. Atocaiado pelo inimigo. Preso em uma área minúscula, no calabouço da embarcação. Preso por mal conseguir se mexer, por sequer ter permissão para ir à proa sentir a brisa do mar. Preso pelo excesso de calor, clausura, o escuro em meio a uma multidão. Prisioneiro dos tristes pensamentos e afetuosas lembranças que não se desgrudavam de sua alma.

Eram dez horas da noite de 29 de setembro de 1944 — às nove e meia, como acontecia diariamente, Alberto Tomiyo Yamada ouviu o toque de silêncio. Enxergava apenas vultos dos outros soldados e uma luz vermelha ao fundo, imagens que o acompanhariam numa rotina que duraria quatorze dias.

Em mais uma noite quente, virava de um lado para o outro sobre o tecido grosso, ouvindo respirações e suspiros de seus colegas. A lona em si não era de todo desconfortável, mas tampouco se parecia com um *tatami* ou o colchão da casa onde seus pais moravam, em Mogi das Cruzes, interior de São Paulo.

Suava timidamente, enquanto seus companheiros suavam em bicas. O cheiro amargo dos 5 mil homens a bordo tinha, há muito, se misturado ao cotidiano e às ferragens do navio General Mann, que partira do Rio de Janeiro há exatamente uma semana. Levava o chamado segundo escalão de combatentes da Força Expedicionária Brasileira (FEB) para a Itália.

De fabricação norte-americana, o navio era usado para transportar tropas, e, em julho, havia feito a viagem de ida e volta com a primeira parte dos convocados brasileiros para aquele país que era um dos cenários da Segunda Guerra Mundial.

Entrar no USS General William Abram Mann exigia passar por uma longa e lenta fila para subir as escadarias. Cada soldado vestia uniforme verde-oliva e carregava um saco nas costas. O momento do embarque, em uma manhã de primavera, seria a última ligação de Yamada com o Brasil e com o que deixava para trás. Repetiu o gesto dos companheiros à sua frente: parou no alto do navio, avistou a Baía de Guanabara, olhou em direção ao cais, a fim de avistar alguém que não estava lá para se despedir.

Não havia permissão para avisar familiares, amigos e queridos sobre a data exata em que os combatentes zarpariam. Nem eles sabiam ao certo o dia e o destino da viagem, portanto era inútil acreditar que encontraria um rosto que o tranquilizaria só com um olhar.

Há alguns dias, enviara uma carta a quem lhe interessava. Esperava que a recebesse e soubesse que em breve partiria. Certamente a correspondência ainda não estava nas mãos certas.

Mesmo assim, procurou-a para não encontrar. Só conseguiu enxergar o armazém onde havia comprado maços de cigarro, montes de soldados ainda em terra firme, uma única criança bem ao longe, de mãos dadas com uma mulher que deveria ser sua mãe. Ela acenava para o enorme grupo, e sorria na ingenuidade de quem desconhecia o destino daqueles homens.

A sensação de orgulho pelo país se sobrepunha à tristeza e incerteza do que estava por chegar. Não nascera no Brasil, mas chegara bebê de colo por essas terras. No novo país fora registrado e nele se sentia em casa. Estava certo de que era a bandeira que defenderia durante sua vida.

Quando terminou a peregrinação que levava à entrada do navio, tinha em suas mãos a ficha que cada convocado recebera, com o número para onde deveria se dirigir: 504. Alto-falantes e muitas vozes bagunçavam o ambiente e dificultavam a tarefa de entender as instruções que deveria seguir. Mostrou o papel a um homem ranzinza que usava uma farda diferente da sua. Rispidamente foi orientado a descer um lance de escadas. Depois mais outro. Ouviu que tomasse cuidado nos corredores, que ficaram mais estreitos a cada andar. Passou por uma ala diferente, desceu para outro piso e, por fim, viu o que parecia ser um alçapão.

Era o caminho derradeiro para sua prisão em liberdade, que ficava cinco andares abaixo do convés, e abaixo do nível da água. Nunca tinha estado em um navio. Havia um sistema de ventilação que parecia funcionar melhor nos primeiros andares. Em seu caminho não sentia o vento nem em forma de poeira e a temperatura só aumentava. A primeira visão que teve do seu andar se resumia a fileiras e fileiras de beliches. Esbarrou em várias pessoas, andou de lado para não derrubar os pertences de quem estava no local há horas, até encontrar a que era sua. Sua "cela".

Teve permissão para levar dois sacos como malas de viagem: A e B. O primeiro deveria conter itens que iriam com ele em forma de bagagem de mão, e o segundo só lhe seria entregue ao desembarcar. Considerava indispensáveis caneta-tinteiro e papel, que mais tarde viria a saber que seriam oferecidos aos soldados. Para Yamada, enviar e receber envelopes seria mais importante do que se proteger dos disparos do inimigo.

Revirava-se em dúvidas sobre o paradeiro da última correspondência que escrevera antes de sair do Rio de Janeiro. Tinha se arrependido do tom afobado de suas letras e da sutil demonstração de querer desertar, pois jamais deixaria de cumprir o que lhe foi exigido.

Tentava relembrar cada uma das frases que preencheu naquela carta de despedida e lamentava constatar que o pequeno pedaço de papel poderia causar preocupação exagerada a quem o lesse. Um chacoalhão mais forte no navio interrompeu a sequência que criava em sua memória, provavelmente por conta de uma onda gigante na imensidão do mar. Toda vez que isso acontecia, muitos companheiros não resistiam e vomitavam ali mesmo, ao lado de suas camas suspensas. A sujeira era retirada em seguida, mas não antes de reclamações ouvidas em todos os andares de beliches.

Alheio à movimentação, retomou o controle de suas memórias, que não estavam mais preocupadas com o teor do que escrevera, e sim com a dúvida por não saber se a carta chegara à destinatária. Precisava agora enviar uma prova de que estava bem e que já havia embarcado. Não poderia perder contato com o Brasil.

O Brasil de Yamada era formado por uma única pessoa. Aquela a quem ele escreveria sempre que possível, e que certamente não sairia de seus pensamentos mesmo nas mais temerosas batalhas. No silêncio do seu beliche de lona, a sensação de estar confinado a um futuro que desconhecia aumentava, e ressoava uma das últimas frases que dissera a Ilma Faria antes de partir, em seu último encontro:

— Prefiro ir para a guerra e morrer a não poder viver do seu lado.

Capítulo 3
Carioca cacheada

— Olha que moço bonito.

O reflexo vermelho do Sol quase se pondo impediu que enxergasse o rapaz a que sua irmã Isa se referia. Estava atarefada sentindo saudades das amigas que ficaram em Jacarepaguá, no Rio de Janeiro. Desembarcara há menos de uma hora na estação de trem de Mogi das Cruzes, cidade para onde seu pai se mudara e na qual morava sozinho há alguns meses. Toda a família viera para uma visita sem data prevista para término: Ilma, seus irmãos Isa, Ismar, Ilmar e Íris, além de sua mãe, dona Noêmia.

A longa viagem de trem começou bem cedo, antes do amanhecer. Fechar a porta da casa onde moraram por tantos anos não foi tarefa fácil para Ilma, que costumava ouvir e sentir sua intuição com o mesmo rigor com que escutava as palavras do padre no confessionário e, por isso, sabia que tão cedo não voltariam para lá. Na manhã anterior, tinha ido à missa na igreja que ficava no mesmo bairro, assim como fazia quase todos os dias. Brincalhona e dada a conversas, sabia o nome de todos os ajudantes e frequentadores do local, assim como a história e os problemas de cada um. Não se conformava em ter que abandonar aquele convívio. Pediu a Santa Terezinha do Menino Jesus que todos fizessem boa viagem e que a nova cidade os acolhesse bem.

Malas pesadas ocuparam quase todo o compartimento das bagagens. Ilma pouco dormiu no trajeto, sempre atenta aos irmãos e aos pedidos de sua mãe. Não fazia sol, mas também não chovia. Pela janela de vidro parecia um dia como qualquer outro.

— Papai vai nos aguardar na estação.

Dona Noêmia repetia a afirmação a todo instante e mal podia conter a ansiedade para rever Frederico. Ele trabalhava como conferente de bilhetes na Estrada de Ferro Central do Brasil e os dois decidiram que seria melhor que continuasse em Mogi. Para os filhos havia feito pequenos sanduíches e um bolo para comerem durante a viagem. Não conhecia ninguém na nova cidade, mas se sentiria mais segura com o suporte do marido do que rodeada de amigas e dos demais familiares no Rio.

Quando o trem começou a desacelerar, os meninos já colocavam parte do corpo para fora da porta, enxergando os trilhos de perto e buscando a sombra do pai ao longe. A plataforma não estava distante e, pelo que viam, havia poucas pessoas. Ilma esperou um pouco para se levantar, mas gritos a fez saltar do banco.

— Papai, papai! É o de chapéu preto! Estou vendo o papai!

As janelas ficaram pequenas para as mulheres da família, que se espremiam na disputa de quem veria o pai novamente pela primeira vez.

Frederico acenava e sorria para a bagunça aguardada. Vestia um terno escuro, escolhido a dedo para a ocasião. Contara orgulhoso aos colegas que suas cariocas preferidas, além dos filhos homens, chegariam naquela tarde.

A primeira a descer foi Isa, que logo pulou no colo do pai para o aguardado abraço. Dona Noêmia foi a próxima, acompanhada dos meninos. Ilma era a responsável por verificar se algo havia sido esquecido dentro do vagão, onde estariam as malas e, principalmente, cuidar para que nenhum dos irmãos se perdesse. Foi a última a descer, com seu sorriso tão conhecido pelo pai, que a aguardava.

— Seja bem-vinda, minha filha. Imagino que, se pudesse, teria trazido suas amigas para junto de nós, não é mesmo?

Ele a conhecia como ninguém e não precisava olhar duas vezes para perceber que ela ainda não estava satisfeita com a despedida do Rio de Janeiro. De todos os filhos, era a que tinha o humor mais apurado, um jeito levado e respostas sempre prontas para desarmar quem estivesse a conversar com ela.

Ao ouvir o comentário do pai, não respondeu uma palavra e apenas gargalhou. Frederico tinha razão. Tudo o que Ilma queria era poder andar de bicicleta pelas ruas de seu antigo bairro novamente, como fazia todos os fins de tarde com suas amigas.

Ficariam ainda mais um tempo na estação enquanto o pai resolvia como iriam para o hotel onde se hospedariam, pois ele morava em um quarto alugado que não comportaria toda a família.

Os irmãos de Ilma foram observar a parte traseira do vagão estacionado, enquanto dona Noêmia acompanhava o marido.

— Olha lá o moço, que bonito!

Devagar, Ilma virou o corpo na direção à qual a irmã, com insistência, sinalizava. A cor do céu mudara do vermelho para um alaranjado, estava bonito, mas aquele pôr do sol não chegava aos pés dos que via aos domingos na beira da praia. De qualquer forma, as lembranças da típica vida carioca, ainda frescas em sua memória, misturaram-se às cores e ao olhar que cruzou com o seu. Era de um japonês.

Isa sabia que, desde pequena, Ilma era aficionada por orientais. Raros eram os japoneses no Rio, mas famílias nipônicas moravam na vizinhança, que abrigava até um restaurante e uma mercearia só de especiarias do Japão. A garota passava horas conversando com eles, queria experimentar todos os pratos diferentes que via pela frente, e chegava a comprar roupas típicas japonesas. Um casaco vermelho com ideogramas era a peça favorita do seu guarda-roupa.

Tinha dezesseis anos no dia daquela troca de olhares, naquele fim de tarde de dezembro de 1940. O rapaz estava de calças curtas, roupa de homem, como gostava de dizer. Paletó, gravata e boina. Ele sorriu para Ilma.

Emoldurada por seus cabelos loiros-escuros encaracolados, Ilma contraiu o rosto e devolveu a ele uma expressão que afugentaria o mais corajoso dos soldados. Qualquer um, menos ele, que a decifrou naquele momento. A careta nada mais era do que uma máscara para alguém que adorava foliar com os outros. E ele, bom, ele era Alberto Tomiyo Yamada.

Estava a esperar por um amigo que chegaria do Rio. Notou a garota desde que a viu descer do trem. Filmava com os olhos cada passageiro que passava à plataforma. Tarefa monótona a ser feita para passar o tempo e preencher o atraso. A tarde terminaria enfadonha não fosse a visão daqueles cabelos que tinham a cor de um caramelo, presos a uma trança cuja dona usava delicados óculos e exibia um sorriso largo.

Segurava uma bolsa pequena e seu vestido lhe deixava com a aparência ainda mais angelical. Yamada encantou-se. Acompanhou o cuidado que ela tinha com as crianças que pareciam ser seus irmãos menores, a dedicação e respeito aos pais, a responsabilidade de checar as malas. Não podia ouvir as exatas palavras que diziam, mas todos pareciam rir ao escutar o que ela falava.

Não conseguia parar de procurar até encontrar aquele ponto loiro que andava pela estação. Se a perdia de vista, era fácil reencontrá-la. E assim foi durante quase uma hora, até o momento em que finalmente pôde sorrir para a garota.

Ilma ouviu os chamados de Frederico, seu pai. Deveriam seguir imediatamente para o hotel, no centro da cidade. Pegou a irmã mais nova pelo braço, passou ao lado do japonês e partiu.

Capítulo 4
No navio

As regras que imperavam no navio General Mann não incomodavam Yamada. Todos deviam acordar muito cedo, às cinco horas, e já sabiam que tarefas iam desempenhar. E os que não passavam mal, por conta da agitação do mar, ficavam responsáveis pela organização do navio. Ele era um deles. Ajudava na limpeza e na distribuição das refeições.

Solavancos não o derrubaram, mas embaralharam suas lembranças. A cada novo dia indagava se Ilma recebera sua última carta, se cumpriria as promessas que fizeram juntos, se guardaria seu coração apenas para ele.

Seria injusto reclamar de alguma coisa na embarcação que não fosse o calor. Cigarros e chocolates não faltaram durante a viagem, jogos de baralho tampouco, além das bacias onde os desafortunados vomitavam seus enjoos. Havia uns poucos jornalistas circulando pelos andares do navio, alguns fotógrafos atrás de uma imagem, vários companheiros querendo ser fotografados, mas Yamada fazia questão de se esquivar. Apreciava conversar apenas amenidades, e somente com os seus pares. Não revelava a ninguém o motivo de sua maior saudade. Ninguém sabia sobre Ilma.

Regras e rigidez faziam parte de seu cotidiano. Teve de cumprir e participar do Tiro de Guerra, em Mogi das Cruzes, e depois que o Brasil declarou guerra a Alemanha, Itália e Japão, foi enviado para Caçapava, no interior de São Paulo, onde fazia parte do 6º Regimento de Infantaria. Durante meses, manteve a rotina de passar a semana no quartel e voltar às sextas-feiras para sua cidade, onde moravam sua família e os Faria.

Seus pais chegaram ao Brasil quando ele, nascido em Tóquio, ainda era um bebê de colo. Nem tinha sido registrado no Japão e, logo que a família desembarcou em Santos, em 1921, seus documentos foram confeccionados como se tivesse nascido em terras brasileiras. Seu nome verdadeiro era Tomiya e, já adolescente, ganhou o direito, em juízo, de mudar para Tomiyo, encerrando de vez o frequente constrangimento de ser confundido com mulher.

No Brasil, os Yamada foram levados diretamente para a lavoura, na região da Alta Mogiana, seguindo o caminho natural da maioria dos nipônicos. Tanto seu pai, Kinsiti, quanto seu irmão mais velho, Kazuo, não se adequaram ao tipo de trabalho e acabaram se mudando para São Paulo e, posteriormente, para Mogi das Cruzes.

Em sua casa costumava falar apenas em japonês, mas era constante a convivência com não descendentes, por mais que o círculo de amizades de seus pais estivesse focado apenas nos nipônicos. Não raro ouvia os elogios sobre o Japão, sempre com o discurso de que a volta às terras orientais era o desejo mais arraigado em cada uma das famílias com as quais conviviam.

Jamais ouvira palavras boas a respeito do Brasil e, desde pequeno, não compreendia tal postura. Considerava que aqui nascera, crescera e era onde se alimentava. Não compartilhava do sentimento de tantos outros japoneses e descendentes que não se sentiam brasileiros.

Em Caçapava, meses antes do embarque para a guerra, marchava com a tropa quando foi surpreendido por um dos sargentos:

— Ô japonês, mais para a direita aí.

Detestava ser chamado de "japonês". Não se dirigia aos outros como "italianos", "alemães" ou até mesmo "negros". Chamava-os pelo nome. Parou em frente ao superior, e perguntou:

— Japonês?

— Sim, japonês.

— Eu sou brasileiro. Mais brasileiro do que você. Estou aqui a serviço da nossa pátria. Lutarei pelo Brasil.

Pela resposta afrontosa, Yamada corria o risco de sofrer uma punição e até ser proibido de deixar o quartel para visitar a família no fim de semana. O sargento não tirou os olhos do soldado, o passou em revista, virou as costas e se encaminhou para a sala do comando. A conversa que se seguiu lá dentro com um superior deixou o batalhão apreensivo, imobilizado, como espectador da discussão. O cabo Antonio Sergio Coelho, que dividia o dormitório com Yamada, segurou o ombro do amigo para tentar acalmá-lo.

Tiveram que se recolher sem saber se haveria ou não uma retaliação. Yamada muitas vezes se esquecia de que nascera no Japão, não entendia que diferença isso podia fazer e, de qualquer forma, seus documentos diziam o contrário. Naquela noite mal conseguira dormir. Associava a atitude do sargento ao que já ouvira de sua própria família em relação aos gaijins. Na manhã seguinte, quase certo de que seus planos para visitar Ilma ao final daquele mês teriam de ser cancelados, Yamada e o batalhão foram comunicados, com surpresa, de que o próprio sargento recebera uma suspensão.

Na viagem rumo à guerra, essa era a história que ele mais repetia a seus colegas de navio. No final da tarde, enquanto todos se juntavam, surgiam as rodas de conversa e, como ele era o único oriental daquela ala, invariavelmente o assunto "japonês" vinha à tona. Quando contava o causo, Yamada regularmente fazia uma pausa na hora de descrever o momento em que parou na frente do oficial.

Por fim, ao cair da noite, a melancolia tomava conta daquelas centenas de homens e cada um queria mostrar como a sua mulher e família eram sempre mais especiais do que as do colega do beliche de cima. Novamente, Yamada se recolhia sozinho e preferia deixar as lembranças de Ilma guardadas. Aproveitava para reler as cartas que trouxera em seu saco de pertences. Sua favorita tinha sido escrita há mais de um ano, e nela Ilma o comparava ao ator Tyrone Power, do filme *A Marca do Zorro*. Eles tinham visto o longa-metragem juntos e Ilma se encantara com o heroico personagem mascarado, que também se envolvia com muitas mulheres, parte que ela preferiu ignorar.

Os textos de Ilma eram sempre curtos, mas suficientes para deixar Yamada mais leve e com um sorriso amarrado ao rosto. Naquela situação, ele temia apenas que os papéis pudessem se despedaçar ou se perder no meio da guerra que estava prestes a conhecer. Ali, no navio, a segurança era garantida, dobrava as cartas em quatro partes, guardava-as, em um saco plástico, envoltas em um lenço. Para ler, retirava as camadas de proteção e sempre levava o papel perto do nariz imaginando sentir a fragrância de Ilma naquela antiga carta.

Mogi, 26 de fevereiro de 1943

Tomiyo,

Recebi a sua carta e agradeço muito a fotografia. Você até parece o Tyrone Power. Fiquei contente em saber que chegou bem em Caçapava. Nós, graças a Deus, vamos bem. Estou em preparativos para o retiro. Aí tem chovido muito? Aqui tem sido demais.

Achei muito interessante os versos que você escreveu.

Desejo que seja muito feliz na manobrazinha. Todos aqui de casa lhe enviam muitas lembranças e de minha parte os mais sinceros votos de felicidade e boa saúde.

Ilma

As correspondências que possuía eram parte do pouco que tinha para manter viva a imagem de Ilma naquela viagem sem data de volta. Agarrava-se a elas para que seu coração acreditasse que o desfecho daqueles dias de infortúnios seria feliz.

Capítulo 5
Pelas ruas de Mogi

Após a chegada da família Faria a Mogi, naquela tarde de dezembro de 1940 quando Ilma e Yamada se viram pela primeira vez, todos os preparativos estavam voltados para a noite de Natal e para a comemoração das bodas de prata de Frederico e Noêmia. O patriarca dos Faria havia combinado com a mulher que, depois das festas de fim de ano, ela e os filhos voltariam para o Rio para que todos continuassem nas escolas onde estudavam.

Ele já havia conhecido praticamente todas as igrejas de Mogi e fez questão de levar Noêmia a todas elas. Escolheram que iriam assistir à Missa do Galo, cerimônia católica que começa à meia-noite do dia 24 de dezembro e que celebra o nascimento de Jesus, na Paróquia Sant'Ana.

A religiosidade da mãe passara com toda a intensidade para a filha Ilma, que fazia parte da congregação Pia União das Filhas de Maria, fundada no século XIX. As jovens Filhas de Maria tinham nas orações e devoções seus principais compromissos. Não precisavam ser necessariamente freiras, mas recebiam orientações para serem mulheres exemplares no comportamento e no vestuário — costumavam usar roupas brancas nos eventos religiosos —, prezando por um cotidiano honrado, de acordo com a moral imposta pela Igreja.

Apesar de não estar feliz com a mudança de cidade, Ilma tinha pouca — ou nenhuma — reclamação a fazer nos primeiros dias em Mogi; apenas não abriria mão de poder assistir à missa na véspera de Natal. Agradeceria pela saúde de toda a família, por terem feito a viagem Rio-Mogi sem sustos, por terem a chance de conhecer outra cidade, da qual, aliás, ela começava a gostar.

No dia 24 de dezembro, Ilma colocou seu vestido branco favorito e ajudou os irmãos a se arrumarem. O quarto do hotel onde estavam não era grande o suficiente para acomodar todos eles com tranquilidade, e a euforia da novidade de estarem em um lugar diferente deixava tudo mais apertado ainda. Conseguiram deixar o local, na Rua Senador Dantas, pouco antes das dez horas da noite. Aproveitariam para passear pela praça onde ficava a igreja, a poucos quarteirões de onde estavam. A noite estrelada e quente, mas não muito abafada, passava a Ilma uma leve sensação de tranquilidade, por mais que preferisse que aquela caminhada estivesse sendo feita à beira-mar, e não no concreto.

Enquanto explicava a todos o que havia para cada lado da cidade, seu pai encontrou alguns colegas de trabalho que também assistiriam à cerimônia. Todo orgulhoso e feliz com a vinda da família, Frederico fez questão de apresentar cada filho.

A entrada da igreja estava iluminada e aos poucos as pessoas foram se acomodando nos bancos do lugar, assim como os Faria. Ilma escolheu ficar na quinta fileira, do lado direito. Parecia que o local estivera — ou ainda estava — em reforma. Os bancos de madeira não pareciam ser novos, mas havia um leve cheiro de flores ao fundo que amenizava a sensação de precariedade. Estava começando a gostar da experiência de olhar os rostos que passavam na rua ou que entravam na igreja e não reconhecer nenhum deles. Imaginava o que cada uma daquelas pessoas tinha para agradecer, quantas vidas diferentes estavam ali, prontas para ajoelhar e repensar o ano que estava prestes a acabar.

A voz ao fundo não era a do padre Benedito, tão querido e com quem costumava conversar durante horas no Rio de Janeiro. Teria que se acostumar a ouvir os sermões de outros religiosos, mas faria diferente naquela noite. Em vez de prestar atenção à missa, começou a listar e a agradecer por todas as boas venturas que lembrava terem acontecido em 1940. Também pediu por uma boa estadia em Mogi e que o melhor fosse decidido para o futuro de seu pai.

Ilma sempre era a última dos Faria a terminar as orações. Ainda ajoelhada ela levantava o rosto e percebia que todos já estavam de volta a seus lugares. Naquele Natal não foi diferente e, assim que se sentou novamente, pôde observar que seus pais se olhavam, cúmplices de tantos anos e felizes por estarem reunidos de novo. O cenário todo condizia com um ambiente de festa. No altar da igreja havia uma toalha de renda branca, que repousava sob o cálice de vinho. Seu bordado delicado chamou a atenção de Ilma, que fixou sua atenção no pedaço de pano. De novo, ela tinha parado de ouvir o que o padre dizia e, por alguns minutos, se esquecera de que estava na cerimônia. Sorria sozinha relembrando a troca de olhares dos pais, queria ela também encontrar alguém que lhe fosse tão companheiro e que, juntos, pudessem dividir os mais simples momentos.

Um outro sorriso encontrara o seu rosto. Demorou para perceber de quem era aquele sorriso que vinha em sua direção. Foi, aos poucos, recuperando a realidade à sua volta, a paróquia, o padre, os bancos, os arranjos de flores, as figuras religiosas pelas paredes, se apercebendo do lugar onde estava. E, então, entendeu quem era o dono da simpática acolhida. O sorriso vinha do mesmo japonês que ela vira na estação de trem, no dia em que chegara à cidade. Ele estava do outro lado da igreja, depois do corredor, na fileira à sua frente.

Por segundos, correspondeu a ele, ainda envolta no que pensava enquanto olhava a toalha branca. Ruborizou-se e logo em seguida desviou o olhar, assim que ouviu sua mãe dizer que a missa havia acabado. Seus irmãos estavam de pé, prontos para deixar o local e ansiosos para saborear a ceia natalina. Uma pequena aglomeração de moradores se formou na porta da igreja. Sua irmã Isa puxava suas mãos para irem em direção à rua.

— Feliz Natal.

Nunca tinha ouvido aquela voz e foi obrigada a segurar com força a mão da irmã Isa, para que ela parasse de andar depressa. Seu coração estava já em disparada, sabia quem era o dono da voz mesmo sem ver seu rosto. Virou-se para o seu lado direito e logo atrás estava ele, parado ao lado de um amigo. Conseguiu apenas repetir:

— Feliz Natal.

Mal disse as duas palavras e Isa a puxou novamente em direção à rua. Ilma ainda se manteve de costas para a porta, olhando para o japonês, que sorria ainda mais.

— O que foi, Ilma? Vamos logo. Por que quer ficar dentro da igreja? A missa acabou.

Isa estava apressada para voltar à praça.

— Nada, não foi nada. Podemos ir.

O resto da noite de Natal de Ilma estava fadado à lembrança daquele leve sorriso, das grossas sobrancelhas e do cabelo preto jogado para trás. Quem seria o japonês? Estava também de passagem pela cidade? Tentava imaginar qual seria seu nome. No Rio conhecera Hiromi Takemoto, garoto que jogava bola na frente de sua casa todos os domingos pela manhã. Ele dizia que seu nome podia ser tanto de menino quanto de menina no Japão, e que nunca descobrira o real significado de seu sobrenome, algo como "alguém que mora perto do bambu". Enquanto caminhava de volta ao hotel, já em plena madrugada, Ilma se perguntava se o japonês de Mogi também desconhecia a tradução do seu sobrenome e se ela, algum dia, teria a coragem de abordá-lo para perguntar ao menos qual era seu nome.

Súbito mal-estar

Depois da animada virada na casa de colegas, os Faria passariam por uma grande provação. Logo no início dos primeiros dias de 1941, Frederico adoeceu. Seus problemas no coração fizeram com que a volta da família ao Rio de Janeiro fosse cancelada. Não seria mais possível continuarem no hotel, não tinham mais a reserva, e foi às pressas que Ilma encontrou uma casa para alugar. De todos os irmãos, ela era a mais independente, fazia amizade fácil e se comunicava muito bem. Sua mãe a deixou como responsável por resolver os problemas burocráticos e cuidar da nova residência, enquanto ela ficava no hospital junto do marido.

Frederico dividia o quarto com outro paciente, que também não era da cidade. Viera do interior paulista, do município de Penápolis. A internação era muito cara e o dinheiro rareava conforme os dias no hospital aumentavam. Para alimentar os irmãos, Ilma pedia pessoalmente à dona da mercearia para que pendurasse a conta das carnes e verduras. O pai teve que trocar uma válvula cardíaca e, dias depois, foi acometido por uma infecção. Permaneceu por cinco meses no hospital, sempre recebendo a visita dos filhos com bom humor e a promessa de que logo sairia de lá para que todos voltassem ao Rio. Durante todo esse período, Ilma não encontrou mais o japonês.

Na farmácia

Dedicada à saúde do pai e aos afazeres domésticos, Ilma praticamente se esqueceu de cuidar dela própria. Mantinha as contas e compras em dia, acompanhava as tarefas escolares dos irmãos — que foram matriculados em uma escola da cidade, já que a ida ao Rio havia sido postergada — e buscava todas as mercadorias que a mãe lhe pedia. Enfim, podia-se dizer que, nos meses em que seu pai ficou internado, ela passou a ser a "governanta" dos Faria.

Assim, quase não foi surpresa quando ela caiu doente assim que Frederico se recuperou.

O inverno se aproximava, mas as temperaturas ainda estavam amenas na cidade e não justificava o frio dilacerante que ela sentia. A gripe a deixou combalida, sem forças até para descascar batatas e fazer um purê, prato preferido do pai.

Quando não era mais possível continuar à base de chás e sopas, resolveu seguir o conselho das novas vizinhas e ir até a sempre comentada "farmácia dos japoneses". Disseram que ficava na Rua Coronel Souza Franco, próxima ao Mercado Municipal, lugar que Ilma ainda não tinha visitado.

Mesmo abatida, ela se aventurou até o endereço que lhe deram e, cambaleando, passou pela Rua Paulo Frontin, entrou à direita, depois à esquerda, mas não achou o estabelecimento. Teria passado pela farmácia sem perceber? Deu meia-volta e sentiu que seu corpo parecia ter o dobro do peso costumeiro. As pernas bambeavam, fracas, tossia muito, parecia ter febre e seus olhos lacrimejavam, até que encontrou o local.

Subiu o pequeno degrau de tijolos vermelhos e explicou seus sintomas ao farmacêutico que estava no balcão. Mais tarde saberia que o nome dele era Zoé Arouche de Toledo, responsável pelo estabelecimento. Prontamente, ele recomendou que Ilma tomasse uma injeção e pediu que ela se dirigisse à parte interna da farmácia.

Passou por entre os dois armários de vidro, baixos, repletos de remédios impecavelmente arrumados e se dirigiu à porta que tinha uma cortina com tecido que lembrava os que vira na mercearia da família Takemoto, no Rio. Havia um rapaz na sala, em pé, vestido com um avental branco. Não era muito alto e estava de costas, mas o cabelo lhe parecia familiar.

— Pois não?

A tosse e o frio de Ilma pareciam ter ido embora. O rapaz estava olhando para baixo, para o papel que segurava nas mãos. Ela não conseguiu responder à pergunta. Diante do silêncio, ele soltou o papel, virou-se para ela e era como se a música da Missa do Galo estivesse sendo executada naquela mesma sala. Ele a olhou, franziu a sobrancelha em um primeiro momento e sorriu, mais uma vez. Era o japonês da estação de trem e da cerimônia na véspera do Natal.

— Olá! — ele disse efusivo.

Ilma sequer sabia o nome dele, e se conteve para não chamá-lo apenas de japonês. Suas pernas tremiam e ela começou a coçar o braço para disfarçar seu mau jeito com a situação. Justo ela, sempre tão brincalhona mesmo com as pessoas que mal conhecia.

Ele, novamente, sorriu.

— Meu nome é Alberto Tomiyo Yamada. Todos me chamam de Tomiyo. Você está bem?

— Eu sou Ilma. Estou constipada e minhas vizinhas me disseram para vir até aqui.

— Que bom que veio. Vamos ver o que você tem. Sabe, me disseram que vocês são do Rio. Não voltaram para lá depois do Natal? Qual é a história?

Ilma não sabia, mas Yamada mal podia se conter por ter reencontrado a garota que avistara descendo do trem no fim do ano. Tinha perguntado a conhecidos sobre a nova família na cidade, por isso sabia inclusive que eram cariocas, mas seu informante tinha lhe dito que eles haviam ido embora logo depois do Natal.

— Não. Somente meu pai vai voltar, agora que melhorou de saúde, pois esteve muito mal.

Alberto Tomiyo Yamada. Ilma repetia mentalmente o nome, tentando gravá-lo, e não conseguia ter certeza de como se escreveria Tomiyo. Ele não conseguia disfarçar a exaltação com a coincidência de atender a carioca na farmácia de seu irmão, Kazuo. Sorria ainda mais ao lembrar da careta que recebera dela no primeiro encontro, na estação de trem.

— Mas me diga, o que está sentindo?

— Dores pelo corpo, garganta ruim, nariz escorrendo e muita tosse. Estou assim há dias. Não percebi que ficava doente enquanto papai estava internado.

— Fico feliz em saber que ele está melhor. Agora precisamos cuidar de você.

Virou-se de costas novamente e pediu que Ilma se sentasse no banco à sua frente. Pegou a seringa, o antibiótico, álcool, e ensaiou bastante para começar a aplicar a injeção nela. Sabia que teria de tocá-la e não queria parecer abusado. Não percebeu o nervosismo que também se refletia nela, tão tensa quanto ele.

Pediu que dobrasse um pouco a manga da blusa de cor marrom, no braço direito. Suas mãos estavam quentes, eram firmes e sabiam exatamente o que fazer, mas Yamada não conseguia realizar aquela tarefa simples e por tantas vezes realizada por ele.

Pegou um pedaço de papel para limpar um dos potes de vidro, ganhou tempo para reparar que a pele dela era alva, mas com pequenas manchas claras. Disse a ela que não ia doer nada. Percebeu que Ilma estava de olhos fechados, aguardando a picada. Guardaria para sempre a imagem daquela garota indefesa e que ficaria marcada como um retrato em sua memória. Então, gentilmente, ele segurou seu braço e sentiu a mais macia das peles que já tocara. Pediu que ela relaxasse e em segundos aplicou a injeção da maneira que aprendera com Kazuo.

Ilma agradeceu, desdobrou a manga da blusa e observou o rapaz, que tinha novamente se virado de costas para escrever algumas recomendações em outro papel. Agora ele não seria mais apenas o japonês da estação. Se despediram com a promessa de que ela repousaria por alguns dias.

Yamada queria levá-la até a porta, mas conseguiu se conter. Viu Ilma ajeitar o óculos e guardar o remédio que ele receitara na pequena bolsa preta que carregava.

— Muito obrigada. Você costuma ir à missa?

— Não muito, mas posso ir se você me avisar quando for.

Ilma não respondeu. Simplesmente sorriu e desapareceu no meio dos passantes que estavam na frente da farmácia naquela tarde.

Yamada ainda correu até a rua e conseguiu enxergar ao longe os cabelos encaracolados voando ao vento e iluminados pelo sol.

Capítulo 6
A carioca e o japonês

Ele andava pelas ruas com o pescoço esticado pronto para encontrar Ilma novamente. Estava sempre à procura de um rosto que nunca avistava, mas que acreditava enxergar a cada quarteirão que atravessava. Por vezes, caminhava ao lado da irmã, Clara, mas mal conseguia prestar atenção ao que ela dizia, usando seus olhos como a lupa que o ajudava a ler as bulas da Farmácia Yamada.

Depois do casual encontro no estabelecimento da família Yamada, mal podia se concentrar nos afazeres e alternava um ar melancólico e apaixonado com a euforia junto a cada sol que raiava iniciando um novo dia, que poderia ser aquele em que finalmente os dois se reencontrariam.

Partilhava da opinião de que Ilma levava vantagem na situação, pois ela, sim, sabia onde encontrá-lo. Se fosse o contrário, Yamada passaria na frente do local onde ela estivesse tantas vezes fosse preciso só para pousar seus olhos naqueles cachos dourados. Sua única opção era caminhar pelas ruas em horários diferentes, escolhidos de acordo com o número de injeções que aplicara no dia anterior. Se dez pacientes tivessem aparecido na sala em que ficava, sairia no dia seguinte às dez horas da manhã. Morava quase ao lado da farmácia, então diariamente saía de seu trajeto natural para olhar e fotografar na memória tantos rostos quanto fosse preciso.

Passou semanas criando seu próprio roteiro rumo ao seu tesouro. Selecionava as igrejas em que entraria — e até assistiria às missas — passou um sem-número de vezes na Paróquia Sant'Ana novamente. Disfarçadamente, perguntava até para os funcionários do Casarão do Carmo, que abrigava as principais atividades culturais da cidade, se tinham visto a garota por ali. Eles conheciam Yamada e sabiam quem era Ilma, vista quase como uma estrangeira na cidade. Quando estava sozinho, ensaiava com sua boina o que falaria quando a visse. Colocava o pedaço de feltro na cabeça, enquanto dizia sua parte do diálogo, e o tirava quando simulava o que esperava que Ilma falasse. Treinava até com o sobrinho, Renato, que tinha quase um ano de idade e era o primeiro neto de seus pais, filho de seu irmão Kazuo.

Tio e sobrinho criaram estreitos laços desde que o garoto nascera. A atenção de Renatinho, como o chamavam, era carinhosamente disputada por toda a família e Tomiyo fazia questão de passar parte de seu dia com a criança. Observava cada novo movimento e descoberta do menino e acreditava que ele já podia compreendê-lo, por isso não hesitava em dividir seus segredos com a criança.

Pensou em levar Renatinho para a próxima tentativa de encontrar Ilma. Seria como um amuleto; com ele certamente teria mais sorte do que nas últimas semanas. Dessa vez não deixaria escapar a chance de convidá-la para um passeio, mas ainda não tinha decidido para onde. Perguntou à cunhada, Miyako, se poderia sair com o sobrinho, mas foi então que percebeu que o menino estava gripado, e que a tarde iniciava-se cinza. Não tinha se dado conta de que o dia estava frio; dentro dele um calor e uma segurança sem explicações diziam o contrário. Sairia de casa sozinho, mas antes passou por Renatinho e sussurrou:

— Renatinho, hoje voltarei para casa tomado de uma profunda alegria, maior do que o mar que um dia ainda vou te apresentar.

Saiu pela porta da frente, passou pela farmácia e teve certeza de que naquele dia a procura não seria em vão. Subia a rua na direção do cheiro dos pratos preparados no Mercado Municipal. Foi quando a viu.

— Carioca, carioca!

A voz quase cantada num tom sério e a palavra usada só podiam ser dele. Estava na rua com a irmã mais velha, Isa, perto do Theatro Vasques, fechado há alguns anos. Tinham ido comprar leite e estavam atrasadas para a missa. Uma borboleta parecia ter se enraizado em sua blusa e, para deixá-la voar novamente, Ilma não parou a caminhada, queria que seus movimentos libertassem o inseto. Apenas olhou por cima dos ombros e avistou Yamada, sozinho, com sua boina.

— Você está a caminho do cinema?

Yamada não esperou que ela parasse de andar, mas apressou seus passos em sua direção e novamente perguntou:

— Você está a caminho do cinema?

Sempre despretensiosa, Ilma acreditou que ele falava com sua irmã, e nada respondeu. Inconscientemente, sabia que o convite em forma de pergunta era dirigido a ela, mas preferia brincar com o japonês, que se postou bem à sua frente.

— Ué, não é com a minha irmã?

— Não. Estou falando com você.

Todas as sextas-feiras o Cine Parque, um dos melhores cinemas da cidade, promovia uma sessão diferente: as moças que entrassem no local até quatro horas da tarde e estivessem acompanhadas por um rapaz não precisavam pagar pelo ingresso. E aquele dia era sexta.

— Me espere na frente do Cine Parque, porque vou entrar com você.

Yamada não deu chance para Ilma responder se aceitava o pedido, quanto mais negá-lo. Atravessou a rua em sentido contrário, sem esperar por sua resposta ou olhar para trás e, quando deu por si, estava quase gargalhando, exibindo todos os dentes a quem passasse pela calçada.

Ilma o observava enquanto a irmã zombava da petulância e coragem de Yamada. As duas riram o caminho todo de volta para casa, tendo já desistido da missa. Ela aceitaria o convite e estaria no cinema no horário marcado. Seria a primeira vez que veria um filme em Mogi, e, mais do que isso, sozinha com um rapaz.

Não costumava ficar nervosa nas estreias da vida ou mesmo encabulada na frente de estranhos, mas o vento forte daquela tarde a fez tremer da mesma maneira que acontecera quando quase se perdeu na praia de Copacabana. Naquele dia, sem querer, se afastou da família para ir atrás de um bicho do qual não se lembrava o nome. Segundos depois o céu se fechou, Ilma percebeu que não conseguia enxergar seus pais e uma forte brisa arrebatou seu corpo, fazendo-a se sentir indefesa e sozinha. O medo era o mesmo, mas a diferença é que desta vez não estava só. Estaria acompanhada de Alberto Tomiyo Yamada em poucas horas.

Assim que voltou para casa, alugada desde que o pai ficara doente, deixou o leite na cozinha e correu para o quarto, preferindo não contar para a mãe sobre o convite que tinha recebido.

Seu terço branco estava em cima do armário. Ela, então, rezou e pediu a Santa Terezinha, de quem era devota desde pequena, que nada desse errado no encontro. Estava com o terço envolvido entre os dedos, mas não o tirou enquanto penteava os cabelos. Olhou para o guarda-roupa e quis escolher o melhor vestido para o encontro. Ficou em dúvida entre o branco e o cor de caramelo. Optou pelo primeiro, mas não queria que ninguém da sua casa percebesse que estava se arrumando para sair. Então desistiu do figurino de festa. Optou por um fino casaco marrom feito pela amiga Janete, do Rio, e uma saia bege que seu pai havia lhe dado no último Natal. Gostava de estar sempre bem vestida quando saía de casa.

Era uma tarde fria de 1941. Vinte minutos antes das quatro horas da tarde, Ilma já estava na frente do cinema, na Rua Ricardo Vilela. Havia um parque no local, e a sala de projeção ficava no meio dele. Antes dos filmes começarem, futuros casais caminhavam pela área externa, famílias levavam seus filhos para brincarem e os namorados aproveitavam os domingos para passear ali. Às sextas, naquele horário, o local estava sempre mais vazio — talvez fosse esse o motivo da promoção.

Era fácil reconhecer Yamada, mesmo à distância. Ele tinha uma mecha branca na parte da frente dos cabelos, na franja. Estava sempre impecável e seu charme único conquistara Ilma desde a primeira vez em que se viram. Cumprimentaram-se e ela, à vontade para falar com Yamada da maneira brincalhona como fazia com todos os amigos, foi logo perguntando se o filme seria realmente bom. Ele riu e se dirigiram ao guichê. O cinema não estava cheio, sem filas, não encontraram ninguém conhecido e mesmo que mil pessoas estivessem lá dentro eles só enxergariam um ao outro.

Yamada logo comprou pipocas para Ilma. Ao entregá-las, tocou de leve em suas mãos delicadas e fingiu que aquela sensação era banal, que nada percebera, mas tremia por dentro. Ela não se deu conta da tamanha importância que aquele pequeno gesto significava pra ele, e filmava cada centímetro do novo lugar que estava conhecendo.

Sentaram-se no meio da sala e Ilma foi logo perguntando como deveria chamá-lo. Seria Alberto ou Tomiyo? A família e os amigos próximos se dirigiam a ele apenas como Tomiyo, e era dessa forma que Ilma passaria a chamar o "japonês". Também nesse momento descobriu o filme ao qual assistiriam, *A Ponte de Waterloo*, com a atriz Vivien Leigh, que no ano anterior tinha vivido a destemida Scarlett O'Hara em *...E o Vento Levou*. A história se passava durante a Primeira Guerra Mundial e, a cada cena em que a personagem de Leigh e o de Robert Taylor se encontravam, Ilma e Yamada se olhavam discretamente. Dependendo da luz da projeção, o rosto de Ilma se iluminava e o reflexo em seus óculos permitia que Yamada pudesse enxergar o brilho dos cabelos, que estavam presos. Vez ou outra ela oferecia pipoca a ele, mas não trocaram uma palavra sequer durante o filme. Não era necessário.

Os longas-metragens, naquela época, nunca eram exibidos de uma vez só. Havia sempre um intervalo, e a gerência dos cinemas aproveitava para fidelizar os clientes e servia Coca-Cola gratuitamente. Em vez de se levantarem, Ilma e Yamada se puseram a conversar sobre o filme.

— Tomiyo, me doeu o coração quando ele disse que precisaria ir para a guerra. Cheguei a chorar.

— Vamos aguardar o final, pois, com certeza, eles ficarão juntos.

— Mas será que ele realmente morreu?

— Não sei, mas tenho certeza de que dentro dela ele jamais morreria.

Os olhos de Ilma demonstravam que havia chorado mesmo, uma reação que, por causa da sala escura, Yamada não tinha percebido. O romantismo e a sensibilidade escancaradas fizeram com que ele se encantasse ainda mais por ela; teve vontade de fazer o que fosse para que o sofrimento dela diminuísse. Antes que pudesse pensar no que fazer, as luzes se apagaram novamente e o filme recomeçou.

Yamada não conseguia disfarçar a vontade de apenas olhar para Ilma, e não para a tela do cinema. Também queria aguardar o final do filme e descobrir o que a bailarina (Leigh) faria se o soldado realmente tivesse morrido. Gostaria também de ouvir a opinião de Ilma, mas olhar para o lado, para ela, era mais forte. Sempre teimoso e decidido a ouvir das pessoas suas palavras de lealdade, Yamada já imaginava o que Ilma faria se um dia ele morresse, mal haviam acabado de começar a saírem juntos.

Quando as luzes novamente se acenderam, os dois caminharam lentamente para fora da sala e se dirigiram ao parque. Descobriram, conversando sobre o filme, que a trilha sonora tinha emocionado a ambos. Era comum que compositores e cantores nacionais fizessem uma versão da música principal do filme. Foi o que João de Barro (pseudônimo de Braguinha, ou Carlos Alberto Ferreira Braga) fez com "Valsa da Despedida". Era a tradução para "Auld Lang Syne", de Robert Burns, que tem inúmeras versões e aparece, na maior parte das vezes, como a música de fundo do casal protagonista de *A Ponte de Waterloo.*

— Essa será a nossa música. Tem uma melodia muito bonita.

A frase foi sentenciada por Yamada. No meio daquele jardim de céu cinzento, ele queria transformar a névoa em cor; podia ter visto Ilma poucas vezes na vida, mas estava certo e confiante do que queria. Era o momento de falar de outro assunto, que sabia como começar, mas não como fazer, e quando se deu conta já tinha pedido e recebido um sim como resposta. Estavam namorando.

Aquela foi apenas a primeira vez em que saíram juntos. Todos os sábados e domingos passaram a ser dias únicos para eles, quando saíam sempre depois que Ilma terminava seus compromissos com a igreja e suas conversas com Santa Terezinha.

Capítulo 7
Chegada à Itália

— Me dá a loura infernal!

Um dos pedidos mais ouvidos dentro do navio General Mann referia-se a uma loira de cabelos cacheados, bem fotogênica, com um leve rubor na face, sobrancelhas desenhadas, pescoço à mostra, que sempre olhava para a esquerda. Era uma das principais companhias de Alberto Tomiyo Yamada, que a cada duas horas precisava tê-la por perto. Tratava-se dos cigarros Yolanda, um dos mais vendidos na época, que era distribuído como bala pela embarcação. Fumava-se por todo o navio, muitas vezes para abafar o mau cheiro de vômitos que frequentemente apareciam pelo chão.

Mais do que um "perfume enfumaçado", o tabaco aliviava todas as sensações desconfortáveis e sentimentos tristes que cada um dos soldados carregava. Nervosismo, enjoos, saudades de amores muitas vezes nem iniciados, um medo latente agravado pelo desconhecimento do destino daquela viagem. Tudo podia ser esquecido ou aliviado nas tragadas que levavam um inadequado conforto aos pulmões daqueles pracinhas.

Poucos eram os que não fumavam a cota de cigarros a que tinham direito, e, nesses casos, viravam moeda de troca para amizades recém-feitas, com gente que precisa de alguém para dividir seus temores. Trocavam o fumo por chocolates, por uma revista antiga que o amigo trouxera no "saco A", pela foto de uma garota que nem aos menos conheciam. Yamada olhava a embalagem do cigarro, da loira de cabelos enrolados, e não podia deixar de associá-la a Ilma. Quando os companheiros gritavam pela loira e ele estava dormindo ou cochilando, acordava de sobressalto acreditando que os amigos estavam atrás da mulher que ele amava. No meio de uma viagem onde o destino é uma guerra, qualquer pensamento vira realidade se o objetivo é desviar a atenção para o que não existe, para fora daquele mundo verídico e onde as armas ficavam no porão. Quando — e se — voltasse da guerra, jamais contaria a ela sobre a associação que fizera entre seus cachos dourados e a loira da embalagem. Não esperava que ela entendesse que ali, no meio de um mar desconhecido, cada apego era um tijolo a mais na construção de uma fortaleza em volta de cada soldado, cada qual à sua maneira.

Observar as centenas de homens daquele navio de forma individual emocionava Yamada. Quantas histórias de vida, dissabores, conquistas, traumas, renúncias e alegrias cada um ali carregava? Quantos desses colegas ele teria a chance de reencontrar novamente um dia? Quantos sonhos seriam ali sonhados pela última vez? Havia um boato de que um dos soldados tivera um surto psicótico durante a viagem. Dizia repetidamente que submarinos iriam atacar o General Mann, corria entre os soldados e não parava de gritar. Yamada não o encontrou e nem sabia em qual andar o rapaz estava, mas não duvidava que, trancafiado em um navio infernizado por altas temperaturas e sem saber para onde iria ou se voltaria, alguém pudesse perder o controle. Num fim de tarde em que foi liberado para ir ao convés do navio, conhecera o mineiro Joaquim Evandro Teixeira. Vestiam salva-vidas e o rapaz confidenciara que o momento do embarque tinha sido a primeira vez em que vira o mar.

— Vamos lutar pelo Brasil mesmo?

A dúvida de Teixeira era tamanha que não estava certo nem de que lado estava na guerra.

— Meu vizinho me disse que os norte-americanos serão nossos comandantes e que fomos obrigados a entrar nessa briga.

Yamada ouvia as afirmações e dúvidas do mineiro calado e preocupado, principalmente quando soube que Teixeira mal conseguia carregar uma arma. Estava acostumado a atender pacientes na farmácia e imaginava se um dia conseguiria ajudar algum ferido no combate que se aproximava, alguém que precisasse de cuidados ou mesmo que estivesse indefeso, como o mineiro aparentava estar.

Ele tentou explicar ao novo amigo que, oficialmente, entraram na guerra depois que os alemães afundaram cinco navios brasileiros, há cerca de dois anos. Cético, Yamada não expressava sua opinião sobre a verdade transformada em realidade, apenas repetia o que tinha sido dito tantas vezes nos quartéis em que esteve.

O mar agitado chacoalhava quem estava no convés e um anúncio ecoou incessantemente pelos alto-falantes da embarcação ordenando que todos os soldados voltassem a seus lugares.

Quase nenhum deles sabia onde o navio estava, o que incluía Yamada. A água salgada respingava em seu rosto, os pés escorregavam pelo chão e, enquanto se equilibrava, procurava ficar atento às conversas dos tripulantes. Questionou o que estava acontecendo e se teriam chegado ao local onde desembarcariam, mas ouviu uma negativa.

— Não. É o Estreito de Gibraltar que se aproxima, e nossa escolta brasileira vai se despedir em breve.

Tinha ouvido falar do local, e um jornalista que estava próximo explicou que era a divisa entre o Oceano Atlântico e o Mar Mediterrâneo, o que levava à certeza de que realmente estavam a caminho da Europa. Teixeira não se permitiu dizer algo ao correspondente, mas indagou Yamada:

— O lugar para onde vamos é estreito?

O vento forte riscava a pele de um jeito que dava a sensação de que ela estava sendo riscada por lâminas pequenas e afiadas. Alguém gritou que o que viam era a cidade de Algeciras, que mais tarde se descobriu ficar na Espanha, e um tempo depois avistaram uma grande formação rochosa, o Rochedo de Gibraltar.

A noite chegou escura, quase sem luz. Mas essa pitada iluminada de algumas estrelas que insistiam em salpicar o céu era o suficiente para acalmar os homens, que há dias não viam terra firme.

Quando a primeira leva de combatentes passara pelo mesmo local, em julho daquele ano, a emissora BBC anunciou pelo rádio que o contingente brasileiro se aproximava de Nápoles. Até então uma notícia sigilosa, a informação dita pelos britânicos foi considerada imprudente para o comando brasileiro. Meses mais tarde, Nápoles seria também o destino do segundo escalão, do qual Yamada fazia parte.

Passar pelo Estreito de Gibraltar e entrar no Mediterrâneo era como um carimbo no passaporte para a guerra, e não havia mais dúvidas de que o comboio também iria para a Itália. Assim, quatorze dias após o embarque no Rio de Janeiro, o contingente chegou à cidade italiana, famosa por abrigar o vulcão Vesúvio e a ilha de Capri.

Havia um manual de desembarque, e cada soldado arrumara seus pertences no "saco A" novamente. Era preciso ter organização na descida dos milhares de soldados à terra firme. Uma escala foi montada e, como Yamada estava num dos últimos pavimentos do General Mann, ele calculou que só sairia do navio depois de cerca de três horas de iniciado o desembarque dos cerca de 5 mil sodados que viajaram com ele do Rio até a Europa.

Yamada precisou escalar as mesmas escadas pelas quais desceu até o inferno, no dia da partida. A primeira mudança que notou ao subir ao convés e visualizar aquela terra estrangeira e tão distante da sua Mogi foi a do clima. As altas temperaturas das profundezas do quinto andar do navio foram substituídas pelos ventos do outono europeu e que se aproximavam da temperatura do inverno brasileiro, dando uma ideia das dificuldades que os esperavam.

Além da mudança climática, ao alcançar o primeiro andar a céu aberto da embarcação, o soldado Yamada visualizou também névoa e muita destruição. Um caos tão grande que nem de longe remetia às muitas reformas que presenciou, dos colegas comerciantes de seu irmão, na rua da farmácia em Mogi.

Nápoles tinha sido semidestruída pelos alemães e, em volta, a paisagem se resumia a ruínas, pó, pedregulhos pelo chão, enquanto o mar perto do cais estava coalhado de destroços de navios italianos. Crianças, jovens e mulheres perambulavam por entre os milhares de soldados que por ali circulavam apressados com seus sacos nas costas. Seu primeiro contato com a hospitalidade italiana não atingiu as expectativas, construídas a partir de relatos de viajantes e dos poucos filmes que tinha visto daquele país. Os nativos se aproximavam e ofereciam serviços em troca de comida, cigarro ou chocolate. A expressão impressa em seus rostos era de um desânimo sem fim, nitidamente o resultado de muitos anos carregados de combates. Mas alguns ainda conseguiam manter a vivacidade e a alegria típicas daquela terra, que tantos dos seus enviou ao Brasil. Esses poucos estavam sempre ávidos por negociar, conversar e até mesmo ajudar os brasileiros que logo seriam incorporados ao 5º Exército dos Estados Unidos.

O primeiro escalão desembarcara ali em julho, mas em precárias condições. Não havia barracas para se abrigarem, o que os levou a passar a primeira noite ao relento, sem nem mesmo alimentação, vestimentas adequadas ou um lugar para se banhar. Os segundo e terceiro escalões, ao chegarem, foram recepcionados com uma estrutura um pouco melhor.

Mas a calmaria de Nápoles duraria pouco para Yamada. Em questão de poucos dias, os soldados tiveram que embarcar nas barcaças italianas que faziam o transporte marítimo de pessoas e mercadorias, rumo ao norte da Itália. Na operação também foram usadas as LCI, ou barcaças norte-americanas de desembarque de soldados. Os destinos dessas embarcações eram Roma e Livorno. De lá, os soldados se embrenhariam definitivamente no combate.

Nos dias entre Nápoles e Roma, Yamada conseguiu redigir algumas poucas linhas com notícias que certamente acalmariam Ilma no Brasil.

Itália, 6 de outubro de 1944

Saudosa noiva Ilma,

Finalmente depois de muitos dias de viagem chegamos ao nosso destino. É um novo continente, bem longe do nosso, onde tudo é novidade para nós brasileiros.

A viagem ocorreu sem novidades sérias, não tive enjoo, apenas uma fraca dor de cabeça nos primeiros dias.

Graças a Deus já estou bem forte e, se não me engano, estou mais gordinho, segundo meus colegas.

Em alguns dias de viagem, avistamos belos tipos de cardumes de baleia e peixes voadores numa formação encantadora.

Estou com saudade da nossa comida, pois aqui se come só à americana. Quando voltar, espero que você prepare uns pratos especiais à carioca, sim?

Ainda me lembro, como se fosse hoje, da beleza da Baía de Guanabara, no momento da partida do nosso comboio. Pouco a pouco, distanciava-se bela e majestosa. Nesse momento senti ainda mais forte quanto valia o nosso querido Brasil.

Minha querida Ilma, nesse grande Brasil está a minha joia onde vive a minha grande esperança.

Portanto, orgulhe-se do seu noivo, que ostenta em seu braço esquerdo o emblema "Brasil! Brasil! Seis letras, seis grandezas! Bondade, riqueza, amizade, saudade, igualdade e, sobretudo, liberdade".

À Dona Noêmia, Sr. Frederico e seus irmãos fortes abraços e muitas FE-LI-CI-DA-DES.

Encerrando, espero a sua para breve, e me despeço com sinceros abraços e beijos, fazendo votos de que esteja gozando de saúde e que Deus a acompanhe em todos os seus passos, para guiá-la e conservá-la sempre linda e feliz.

Até breve regresso.

Do seu sincero e inesquecível noivo,

Tomiyo

Capítulo 8
Ciúmes

No Brasil, Ilma continuava a aguardar diariamente por notícias de Yamada. Em setembro, recebera uma carta de despedida, mas desde então não estava certa de que Tomiyo Yamada tinha embarcado e muito menos em qual país se encontrava. No mesmo dia em que o carteiro entregou o envelope em sua mão, ouvira pelo rádio que a segunda leva de pracinhas brasileiros já havia deixado o Rio rumo à guerra, mas só acreditaria quando recebesse a confirmação por alguma carta do seu amado Tomiyo. Sem notícias, Ilma se tornava cada vez mais apática, perdera o apetite e só tinha reservado forças para as suas orações.

A primeira carta vinda da Europa levaria cerca de um mês para chegar até as mãos ansiosas da carioca de cabelos cacheados. A disposição e determinação que ele demonstrara ao escolher lutar pelo Brasil a tranquilizavam, mas em questão de segundos mudava de ideia e temia que as palavras escritas daquela forma não passassem de um disfarce para burlar a censura que, previamente, já sabia que existiria.

Guardou o precioso papel em sua caixinha de madeira talhada à mão que trouxera do Rio de Janeiro. Havia rosas pintadas na tampa e o fecho era dourado. Funcionava como um cofre para guardar todas as cartas que recebia de Yamada, dobradas sempre da mesma forma, além das fotos que tiraram juntos e imagens nas quais ele aparecia fardado com os amigos em Caçapava. Essas últimas eram as mais recentes e, por isso, Ilma sempre recorria a elas para matar as saudades de seu soldado. Enquanto as observava e suspirava, construía os diálogos que supunha estarem sendo ditos por Yamada e seus colegas quando tiraram o retrato. Ilma não conhecia nenhum dos rapazes e Yamada não fazia questão de apresentá-los a ela, tamanho o ciúme que corria em suas veias.

Depois de fechar a caixa com as cartas e guardá-la novamente no armário, Ilma relembrou o que aconteceu quando faltava apenas uma semana para completarem um ano de namoro. Sua família já conhecia Yamada, que tinha livre acesso à casa dos Faria, bem como liberdade para conversar informalmente com Frederico e Noêmia. Ela seguia com rigor sua vida religiosa, conforme os preceitos das Filhas de Maria, desde quando era mais nova e ainda frequentava a missa na Rua Barreira, no Rio. Em Mogi das Cruzes não era diferente e, sempre que possível, ajudava nos eventos da igreja. Gostava de conversar, ouvir os relatos com atenção, ser prestativa com quem lhe pedisse ajuda, e tinha sempre um sorriso aberto e carinhoso com quem se aproximasse, o que por vezes enfezava Yamada.

Em uma manhã de domingo, cumpriu sua rotina e chegou à igreja antes das oito horas. O sacristão que ajudava o padre já estava lá. Seu nome era Orlando e a decoração que montava com flores sempre bem cuidadas impressionava Ilma, que sentia o aroma agradável e familiar da paróquia assim que entrava pela porta lateral.

— Carioca, quer me ajudar?

Ilma não hesitou e se aproximou dele para verificar como dobrar a toalha do altar. Só não contava que estivesse sendo observada. Ciente de que a namorada estaria no local, Yamada resolveu surpreendê-la e participar da missa naquele dia. Vestiu seu melhor terno, penteou os cabelos para cima, do jeito que Ilma gostava, limpou os sapatos pretos um tanto gastos, mas ainda bonitos, e se dirigiu à igreja. Estava na porta principal e viu quando Ilma entrou pela lateral do prédio. Sua ira foi tanta ao ver o rapaz abordar Ilma que ele saiu em disparada pelo corredor em direção aos dois.

— Não é para você conversar com ele.

Todo o frescor aromático que há pouco inebriava Ilma se dissipou com o acre do tom das palavras de Yamada, que a encarava zangado e com olhos flamejantes de raiva. Imediatamente, a fumaça das velas acesas na igreja se enegreceram e tudo o que enxergava era a imagem do corpo de Yamada indo embora pela mesma porta que entrou, sua sombra difusa no raio de sol daquele início de manhã. Precisou se sentar no altar para entender o que acontecera. Orlando, de tão assustado com o que vira, correu em busca de um copo de água para Ilma, e ainda se desculpou, mesmo sem saber o que tinha feito de errado.

A missa começou e Ilma se posicionou no último banco, perto da porta, na esperança de que Yamada voltasse e, assim, quando isso acontecesse, ela estaria pronta para sair de lá com ele para ao menos conversarem sobre aquele episódio. Naturalmente, rezou para Santa Terezinha, pedindo que a ajudasse e que o namorado entendesse que não havia mal algum em ajudar o sacristão.

Em cada ato da missa Ilma procurou pelo namorado na entrada da igreja, mas ele não apareceu. A cerimônia acabou e logo Ilma foi até a rua, buscando em cada canto a feição de Yamada. Mas não o achou. Tinham planos de ir ao cinema mais tarde, mas Ilma entendeu que aquele era um projeto cancelado e caminhou em direção à sua casa.

A três quadras de seu portão, viu o vulto de um homem atrás da cerejeira plantada pela colônia japonesa na cidade. Nos primeiros segundos acreditou ser Yamada, mas o desaparecimento por completo da pessoa a fez mudar de ideia. No lugar, avistou uma delicada pétala cor-de-rosa no chão, muito pequena. Estava ao lado de folhas que começavam a cair, e Ilma pegou-a e guardou-a dentro de sua bolsa de palha marrom. Carregaria como um amuleto junto a seu terço. A flor de cerejeira não tem perfume, mas, assim como conseguira sentir cheiro de enterro no momento em que Yamada aparecera na igreja vociferando seus ciúmes, agora ela se permitia sentir o aroma que inventou para aquela flor, um que remetesse ao amor que sentia pelo teimoso namorado.

Na semana seguinte, foi, repetidas vezes, na farmácia. No primeiro dia passou pela frente, espiou, não o viu e foi embora. Noutro dia entrou para comprar um remédio para o pai, que na verdade não precisava de nada. E assim fez durante dias a fio.

Andava pela praça olhando ao redor. Se Yamada a visse, lembraria da época em que ele próprio a procurava pela cidade, na esperança de reencontrá-la depois do encontro na farmácia.

Tudo em vão; não o via por mais que seus olhos não se cansassem de procurá-lo. Santa Terezinha foi importunada várias vezes, com seus pedidos em forma de promessas para que o namorado reaparecesse. Perto das quatro horas da tarde de uma quinta-feira, passava perto do Cine Parque, onde um dia eles assistiram ao primeiro filme juntos, quando viu a irmã de Yamada e correu em sua direção. Suplicou que ela dissesse o que acontecera com ele. Clara conhecia a história do irmão com a carioca e, diante do desespero de Ilma, explicou que ele tinha se mudado para São Paulo, pois queria estudar medicina.

A capital paulista não era uma cidade na qual o namorado tivesse lhe dito que gostaria de morar. Ela teve que se encostar em uma árvore do parque, sem olhar para a sala de projeção que tantas lembranças lhe trazia, para se recompor da notícia. O curso de medicina levava anos para ser finalizado, e Ilma previa que passaria outros tantos anos sem ver seu Tomiyo novamente.

Capítulo 9
Raças e diferenças

Fazia quase um ano que Ilma não via Tomiyo, como gostava de chamar seu namorado, ou antigo namorado. Aos poucos foi voltando à sua rotina, reconfigurando seus compromissos e afazeres sem ele. Não compreendia o motivo da ausência e desaparecimento do primeiro amor de sua vida, com quem se encantou à primeira vista, a pessoa que confiava para contar os mais profundos segredos e o primeiro homem que a fez entender o significado do que era ser amada e que, principalmente, possibilitou que ela pudesse se dedicar a alguém, podendo exercer toda sua vocação de cuidar de quem se ama.

Continuou a cumprir seus deveres, mas não conseguia mais dar atenção a todos, nem a brincar com as pessoas, como sempre fez, levando os outros a se render às gargalhadas. Perdera a alegria e um pouco do viço. Além da missa, um dos poucos momentos em que se sentia em paz era quando estava em seu quarto e ouvia uma delicada música que vinha da rua, todas as quartas-feiras. Não sabia de onde vinha e quem fazia aquele som, mas era agradável e doce. Caía no sono de tão relaxada e acordava horas depois e após sonhar com Tomiyo, que sempre aparecia de forma frágil durante esses devaneios.

As amigas não deixaram de chamá-la para os encontros na praça, mas raramente ia. Abriu uma exceção naquele sábado e escolheu o vestido rosa bem claro, que há meses não usava. No meio da tarde foi ao local combinado, na praça Oswaldo Cruz, com a irmã Isa e uma amiga. Como de costume, de um lado do jardim ficavam as moças e, do outro, os rapazes.

Ilma apreciava ouvir as confidências das colegas. Cada uma sempre tinha um escolhido entre os moços do lado de lá, e contavam a

Ilma quem eram seus preferidos, com comentários a respeito do cabelo que usava, a cor do terno que vestia, quem era mais alto e mais simpático. Enquanto se distraía com as meninas, um dos rapazes, o mais loiro de todos, se aproximou dela.

— Carioca, eu queria falar com você. Me espera ali.

Praticamente todos os seus conhecidos e amigos na cidade, repleta de descendentes de japoneses, a chamavam de carioca. Não se incomodava e até se divertia, mas não queria conversar com ele. A irmã e a amiga, ansiosas pelo fim da tristeza constante de Ilma, a convenceram a ir. Ela se aproximou do lugar indicado, o canto da praça, na frente de uma igreja. O rapaz apareceu e confessou que era ele quem tocava músicas antigas perto da sua janela, todas as quartas.

— Você nunca percebeu uma serenata, com canções tão velhas quanto minha avó? São as minhas favoritas. Canto e toco para você há semanas.

Ela não conseguiu nem responder, e sentiu um toque em suas mãos. Se assustou com o atrevimento do rapaz, mas não era ele quem a tocava. Sem entender o que se passava, Ilma percebeu a presença de alguém atrás dela. Tudo se passou como num filme em câmara lenta, quando ela descobriu que a pessoa que tinha se aproximado era Tomiyo Yamada. O seu amor Tomiyo Yamada.

— Quero falar com você!

O pedido era uma ordem, irritada e urgente. Parecia que a cena com o sacristão na igreja se repetia, mas a diferença é que, desta vez, Yamada não virou as costas para ela. Ele permaneceu impávido na frente de Ilma, esperando que o moço da serenata, que naquele momento tinha as bochechas vermelhas, tamanho o susto, entendesse o que ali se passava e fosse embora.

— Onde esteve? Você se casou? — disparou Ilma, sem pensar.

Diante da raiva contida e colocada toda pra fora ali naquele momento, Yamada começou a rir na mesma hora. Ao ouvir novamente a gargalhada e ver o sorriso de seu amado, todo o sentimento que Ilma sentia por ele, e que na verdade nunca havia desaparecido, se renovou ainda mais forte.

— Não. Eu estava tomando conta de você. Com quem você saía. Seguia você para tudo quanto era canto, mas você nem me via.

Ele queria provas de amor, ter total certeza de que, mesmo longe, Ilma se lembraria dele e o guardaria como sendo o único homem de sua vida. Um pacto onde só uma das partes conhecia as regras. Ilma não tivera chance de negociar. Foi vigiada durante um ano inteiro, sem saber. Nas palavras de Yamada, ele a amava tanto que não poderia correr o risco de perdê-la, de saber que o sentimento não era mútuo.

Por conta disso, preferiu sofrer calado durante o ano todo para descobrir se Ilma se aproximaria de outro homem após ele partir. Se isso acontecesse, significaria que o amor dela por ele não era tão forte e o melhor seria se afastar o quanto antes para não sofrer ainda mais.

Por doze meses, Yamada viajou a São Paulo para estudar, mas voltava todo fim de tarde para Mogi. Além dessa aventura, nesse tempo ele comprovou que o amor de Ilma por ele era verdadeiro e sólido. Confessou à amada que ficava sempre na barbearia da esquina, onde costumava cortar o cabelo e que ficava no caminho de Ilma para a igreja, para a venda e para a escola de seus irmãos. O dono, um japonês, era seu amigo e por isso o encobertava ali. Assim que a via, saía atrás dela, sempre resguardando alguns passos atrás para não ser descoberto. Escondia-se atrás de postes, entrava em mercearias, demorava a atravessar a rua. Sempre com sua boina, para que não o reconhecessem.

Para Ilma, parecia que o tinha visto pela última vez ontem. A alegria era tamanha que não perdeu seu tempo em brigar com Tomiyo ou mesmo questionar o quanto sofrera com o desaparecimento dele. A memória mais terna que poderia vir à sua mente naquele instante era o fato de que havia sido a primeira vez em que ele segurou sua mão daquela forma, com força. Não estava acostumada com aquela sensação, parecia que uma brasa tomava conta de sua garganta, tomou um susto, e agora decidira que não largaria mais aquela mão. Passaram a andar de mãos dadas para onde quer que fossem e juraram nunca mais se afastar.

Depois de ter conseguido, por teimosia, a prova de lealdade, fidelidade e, principalmente, do amor que tanto queria de Ilma, a primeira providência que Yamada tomou foi oficializar seus desejos à sua família. Ou ao menos tentar expor o que sentia, e por quem sentia.

Em nenhum momento esquecera que seus pais eram japoneses e, tão somente por isso, sabia que não veriam com bons olhos seu relacionamento com Ilma, uma brasileira gaijin. Sempre que alguém da colônia se atrevia a engatar uma história com essa temática, era o bastante para que a notícia se espalhasse entre as rodas nipônicas, onde Yamada sempre ouvia, ressabiado e de canto, as opiniões de cada um, mesmo antes de conhecer sua namorada gaijin.

Acreditavam que a tradição, os costumes, a etnia, o idioma, os sobrenomes deveriam todos ser mantidos. A maneira de se comportar, o tempero e os tipos de comida e os valores dos gaijins eram sistematicamente criticados. Dentro da casa dos Yamada só se falava em japonês, sua mãe pouco sabia o português e seu pai mantinha rituais japoneses, como tomar bebidas alcóolicas ao estilo *mizuwari*, no qual a bebida é misturada à água gelada. Como raramente encontrava-se *shochu*, um destilado típico do Japão que pode ser feito a partir da cevada, de arroz ou da batata-doce, os japoneses elegeram a pinga brasileira como a bebida mais comumente ingerida por eles. O pai de Tomiyo dizia que tomava "para matar bicho", como ele chamava os vermes que atacavam o sistema digestivo.

Tomiyo chegou a ouvir o pai e o irmão comentarem vez ou outra sobre o futuro casamento que um dia o aguardaria, mas ele dava de ombros. Em vez de se mostrar interessado, comentou sutilmente que conhecera uma gaijin, carioca, de quem ficara amigo. Seu pai não reagira nada bem, talvez por entender nas entrelinhas, pelo tom carinhoso com que o filho falava dela, que poderia ser algo mais sério. Questionou onde e como haviam se conhecido e de onde era a família dela. Mas Tomiyo encerrou o assunto. Seu pai nunca mais perguntou diretamente sobre Ilma, mas ele percebeu que seus passeios, principalmente aos fins de semana, se tornaram assunto da família. De uma forma ou de outra, começaram a acompanhar seus passos, antes tão livres. Ninguém ia atrás dele, mas perguntavam onde ia, com quem. A forte pressão o deixava desconfortável e ele nem se atrevia a dizer que estava a caminho de algo combinado com Ilma.

Passou então a sair para passear frequentemente com Renatinho, seu sobrinho. Depois de uma tentativa frustrada de assistir a um filme com Ilma, que teve de ser abortada após seu pai desconfiar que ele não iria encontrar o primo, conforme havia dito, Tomiyo compreendeu que o único jeito de sair aos domingos sem que percebessem onde iria seria levar o pequeno filho de seu irmão junto. Não haveria reclamação nem estranheza, pois ele estava sempre fazendo companhia e dando atenção a Renatinho, que era seu xodó e agora tinha uma nova missão antes mesmo de completar dois anos: ser o álibi do tio na maior parte dos encontros, agora escondidos, com Ilma.

Quando saía, carregava a bicicletinha do sobrinho em um braço, o garoto no outro e combinava de encontrar Ilma na Praça Oswaldo Cruz. O ponto de encontro era sempre no coreto do local e, quando via a dupla se aproximar, ela caminhava sempre sorridente ao encontro dos dois. Também tinha profundo carinho por Renatinho, e saber da adoração de seu Tomiyo por crianças lhe dava ainda mais certeza de quão especial ele era. Enquanto o garoto se distraía na praça, os dois conversavam e namoravam.

— Se um dia tivermos uma filha, ela terá o nome de Teresinha.

— Por quê?

— Porque eu já prometi à santa, há muito tempo.

Enquanto confidenciava ao namorado o seu desejo, observava o cuidado que ele tinha com o filho do irmão mais velho. Ela se chateava com o fato de a família de Tomiyo não aprovar a relação. Mas era um problema que ainda considerava distante; preferia apenas apreciar os momentos nos quais podiam ficar juntos e que, no mais profundo de seus sonhos, perduravam por muito mais tempo e seriam suficientes para que Renatinho desse muitas voltas olímpicas com sua bicicletinha.

Havia outro assunto que Ilma gostaria de resolver primeiro.

Quando caminhavam, ela andava sempre do lado esquerdo de Yamada. Ele tentava, em vão, trocar de lugar na rua alegando que gostaria de protegê-la das bicicletas e dos passantes, mas ela sempre recusava, dizendo gostar de tomar sol nos braços. As caminhadas eram sempre agradáveis e repletas de confissões. Ilma já se sentia preparada a contar um de seus maiores segredos a Yamada, um defeito físico praticamente imperceptível.

— Vou contar uma coisa a você.

Pensando se tratar de uma notícia grave e triste, Yamada colocou o sobrinho no chão, deixando-o entretido com as folhas da praça, e voltou toda sua atenção à namorada.

— O que houve?

— Sempre fico do seu lado esquerdo quando caminhamos porque não consigo mexer meu braço esquerdo muito bem.

Dito isso, aproximou seu braço direito do esquerdo, revelando que era um pouco maior e que não conseguia fazer movimentos amplos com o esquerdo, como levantá-lo, por exemplo. Yamada nunca tinha percebido a diferença.

Aos cinco anos, Ilma levou um tombo ao escorregar no chão encerado da casa em que morava, enquanto brincava com os irmãos mais velhos. Seu passatempo favorito era correr o mais rápido possível para sentir o vento soprar contra seu rosto. Os médicos que lhe atenderam engessaram seu braço de forma incorreta, e depois uma infecção séria a obrigou a passar por tratamentos durante longos anos, até fazer uma cirurgia de remoção de parte do úmero, para não ter que amputar o braço. Como sequela dessa operação, Ilma não conseguia levantar o braço.

Foi nessa época que Ilma fez uma de suas promessas a Santa Terezinha. Disse que, se não precisasse amputar o braço, daria à sua primeira filha o nome da santa. E agora chegara o momento de dividir a promessa com quem, acreditava, seria o pai de seus filhos.

— Operei quando tinha seis anos. Não gosto de mentira. É um defeito, não é mesmo?

— Defeito? Não muda nada para mim. E não me interessa.

Riu e chacoalhou de leve a comprida trança de Ilma. Admirava seus cabelos, principalmente quando estavam sob o sol e os raios iluminavam alguns dos fios; sentia-se pleno quando via todo esse conjunto. No começo, eram sempre duas tranças dobradas e amarradas juntas; era sempre assim que Ilma aparecia nos encontros. Depois passou a fazer apenas uma trança, e a amarrá-la com uma fita.

— Pode dizer à sua santa que nossa primeira filha se chamará, sim, Teresinha.

Estava do lado esquerdo de Ilma e, no mesmo momento, mudou de posição, dando pulinhos de brincadeira, para satisfazer a vontade da namorada e nunca segurar o braço onde ela via problemas. Desde então, todas as vezes em que estavam na rua, automaticamente Yamada tomava seu devido lugar, do lado direito de Ilma.

Capítulo 10
A convocação

Apesar de escondido o namoro entre Ilma e Yamada já ia fazer aniversário de dois anos e a família de Tomiyo continuava a não aceitar a convivência dos dois. Na verdade, acreditavam que nada existia entre os dois e que todas as indiretas ditas sobre o assunto tinham sido suficientes para que Tomiyo compreendesse que não seria possível avançar nessa história.

Do lado da família de Ilma era bem diferente, já que Yamada frequentava a casa dos Faria aos finais de semana, por conta também da amizade com Ismar, um dos irmãos de Ilma. Todos o enxergavam como o "amigo dos meninos" da casa. Podia ser apenas um pretexto para estar mais perto da namorada, mas não era. Apreciava realmente a amizade com o rapaz. Além disso, o ambiente da casa era aconchegante, todos se abraçavam, se tocavam, eram carinhosos uns com os outros.

Para Yamada, até que era inusitado ver que Ilma estava sempre rodeada pelos braços do pai ou dos irmãos. Ao mesmo tempo que se sentia bem ao ver a felicidade da família, refletia que cenas como essa seriam impossíveis na sua própria casa. Não que faltasse amor ou respeito entre os seus, mas porque a cultura era muito diferente. Os japoneses não se cumprimentavam com beijos e abraços no Japão, não tocavam em estranhos, e, sim, faziam uma reverência.

Seus pais tinham chegado ao Brasil anos antes, mas os costumes estavam enraizados neles. O máximo que extrapolavam era cumprimentar com um aperto de mão as pessoas que encontravam, principalmente na farmácia, mas dentro de casa não havia demonstrações explícitas de carinho. Mesmo se considerando brasileiro, que era sua nacionalidade oficial, Tomiyo conservava alguns pontos indiscutivelmente herdados de suas origens, e um deles era o distanciamento físico em público.

Nem com os amigos ele costumava usar de tanta intimidade. Conhecia muitos descendentes de japoneses de sua idade, e perto deles era considerado o mais abrasileirado de todos, pois vivia rodeado dos gaijins. E ficou ainda mais próximo deles quando se alistou no Serviço Militar e foi convocado para o Tiro de Guerra, onde se formavam soldados e cabos para o Exército. Era 1939, tinha dezoito anos. Esforço físico não era problema para ele, que também tinha habilidades nos esportes. De estatura baixa, mas corpo atlético, sempre foi um bom lutador de judô, desde a infância. A arte marcial japonesa lhe dera equilíbrio e concentração. Ele também nadava e fazia salto ornamental no Clube Náutico Mogiano, um dos principais da região na época. Quando começou a namorar Ilma, já havia saído do Exército.

Desde 1942, a iminência de o Brasil entrar na guerra era real à população que tinha acesso às informações. Mães se desesperavam com a possibilidade de seus filhos, e também seus maridos, irem para o combate. No ano seguinte, o temor cresceu e os jovens com idade propícia para servirem ao Exército eram inundados de dúvidas e perguntas sobre o que aconteceria com eles. Em Mogi, muitos dos rapazes descendentes de japoneses cuidavam das plantações de suas famílias, frequentemente sendo responsáveis pelo sustento da casa ao lado de suas mães, já viúvas. A expectativa para saber quem seria obrigado a lutar gerava infundadas teorias e tensão entre os moradores.

Certo dia, no Mercado Municipal, um burburinho atrapalhava a passagem dos clientes, e duas colegas de Ilma foram conferir do que se tratava. Havia muita gente aglomerada no portão do lugar, mulheres nas pontas dos pés, homens empurrando os demais, e ouvia-se o choro doído de uma senhora, que lamentava:

— Meu filho terá que ir para essa tão inexplicável guerra. Meu único filho. Não posso perdê-lo.

As duas entenderam que se tratava da lista dos convocados e se embrenharam entre dezenas de pessoas para ler os nomes.

— Ilma, Ilma! Venha aqui! Tem o nome do Tomiyo! Ele vai para a guerra, Ilma.

Ela estava bem atrás das amigas, não entendia os gritos por seu nome nem o que eram os papéis colados na porta. Teve que se apertar no meio das pessoas para conseguir chegar perto delas, pálidas e com os olhos arregalados em direção a Ilma.

O burburinho em volta se transformou no mais quieto dos silêncios para Ilma, assim que ela enxergou o título escrito em letras maiores no papel: "lista de convocados". As amigas continuavam a falar com ela, que enxergava apenas os lábios se movendo em frases incompreensíveis para ela. O tempo parou e só ela havia restado em um mundo de lutas injustas que causariam tragédias imensuráveis. Olhou o papel, já um pouco rasgado nas laterais por tanta gente que em desespero leu e releu os nomes. Havia várias mãos na frente de seu rosto, mãos que também procuravam não encontrar os nomes que estariam naquela relação. Na ordem alfabética, infelizmente, a letra A de Alberto apareceria entre os primeiros dos papéis colados. Ilma leu e releu os nomes. Leu e releu. De baixo para cima e de cima para baixo. Procurou alguma legenda que explicasse que aqueles eram os homens que seriam dispensados da guerra, e não os convocados. Não encontrou esse dado, e sim o nome que jamais deveria estar ali. Mas estava. Alberto Tomiyo Yamada. Com todas as letras.

Aos poucos o som ao redor voltou aos seus ouvidos. Tinha virado de costas para a lista e caminhava com dificuldade, andando no sentido contrário de quem ainda não havia chegado até o portão. Eram expressões de ansiedade e desespero para alcançar logo o início da multidão. Em seu semblante havia restado apenas o desespero. Nem ao menos percebeu que as lágrimas chegaram a seu rosto. Ela não conseguia emitir uma só palavra, tendo as amigas, uma de cada lado, a lhe amparar pela rua.

Em sua casa o desespero teve igual protagonismo, multiplicado por seis. Frederico estimava Yamada por demais, e o substantivo guerra soava pesado quando relacionado a um ente querido.

Enquanto a mobilização pela convocação de Yamada aumentava, ele de nada sabia. Estava em São Paulo e sua família teve que ir até seu paradeiro para contar o que acontecera. Manteve-se firme e não revelou aos pais sua verdadeira aflição. O medo não era das trincheiras, e sim de como Ilma teria reagido caso já soubesse. Queria se casar com ela naquele mesmo dia se pudesse, mas, naquele instante, com a visível temeridade de sua mãe, nada disso seria possível, nem ao menos compartilhar seus sentimentos. Voltaram juntos para Mogi e, ainda na estação, Yamada disse que precisava falar com o amigo Antonio Sampaio, para saber se ele também fora convocado e para que, juntos, fossem atrás de mais informações sobre o que precisavam fazer.

A passos largos ele seguiu, na verdade, para a casa de Ilma, onde veio a encontrar a namorada chorando no portão. Ela não sabia se ele viria, mas olhar a rua de início ao fim, presenciar as mudanças do vento e imaginar que era ele a cada rapaz de boina que virava a esquina a mantinham viva, acordada e com uma esperança de que ele chegasse dizendo que tudo não passara de um mal-entendido. Fez uma vigília naquele fim de semana até que finalmente o moço que apareceu na esquina era o moço que ela precisava ver. O jeito de andar não podia ser de outra pessoa e, assim que o rosto ficou nítido, Yamada se colocou a correr na direção da namorada e a cada pisada no chão podia ouvir o pranto de Ilma mais alto e mais perto. Cortava-lhe o coração vê-la naquele estado de tristeza, desamparada, e simultaneamente sentia o amor se fortalecer e fazer aumentar todas as certezas que tanto necessitava ter em relação aos sentimentos que Ilma sentia por ele. Cada demonstração que ela dava de que a história dos dois era única e de que ele era e seria para sempre o único amor de sua vida criava uma nova camada de proteção imaginária em sua pele. Essa proteção serviria para que tivesse forças de encarar qualquer desafio que surgisse à sua frente, tarefas das mais duras das quais não tivera escolha por optar, tudo valeria a pena porque no mais fundo de seus pensamentos estaria a certeza de que o coração de Ilma lhe pertencia.

— Não vou morrer, Ilma. Nem o mais veloz dos fogos vai me tirar deste mundo e me deixar longe de você.

Com os cabelos grudados no rosto por conta das lágrimas, ela chorou ainda mais, e Yamada, gentilmente, afastou os macios fios para que pudesse vê-la por completo. Segurou suas mãos, não sem antes verificar se havia alguém a observá-los pela janela ou no corredor. Estavam molhadas e pareciam ter tocado o orvalho de uma folha do jardim, mas o líquido era mesmo decorrente de tantas vezes ter enxugado seu pranto e imaginado as mais torpes situações que Yamada corria o risco de viver e presenciar em uma guerra. Movimentar seus dedos por sobre a macia pele de Ilma fazia com que Yamada sentisse que a estava acalmando.

Ilma era daquelas moças que não se contentavam em apenas rezar por quem passava por necessidades ou enfrentava uma grave doença ou qualquer outro tipo de problema. Ela não podia ver alguém sofrer que sofria junto, em intensidade muitas vezes maior do que o próprio enfermo. Não conseguia controlar a angústia insuportável que era ter ciência de que Yamada poderia se machucar no conflito e que ela não estaria por perto para socorrê-lo. O barulho do choro aumentava ainda mais quando imaginava que poderia perder o namorado para sempre. Não iria suportar tamanha pancada e nem ao menos podia recorrer ao colo do pai para lamentar, pois ele não sabia do envolvimento dos dois.

Aos poucos, e depois de muitos passantes, bicicletas e cães vira--latas andarem em frente à casa, Ilma conseguiu se recompor de forma a pelo menos não soluçar de tanto chorar. Eles entraram na residência, onde Yamada foi recebido por calorosos abraços de apoio e compaixão. Era como se sua própria família estivesse ali dizendo o quanto sentiam pesar pelo fato de ter sido convocado e ao mesmo tempo o quanto estariam perto para o que fosse necessário, com todo o suporte que estivesse ao alcance de cada um deles.

Dona Noêmia tinha acabado de montar uma bandeja repleta dos docinhos que Yamada tanto gostava: biscoitos, balas, bombons, bolo... parecia mais uma caixa-surpresa para uma criança, toda colorida. Ele atacou as besteirinhas e não era possível deixar de sorrir, tamanho calor humano recebera lá dentro. Nem todos perceberam, mas Ilma não participou da recepção a Yamada, e se dirigiu ao quarto, onde segurou a medalhinha de sua santa para lhe revelar mais uma de suas promessas. Quando se sentiu segura em aparecer na frente de toda a sua família sem deixar pistas de que sua dor era maior que a de uma amiga, ela retornou para a sala, onde as perguntas para o seu namorado continuavam.

— Tomiyo, você está com medo? Será que vai ter de matar alguém?

— Não estou com medo. Sou brasileiro e cumprirei meu dever até o fim.

As frases enchiam seu Frederico de orgulho. Tinha um amigo oriental, a quem queria tão bem, e dele ouvira que estava a favor de lutar pelo Brasil, país que ele também tanto amava.

Ilma, sentada no canto do sofá, fungava o nariz discretamente e tudo o que pensava era que essa seria uma das últimas vezes em que encontraria Alberto Tomiyo Yamada.

Poucos dias depois, Yamada soube que precisava se apresentar na cidade de Caçapava, que ficava entre São José dos Campos e Taubaté. Era lá que os soldados residentes no Estado de São Paulo seriam treinados e estariam concentrados no chamado 6º Regimento de Infantaria, ou Regimento Ipiranga, também conhecido como 6º RI. Soube que havia outros descendentes de japoneses de Mogi convocados, como Satsuki Nakasone, que morava no bairro de Cocuera.

No dia da partida para Caçapava, os Faria, Yamada e muitos amigos se reuniram na estação de trem para se despedir dos muitos soldados. As Filhas de Maria, inclusive, estavam no local, todas de branco, para rezar pelos rapazes.

O pai de Ilma a abraçava; lágrimas não podiam ser controladas e, como ela era sempre emotiva, nada mais natural do que estar naquele estado de tristeza. Yamada ocupou um lugar na janela, mas logo não se conteve, levantou-se e foi até a porta. Quase se pendurou no vão do trem.

— Ilma, Ilma! Mesmo que eu vá para a guerra, espere por mim que eu vou esperar por você.

O pedido feito aos berros na frente de seu Frederico enfureceu o patriarca dos Faria, que desconhecia por completo o que vinha acontecendo entre sua filha e o amigo de seus filhos.

— Sem vergonha! Frequenta minha casa e eu não estava sabendo de nada.

Os Yamada estavam mais para o fundo da plataforma, mas também ouviram o que Tomiyo tinha dito. Foram embora sem dizer uma palavra, enquanto Ilma teve que explicar ao pai o quanto seu apreço pelo japonês era verdadeiro e que nada deveria mudar sobre o que a família pensava a respeito dele.

Na casa dos Faria, o namoro dos dois virou assunto muito mais importante do que a ida de Yamada para o quartel, que seria o primeiro passo para uma viagem da qual eles nem ao menos sabiam o destino.

Capítulo 11
Entre linhas e letras

Desde a partida de Yamada para Caçapava, os dias demoravam a passar e eram um tormento para Ilma. Nem o fato de que ele estava a menos de cem quilômetros e no mesmo país eram suficientes para acalentá-la de seu sofrimento. Na despedida dentro da estação de trem, ela perguntara:

— Tomiyo, o Japão fica muito longe?

— Sim, bem distante, do outro lado do mundo.

— Mas quantos dias se leva para chegar lá?

— De navio, mais de um mês.

— Você se lembra de como foi a viagem quando veio para o Brasil?

— Ilma, não me lembro, pois era um bebê ainda de colo. Por quê?

— Estou com medo de que você seja mandado para o Japão. Imagino que fique a muitos oceanos e mares daqui, e tão cedo não poderei lhe ver novamente.

Houve um silêncio entre os dois, abafado ainda mais pelo barulho do apito de outro trem que acabara de chegar. Se fosse apenas incerteza sobre o destino final seria mais fácil, mas era, na verdade, um profundo desconhecimento de tudo. Não havia uma só pista sobre o lugar para onde os convocados seriam enviados e o que exatamente estaria destinado a eles nessa guerra que já matara milhões.

Os japoneses bombardearam a base naval norte-americana de Pearl Harbor, no Havaí, em 1941, fazendo com que os Estados

Unidos entrassem na guerra. Foi um ataque-surpresa que matou mais de 2 mil pessoas e deu início aos combates no Pacífico. Pelo rádio, as conquistas nipônicas chegavam até as colônias japonesas que se distribuíam principalmente em São Paulo e no Mato Grosso do Sul. Migrantes reverenciavam o imperador Hirohito, conhecido como Showa no Japão, e que reinava desde 1926. Acompanhar a distância a dominação de seu país natal era motivo de honra para os migrantes.

Ilma desconhecia o histórico nipônico na guerra, mas sabia que o país oriental não fazia parte do mesmo grupo que o Brasil, e que seu território estava em combate. Desconhecia também a maneira como os soldados foram escolhidos e associou que, por ter nascido no Japão, o namorado seria enviado para lá.

Seus pensamentos eram como papéis em branco, sempre preenchidos com as mais dolorosas descrições do que poderia acontecer. Quando rezava para Santa Terezinha acontecia o contrário: seus olhos se fechavam e uma paisagem branca se acentuava quanto mais ela apertasse as pálpebras. Quando o branco se estabilizava, sentia seu corpo relaxar e era um dos poucos momentos de paz que conseguia ter, em que as mais belas cenas se passavam em sua memória. A partir desse filme sem película Ilma fazia seus pedidos à santa.

Terminada a reflexão religiosa, as dores voltavam. Muitas vezes acordava de manhã sem se lembrar do que a afligia, mas um peso que doía em sua cabeça aos poucos a trazia de volta aos últimos acontecimentos. Antes mesmo de tomar consciência de onde estava — não podia ser outro lugar senão seu quarto e sua cama — essa pontada na cabeça dizia que havia problemas em sua vida. Quando seus olhos se abriam por inteiro, a angústia que sentia um segundo antes de dormir voltava como se não tivesse descansado.

Só as cartas a salvavam do desespero solitário, aplacado com as poucas visitas que Yamada fazia a Mogi. Enquanto esteve em Caçapava, ele só podia voltar à cidade quando tinha folga. Se não conseguia dias livres, escrevia, sempre à noite, quando o batalhão já estava recolhido. Acendia um cigarro e repassava os acontecimentos mais engraçados dos últimos dias para contar à sua namorada.

Caçapava, 18 de agosto de 1943

Querida Ilma,

Como vai você? Bem disposta não é? Eu, felizmente, estou disposto a tudo, menos a trabalhar.

Na segunda-feira eu e meus amigos estivemos entretidos sobre assuntos do nosso interesse, fomos dormir muito tarde e, no dia seguinte, quando acordamos, já o sol estava alto demais para ser seis horas.

Meu amigo, que é preguiçoso ao extremo, dormiu muito tarde na mesma noite, e, precisando levantar bem cedo, deitou de uniforme para não ter trabalho de trocar as roupas quando acordasse.

Na manhã seguinte o sino da igreja bateu às sete horas, já havia passado 15 minutos da hora da entrada no quartel.

Sabe o que fez o rapaz?

Muito afobado, pensou que estivesse de pijama, tirou o uniforme e começou a vestir o pijama. Rimos tanto do rapaz que fizemos deste ocorrido o grande assunto do dia.

Mudando de assunto, o nosso batalhão irá fazer amanhã uma jornada a Taubaté.

Outra coisa que tenho de dizer, "M.V.".

Na minha próxima visita não estou certo se posso ir de trem porque no boletim do dia 18, infelizmente, constou-se que haverá um exame final do "Curso a Candidato a Cabo" nos dias 21, 23 e 24, isto é, de sábado à terça.

Agora não estou certo se no dia 21 (sábado) será no período da tarde ou apenas de manhã.

Caso a prova termine antes do horário, muito bem, embarcarei no mesmo dia, e caso termine à tarde farei todo o possível de embarcar no expresso.

Caso embarque no expresso irei esperá-la na Igreja Matriz, isto é, se não atrasar, pelo contrário peço ao "M.A." fazer um pouco de sacrifício e ir à estação.

Quanto à viagem, graças a Deus não houve menor novidade.

Lembranças a todos.

A você um abraço do Alberto

Nas correspondências, Yamada usava alguns códigos para despistar quem por acaso se apropriasse das cartas. "M.V." significava "minha vida", enquanto "M.A." era escrito para se referir a Ilma como "meu amor". Tratavam-se sempre carinhosamente e, no novo quartel, seus companheiros, que nem ao menos conheciam Ilma, entendiam que ela era de fato a dona de seu coração.

Em certas ocasiões os soldados eram liberados para andar à noite pela cidade de Caçapava, que oferecia poucas opções de diversão, mas sempre havia um canto para beber com a presença de várias mulheres. Yamada era dos únicos que não dava a mínima para a variedade de penteados, cores de cabelo e vestidos que apareciam à sua frente. Não que ele tivesse de fazer força para resistir às abordagens femininas, mas simplesmente não havia nele interesse algum nas raparigas locais. Sempre educado, ele as cumprimentava e sabia como ninguém deixar explícito, mas de forma cordial, que estava ali apenas para bebericar algo.

No Natal daquele ano repetiram o programa que fizeram na segunda vez em que se viram na vida: foram à Missa do Galo. Mas, desta vez, estavam juntos, rezando e agradecendo pelo ano que passaram lado a lado. Yamada se juntou à família Faria logo após o jantar de Natal em sua casa. No Japão não se comemorava a data e, então, no Brasil, o costume dos migrantes era preparar uma ceia no mesmo horário em que jantavam. Assim, às dez da noite a festa havia terminado na casa dos Yamada, e Tomiyo correu para a casa de Ilma, dizendo à sua família que encontraria alguns amigos.

— Há três anos, quando te vi do outro lado da igreja ajoelhada e orando com tanto afinco, eu já sabia que você seria minha namorada.

— Você é muito seguro de si, não é verdade?

Quando não estava triste por conta da convocação de Yamada, Ilma era sempre a dona das melhores provocações, brincadeiras e piadas com seus interlocutores.

— Sim, e seguramente sou o homem mais feliz do mundo, se você quer saber.

Poucos meses depois, ainda no início de 1944, Yamada e os soldados de São Paulo foram transferidos para o Rio de Janeiro, onde todo o contingente brasileiro se instalaria para receber treinamentos. Ficaria ainda mais longe de Ilma.

Ao dar a notícia, em uma de suas visitas a Mogi, viu mais tristeza acinzentar os olhos da namorada.

— Eu estava certa quando dizia a meus pais que não queria me mudar para Mogi. Se ainda morássemos no Rio poderíamos nos ver, andar pela praia. Estaríamos perto um do outro.

— Mas Ilma, meu amor, se você e sua família não tivessem vindo para cá, nós jamais teríamos nos conhecido.

A constatação de Yamada silenciou e resignou Ilma, que se preparava para mais uma despedida. Chegaria o dia em que as boas horas que passavam juntos se transformariam em dias, meses e anos em sequência?

— Tomiyo, você vai gostar do clima do Rio, é mais quentinho. Isso ao menos me tranquiliza.

— Ilma, sem você todos os lugares são frios, não importa a temperatura. Acredite que estarei sempre pensando em você, minha estimada namorada.

— Acredito, mas sinto um arrepio, às vezes gelado, de medo. E a sua família, como está?

— Vim primeiro contar a novidade a você. Só depois irei até a casa de meus pais. Nem vi o Renatinho ainda.

Despediram-se com um afetuoso abraço, que imprimiu em Yamada o perfume dos cabelos de Ilma, um aroma doce e que remetia à felicidade para ele. Quando sentiu o aro dos óculos dela encostarem em sua face, se afastou, olhou profundamente em seus olhos e disse que confiasse e tivesse fé, pois nada de mal aconteceria com os dois. Ele também prometeu que escreveria assim que chegasse ao Rio. Entrou por apenas alguns minutos na casa dos Faria para dizer adeus aos pais de Ilma, que não disseram uma só palavra sobre o relacionamento dos dois, mas pelos pequenos e sutis gestos pareciam aprovar que sua filha estivesse envolvida com o soldado.

A carioca tinha permanecido no portão da casa, e logo Yamada reapareceu para novamente se despedir. Dessa vez segurou em suas mãos e conseguiu arrancar um sorriso de Ilma:

— Enquanto eu estiver no Rio, converse bastante com sua santa e diga-lhe que em breve cumpriremos a sua promessa.

— Qual das promessas?

— Oras, assim que possível daremos à nossa primeira filha o nome de Teresinha.

Nada poderia deixá-la mais feliz do que sentir que Yamada compartilhava com ela da mesma responsabilidade perante a santa, que tanto estimava, e que não havia se esquecido da revelação que escutara sobre esse acordo feito por sua namorada.

Dito isso, Ilma apenas observou Yamada caminhando na direção contrária, indo mais uma vez embora. Estava fardado e vestia botinas de couro, boina e cinto. Ela sentia imenso orgulho de vê-lo com a vestimenta, além de achar que ele ficava ainda mais galante. Como de costume, permaneceu prostrada e encostada ao portão até que Yamada desaparecesse por completo de seu campo de visão. Seu delicado cheiro tinha ficado em suas mãos no momento da despedida e ela ainda passaria o dia todo tentando absorver até o último aroma que restava de lembrança do namorado.

Ao chegar à casa de seus pais, que ficava na Rua Coronel Souza Franco, a mesma da Farmácia Yamada, viu Renatinho correr em direção a seus braços. O garoto, assim como Ilma, adorava ver o tio fardado. Tomiyo passou bons minutos entretendo e sendo entretido pelo sobrinho antes de conversar com seus pais.

Disse que estava bem, contou que seria transferido para o Rio de Janeiro e insistiu em um assunto proibido ao mencionar que antes de visitar a família tinha passado na casa de Ilma. Esperava ouvir questionamentos e palavras contra sua namorada, que prontamente seria defendida por ele; já estava preparado para argumentar cada ponto em que Ilma fosse citada. No lugar de retrucar ou se zangar, seu pai não questionou e até mesmo ignorou o que tinha acabado de ouvir. O silêncio aterrorizador tanto poderia significar que seu namoro tinha sido aceito ou que vinha por aí uma notícia que Yamada não esperava. Foi o que aconteceu, e a conversa mudou para um patamar que ele desconfiava existir, mas que nunca tinha sido dito com todas as letras.

— Encontrei uma esposa ideal para você.

— Como assim, pai?

— Um amigo esteve na farmácia e já vínhamos conversando há algum tempo sobre sua situação, que já estava na idade de se casar e que precisa constituir uma família. Ele me falou sobre a filha de um conhecido dele, que chegou do Japão há dez anos.

— Pai, eu vou para a guerra.

— Por isso mesmo. Seria bom ficar noivo antes de ir.

— Eu vou para a guerra e não sei se volto, mas, se retornar, me casarei com a Ilma.

— A moça nasceu no Japão, é prendada, cozinha muito bem, vem de boa família. Confio muito no meu amigo.

Enquanto ouvia a conversa, a mãe de Yamada chorava baixinho para que não a ouvissem, sabendo que não poderia se intrometer na decisão do marido, mas podia enxergar pelos olhos do filho que ele estava completamente apaixonado pela gaijin.

Casamentos arranjados, ou *miai* na língua japonesa, eram frequentes dentro da colônia e faziam parte de uma antiga tradição. Era o que o pai de Yamada tentava ali seguir. Basicamente os futuros noivos, que normalmente nem se conheciam, eram apresentados por terceiros. Bastava saber que uma determinada família tinha um filho solteiro que amigos dos patriarcas avisavam assim que soubessem de outra casa que tivesse uma filha na mesma situação.

No Japão o *miai* era um pouco diferente. A tradução literal, "olhando um para o outro", permitia que o futuro casal fosse apresentado para decidir juntos se realmente queriam se casar. O noivo chegava a ser entrevistado pela família da noiva para que analisassem se o histórico do rapaz condizia com o que eles esperavam.

Tomiyo jamais se casaria sem amar a mulher com quem viveria, e para ele era impossível viver sem ser ao lado de Ilma. Da mesma maneira que o pai fez que não o ouviu, ele também fingiu não ter escutado uma só palavra da última frase dita pelo chefe da família Yamada. Não respondeu, se despediu de todos e foi então que percebeu o estado desolador de sua mãe. Mas nada disse. Pegou Renatinho no colo mais uma vez e, perto da porta, quando estavam só os dois, sussurrou no ouvido do sobrinho:

— Se eles não gostam de brasileiros, deveriam ter ficado no Japão. Um dia você também vai gostar de alguém como eu gosto da Ilma e vai me entender.

Falar com o menino era uma maneira de Yamada desabafar, como se conversasse com seu melhor amigo, por mais que ele ainda não tivesse idade para entender o que acontecia.

Colocou o garoto novamente no chão, fechou a porta e caminhou rumo à estação relembrando cada frase que seu pai lhe dissera. Não se conformava com essa visão, não via problema em se casar com alguém que não sabia falar em japonês ou que tinha uma ascendência diferente da sua. Mas tinha ficado aliviado pelo fato de que em nenhum momento seu pai tinha depreciado Ilma, com quem nunca trocou uma só palavra e, no máximo, podia tê-la visto ao longe na farmácia. Manteria em segredo o desejo de sua família de casá-lo com outra pessoa, não deixaria que Ilma soubesse de algo assim.

A viagem para o Rio foi tranquila e Yamada dormiu praticamente o tempo todo. As aulas de tiro foram intensificadas e os treinamentos ficaram mais pesados, mas era nítido que muitos dos companheiros que ali estavam não eram qualificados. Mal sabiam segurar uma arma, e seu condicionamento físico não se adequava ao esforço que precisariam fazer.

Os oficiais nada comentavam, mas a corrida contra o tempo era visível e os soldados ainda não tinham ideia de quando viajariam e nem para onde. Por conta disso, sair do quartel era praticamente impossível, mas logo na primeira semana Yamada descobriu com os amigos como burlar a segurança para passar ao menos algumas horas fora. Porém, no seu caso, precisava de pelo menos dois dias para poder visitar Ilma em Mogi. Teria que primeiro descer em São Paulo e lá pegar outro trem para a cidade onde moravam seus pais e sua namorada.

Esperou até o fim do Carnaval para colocar em prática o que aprendeu com seus colegas de Exército no Rio. Nem ao menos aproveitou a festividade tão característica da cidade. Não foram liberados e o máximo que ouviu da rua foi o som animado de pequenas turmas de sambistas que passavam na frente do quartel com seus instrumentos a tocar marchinhas. Soube que a Portela se sagrou campeã daquele ano, e que a Mangueira ficou em segundo lugar entre as escolas de samba. A notícia chegou até ele tão somente porque dois amigos cariocas passaram a noite a discutir o resultado.

Cristóvão era mangueirense, criado no morro, e não se conformava com a vice-liderança pelo segundo ano. Participou dos ensaios e sabia de cor e salteado a letra de "Glória ao Samba", de Cartola, tema daquele ano de 1944. Rufino tinha a Portela no coração e seria o quarto ano consecutivo em que sua escola se sagrava campeã.

Yamada não gostava de samba. Ouviu com atenção as repetidas estrofes que seus companheiros cantavam, algumas delas muito bonitas, mas não conseguia apreciar o ritmo. Se pudesse escolher a trilha sonora daquela noite seria "In the Mood", tocada pela Glenn Miller Orchestra.

Seu plano era escapar por um dia e uma noite na segunda-feira para conseguir ver Ilma, nem que fosse por algumas horas. Seria durante o treinamento físico na quadra principal. Do lado esquerdo havia um portão lateral quase nunca vigiado. Ele e mais três amigos se atreveram a passar por esse bloqueio, e conseguiram. Consequências não eram medidas quando o objetivo era rever a namorada. Tomiyo esquematizou que iria até São Paulo, depois pegaria outro trem até Mogi, mas antes chegou a mandar um telegrama para Ilma, pedindo que ela o esperasse na estação.

Era raro receber um recado tão rápido, que mal explicava o motivo da vinda inesperada de Yamada, mas Ilma se alegrou como nunca com a notícia.

Na hora marcada, ela o aguardava ansiosamente e levava consigo um terço novo que havia comprado e que daria a ele, para carregar em suas andanças sabe-se lá por onde. Esperou mais de uma hora, quando avistou o trem, mas Yamada não estava entre os passageiros que desceram em Mogi. Ela olhou um por um, espiou pelas portas abertas e chegou a perguntar para um vendedor de bilhetes se ele vira um japonês fardado dentro da composição. Ninguém tinha visto Yamada, e Ilma então resolveu esperar o próximo trem, que viria apenas no fim do dia. Sua vontade era não arredar o pé do local, para evitar um desencontro. Saiu no meio da tarde para assistir a uma missa e retornou para a mesma posição em que estava de manhã.

Novamente dezenas de viajantes saíram do trem, mas, de novo, Yamada não era nenhum deles. A primeira explicação que encontrou foi de que um acidente poderia ter ocorrido, o que logo descartou, pois se os dois trens chegaram normalmente os maquinistas saberiam se aconteceu algo de errado no Rio de Janeiro ou mesmo em São Paulo. Depois acreditou que a hora de ir para guerra tinha chegado e que, minutos antes de ele começar a viagem a Mogi para encontrá-la, teria recebido a ordem para se juntar àqueles que embarcariam para o combate.

Dessa vez Ilma segurou as lágrimas e entrou em estado de espera. Perdeu a voz, não conseguia explicar a ninguém de sua casa o que tinha acontecido, nem que Yamada havia enviado um telegrama dizendo que estava a caminho de encontrá-la. Os pais deram por certo que a mudança abrupta no comportamento de Ilma era por conta da transferência do namorado para o Rio, mas não sabiam que na verdade ele estava desaparecido para Ilma.

Ela só soube o que aconteceu quando recebeu uma nova carta que explicava todo o desencontro, e, então, compreendeu que Yamada tinha fugido do quartel para vê-la.

Rio de Janeiro, 2 de março de 1944

Querida Ilma,

Sei perfeitamente que você se encontra aflita pelos boatos que ocorreram por aí.

Como havia dito a você, embarquei no dia 28 no expresso para ir à sua casa, no dia seguinte de manhã. Mas tudo isso foi apenas uma tentativa, porque quando chegamos a Barra Mansa, fomos detidos pelo batalhão local, que nos mandou novamente ao Rio.

De agora em diante, haverá patrulhamento diariamente, portanto será difícil a minha ida, a não ser em traje civil.

Estou detido no quartel sem poder sair, quer dizer que perdi uma parte da minha liberdade. Melhor assim do que estar saindo todas as noites a passeio, não é, Ilma?

Por enquanto não sei quantos dias ficarei detido, portanto aguarde outra carta minha.

Não precisa se preocupar a meu respeito porque são muitos nestas condições, assim sendo, o caso será resolvido razoavelmente.

Como esta carta é via aérea não posso utilizar mais papel, portanto muitas lembranças e abraços a todos.

Yamada

Finalmente a intuição de Ilma falara mais alto e nada de mais grave tinha acontecido com Tomiyo. Em vez de chorar, ela até sorriu com a coragem que o namorado tivera em se arriscar a fugir apenas para vê-la por alguns momentos. A punição para os dois seria passar ainda mais tempo sem se ver, mas Ilma preferia isso a pagar uma penitência de perder Yamada para a guerra, o que ela ainda acreditava poder ser evitado.

Capítulo 12
O noivado

A tentativa de abandonar o quartel por poucos dias para encontrar Ilma tinha dado errado, mas Tomiyo Yamada não desistira de arquitetar uma maneira de vê-la novamente. Temia que todo o batalhão não tivesse mais permissão para se ausentar até o embarque para os campos de batalha.

Fazia mais de dez dias desde que fora preso por sair sem permissão para viajar rumo a Mogi. A maneira mais correta seria pedir um afastamento formal da Vila Militar, mas não acreditava que ganharia tal licença. Conversava bastante com o amigo Narciso Batista, que o aconselhava a esperar pelas folgas, que certamente viriam.

Naqueles dias a Vila tinha novos moradores, um grupo de oficiais do Exército dos Estados Unidos que tinha ido ajudar no treinamento dos soldados brasileiros. Yamada fazia o possível para auxiliar os demais combatentes a seguir o que os estrangeiros ensinavam. Acreditava que a Força Expedicionária Brasileira (FEB), nome que ganhou a força militar brasileira criada especialmente para a campanha na Segunda Guerra, se sairia bem em qualquer campo de batalha, mesmo observando o equívoco ocorrido em algumas convocações. Isso porque alguns companheiros não tinham preparo físico suficiente nem para as longas marchas que eram obrigados a fazer, em vários tipos de terrenos, que funcionavam como simuladores do chão íngreme que poderiam encontrar. A situação piorava nos exercícios em pistas recheadas de obstáculos.

Uma das principais mudanças notadas por Yamada era que seu batalhão na infantaria tinha agora muito mais armas à disposição para treinar, e eram diferentes das que ele conheceu na época do alistamento militar. Mais tarde entenderia que os oficiais norte-americanos estavam no Rio para ensiná-los a manusear esses novos instrumentos.

Ao fim de intensas provações físicas, diariamente Yamada se dedicava a cumprir o combinado com Ilma. Assim que os sinos da igreja mais próxima tocassem, pontualmente às seis horas da tarde, ele pensaria nela. Todos os dias o mesmo barulho bradava às seis horas, doze horas e depois ao fim do dia. Aprendeu com Ilma que se tratava dos Toques das Ave-Marias, quando preces e orações eram feitas e remetiam ao exato momento em que o anjo Gabriel dissera a Maria que Jesus Cristo tinha sido concebido.

Poucos minutos depois das seis horas da tarde daquela quinta-feira, Yamada e parte dos soldados receberam o comunicado de que seriam dispensados no fim de semana. Um grito conjunto ecoou pelo enorme dormitório em que ficavam e onde o número de soldados aumentara consideravelmente.

Março de 1944 foi o mês em que os regimentos de São Paulo, que estavam em Caçapava, e Minas Gerais, aquartelados anteriormente na cidade de São João Del Rei, tiveram seu contingente total transferido para o Rio de Janeiro e seus arredores, a fim de que os treinamentos fossem unificados.

Disputas internas entre os soldados eram imensas, desafiadoras e aconteciam todos os dias pelos mais variados motivos. Yamada, como sempre, se mantinha afastado das brigas. Sua maior preocupação era organizar alguns pequenos pertences para encontrar Ilma em São Paulo. Desta vez, não precisaria ir até Mogi para vê-la, já que seu pai havia sido novamente transferido e agora instalara-se na capital paulista. Frederico deveria receber a visita da família no exato fim de semana que Tomiyo estaria de folga. No entanto, ainda não estava certo de que todos os Faria deixariam Mogi das Cruzes em direção a São Paulo, mas ele teria mais notícias em breve.

Na sexta-feira pegou o primeiro trem que conseguiu e, mesmo exausto, não conseguiu pregar o olho durante a viagem. Estava livre do treinamento físico, mas concentrado no treino das palavras que diria quando reencontrasse a namorada. Conforme a aparente proximidade da ida para a guerra aumentava, Yamada delineava mentalmente que mais perto deveria estar de se casar com Ilma, e era isso o que precisava dizer a ela neste encontro, que talvez seria o último antes de embarcar, muito provavelmente para a África — havia o boato de que os combatentes do Brasil seriam enviados para o norte do continente africano.

Precisava ainda livrar-se da tentativa de casamento arranjado que seu pai queria lhe impor. Casaria com Ilma nem que fosse escondido de toda a sua família, mas dela não se separaria e nem deixaria que as folhas verdes que enxergava em seu futuro com ela se transformassem em secas lâminas perdidas no tempo e levadas pelo vento de um outono qualquer. Tinha que correr contra cada minuto antes da viagem que nem ao menos data possuía.

E assim o fez. Desembarcou na Estação da Luz em São Paulo e avistou Ilma nos bancos do andar superior, no lugar que especificou para ela via telegrama. Seus cabelos eram sempre o primeiro detalhe que Tomiyo admirava, e dessa vez estavam arrumados de uma maneira diferente. A parte da frente de seus cachos estava presa com grampos dourados em um delicado topete, e o restante das madeixas caía nas laterais de seu rosto, como que emoldurando-o.

— Me desculpe por ter sido preso e te deixado à minha espera na estação de Mogi. A ventania daquele dia cortava meu coração só de pensar que você estava sozinha, sem notícias minhas.

— Quase me desesperei, mas depois muito me orgulhei em saber que meu estimado namorado tinha se arriscado apenas para me ver. Mas prometa, Tomiyo, que não fará mais isso, sim?

Yamada segurou as duas mãos de Ilma entre as suas. Por ela, tudo valeria a pena. Tinha mais medo de perdê-la do que de desativar uma mina prestes a explodir.

— Quero muito lhe falar. Podemos caminhar lá fora?

O calor do fim do verão ainda molhava de suor seus rostos. E a pesada farda deixava Yamada mais desconfortável ainda com a temperatura. Mas, para o soldado, Ilma estava esplêndida, com uma saia clara e camisa branca. Era a primeira vez que os dois passeavam juntos por São Paulo.

Saíram da estação e se dirigiram ao Parque da Luz, bem em frente. O local tinha um coreto, assim como a praça onde sempre se encontravam em Mogi. Foi no banco ao lado que eles resolveram se sentar.

Na bica, à esquerda do casal, dois passarinhos não paravam de pousar e levantar voo em seguida. Davam pequenas bicadas na água e saíam antes que desse tempo de observá-los a fundo. Voltavam após segundos e repetiam os movimentos. Pareciam estar sempre com pressa, muita pressa. Uma bicada a mais e o próximo voo já estaria comprometido. Yamada estava com a mesma necessidade de se apressar, dar velocidade ao que estava prestes a dizer. Reparou que as aves faziam tudo em conjunto e praticamente ao mesmo tempo, e que, juntas, tinham coragem de alçar voos cada vez mais rasantes. Observando os dois animaizinhos, ele pensou que Ilma seria sua parceira e juntos seriam uma dupla.

— Tomiyo, Tomiyo. Está bem?

Ele não percebeu, mas a rapidez e o companheirismo dos passarinhos tinham lhe tomado toda a atenção, e não mais ouvia o que Ilma lhe dizia.

— Sim, estou, sim. Me desculpe.

— Fiquei preocupada. Perguntei duas vezes como foram seus últimos dias e você só olhava em direção àquela bica, sem responder nada.

— Ilma, você quer se casar comigo?

A pergunta veio antes mesmo que Ilma tivesse dito a palavra "nada", antes mesmo de ela terminar a frase ouviu o pedido de supetão. Era sua vez de emudecer. Colocou a mão por dentro da camisa, na altura da gola, e puxou para fora a medalha de Santa Terezinha que carregava no pescoço.

— Ilma, você quer se casar comigo? — repetiu o soldado.

Sentada do lado esquerdo de Yamada, ela apertou ainda mais a medalhinha e começou a chorar e a sorrir ao mesmo tempo. As lágrimas e a santa eram suas frequentes companheiras em todos os momentos de aflição, mas desta vez seus lábios estavam abertos, sorrindo, e não apertados em desespero. Mas ela não conseguia falar.

— Devo entender como um sim? Ilma, quero me casar com você antes de partir. Precisamos fazer isso.

— Sim, eu aceito. Desde que minha irmã me pediu para olhar para um moço bonito que estava na estação, no dia em que chegamos em Mogi, sempre soube que você seria o amor da minha vida. Mas, Tomiyo, eu preciso falar com papai.

Dito isso, ela mesma tomou a iniciativa de segurar a mão de Yamada, que estava gelada mesmo naquele calor. Ilma tinha parado de chorar.

— Ilma, podemos nos casar apenas no civil, antes da guerra. Depois, quando eu voltar, nos casaremos na igreja, se for de seu acordo.

Muitos homens casados não foram convocados a lutar, e muitos dos solteiros, após serem obrigados a ir para a guerra, não suportaram esperar pela volta do conflito para se juntarem às mulheres que amavam. Decidiram adiantar todo e qualquer compromisso como se fosse a derradeira chance que tinham de se casarem com as moças.

Ir para o combate oficialmente casados, de posse de fotos que os remetessem às suas mulheres e a uma situação real (o casamento) dava-lhes a impressão de que estariam mais seguros no *front*. Não que os namoros e noivados tivessem menos importância, mas aqueles homens queriam levar consigo o máximo de certezas na bagagem, e a incerteza de que um dia talvez nunca mais estivessem ali para se casar com suas escolhidas era concreta.

Se o casamento acontecesse antes da guerra, não mais estariam sozinhos e haveria sempre alguém no Brasil a esperá-los ou, mais importante, eles teriam lembranças para carregar ao desconhecido, aliviando um pouco a solidão.

Soldados declaravam paixões que nunca antes haviam sido ditas ou correspondidas, mulheres aceitavam os pedidos como forma de realizar um possível último desejo daqueles rapazes. E os amores já revelados e amados, como o de Yamada e Ilma, estavam apenas no aguardo de um sim. Porém, o sim definitivo de Ilma viria apenas com o consentimento de seu Frederico.

— Quero deixar tudo o que tenho em seu nome, Ilma.

— Isso não posso aceitar. Fique tranquilo, minha família não vai se opor ao nosso casamento, Tomiyo.

Os dois ainda ficaram algumas horas no parque a caminhar, conversar e contemplar a tarde ensolarada.

— Está gostando do Rio de Janeiro, não é mesmo?

— Sim, muito me agrada, mas sem você não é a mesma coisa. Cada vez que caminho pelas ruas, penso no que você diria e como me descreveria os lugares.

Andaram de braços dados por entre os jardins e resolveram que Ilma voltaria ao hotel em que seu pai estava hospedado, ali perto, no centro da cidade, enquanto Yamada visitaria um amigo. Ela contaria a Frederico sobre o pedido de casamento e mais tarde eles se encontrariam no mesmo local, pois Yamada teria que pegar um trem novamente, desta vez para visitar sua família em Mogi. Despediram-se com um discreto abraço.

No caminho para o hotel, Ilma passou na frente de uma loja de roupas de noivas. Há muito tempo sonhava com o dia em que se casaria com Tomiyo, mas as condições em que viviam agora lhe angustiavam. Olhar o vestido mais simples e bonito de todos a acalmou. Eram três na vitrine, mas o da ponta, quase escondido, a conquistou. Tinha uma pequena gola e uma renda tão sutil por cima do pano que quase não aparecia, além de delicados brocados bem trabalhados, nada muito chamativo. Ela tinha certeza de que nada de ruim aconteceria a Yamada na guerra, mas a possibilidade de se casar com ele antes da viagem a alegrava.

Manteve os olhos no tecido branco até que a loja saísse do seu campo de vista e continuou a andar rumo ao encontro de seu pai, que a esperava, pois sabia que a filha estava com o japonês.

— Como estava o Tomiyo? Ele está ansioso por causa da guerra?

— Sobre a convocação ele não disse uma palavra, papai. Falou apenas que está gostando do Rio de Janeiro, como era esperado.

— Mas vocês falaram mais sobre o quê?

Só pelo olhar de Ilma, que Frederico chamava de "olhar danado", o patriarca dos Faria imaginava que algo diferente acontecera.

— O que ele te fez, minha filha?

— Papai, Tomiyo me pediu em casamento. Ele quer se casar comigo antes de ir para a guerra.

Frederico teve que se sentar no sofá do quarto em que estava, buscando as palavras certas que diria à filha que tantos sonhos tinha em seus pensamentos naquele momento. Ele esperava que esse dia chegaria, mas não tinha desconfiado que Tomiyo faria isso antes mesmo de lutar pela pátria.

Estava ciente do relacionamento dos dois desde o episódio em que Yamada gritara da porta do trem pedindo que Ilma o esperasse até que a guerra tivesse fim.

Desde então juntou todos os recortes de cenas que recordava de sua filha com o amigo japonês. Tinha sido tolo de não perceber que havia mais do que amizade naquela cumplicidade explícita. E agora estava ali, com a filha à sua frente pedindo-lhe permissão para se casar com um soldado fadado a combater em uma guerra que não pertencia ao Brasil.

Como pai, enxergava por antecipação o sofrimento que Ilma corria o risco de passar. Poderia ficar viúva muito jovem, antes mesmo de completar vinte anos. E, conhecendo bem a filha, sabia que esse seria um luto sem hora para acabar. Ela não deixaria as vestes negras nunca mais. Pelo brilho do olhar dela, sabia que quebraria mais do que um diamante com as palavras que diria dali para frente, que não seriam de apoio ao casamento.

— Você é muito garota. Uma criança. Quer ficar presa para quê?

Dificilmente Frederico falava naquele tom ríspido e intransigente, mas precisava aparentar a braveza de um pai para que a filha o obedecesse, e não ao coração que agora estava destroçado. O importante ali era proteger Ilma, mesmo que isso custasse as duas únicas lágrimas que escorreram pelo rosto da filha. Ela se manteve firme ali, em sua frente, mesmo que não estivesse feliz com o que tinha ouvido. Por respeito ao pai, Ilma se calou, aceitando o que ele disse.

Pediu sua benção e saiu do hotel. Instantes depois, refez todo o caminho até a estação e o Parque da Luz. Passou na frente da loja de noivas novamente e, então, não se conteve. Ao avistar o vestido de que gostara, desatou a chorar. Como poderia uma vida inteira mudar em questão de minutos? Todos os planos que tinha, quando parou na frente da vitrine pela primeira vez, não eram mais possíveis de serem realizados. Não se casaria com Yamada, ao menos não antes da guerra. Era como aguardar o pôr do sol o dia todo, se distrair por um instante e perder a bela cena de vê-lo se recolher. Fechara os olhos e tudo mudara.

Ilma chegou antes à praça e postou-se na calçada do portão que ficava bem na frente da estação. Como de costume, nem percebeu que chorava e também não notou quando Yamada se aproximou. De longe, viu que a futura esposa não vestia o sorriso que ele esperava encontrar. Soluçando, Ilma lhe contou que o pai não aprovava o casamento.

Não seria uma surpresa para Yamada, que imaginava a reação do sogro e, a bem da verdade, fosse ele pai também não aprovaria que a filha se casasse com um soldado que poderia encontrar a morte antes do tempo. Mesmo assim, manteve-se irredutível quanto ao que queria.

— Por que acatou o que seu pai disse?

— Meu pai é meu pai. Não posso desobedecê-lo. Tenho fé em Deus que você vai e volta, e que conseguiremos realizar nosso sonho.

— Então vamos ao menos ficar noivos.

A surpresa e os ensaios que Yamada treinara no trem não tinham acabado. O bolso da farda escondia uma surpresa comprada horas antes de seu embarque. Ele mal se conteve ao levar a mão ao uniforme e tirar uma delicada caixinha marrom.

Ilma compreendeu do que se tratava, sem poder acreditar que o namorado havia pensado em tantos detalhes.

— Ilma, aceita ser minha noiva?

Abriu a caixa, que abrigava duas pequenas alianças, pegou uma delas e a colocou no dedo anelar da mão direita de Ilma, que fez o mesmo com a outra aliança. Eram anéis delicados, ainda sem os nomes gravados, e por alguns minutos Ilma permaneceu com a mão próxima aos olhos, para admirar o presente que acabara de ganhar. Estava oficialmente noiva do homem que escolhera.

— Vamos agora mesmo comprar roupas de cama para montar nosso enxoval?

A pergunta bem poderia ter sido feita por Ilma, mas o ansioso para os preparativos do casamento era Yamada, que fazia a agora noiva rir só de presenciar tamanha aflição.

Eles não conseguiram se separar nos momentos seguintes, e Yamada acabou perdendo o próximo trem para Mogi. Colocavam uma mão em cima da outra, só para observar as duas alianças sobrepostas.

— Tomiyo, não se esqueça do que te disse. Tenho fé em Deus que você vai e volta, e que nosso sonho será realizado.

Capítulo 13
O Rio de Janeiro como testemunha

O barulho contínuo das rodas do trem dava ritmo às lembranças que não saíam da cabeça de Tomiyo. Sentado no banco de madeira próximo à janela, observava a grama mal aparada que cercava a estrada, algumas casas que de tão próximas da beira do trilho pareciam que seriam invadidas pelos vagões, vultos de folhas que balançavam e caíam com a força do vento e o céu a escurecer, carregado de nuvens, típico de uma tarde de verão que traria muita chuva no caminho que o levava de volta ao Rio de Janeiro. Pingos começaram a cair e a borrar sua visão pelo vidro, primeiro lentamente, depois os rabiscos líquidos aumentaram até que a garoa se transformou em temporal. Trovões ocuparam o pódio mais alto dos sons e brigavam entre si no ouvido de Yamada, que os recebeu como um acalento para desacelerar tamanha agitação por conta do dia em que finalmente pediu Ilma em casamento.

Há poucas horas estava com ela, em São Paulo, tomando coragem para dizer o que ensaiara, colocando o anel em seu dedo e ouvindo que sim, a carioca também queria se casar com ele. Seu plano não tinha funcionado exatamente como imaginou, pois seu Frederico não havia permitido a união, mas o pedido estava feito e Ilma carregaria com ela a joia que selava o compromisso. Guardava com ela também a confiança inabalável de que ele voltaria são e salvo do combate.

Tamanha certeza dava segurança a Yamada, que também se apoiava na fé da noiva.

Durante as horas de estrada, ele resgatou cada cena que viveram no parque naquela tarde e só depois conseguiu compartilhar a boa nova com os amigos que estavam com ele na viagem, Narciso e Sampaio. Dezenas de outros jovens de São Paulo embarcaram junto com Tomiyo para retornar à Vila Militar, no Rio. Eram soldados e oficiais que, assim como ele, tinham aproveitado a folga para visitar suas famílias e agora retornavam para dias incertos e tomados pelos treinamentos.

Ele precisava mostrar ao pai de Ilma o tamanho de seu comprometimento, o quanto desejava se casar e que sua responsabilidade, ao iniciar uma família, seria forte e duradoura.

Decidiu que, quando chegasse novamente ao Rio, escreveria primeiro uma carta para toda a família Faria, e não endereçada apenas a Ilma. Foi o que fez assim que desembarcou e pôde conhecer parte da cidade que ainda não tinha visitado.

Estado do Rio de Janeiro, 14 de março de 1944.

Prezada família Faria,

faço-vos saber, por meio desta, que a nossa viagem ocorreu na maior parte do tempo com grande entusiasmo, mas distinguiam-se, entre muitos, alguns que se mostravam inquietos, outros mergulhados numa tristeza profunda, talvez pensando em entes queridos que aí deixaram.

Mas não pensem, meus bons amigos, que a viagem toda prosseguiu nesta monotonia. Logo após ter passado as primeiras estações, todos sem exceção caíram numa brincadeira gostosa, inclusive eu.

A viagem foi longa e penosa, levando 23 horas e 45 minutos. Fizemos baldeação no túnel 8. Às 6h45 chegamos em Deodoro, onde tomamos café da manhã e fomos passear.

À tarde chegamos à cidade. Conheci a Lapa, Avenida Rio Branco, Largo São Francisco e Largo Carioca, onde almoçamos.

No princípio pensei que o povo carioca não gostasse de soldados, mas a impressão foi outra, porque logo no primeiro dia de passeio já fomos cumprimentados e até alvo de conversas animadas. Quanto ao clima, não posso dizer nada porque só encontramos chuva, mas não resta dúvida de que aqui no Rio faz um calor abafado.

Mudando de assunto, como vão todos?

Espero que estejam bons e alegres como sempre.

Como vai você, Ilma?

Conte-me suas notícias que estarei esperando ansiosamente.

Eu, da minha parte, estou triste e ao mesmo tempo satisfeito, portanto espero que não saia uma salada de fruta.

Esta salada não sairá boa porque há mais dose de tristeza e saudade do que outra dose. Estão dizendo que vamos ter 12 dias de dispensa na Semana Santa.

Sem mais tempo desde já, lembranças a todos.

Do Yamada

Salada de fruta foi o termo que Tomiyo encontrou para dizer que não gostaria que o sacrifício de ir para a guerra fosse em vão. Ao mesmo tempo que estava triste por ter que se afastar da noiva, sentia-se orgulhoso de sua posição como soldado da FEB, que defenderia o Brasil.

Lacrado o envelope, Tomiyo Yamada podia ainda escrever linhas e linhas para Ilma, em uma carta separada. Tinha em mente e no coração tudo o que gostaria de repetir e enviar a ela, mas o mais prudente seria endereçar notícias para sua futura família como um todo. Não queria correr o risco de desagradar ainda mais seu Frederico.

O clima no quartel se alternava desde que voltaram de São Paulo. As doses de tristeza e saudade que mencionou na correspondência eram sempre cavalares e deprimiam boa parte do batalhão. Das histórias que ouvia dos colegas, raras eram as que não mostravam desespero, e, nessas horas, ele sentia ainda mais orgulho de Ilma, que por mais desesperada e entristecida que estivesse lhe dava apoio e firmeza mesmo nos momentos de maior aflição. A partir dos relatos percebia que Ilma era a melhor companheira e que sua escolha em relação a ela seria sempre a mais acertada de toda a sua vida.

Os cariocas, que voltavam para suas casas com mais frequência que os paulistas e mineiros convocados para a guerra, traziam ainda mais impressões negativas sobre o conflito e a participação do Brasil. Com frequência, nos intervalos do treinamento, pequenas rodas de conversas eram formadas e os moradores do Rio dominavam o discurso com o tom nostálgico que traziam de suas visitas às famílias. A falta de preparação psicológica da tropa ficava ainda mais nítida nesses momentos.

Yamada buscava foco nas tarefas que recebia diariamente e sempre desconfiava de prosas exageradas.

No dia seguinte ao que postou a correspondência para os Faria, recebeu um telegrama de Ilma informando-o que estava doente, muito gripada, além de um código que só ele poderia entender: terminava com a palavra "sonho". As cinco letras tornavam a soar em voz baixa para Yamada a cada vez que relia o papel. E o sonho era comum aos dois, porque se referia ao casamento e à promessa de dar à primeira filha o nome da santa de devoção de Ilma. Sempre que mencionavam a palavra se lembravam imediatamente do desejo por trás dela.

Não fazia nem dois dias que enviara uma carta para a família de Ilma, mas não resistiu. Pegou seu bloco e caneta e naquela mesma noite escreveu para a noiva, dando conta de que ele também estava gripado. Colocava seus pensamentos no papel sempre enquanto observava a escuridão em volta do quartel, que ele podia enxergar pela janela que ficava no alto do dormitório, com grades marrons e antigas. Aquele era seu único contato com o mundo externo, que via por meio das estrelas.

Rio de Janeiro, 16 de março de 1944

Querida noiva Ilma,

fiquei muito sentido ao saber que está passando mal da gripe, e espero que ao chegar esta esteja em completa saúde.

Creia, minha boa Ilma, eu também fiquei muito gripado na noite passada, dia em que recebi a sua carta. Até parece que me mandou um pedacinho de sua gripe. Não acha?

Fiquei muito contente ao saber que as minhas cartas chegaram, considerava-as perdidas porque meu amigo, em vez de selar com a quantia correspondente à via aérea, selou-as como sendo simples.

Tenho aqui bastante tempo para me divertir, mas fico pensando na saudade e ainda mais com a preocupação do seu estado, prende-me aqui. Portanto não tenho saído, mesmo que meus amigos insistam.

Tenho saído de vez em quando com o Narciso, que também esteve preso. É aquele rapaz que encontramos na estação com a sua noiva, com quem se casou há pouco tempo. Diz ele que não é vergonhoso ir preso porque aqui no exército não há lógica.

A notícia da chegada dos seus tios me causou bastante alegria, ao mesmo tempo uma tristeza me envolve por não ter certeza da sua vinda ao Rio.

Mas estou certo de que virá com seus tios o mais breve possível. Lembra-se, querida Ilma, quando prometemos pagar juntos aquela promessa? Não foi? Pois espero com ansiedade este dia.

Peça aos seus bons pais o consentimento e venha, que as saudades já são demais.

Caso não seja possível vir, paciência, me conformarei com a situação e esperarei outra oportunidade. Quanto ao terno não convém mandar porque não sei se terá outra oportunidade, mas caso resolva vir, mande-me.

Terminando, faço votos de todo coração do seu noivo para que melhore e esteja pronta para a viagem.

Um forte abraço a todos desta alegre e boa família.

A você, querida noiva, mil abraços do seu sincero noivo.

Tomiyo

Dois tios de Ilma estavam em São Paulo para visitar a família e voltariam para o Rio dentro de dias. Ela mostrou interesse em acompanhá-los para passar uma temporada na Cidade Maravilhosa e aproveitar para se encontrar com Yamada. Seus pais ainda estavam reticentes, mas sua tia Zulmira aceitou de bom grado levar a sobrinha, entusiasta que era dos amores correspondidos.

A semana no quartel terminou de forma pesada e Yamada precisava desesperadamente rever sua noiva para que a alegria retornasse. Periodicamente havia um exame médico para rever as condições dos soldados e, a cada leva, muitos homens eram dispensados por conta das aptidões físicas. No lugar, chegava um novo grupo totalmente despreparado e os oficiais precisavam recomeçar todo o treinamento. Isso aconteceu com a turma de Yamada, que perdeu a companhia de José Queiroz, com quem tinha engatado uma amizade, e teve que assistir às coordenadas de seu comandante mais uma vez. Estava feliz por Queiroz, que se viu livre da guerra, mas preocupado com as condições de seu batalhão.

Nos últimos dias, aproveitou para visitar Cascadura, Madureira, a Avenida Rio Branco e Avenida Atlântica com os amigos que ficaram, mas, como já havia adiantado a Ilma, nada o satisfazia.

A todo instante se lembrava da noiva e, conforme anoitecia, a dor aumentava, sentia-se em uma penumbra interminável e, quando a escuridão por fim chegava, seu coração reclamava tanto de estar longe que entrava em desespero por não poder estar perto de Ilma.

O sábado de 18 de março de 1944 amanheceu lindo no bairro de Deodoro, onde estava o quartel, e mais uma vez Yamada se pôs a escrever para Ilma, ciente de que a carta anterior ainda não chegara às mãos da noiva. Às vezes enviava correspondências apenas um dia depois de ter postado a última. A periodicidade não lhe importava. Importava colocar no papel seus sentimentos frescos, no calor do que pensara e na vontade que tinha naquele momento; era como se falasse frente a frente com Ilma.

Contou como se sentia no escuro da noite, reclamou de estar longe do ser amado, que ela era, sempre o consolando nos momentos de tristeza e agonia. Nomeou como "mal agradável" as agruras pelas quais vinha passando, pois estava convencido de que chegaria o dia que tanto ambicionavam, repleto de felicidades estocadas nos últimos meses, e que o mais importante já tinham, a certeza de que seus pequeninos corações amavam e eram amados com toda a sinceridade.

Pediu que ela também tivesse paciência. Quando terminou de pincelar essa frase, colocou os papéis de lado na mesa e olhou ao redor do campo de treinamento. Estava sentado bem na frente do seu posto de trabalho diário, onde a terra batida era esquentada pelo sol, que também atingia sua pele. Um cheiro agradável vinha dos fundos, onde ficava a cozinha, e, não fosse pelo fato de estar a quilômetros de distância, sozinho e talvez prestes a embarcar para uma guerra, acreditaria ser aquele um sábado comum, de pessoas comuns que aproveitavam o fim de semana como um outro qualquer, com a preocupação apenas de relaxar e se divertir. Não sabia quando voltaria a vivenciar a sensação de ter seu futuro apenas em suas mãos e, por vezes, não via esperança, Mas para Ilma precisava mostrar ser o mais confiante de todos os homens, por isso lhe pedia paciência.

No mais profundo de sua consciência, sabia que a noiva precisava era ter calma com ele, teimoso e sempre insistindo em pedir que Ilma fosse fiel à relação dos dois, mesmo que não fosse preciso um só pedido em relação a isso. Novamente não se conteve e, além de dizer que adoraria que ela estivesse no Rio, bateu na mesma tecla da fidelidade:

> *Sei que vou te ofender, mas sejas fiel ao nosso amor, e da minha parte jamais desviarei o meu olhar da tua imagem graciosa.*
>
> *Querida Ilma, sempre que chega 18 horas peço ao nosso bom Deus que se torne mais breve a realização do nosso ideal.*
>
> *Sendo impossível escrever tudo quanto sinto, aguardo com ansiedade e também espero que tu escrevas tudo o quanto diz o teu coração, para me trazer um pouquinho de aconchego.*
>
> *Aguardo com toda ansiedade e breve.*
>
> *Do teu querido,*
>
> *Tomiyo*
>
> *(No dia 14 mandei uma carta à tua família).*

Quando fechou o envelope o sol se movia de lugar e avançava pelo quartel, fazendo com que outras áreas também sentissem o calor que não era humano, mas esquentava. Yamada não tinha percebido, mas nas mesas, bancos e gramados ao redor havia algumas dezenas de homens que também escreviam seus desejos e medos em papéis em branco, que seguiriam o mesmo caminho que a carta a ser enviada para Ilma.

Os desencontros com correspondências eram comuns e, por isso, ele não sossegava enquanto não recebesse uma resposta da noiva, motivo pelo qual escrevia uma atrás da outra, da mesma forma que fumava um cigarro em seguida do outro. Tragar e depois soltar a fumaça dava a Yamada o alívio necessário para conseguir seguir com as obrigações do quartel e, ao mesmo tempo, conviver com a falta de

Ilma. Segurar um cigarro entre os dedos era como ter a certeza de que ao menos o tabaco era seu, pertencia somente a ele e a mais ninguém, tinha controle sobre quantas vezes o levaria à boca, podia fazê-lo durar mais se tragasse menos, apertar com força ou não e apagá-lo quando quisesse. Só não controlava a velocidade com a qual era queimado, sempre no mesmo ritmo, da mesma forma que ele não tinha como regular a data exata em que iriam embarcar para a guerra.

Após um dia contemplativo, foi difícil pegar no sono naquela noite. Aflitivo era nunca saber se as cartas chegaram no seu destino, se foram de fato despachadas, e era ainda injusto ter de enviá-las. Se a guerra não existisse, ele não estaria longe de Ilma e escrever seria desnecessário.

Capítulo 14
Saudades não matam

Domingo era o dia da semana mais tranquilo para os soldados, que não se extenuavam tanto, e faziam uma quantidade menor de exercícios. Mas ainda assim havia algum esforço a ser feito. Em meio à rotina dos boatos de que uma primeira parte da tropa embarcaria em breve, Yamada recebeu o aviso de que havia um telegrama para ele no escritório postal. Saiu em disparada, acreditando ser de Ilma relatando algum agravamento de sua gripe. Correu até o local para encontrar um documento escrito não pela noiva, mas por sua tia Zulmira. Era irmã de dona Noêmia, mãe de Ilma, e avisava que chegaria naquela tarde ao Rio e trazia consigo um presente que ele deveria por bem receber. Yamada não se atentou ao referido agrado, e sim ao horário. Ela desembarcaria às quatro horas da tarde e o relógio já marcava cinco e meia. Certamente não daria tempo de apanhá-la na estação, e assim que possível iria à sua casa se desculpar. Percebeu então que a tira de papel tinha mais uma informação. Dizia que Ilma iria viajar com ela.

Ilma. Era ela o presente que deveria apanhar. Ilma estava no Rio e Yamada nem ao menos tinha ido encontrá-la na estação.

O coração em disparada e a cabeça atordoada sem saber se ficava feliz, porque a noiva estava na cidade, ou se lamentava o fato de que tinha perdido o horário para vê-la saltar do trem, assim como quando a avistou pela primeira vez, em Mogi. Porém, estava em êxtase independente da decisão que seu cérebro tomaria.

Foi correndo confidenciar a Narciso que Ilma estava a poucos quilômetros dele e que precisava vê-la ainda naquela noite.

O amigo o demoveu da ideia de sair escondido, para que depois não corresse o risco de ser preso e ficar sem ver Ilma por completo. Ele teve que aceitar o conselho, que fazia total sentido, para não deixar escapar por entre os dedos, os mesmos que seguravam o cigarro, a chance que teria de encontrar Ilma.

Às seis horas da tarde em ponto, ao tocar dos sinos, se colocou a pensar na boa gargalhada que ouviria dela ao se encontrarem. Seria a primeira vez que iriam se ver no Rio, longe da família de Yamada, que se opunha ao relacionamento, e do pai de Ilma, que aceitava o namoro, mas discordava do casamento antes da guerra.

Logo cedo, na manhã seguinte, Yamada conseguiu conversar com oficiais e pedir uma dispensa, alegando que um amigo ficara doente. Tinha nas mãos o endereço de dona Zulmira e partiu assim que recebeu a autorização do oficial. A casa ficava em Madureira e ele se dirigiu até lá fardado, atraindo olhares não apenas pelo uniforme, mas por ser um japonês.

Desceu no ponto mais próximo do endereço que segurava impaciente nas mãos e, assim que chegou na rua correta, se deparou com uma surpresa. Avistou Ilma parada no portão, assim como sempre fazia em Mogi das Cruzes. Estava tão reluzente quanto na última vez que se viram, havia pouco mais de uma semana, e a aliança brilhava ao longe, refletindo diretamente no rosto de Yamada. Ele correu em direção à noiva, que mal podia se conter.

— Finalmente você está no Rio para me ver, Ilma!

— Não pude deixar de vir, aproveitei que tia Zulmira me convidou e papai autorizou. Pedi muito a Santa Terezinha que eu tivesse mais chances de te ver antes do embarque.

O calor das mãos entrelaçadas se dissipou brevemente com a voz de uma senhora, que viria a ser tia Zulmira se aproximando do portão. Yamada soltou Ilma no mesmo segundo.

— Meu rapaz, então você é o famoso Tomiyo? Me falaram tão bem de você que imaginei te encontrar assim que descesse do trem. Pensei que estaria lá por horas. Me enganei?

A princípio Yamada se tomou por ofendido e assustado, mas percebeu que era uma brincadeira desafiadora por parte da tia de sua noiva. Zulmira desatou a gargalhar assim que finalizou a pergunta.

— Me desculpe, senhora, recebi o seu recado apenas às cinco e meia, não era mais possível chegar à estação. Mas se tivesse lido antes o telegrama estaria desde cedo no aguardo. Por certo que estaria!

— Não se preocupe. Imaginei. Olhe, Ilma é muito importante para nós, sim? Cuide bem dela. Vou deixá-los um pouco aqui no portão, mas não se demorem.

Cúmplices, Ilma e Yamada apenas se olharam sorrindo. Ele já tinha entendido tudo. A tia era uma aliada que amava bonitos romances e seria, além de tudo, torcedora fervorosa do casal.

— Minha tia é uma das melhores pessoas que conheço. Na viagem contei tudo sobre você.

Só agora Yamada percebera que Ilma não conseguia dizer três palavras sem começar a tossir. Sua gripe não havia sarado nos últimos dias e, com a viagem, só fez por piorar.

— Não se preocupe, Tomiyo. Estou até bem melhor agora que te vejo em minha frente. Meu corpo doía tanto que, por um momento, pensei em ter que cancelar a viagem.

— Isso seria por demais triste, Ilma, mas quero que se recupere.

— Jamais deixaria de vir aqui te ver.

— Está feliz com sua nova joia?

— Muito! Ando orgulhosa, e, quando percebo, praticamente exibo minha aliança a todos que me cumprimentam.

— E seu pai?

— Como estamos apenas noivos e eu aceitei me casar apenas quando você voltar, meu pai está mais tranquilo. Vi de longe ele, minha mãe e tia Zulmira a conversar, mas não sei do que falaram.

À noite, depois do jantar, Yamada teve que retornar para o quartel. O combinado era que ficasse apenas algumas horas fora, mas conseguiria retornar no dia seguinte para novamente encontrar Ilma. Dona Zulmira pediu que ele ficasse responsável por mandar notícias à família Faria, e foi o que fez assim que voltou à Vila Militar.

Rio de Janeiro, 21 de março de 1944

Estimada família Faria,

A pedido da senhora Zulmira escrevo-lhes esta carta desejando-lhes boa saúde e ao mesmo tempo agradeço sinceramente a confiança e boa vontade de todos.

O trem chegou sem novidade na hora exata. Não pude esperar a composição em que elas viajavam em Cascadura porque só recebi a carta no dia 19.

Pude ir à casa da senhora Zulmira só no dia seguinte à tarde. Demos umas voltinhas na praça de Madureira e aí tive o prazer de conhecer o senhor Mario, muito alegre e divertido. Ficamos conversando por poucos momentos porque estava em serviço. Escrevo esta carta de uma maneira bem simples, não sei se vocês gostarão.

A senhora Zulmira mandou muitas lembranças à senhora Dona Noêmia.

De minha parte aceite com sincero apreço este abraço a todos.

Também a você Isa, mil abraços do seu sincero amigo.

Tomiyo

Senhora Zulmira pede para que escrevam o mais breve possível a ela.

Estou de saída porque já está na hora de eu ir à casa dela.

Sobre a Ilma, peço que fiquem descansados porque ela já se acha bem melhor e está apenas um pouquinho constipada.

Ela continua tomando o remédio que compramos na farmácia.

Gostei imensamente da senhora Zulmira. Ela é muito alegre e atenciosa. Ontem mesmo me convidou para jantar, e estava do outro mundo.

Ilma ficou na cidade por mais dois dias e a despedida não poderia ser diferente. Tristeza em lágrimas e a dúvida por não saber se era realmente um adeus ou se mais uma vez conseguiriam se encontrar antes da partida das tropas. Yamada continuava a contar casos engraçados nas cartas, imaginando que arrancaria risos e traria felicidade para sua noiva, que tão triste ficava a cada partida.

Rio de Janeiro, 28 de março de 1944

Saudações.

Recebi a sua carta no dia 27.

Quando me achava descansando no intervalo das instruções, me informaram que havia chegado uma carta, e, incontinenti, pedi ao tenente para ir buscá-la.

Fiquei muito contente ao saber que todos estão gozando de perfeita saúde e agradeço igualmente pelas atenções especiais que têm demonstrado, enviando-me a imagem da Santa Virgem e também pelas suas rezas diárias.

Eu aqui estou morrendo de saudade de todos vocês. Quanto às carioquinhas, pode estar descansada porque não perderia meu precioso tempo em flertes por mais bonitas que fossem. Mas falando a verdade, existe cada morena do barulho...

Se por acaso você não gostou da minha brincadeira, que mande uma bofetada bem dada. Ouviu?

Tenho passado muito tempo com Chico, Sampaio, Henrique e Celso. Ontem, por exemplo, eles vieram me chamar para irmos passar o dia na praia Vermelha. Saímos às 7 horas da manhã.

Passamos uma tarde cheia de alegria sob este céu azul da sua Cidade Maravilhosa. A paisagem, como você sabe, era um encanto, parecia um paraíso. Moças e moços se divertiam à vontade. Nós também nos misturamos com aqueles banhistas camaradas e jogamos uma partida de voleibol.

Gostei imensamente do Rio por ter belezas naturais, principalmente na Zona Sul da cidade. Existem bonitos prédios à beira-mar, mas referindo-me à indústria e comércio estou convencido de que o meu estado está muitas vezes acima da seca.

Aqui se encontram infinidades de lugares atraentes, e também existem certos costumes que me chamaram atenção.

Nos restaurantes daqui os fregueses que entram, antes de pedir o que querem, vão primeiramente ver o que está sendo preparado na cozinha, e para isso levantam a tampa da panela! A princípio pensei que fossem inspetores de higiene.

Um dia desses fomos passar uma tarde no Meyer e procuramos uma casa onde pudéssemos jantar. Perguntamos no boteco se havia por perto uma pensão. Disse o homem que existia uma "casa de pasto". Nós ficamos confusos por não entender o que era a tal "casa de pasto" e passamos a noite sem jantar.

Rimos tanto quando de volta soubemos que a "casa de pasto" era o nome de uma pensão.

Não tenho mais tempo, então deixo esta prece desejando-lhe mil felicidades e forte abraço do seu sincero

Tomiyo

No fim do mês os soldados de todos os batalhões foram convocados para um desfile militar. Yamada soube que, na verdade, apenas a infantaria estaria presente. O rebuliço no quartel foi enorme, e era a primeira vez que presenciava tamanha animação nas centenas de milhares de homens ali residentes.

Passavam brilhantina nos cabelos, sorriam para o espelho, aprontaram-se como se fossem para um baile em que encontrariam belas moças. Alguns acreditavam que iriam realmente se deparar com a mulher de seus sonhos, durante a passagem das tropas pela cidade.

As ruas estavam lotadas, com muitas bandeirinhas a balançar na mão de crianças, mulheres, homens, senhores e senhoras. Parecia que a cidade toda tinha ido prestigiar aqueles que representariam o país na Segunda Guerra Mundial.

Se Yamada já tinha orgulho de servir à pátria, agora o sentimento estava mais do que enraizado. Ele marchou com vigor, feliz por sua participação e por visualizar um objetivo na campanha. Nunca tinha sentido o apoio irrestrito de toda uma população. Escutava gritos e palmas misturados a tambores. Pela primeira vez o temor da guerra cedera lugar à paz para todos os combatentes ali reunidos.

Em São Paulo, a tranquilidade e a euforia do desfile estavam longe de sequer passar pela porta da nova casa dos Faria. Bastava se afastar do noivo para que Ilma parasse de se alimentar e não fizesse nada além de rezar. No início de abril, Yamada conseguiu uma semana de folga e viajou para a capital paulista. Ele queria convencer seu Frederico a permitir o casamento o mais rápido possível, mas não houve um só momento em que o pai de Ilma desse uma chance para o assunto ser abordado.

Frederico bem sabia que a chegada do japonês transformava sua filha em outra pessoa. Até sua pele ficava com um aspecto mais saudável, além de voltar a comer e fazer piada com todos que lhe dessem abertura.

Já tinha virado rotina o ritual de despedida do casal, e não tardou para que Yamada novamente tivesse que voltar ao Rio.

Dessa vez a tristeza de Ilma se elevou a potências incalculáveis e ela desaguou na caligrafia perfeita, usando de palavras que normalmente não demonstrava. Sentia-se morta longe do noivo, sem vida e sem força para continuar. Esse sentimento ficou claro nas últimas palavras de sua carta:

> Saudades não matam, mas sepultam um coração em vida.

Tomiyo a recebeu e não pôde deixar de se emocionar com o trecho final. Eles viviam um luto sem morte, afundavam sem naufrágio, estavam no escuro em dias claros, nada poderia descrever a sensação de impotência que tinham. Só restava aos dois serem mensageiros de boas notícias e declarações mútuas em meio à Babilônia.

Rio de Janeiro, 18 de abril de 1944

Minha querida noivinha,

Espero que esta mensageira das saudades vá encontrar-lhe gozando de perfeita saúde e sempre jovial.

Graças a Deus estou curado da constipação, e me sinto alegre, disposto a tudo. Ainda mais pensando em você, me sinto esquecido pelas tristezas.

No momento da nossa despedida fiquei tão contente que viajei pensando e recordando tudo o que fizemos durante aqueles cinco dias. Passaram tão depressa, não é?

A viagem me ocorreu de mil maravilhas, comodamente sentado, pois seu pai me arranjou um lugar do chefe do trem. Não houve tempo suficiente para conversar com ele, apenas despedimo-nos com forte abraço.

No momento em que o trem ia partindo, tentei mostrar a aliança, mas foi em vão, parece-me que não compreendeu meu intuito.

Talvez já seja do seu conhecimento sobre o patrulhamento das estradas. De fato alguns soldados foram presos, mas a sorte me favoreceu de tal forma que passei naquela confusão toda dormindo, portanto nada me sucedeu.

Já estou há dias no "Curso de Instrução Especializada", apenas recebendo instrução teórica, de modo que estou mais à vontade.

No domingo passado não resistindo mais de tanto pensar na minha vida, na "nossa vida", comecei a andar, andar tanto que fui parar em Paquetá.

Não me arrependi porque aí encontrei muitas maravilhas e só assim pude apoquentar minhas ideias malucas.

Minha cara Ilma, não resta dúvida que faz poucos dias da nossa despedida, mas apesar disso já sinto saudade sua como se fosse há mais tempo.

Quando acabar de ler esta apressada carta, dê um sorriso bem gostoso e que conserve até a minha chegada, que será no dia 28 ou 29.

Lembranças a todos.

A você minha noivinha, um abraço bem forte do seu noivo.

Tomiyo

N.B.: "Saudades não matam, mas sepultam um coração em vida". Recebi a sua carta, desculpe de a citar, mas não parei de pensar nessa constatação. Será que não matam mesmo?

Capítulo 15
Origens

— Por que veio para o Brasil se não gosta de brasileiros?

A pergunta não tinha ouvinte, não se tratava de um diálogo e o embate acontecia inteiramente dentro das divagações solitárias de Yamada ao chegar, numa noite chuvosa, na Vila Militar, no Rio de Janeiro. Ele mesmo formulava a questão, repetia todas as palavras, dava ênfase ao ponto de interrogação e respondia como se fosse seu pai, Kinsiti Yamada, que tinha vindo do Japão e morava há mais de duas décadas no Brasil.

Repetiu a pergunta novamente, desta vez em voz alta, olhando para a grama que brilhava iluminada por uma lâmpada e pelo brilho da água da chuva. Narciso entendeu que Yamada falava com ele e rebateu.

— Olhe, Tomiyo, estou aqui no quartel porque sou brasileiro.

— Ahn?

— Brasileiro. Sou brasileiro. Você perguntou por que vim para cá se não gosto de brasileiros, mas eu gosto, sou um deles.

— Desculpe, não era com você que eu estava falando. Era comigo mesmo.

Narciso nada entendeu do diálogo, preferiu não questionar e deixou o amigo com um olhar perdido que transpassava o vidro da janela, mas sabia que Yamada na verdade olhava o nada. Ele não enxergava o que via, mas vivia o que pensava.

Yamada nem percebeu a conversa terminar e já tinha voltado a formular a mesma pergunta em sua cabeça.

— Por que veio para o Brasil se não gosta de brasileiros?

A resposta que dava a si mesmo era de acordo com o que queria ouvir, e não com o que escutaria caso seu pai estivesse ali para afirmar o que pensava. Nunca teve coragem suficiente para fazer a pergunta pessoalmente a ele, por mais que tenha ensaiado inúmeras vezes durante os jantares com a família, enquanto comia seu *shiro gohan* (arroz branco japonês) e tomava sopa de missô (pasta fermentada de soja).

Relutava em considerar que na verdade seus pais e sua família não odiavam nem deixavam de simpatizar com os brasileiros. O problema era o nacionalismo cravado em suas peles com relação ao Japão, país no qual estavam sem pisar há anos, mas que seria sempre a pátria amada que deixaram para trás. Poderiam estar no Brasil ou em qualquer outro local, mas seguiriam sempre as tradições escritas em pedras que cultivavam e transferiam aos filhos e netos nascidos nos trópicos.

O problema não era Ilma, muito menos suas qualidades ou defeitos pessoais e seu documento de identidade com sobrenome ocidental. Não havia um só fato que desabonasse a pessoa de Ilma e seu caráter, mas ela era gaijin, considerada estrangeira dentro de seu próprio país pelos imigrantes japoneses.

Yamada pensou em apresentar a noiva aos pais. Seu irmão e seu pai estiveram com Ilma algumas vezes na farmácia, mas falavam com ela apenas o suficiente, de forma cordial. Quando conhecessem sua amada carioca, mudariam de ideia na mesma hora. Não havia quem resistisse ao humor e à doçura de sua noiva. Dessa forma, sua família entenderia que ele tinha feito uma boa escolha.

Já de volta à sua cama no dormitório, Yamada virou-se para o outro lado e enxergou a fumaça de um cigarro quase à sua frente. Instintivamente, procurou seu maço, mas, enquanto segurava o cigarro entre os dedos, caiu em si e concluiu que de nada adiantaria, pois, mesmo que Ilma fosse endossada pelo imperador do Japão, sua família não a aceitaria. Ela não deixaria de ser gaijin.

Guardou o cigarro novamente e colocou suas mãos embaixo do travesseiro. Fácil seria se o único ponto de discórdia fosse algum problema real com Ilma. Ele trataria de resolver e então, finalmente, a levaria até a família. Se o receio fosse em relação ao fato de ela não cozinhar pratos japoneses, ele mesmo ensinaria Ilma a fazer *tsukemono* (picles). Mas, de novo, essa não era a raiz do problema. Não era simples e direto como dobrar uma roupa, guardá-la no armário, fechar a gaveta e só abrir quando fosse usar. Não era palpável. Eles eram japoneses que se mudaram para o Brasil e que tinham o desejo de manter suas tradições imutáveis, de forma fechada ao mundo que consideravam externo.

Os Yamada conviviam com muitos brasileiros em sua farmácia, respeitando-os como parceiros e clientes, mas aprovar um casamento com uma não descendente de japoneses era uma seara distinta que traria rachaduras à história que construíram.

No Japão, Kinsiti — pai de Tomiyo Yamada — trabalhava como carpinteiro. Em 1920, a família morava em Tóquio e um problema no gás causou um incêndio na casa em que viviam. Era hora do almoço e todos estavam na residência de madeira, tão comum naquela época e que fazia o fogo se alastrar com rapidez. Kazuo, o irmão mais velho de Tomiyo, teve que pular no rio Sumida para se livrar das chamas em seu corpo. O acidente foi uma das razões que fizeram a família se mudar para o Brasil. Pouco mais de um ano e meio depois do acidente, o casal Yamada e seus quatro filhos estavam sentados em cima de cestos que funcionavam como malas, na Hospedaria Nacional dos Emigrantes, na cidade de Kobe, no Japão, prontos para embarcarem rumo a uma nova e desconhecida vida no Brasil.

Estavam em uma espécie de galpão lotado de pessoas, onde imperava o silêncio típico da organização nipônica e, ao mesmo tempo, era o reflexo da tristeza e melancolia de cidadãos prestes a abandonar seu país. Eles não mais possuíam casas no Japão e todos os seus pertences se encontravam naquelas bagagens amontoadas na hospedaria, local onde todos os japoneses se reuniam antes da longa viagem que os aguardava.

Nem as crianças faziam barulho naquela situação, e Tomiyo era uma delas. Ainda de colo, ficava o tempo todo com sua mãe, Kishi. Praticamente não chorou e olhava atento ao movimento no local e ao amontoado de futuros estrangeiros. Era tanta gente que parecia que navio algum seria capaz de abrigar tantos viajantes.

Todos os Yamada passaram por um exame médico de praxe, feito na própria hospedaria. O maior medo dos japoneses era o diagnóstico de tracoma, doença inflamatória dos olhos, contagiosa, e que tinha alta incidência na década de 1920. Não havia muitos conhecimentos de como tratá-la ou preveni-la e, por isso, as pessoas que tinham o problema eram proibidas de viajar para o Brasil.

Muitas famílias foram separadas por conta da doença. Sem dinheiro e lugar para voltar, escolhiam seguir para o Brasil e deixar o doente no Japão, sozinho, com a promessa de que logo voltariam para buscá-lo ou enviariam dinheiro para que seguisse para o país assim que estivesse curado. Crianças, adolescentes, mulheres e homens foram diagnosticados e, muitas vezes, acontecia também o contrário: a maior parte da família ficava no Japão e o chefe da casa seguia sozinho para a empreitada no Brasil.

Felizmente, os pais e o irmão de Tomiyo passaram no exame médico e todos dormiram ali mesmo, nas escuras instalações de Kobe.

Já no porto, a fila para entrar na embarcação e a aglomeração de pessoas era imensa. Ao longe avistavam-se japoneses bem aprumados, muitos fumando, ninguém tentando atropelar ou passar na frente das famílias em linha. Um último olhar sempre era lançado em direção à terra firme. Dúvidas povoavam a imaginação de cada nipônico que decidira abandonar sua terra natal para tentar melhores condições de vida em outro e longínquo país.

Yamada ainda não sabia, mas, anos depois, viveria a mesma situação, desta vez adulto, no momento em que embarcaria como soldado para servir ao Brasil na Segunda Guerra Mundial. As centenas de pessoas em filas para entrar no navio lotado de emigrantes japoneses se pareciam com os combatentes alinhados para subir na embarcação General Mann, em 1944. Era praticamente a mesma cena, com uma quantidade menor de pessoas, mas igualmente assustadas por desconhecerem o que aconteceria no seu destino final.

****

Em 1921, ano em que Tomiyo Yamada nasceu e chegou ao Brasil, nascia também Satsuki Nakasone, em Indaiatuba (SP). Seu pai, Arata, era japonês da província de Okinawa e tinha morado no Havaí, onde tentou comprar terras e, na impossibilidade, voltou ao Japão e depois emigrou para o Brasil. Quando Nakasone tinha um ano, a família se mudou para o bairro de Cocuera, na cidade de Mogi das Cruzes (SP), mesma cidade onde Tomiyo cresceu.

Nakasone mal completara quinze anos quando seu pai morreu e passou a cuidar da casa ao lado da mãe e do irmão. Diariamente ele saía às cinco horas da manhã para ir à escola, por uma estrada de terra que parecia não ter fim e na qual caminhava por quase duas horas seguidas. Voltava para casa apenas às três horas da tarde, comia alguma coisa e lia os bilhetes que sua mãe deixava com orientações sobre o que fazer: pegar a carroça e levar verduras para vender.

Outra coincidência que o aproximava de Tomiyo era a sua convocação para a guerra na Europa. Ele se mudou para Caçapava, onde ficava o 6º Regimento de Infantaria, apenas com a roupa do corpo para formar um batalhão e, no segundo dia do ano de 1943, embarcou para Lins, também no interior de São Paulo, onde chegou em uma tarde quente e ensolarada ao lado de colegas de combate. Ao cair da noite uma chuva assolou a cidade e revelou goteiras em seu dormitório, no quartel em que seria formado o 3º batalhão do 6º RI.

O barulho da água caindo em gotas ao lado de sua cama era uma tortura em forma líquida, e Nakasone resolveu subir no telhado da construção para acabar com o tormento. Descobriu que o local era um antigo ginásio frequentado por japoneses, a partir de placas com ideogramas nipônicos que encontrou em uma espécie de sótão, junto com cordas que eram usadas como cabos de guerra nos eventos chamados de *undokais*, gincanas esportivas.

Em agosto daquele mesmo ano seu grupo teve que se mudar novamente de cidade, desta vez para Pindamonhangaba (SP) e, depois, para o Rio de Janeiro, onde estava Yamada.

Um dos amigos mais próximos de Nakasone na época da convocação e das mudanças de quartéis era o também descendente de japoneses Katsuo Miyazato, que morava em Suzano, cidade vizinha a Mogi das Cruzes. Assim que chegaram ao Rio os dois analisaram todo o ambiente do quartel, as condições dos outros soldados, apuraram como era o cotidiano e chegaram à conclusão de que seria o último local em que ficariam antes de partir para a guerra.

Foi quando encontraram Tomiyo Yamada, que tinha sido transferido para o 1º RI (Regimento de Infantaria). Os três conversavam sobre as últimas notícias que haviam recebido de Mogi. Nakasone costumava se medicar na farmácia da família de Yamada e tinha passado no estabelecimento há algumas semanas antes de voltar à Vila Militar. Kazuo, o irmão mais velho de Tomiyo, atendia muitos japoneses, principalmente os que não conseguiam se comunicar em português nos centros de saúde da cidade.

— Da última vez que visitei minha mãe, passei na farmácia e seu irmão me medicou por conta de uma gripe forte. Me senti melhor rapidamente.

— Fico feliz que tenha dado certo — comentou Tomiyo.

— Sim, seu irmão entende bem dos remédios adequados e me atendeu com muita atenção. Os *nihonjins* (japoneses) gostam de ir lá.

A conversa continuou, mas Yamada não mais ouvia o que os colegas diziam. Parou na frase em que Nakasone mencionou que os japoneses apreciavam ser atendidos por seu irmão. Sentiu orgulho de sua família e do serviço que prestavam à colônia nipônica. Teve vontade de parabenizar Kazuo se estivesse com ele naquele momento.

Despediu-se dos soldados e caminhou em direção ao seu alojamento. Era a mesma noite chuvosa em que se postou a perguntar por que seu pai viera ao Brasil, se não gostava de brasileiros. Não conseguia dormir e resolveu dar uma volta pelo gramado. Encontrar os colegas orientais o fez lembrar ainda mais do dilema que vivia e que envolvia sua família e Ilma.

Seu irmão era parabenizado por ajudar os nipônicos, mas Tomiyo sabia que ele também auxiliava muitos brasileiros com seus conhecimentos farmacêuticos. Estavam em terras brasileiras, que os abrigaram em meio à crise da família no Japão. Aqui conseguiram erguer e estreitar laços profissionais e familiares, e, mesmo assim, Tomiyo não podia se casar com uma filha deste país?

Não compreendia por que sua felicidade estava sendo colocada à prova por conta de tradições culturais, e percebeu que a única forma de escapar dessa tristeza era transformar sua aflição em palavras escritas e direcionadas para a única pessoa que o tirava do abismo que existia entre a realidade e seus sonhos. Ilma.

Capítulo 16
Dias perdidos

Para Alberto Tomiyo Yamada, o ano de 1944 nada mais seria que um acúmulo de dias de um calendário surrado. Entre os poucos pertences que guardava no quartel havia uma folhinha com os meses e dias daquele fatídico ano, dobrada em quatro partes de tamanhos idênticos. Nos espaços em branco, ele grafou pensamentos aleatórios, que mais tarde seriam replicados nas cartas que escrevia para Ilma. Entre um cigarro e outro, muitas vezes ele refletia sobre os dois e precisava colocar no papel no mesmo minuto. Quando seu bloco não estava ao alcance, anotava no próprio calendário, este, sim, sempre por perto, já que precisava dar vazão a uma mania que passou a dominá-lo desde o ano anterior. Marcava com um "x" todos os dias que se passavam sem que ele tivesse se encontrado com Ilma. A cada noite, fazia a marcação como que para apagar de seu coração a tristeza que sentia pela distância.

Riscar o dia da folhinha lhe trazia alívio e a inexplicável sensação de que faltava pouco para o próximo encontro com sua noiva, mesmo que desconhecesse a data em que poderia novamente olhar nos olhos de sua carioca. Era um dia a menos longe dela.

Em São Paulo, Ilma tinha como companhia mais frequente o carteiro Ferreirinha, que trazia as correspondências que ela tanto aguardava. Como passava os dias praticamente isolada dentro de casa, o rapaz era a única pessoa, além de sua família, que a encontrava diariamente, no mesmo horário, no portão de acesso à casa. Ela se distraía com ele e, algumas vezes, pode-se dizer que ela sentiu-se feliz, mesmo nos poucos minutos em que interagiam sob o céu ora azul, ora cinza. Felicidade com hora marcada, que acabava quando o carteiro chegava e lhe dizia:

— Senhorita Ilma, me desculpe, mas hoje não tenho nada para lhe pagar. Perdão, quis dizer para lhe entregar.

O olhar cabisbaixo da carioca deixava o coração do rapaz em frangalhos, tamanha era a sensibilidade que tinha em relação aos destinatários das cartas que entregava. Muitas vezes, Ferreirinha se aproximava do portão do número 54 e observava Ilma a olhar para o horizonte sem perceber que ele tinha chegado. Era raro, mas acontecia. Havia tristeza naqueles olhos, que deveriam estar há horas naquele mesmo local.

— Tudo bem, Ferreirinha. Não me decepcione amanhã, por favor.

A bolsa ia pendurada ao ombro daquele homem franzino e quase escorregava. Ilma imaginava o estrago se todos os envelopes se espalhassem com o vento pela calçada. Refletia se ele tinha ideia da responsabilidade que era o seu serviço e quantas alegrias nasciam a partir de suas entregas.

Ilma costumava esperar o carteiro desaparecer pelo fim da rua para só então entrar novamente em casa. Secretamente, sua esperança era de que ele tivesse se enganado e voltaria correndo com a notícia de que havia, sim, uma carta de seu Tomiyo.

No dia seguinte, se repetia o mesmo sôfrego ritual, com a pressa de Ilma em sentir novamente a emoção de rasgar um envelope e ouvir o barulho do papel que se cortava. Puxar a carta e desdobrá-la era outro som que soava como um delicado instrumento musical que ela nem sabia nomear, mas que era agradável aos ouvidos. Naquela semana precisava de um ruído novo, não bastava abrir correspondências antigas e reler palavras que tinha decorado, de tanto admirar a letra cursiva de seu noivo. Lembrou-se de quando era criança e abria o presente de Natal nos primeiros minutos do dia 25 de dezembro. Mais do que o brinquedo em si, Ilma apreciava escutar o papel do embrulho se rasgando e a surpresa que teria ao terminar a tarefa e descobrir o que seus pais haviam lhe dado.

Com as cartas era a mesma sensação de felicidade, cada novo envelope representava um presente novo, e, naquele dia, ela estava com sorte. Ferreirinha chegou esbaforido ao portão da sua casa e até se curvou para entregar o que ela considerava um tesouro.

Rio de Janeiro, 2 de maio de 1944

Querida noivinha,

Se alguma viagem me causou algum aborrecimento foi somente esta, minha adorada Ilma, porque me separa de você.

Parece-me que perdi tudo quanto me faria apreciar a vida. Nada me interessa senão os dias felizes que passo ao seu lado.

As minhas ações, assim como os meus pensamentos, só se dirigem a ti. Em toda parte a vejo, ouço a sua voz e a tenho sempre no meu pensamento.

Não direi que a distância me faz recear pelo seu amor porque confio em você e não devo duvidar da sinceridade das suas palavras. A sua virtude é o mais seguro penhor que posso ter da sua constância e fidelidade.

Sobre esse assunto estou perfeitamente tranquilo. Não sou feliz no que se refere à ausência do meu amor, precisamente a principal causa do meu tormento.

Considero perdidos todos os dias que não passo ao seu lado.

Assim deve julgar com que impaciência aguardo o instante de partir e ficar para sempre.

Suas cartas me consolam um pouco e por isso peço que me escreva sempre.

Este que te adora,

Tomiyo

Ao terminar de ler mais uma página de sua história de amor, pois era isso que as cartas de Tomiyo escancaravam, Ilma estava acariciando sua própria mão. Alisava a mão esquerda com a direita relembrando o gentil toque de seu noivo, quando lhe pediu em casamento. Fechava os olhos e o finito parecia ser infinito, quando analisava o tamanho do amor que sentia pelo soldado. Mas, ao abrir os olhos novamente, acontecia o inverso, o infinito se tornava finito, limitado com a impossibilidade de estar perto de seu noivo.

Tomiyo conseguia expressar em frases o sentimento que os unia, e Ilma considerava que ele era muito melhor nisso do que ela, que se sentava na escrivaninha e levava horas para encontrar os melhores conjuntos de letras para enviar. Nunca tinha verbalizado que os dias que não passava ao lado de Tomiyo eram perdidos. Para ela essas datas nem existiam, sentia que não vivia quando estava longe de seu futuro marido.

Na Vila Militar, os soldados estavam cada dia mais apreensivos e cada convocação para que se apresentassem no pátio principal reunia não apenas homens enfileirados, mas rapazes tensos que ajeitavam o uniforme a cada comando, esperando que aquela fosse a última vez em que marchariam no Brasil. A expectativa era de que embarcassem em poucas semanas, mas cada regimento e batalhão desconhecia quem seria escalado em primeiro lugar, para uma viagem sem passaporte.

Muitas das simulações de guerra eram feitas em um local construído no Morro do Capistrano, para que os soldados treinassem o embarque em navios de transporte. Havia homens que veriam o mar pela primeira vez, outros que nunca tinham pisado em trens e só o fizeram por conta da transferência de todos os grupos para o Rio de Janeiro.

— Não sei nadar e me disseram que o mar pode nos engolir. Será que não conseguimos chegar na guerra de trem?

A preocupação era de Artêmio Cavalcanti, que viera de Minas Gerais e conhecera Tomiyo durante o desfile nas ruas do Rio, no final de março.

Era uma tarde de outono e Tomiyo tragou o nono cigarro do dia, enquanto ouvia a pergunta de Cavalcanti. Folhas amarelas e por vezes alaranjadas caíam das árvores do quartel. Uma delas encontrou lugar em seu colo bem no momento em que ele bateu as cinzas do seu vício no chão. Resolveu que não responderia à pergunta e, então, começou a limpar suas botas, que estavam sempre impecáveis.

Ainda naquela tarde foram comunicados de que em uma semana desfilariam novamente pelas ruas do Rio, desta vez em maior número de pessoas. Ouviu que seria um presente para a população, que ansiava por vê-los.

Durante sete dias todos os batalhões treinaram o que seriam suas responsabilidades no evento. Tomiyo se animou com a preparação, que mudava a rotina do quartel e os preparava para verem rostos diferentes daqueles com os quais conviviam diariamente aquartelados.

Mesmo ciente de que Ilma não estaria na plateia da parada, em nenhuma calçada e nem se acotovelando para ver a tropa passar, Tomiyo se arrumou como se fosse para uma festa. Passou brilhantina nos cabelos, engraxou as botas que começavam a descascar, aparou a barba com o senhor que atendia os soldados esporadicamente, colocou uma camiseta branca nova e limpa por baixo do uniforme e finalizou com uma gota de colônia que trouxera da farmácia dos Yamada.

A saída para a rua era sempre um alvoroço organizado, uma libertação anunciada. Sargentos davam ordem à bagunça e repetiam que o General Mascarenhas de Moraes estava de volta após uma viagem, e que inspecionaria pessoalmente o exército da FEB.

— Tomiyo, não te parece que será uma despedida?

— Despedida de quem? Ilma não estará lá para eu poder me despedir dela.

— Despedida dos soldados. Nosso adeus ao Brasil.

Um súbito arrepio percorreu o corpo de Tomiyo, como se a amena temperatura tivesse caído dez graus. Ele não tinha desconfiado que este poderia ser o plano final, agora traçado de forma fictícia por Narciso, seu grande amigo.

A imagem de Ilma descendo do trem assim que chegou pela primeira vez a Mogi das Cruzes apareceu em sua memória de supetão, e ele sofreu em silêncio ao refletir que poderia não mais vê-la antes de partir.

— Vamos, estamos atrasados. Não quero perder esse acontecimento.

Quase que puxado por Narciso, Tomiyo andou com ele em direção às filas que se formavam do lado de fora da Vila Militar, para que os soldados entrassem nos comboios de veículos que os levariam até o centro da cidade.

— Minha noiva estará perto da Avenida Rio Branco, tenho certeza.

Alto e moreno, um cabo sorridente de nome desconhecido repetia a frase ao lado dos soldados já espremidos na rua. Tomiyo sentiu uma ponta de tristeza por não ter a mesma sorte do rapaz, mas, antes que a melancolia o atingisse, gritos, palmas e barulho de música ao longe interromperam seu abatimento.

Já acomodados nos caminhões, estavam quase chegando à região central do Rio de Janeiro e uma multidão já aguardava a Força Expedicionária Brasileira. Ao dobrar a esquina Tomiyo pôde dimensionar a imensidão do desfile.

Havia jipes e tanques nas ruas, bandeiras ao alto, ouviam-se rojões pipocando no céu, crianças e mulheres acenando para os soldados como se fossem astros de cinema, música de uma banda marcial com trompetes, trombones e tambores.

Alguns combatentes carregavam fuzis, previamente descarregados, orgulhosos pelo status que traziam junto ao peito. Damas sozinhas, com belos vestidos, sorriam em direção aos rapazes, sem saber que possivelmente entregavam ali a última conexão que teriam com o Brasil antes de partir.

Gritos de adeus se misturavam à música e aos passos firmes e seguros dos soldados em marcha. Senhoras choravam com lenços na mão a despedida dos representantes brasileiros que iriam para a guerra. Uma delas não se conteve quando finalmente avistou o filho fardado, entre os milhares de homens. Passou pelos guardas e abraçou o assustado rapaz com uma força que até Tomiyo sentiu.

— Meu filho, volte. Volte cumpridor de suas tarefas. Volte. Vá e volte para casa, que estaremos te esperando.

Ela foi afastada e levada de volta à calçada, enquanto o filho continuou a marchar, olhando para a mãe até que não pudesse mais virar o pescoço em sua direção.

Quando olhou para a frente novamente, seus olhos estavam marejados e Tomiyo o viu enxugar as lágrimas discretamente, na tentativa de que sua mãe, ali perdida entre tantos outros rostos, não o visse.

Boatos corriam entre os corredores de combatentes. Diziam que o presidente Getúlio Vargas estava na linha de frente do desfile, junto aos marechais. Até as enfermeiras que viajariam com os soldados estavam lá, sendo igualmente ovacionadas pela multidão.

Tomiyo gostava de admirar a bandeira nacional sendo hasteada e, quando passou perto de um palanque que a exibia, parou de marchar e fez questão de admirá-la. Estava certo de que o melhor que poderia fazer ao país onde cresceu seria lutar pela pátria. Bateu palmas até suas mãos doerem após uma homenagem prestada aos pracinhas que iriam para o combate. Sentiu-se parte de toda a mobilização.

Naquela tarde entendeu que era seu dever fazer parte daquela cena, que a FEB precisava dele, e era o lugar onde deveria estar, mesmo que Ilma estivesse longe.

O adeus anunciado em forma de desfile marcou a despedida de parte dos soldados brasileiros à população do Rio, que os acolhera e abrigara nos últimos meses. Tomiyo estava pronto para partir quando fosse preciso. Ou ao menos achava que estava. Quando voltou para o quartel, pegou novamente seu calendário e riscou mais um dia. Mais um dia tinha se passado e ele não vira Ilma. O sacrifício de defender o Brasil talvez resultasse em ter quase toda a folhinha de 1944 preenchida com um "x". Dormiu com a incógnita e o barulho dos tambores ainda ecoando em seus ouvidos e importunando seu sono.

Capítulo 17
Lenço branco

Na Vila Militar as amizades entre os soldados acabavam criando grupos naturalmente divididos. Havia os que realmente se importavam com a participação brasileira na guerra e seus desdobramentos, os aficionados por futebol, os que recuperavam suas energias com a música em rodas de samba, aqueles que não se interessavam por nenhum dos itens anteriores, mas queriam conversar e conhecer os companheiros, os amantes dos livros e do rádio. Havia também os extremamente calados, dos quais nem o nome era de conhecimento dos rapazes, os temerosos, os baderneiros que aproveitavam cada descuido dos guardas para que a sirene tocasse como sinal de que alguma molecagem teria sido feita.

Moradores do Rio de Janeiro se apoiavam no culto ao Vasco e ao Flamengo. Ouviam as partidas e disputavam jogos de futebol dividindo as equipes de acordo com o time para o qual torciam. Paulistas do 6º Regimento não ficavam de fora e incluíram a trinca Palmeiras, São Paulo e Corinthians nas pelejas num campo de "batalha" mais ameno do que aquele que em breve encontrariam. Apesar da disputa, a diversão dava o tom e muitos se esqueciam do motivo pelo qual estavam ali.

Para muitos dos soldados a rotina dos horários e obrigações, o convívio com as mesmas pessoas diariamente, além dos hábitos que descobriam em cada um, eram as únicas referências de família e amizade que possuíam. Aprender que era melhor adormecer antes do colega do beliche de cima para evitar uma insônia por conta da apneia, se acostumar com o barulho da caneta riscando o bloco de papel tarde da noite do vizinho do lado esquerdo a terminar suas cartas diárias para a noiva e tantas outras manias de cada combatente deixavam mentes ocupadas e, de certa forma, traziam conforto aos mais solitários.

Um fluminense da cidade de Sumidouro confidenciou a Tomiyo que estar aquartelado deveria dar a mesma sensação de estar preso. O rapaz, Claudionor Fonseca, ouviu do irmão mais velho, que passou dez anos na cadeia, que lá dentro ele se sentia alguém, tinha uma história, era respeitado. E quando saiu, além do caçula, não possuía vínculo algum com o mundo. Os dois ficaram órfãos quando o agora combatente tinha apenas três meses, foram enviados para orfanatos, mas o mais velho logo desapareceu, deixando Claudionor sozinho. Somente dez anos depois eles se reencontraram, quando o soldado escutou o depoimento desolado do irmão, que não encontrou espaço próprio fora das celas. Claudionor temia que quando o conflito mundial acabasse sua vida voltaria a se resumir à solidão a que estava acostumado.

— Talvez seja melhor eu não voltar da guerra. Dessa forma, se eu morrer lutando, o pessoal da minha cidade vai se lembrar de mim.

Era dolorido para Tomiyo imaginar que cada homem à sua frente poderia ter uma história ainda mais difícil do que a sua. O valor que dava à sua família, mesmo com a recusa em aceitarem seu relacionamento com Ilma, aumentava quando se dava conta do sofrimento que cada soldado passara até chegar aonde estavam. Ele buscou encontrar palavras que confortassem Claudionor.

— O Brasil todo estará orgulhoso de nós, soldados que defenderão nosso país. Se morrermos ou sobrevivermos, o importante é que acreditamos nessa missão.

Tomiyo Yamada fazia parte do grupo que enxergava uma razão para estar ali, para embarcar para uma guerra. Digeria cada notícia sobre o conflito com atenção e se recusava a acreditar nas conspirações que corriam por entre os corredores do quartel. Defendia as posições do Brasil e, quando surgiram suposições de que os Estados Unidos teriam eles mesmos afundado submarinos brasileiros, na Bahia e no Sergipe, para forçar o país a entrar em guerra, ele preferiu não entrar na discussão. Deixou que os colegas continuassem a expor seus pontos de vista, mas da parte dele a única contribuição eram as fumaças de seu cigarro no meio da roda de prosa que se formava do lado de fora dos dormitórios. Somente Narciso percebia o quanto aquelas conversas incomodavam Tomiyo, que demorava a pegar no sono quando o monotema da guerra invadia a madrugada.

Exatamente um mês após o desfile no centro do Rio, Tomiyo recebeu permissão para visitar a família. Teria direito a um dia, mas tiraria dois para conseguir chegar a São Paulo e passar algumas horas com Ilma. Faltaria um dia no quartel. Nem se lembrava exatamente qual tinha sido a última vez que encontrara Ilma. Seu primeiro impulso foi pegar o calendário de estimação e folhear os meses de trás para frente para conferir os dias que não estavam riscados. Tirou o papel de sua bolsa, mas não chegou a abrir a folhinha. Resolveu que seria uma nova data, um motivo de celebração, e tinha pressa em viver a felicidade que estava por vir. Faria diferente desta vez, não viajaria com o número de dias perdidos guardados em sua memória, e sim com a expectativa de reencontrar sua adorada noiva para um novo marco no calendário. Ela certamente se desmancharia em lágrimas quando o visse.

Todo o amor de Tomiyo pela carioca carregava em paralelo uma alta quantidade de ciúme, que partia de um homem totalmente devoto à sua própria noiva. Ele não enxergava mulher alguma que não fosse Ilma e os tediosos momentos no quartel, aguardando novas ordens, serviam para que imaginasse o que ela deveria estar fazendo naquele exato minuto.

Não gostava, mas algumas vezes relembrava o episódio em que a viu conversando com o sacristão na igreja, o que o levou a desaparecer por um ano, injustamente, apenas para observar Ilma de longe e ter certeza de que ela não se envolveria com outra pessoa. O amor de Tomiyo precisava de provas, e ele não conseguia associar que, ao cobrar isso de Ilma, corria o risco de ser tão duro com ela quanto sua família, que não a aceitava. Para ele as cobranças soavam naturais, justificadas, já que a mulher que ele havia escolhido passaria o resto de seus dias com ele. Sorte a dele que Ilma também enxergava dessa forma, e correspondia, sem se incomodar, aos pitorescos pedidos daquele homem apaixonado.

— Se eu morrer na guerra, você vai continuar solteira?

A primeira pergunta que Tomiyo fez a Ilma, assim que se sentaram no mesmo banco do Parque da Luz onde ele a pediu em casamento, estava recheada de raciocínio e reflexão. Para ele, a naturalidade com que abordava determinados assuntos nada mais significava do que a demonstração de suas reais intenções com a noiva.

Enquanto aguardava a resposta, percebeu que os passarinhos que bebericavam a água da bica ao lado poderiam ser os mesmos que estavam por lá no dia do noivado do casal. Só que dessa vez pareciam estar serenos, sem pressa de levantar voo, cuidadosos em não se molhar. O inverno começara e o céu cinzento parecia deixar as cenas ainda mais lentas.

Ilma nem fazia ideia da relação de Tomiyo com aquelas aves, e sorriu ao ouvir a pergunta do noivo, para logo em seguida fechar o semblante e responder da forma mais séria que encontrou.

— Se você morrer na guerra, vou ser freira. Freira de Santa Terezinha.

De todas as respostas que Tomiyo Yamada esperava escutar para preencher seu banco de certezas, essa, definitivamente, mostrou ser a mais forte. Ilma viveria eternamente para o amor que um dia fora deles.

— Você me jura?

— Juro, Tomiyo. Meu compromisso será apenas com você e com a igreja.

Tomiyo encostou suas mãos geladas sobre as de Ilma, que estavam quentes, agasalhadas pelo casaco de lã que vestia. Nem teorias científicas seriam capazes de explicar ou reproduzir os códigos que haviam sido decodificados e selados com o olhar que o casal trocou enquanto Ilma tentava aquecer as mãos do noivo.

Ela sabia mensurar a importância que os acordos verbais tinham para Tomiyo e não queria que nada o aborrecesse ou fizesse com que ele fosse para a guerra sem ter resolvido seus dilemas. Cada encontro necessitava ser melhor do que o anterior, para que eles colecionassem momentos únicos para o álbum de lembranças que construíam solitariamente na ausência do outro. Havia, ainda, o agravante de que poderia ser a última vez em que se encontrariam antes do efetivo combate. Ilma sentia-se como as mocinhas dos filmes de guerra, que ficavam em terra firme para semear a segurança que os heróis encontrariam no retorno para casa. E não se incomodava com esse papel.

A visita de Tomiyo foi mais curta do que o normal e, no fim do dia, ele teria que tomar o trem de novo. Deu tempo de esperar os pais e a irmã de Ilma os encontrarem na plataforma da estação. Tomiyo prometeu que visitaria a tia Zulmira assim que chegasse ao Rio novamente.

— Ela me lembra você, Ilma. Os cabelos se parecem com os seus.

Zulmira, irmã de dona Noêmia, tinha os fios loiros escuros, era baixa e magra, com a pele bem clara. Seu jeito agradável e dócil fazia dela praticamente gêmea da noiva de Tomiyo.

— Ela gosta muito de você. Não vá aborrecê-la, e coma tudo o que ela lhe oferecer, Tomiyo!

Os pais de Ilma gargalharam ao escutar as recomendações da filha, e logo Tomiyo subiu no trem e se posicionou na janela próxima ao local onde a família Faria o observava. Estavam todos rindo, contentes com a visita. Pela primeira vez, Ilma não chorou no momento da despedida. Ela se aproximou da janela do vagão e colocou suas mãos no vidro, acenando para o noivo.

Enquanto o trem partia e o barulho das rodas aumentava, Tomiyo não pôde deixar de repetir exaustivamente a frase que considerava a mais importante daquela passagem por São Paulo. Ilma ia virar freira caso ele morresse. A revelação da prova de amor que ela lhe deu trazia serenidade e um conforto que há meses não sentia. Adormeceu no vagão, tendo seu próprio paletó como travesseiro, em um sono profundo que nunca conseguira ter no quartel.

Rio de Janeiro, 28 de junho de 1944

Inesquecível noiva Ilma,

Logo que cheguei em Cascadura fui à casa da tia Zulmira, onde ficamos conversando sobre vários assuntos nossos, e eles disseram que já estavam com muitas saudades de todos, principalmente de você, Ilma.

Sabe o que me falaram? Que você tem todas as boas qualidades, e que quem casasse com você seria muito feliz.

Quanto à viagem não houve nenhuma contrariedade, chegou na hora certa e assim pude ir a Madureira o mais cedo possível.

No trem conheci uma mocinha de nome Jandira, filha de pai japonês e mãe portuguesa, que vinha igualmente ao Rio ao encontro do seu irmão, que era sargento da minha companhia.

Ela me viu dar adeus a vocês pelo trem e me disse que teve bastante vontade de conhecê-la. Dei o endereço da Isa, talvez vá visitá-la. Caso for, procure ter amizade porque é uma moça muito boa e sincera.

Quanto às minhas faltas, foram todas justificadas graças ao bom amigo Narciso. Primeira folga que houver estarei novamente aí para passar uns dias bem alegres.

Como já lhe disse, as cartas que você mandou seguiam para o 6º RI, em Caçapava. Estando eu aqui, no 1º RI, há uma certa dificuldade em recebê-las, portanto me mande as mesmas da seguinte forma:

Cabo nº 4225 Alberto Tomiyo Yamada 1º R.I. II Btl. C.C.II. Vila Militar, Rio de Janeiro.

Amanhã partiremos bem cedo para um acampamento, talvez vamos de elétrico.

Quanto à nossa saída não é preciso se preocupar porque aqui está tudo normal. Caso acontecer alguma coisa avisarei.

Espero que você compreenda meu procedimento na viagem. Serei muito sincero para que mais tarde não faça certas dúvidas a meu respeito. Serei sincero ao extremo, contando tudo o que me acontecer. Portanto não é preciso duvidar de nada, e fiquei confiante que serei eternamente seu.

Os tios e a Yolanda mandam muitos beijos a todos. Lembranças a todos.

Aceite um grande abraço do seu noivo

Tomiyo

A confiança de que seria para sempre de Ilma estava, certamente, ligada à promessa que ouvira da noiva em São Paulo. Aquela frase dita por Ilma seria o esteio para vários momentos que estavam por vir na caminhada de Tomiyo. Não que seu maior desejo fosse que Ilma se dedicasse totalmente à religião e fizesse todos os votos necessários, mas a afirmação escancarava a lealdade e fidelidade que Ilma nutria pelo relacionamento dos dois. Bastava isso para que Tomiyo a amasse ainda mais.

Ao retornar para a Vila Militar, o soldado encontrou um cenário de dúvidas e questionamentos entre os companheiros das diversas companhias que estavam reunidas no Rio. A notícia de que tropas norte-americanas, britânicas e francesas tinham invadido a Normandia, na França, há poucas semanas, passava de boca em boca por quem ouvia as notícias no rádio e as espalhava durante os exercícios, cravando que a frente nazista estaria enfraquecida, se os aliados tivessem sucesso nas batalhas.

Tomiyo ouviu, sem querer, uma conversa na porta do prédio onde os generais se reuniam. Passou por ali depois de deixar uma carta que escreveu para sua família no departamento de correios do quartel. Resolveu dar uma volta por trás do estabelecimento para ver se encontrava um grupo de amigos com quem tinha combinado de jogar gamão. Quando estava no meio da travessia avistou três pessoas que não conhecia, paradas em um corredor. Elas diziam que, se a Alemanha fosse vencida ainda naquele mês, não haveria motivo para que os combatentes brasileiros fossem enviados a um teatro de operações. Ele continuou a caminhar como se não tivesse ouvido nada, e de fato parou de escutar tudo ao seu redor naquele momento, apenas digerindo as suposições. Encontrou o grupo já no meio do jogo e não repetiu as deduções, que considerava sem propósito. Dois dados caíram ao seu lado e ele nem percebeu os insistentes chamados para que pegasse as peças do chão.

— Yamada, está pensando na sua noiva, não é mesmo? Está surdo?

Narciso pegou os dados do chão, olhou para o amigo e voltou para o jogo, deixando Tomiyo imerso em seus dilemas, na companhia do conhecido cigarro.

Naquela mesma noite, o também descendente de japoneses Satsuki Nakasone se preparava para dar uma de suas escapulidas até o cais do porto para sondar o movimento. Há dois ou três meses se dedicava a observar cada detalhe no quartel e fora dele. Disse aos colegas que precisava visitar um familiar e sumiu por algumas horas.

Quase sem nebulosidade, a noite de inverno estava límpida, com muitas estrelas posicionadas para serem admiradas. Nakasone saiu sozinho com seu espírito investigativo, sempre em busca de descobrir alguma pista sobre a partida do exército para a guerra.

Por ter crescido em sítios, acostumara a se guiar pelo céu para conferir as horas, saber a previsão do tempo, o lado em que a chuva cairia. Mas, principalmente, conhecia os benefícios que os diversos tons de azul, vermelho, cinza e preto do encontro do pôr do sol com a noite faziam à sua alma. Definiu para si mesmo as variações de cores que o céu podia apresentar e, quando tinha chance, parava tudo o que estava fazendo para esticar o pescoço e direcionar o olhar para cima, mesmo durante os serviços que fazia para sua mãe.

Nunca tinha estado no Rio, e então aproveitava as brechas nas obrigações para olhar o céu daquela cidade com clima tão diferente daquele ao qual estava acostumado. A escuridão da noite remetia à solidão, e Nakasone gostava de imaginar que ele era apenas uma pessoa em meio às milhares que também olhavam para o céu naquele momento e que, por conta disso, não estava só.

O brilho das estrelas estava diferente e ele então procurou fixar os olhos o maior tempo possível na direção dos astros cintilantes. Logo a sensibilidade irritou e comprometeu sua visão, fazendo com que Nakasone tivesse de piscar seguidas vezes para voltar a enxergar nitidamente o que estava à sua frente.

Havia uma mancha na beira da água e ele não soube distinguir do que se tratava. Parecia um objeto grande, que tampava a visão do reflexo das estrelas no meio do mar. Geralmente ele não conversava com os passantes e preferia ficar sozinho na missão de encontrar novas informações no cais. Mas, como não conseguia identificar o que era o paredão, perguntou para o senhor que carregava uma caixa de engraxar sapatos o que estava no meio da água.

Bastou o homem de estatura mediana e camisa com o último botão faltando começar a falar para que Nakasone se desse conta do que estava acontecendo. Ele tinha avistado apenas um pedaço de uma embarcação. Era um navio, dos grandes, só que boa parte estava coberta por uma lona encerada, que ocultava o equivalente à altura de algumas casas, metros que não acabavam mais.

— Chegou anteontem.

— Anteontem? Por que está coberto com essa lona? Estão escondendo algo?

— Olhe ali, mais para a esquerda. Consegue ver?

Nakasone seguiu a recomendação do engraxate e desviou os olhos para o lado esquerdo da embarcação. O que lhe veio em seguida foi a constatação de que era um navio que iria para a guerra. Havia um canhão e o que parecia ser uma metralhadora gigante. Ambos estavam semicobertos também pela lona. O bico do canhão, estacionado no convés, estava com uma parte descoberta, o que revelava o segredo por baixo do disfarce.

Sem ao menos se despedir, Nakasone saiu em disparada. Tinha descoberto que um navio atracara no porto e só conseguia pensar que era nele que milhares de soldados seriam levados para um destino desconhecido, fadados a viverem sob péssimas condições no meio de um conflito mundial.

— Chegou o navio pipoqueiro! Chegou o navio pipoqueiro!

Seu dormitório no quartel estava repleto de combatentes que pertenciam ao 6º regimento. Eram quase oito e meia da noite quando Nakasone retornou para a Vila Militar, e muitos homens já estavam recolhidos. Ele falava afobado, de tanto que correu do porto até lá.

— Que navio?

— Acabei de ver, no porto. Tem um navio grande, com canhão e metralhadora. Chegou o dia em que vamos embarcar.

— O japonês deve estar de brincadeira.

— Não é brincadeira, eu vi.

O grupo se aquietou e por breves segundos um silêncio invadiu o dormitório. Todos os olhares estavam voltados para Nakasone. Cada rosto que ele observava queria fazer uma pergunta ou pedir socorro. Alguns desviavam a cabeça para o lado assim que o encaravam. Sabiam que não era brincadeira e que o grande momento que tanto temiam havia chegado. A pontinha de ilusão que alimentavam ao acreditar que talvez nem seriam enviados para outro lugar que não fosse suas próprias casas tinha se dissipado e virado fumaça. As perguntas começaram, em profusão e confusão, algumas vozes se sobrepondo às outras.

— Era muito grande?

— Como você sabe que é o navio que irá nos levar?

— Havia guardas?

— Tem janelas?

Pacientemente, Nakasone respondeu a cada uma das questões, e sentiu-se responsável pelo medo que cada homem demonstrava ter naquele momento. Alguns começaram a escrever cartas para suas famílias, tão logo ouviram o recado do soldado. Tinha sido ele o primeiro pracinha a trazer a notícia ao batalhão.

Um cabo da cidade paulistana de Campinas, sempre calado durante as refeições e treinamentos, se aproximou dele sem fazer barulho. Tinha nas mãos um pequeno envelope e esperou um soldado terminar de conversar com Nakasone para se dirigir a ele.

— Obrigado por se preocupar conosco. Percebi que por vários dias você saía para verificar a situação e trazer notícias. Essa espera estava interminável e angustiante. Prefiro ir logo e acabar com isso de uma vez.

— Não há de quê. Fui observar e dei sorte de ver esse navio.

— Minha mãe mora sozinha e a última coisa que quero nessa vida é deixá-la desamparada. Venho escrevendo uma carta de despedida a ela desde que chegamos ao Rio. Faltava apenas saber o dia em que iríamos embora e escolher um amigo aqui no quartel para que eu possa incluir o nome dele dentro do envelope.

— Nome de um companheiro aqui do exército para quê?

— Para que, se algo de ruim acontecer comigo, ela tenha para quem escrever. Até agora não tinha encontrado ninguém em quem confiar essa tarefa, mas diante do que você fez para nós, gostaria de pedir esse favor.

— Claro, mas o que posso fazer?

— Me dê um endereço para onde ela possa escrever se eu morrer. Ao menos minha mãe terá com quem se corresponder se eu não estiver mais aqui. Me prometa que escreverá a ela também, contando como foram nossos dias no quartel, descrevendo alguma coisa sobre mim que possa confortá-la.

Nakasone relembrou a própria mãe ao ouvir o inusitado e preocupado pedido do colega. Separar famílias e entes queridos era uma especialidade das guerras. Mais do que combatentes, o dormitório abrigava homens que não tinham poder de escolha perante seus futuros e estavam ali apenas para servir obrigações que lhes foram impostas. Não era justo que tantas pessoas sofressem daquela maneira.

Pensou se estava sendo negligente com a própria mãe, pois não tivera ideias tão avançadas quanto às do cabo que estava ali, parado à sua frente, vestindo ceroulas e uma camisa de manga comprida branca, pressionando o envelope contra o peito e praticamente implorando a Nakasone que o ajudasse.

— Com certeza farei isso. Qual o seu nome?

— Cabo Bento Assis Miranda. Muito obrigado pela sua atenção. Pode me ditar seu endereço?

Assim que terminou de anotar os dados do sítio de Nakasone, Bento voltou para a sua cama e guardou a carta debaixo de seu travesseiro. Nakasone acompanhou o movimento de longe e mal pôde refletir sobre o que acabara de acontecer, porque, assim que o novo amigo saiu de perto, outros soldados chegaram para interrogá-lo sobre o navio.

Quando o sinal de silêncio tocou, às dez horas da noite, a maioria dos rapazes não conseguia dormir. Vultos e burburinhos, conversas sussurradas e suspiros de preocupação tomaram conta do ambiente com a notícia que Nakasone trouxera do cais. Seria uma difícil noite estrelada e talvez a última em que dormiriam no conforto de colchões.

Na manhã seguinte os convocados esperavam receber ordens de deixar o quartel em direção ao porto, mas a surpresa veio em forma de presente: estariam liberados dos treinamentos rotineiros durante aquele dia, 29 de junho de 1944.

Nakasone considerou suspeita a ausência de programação naquele dia e, no fim da tarde, suas desconfianças se mostraram concretas. Uma grande parte dos atuais habitantes da Vila Militar fora convocada para um treinamento, divididos em grupos táticos. Todos deveriam carregar seus pertences nos sacos verdes distribuídos nas semanas anteriores. Cada um dos grupos tomou destinos diferentes ao redor do quartel, com a orientação de que a finalidade do exercício seria dita assim que chegassem aos locais indicados para treino.

Era tudo uma manobra dos tenentes para despistar o verdadeiro motivo do treinamento — embarcar a primeira leva de combatentes da FEB no navio que atracara no porto.

Antes de deixar seu dormitório, Nakasone verificou cada canto do local para se certificar de que não se esquecera de nada. Assim como Bento Assis Miranda, escreveu uma carta para sua família. Redigiu-a durante aquela tarde, preparado para o que seria seu último dia no Rio de Janeiro. Melhor estar preparado do que ser pego de surpresa. Seria, mas ele ainda não sabia.

A Divisão de Infantaria Expedicionária se fragmentou em três grupamentos táticos, e a decisão era que o 2º Grupamento seria o primeiro a embarcar. Nele estava incluído o 6º Regimento de Infantaria, do qual faziam parte os soldados de São Paulo, em sua maioria, incluindo Satsuki Nakasone – neste dia, Tomiyo estava de folga e não participou do tal exercício convocado de última hora.

Um dos tenentes-coronéis deu a ordem para que o grupo de Nakasone se dirigisse ao cais, onde se exercitariam em frente ao porto. O descendente japonês sentiu seu corpo ser anestesiado e caminhou sem perceber o chão sob seus pés. Seguia os passos dos soldados que estavam à sua frente, sua cabeça pesava, mas não esmoreceu. Sabia para onde estava sendo levado.

Fez o mesmo caminho da noite anterior e lembrou exatamente do ponto onde parara para admirar o céu. No mesmo local, olhou em direção ao porto e avistou o imponente navio, dessa vez sem a lona que o cobria. Respirou o mais fundo que conseguiu e soltou o ar aos poucos. Sentia como se ele e a embarcação fossem velhos conhecidos. Descobriu que seu novo "amigo" tinha nome: General Mann, e estava acostumado a transportar soldados. O embarque começou ainda naquela noite, de forma lenta e silenciosa.

— Para onde estamos indo?

A pergunta era sistematicamente feita pela maioria dos homens que subia as escadas do navio. Porém, não havia resposta em meio à operação rodeada de sigilo. Ninguém tinha a mais vaga ideia de para onde estavam sendo levados e a incerteza causava ainda mais pânico nos homens. Antes mesmo de a embarcação zarpar e começar a balançar no mar, muitos soldados já passavam mal e vomitavam, só de pensarem no sofrimento que teriam com as náuseas típicas do alto-mar. Nakasone não sabia nadar e, na carta que escrevera para sua mãe, durante aquela tarde, dizia que, se ele se livrasse do mar, em terra firme era certo que iria se virar.

Para seu alívio, o papel que recebera com as instruções de embarque dizia que ele ficaria no terceiro andar da embarcação, que não era tão longe do convés. Seu beliche era o primeiro de baixo para cima, feito de lona, do mesmo tipo que Tomiyo Yamada usaria meses depois, quando chegasse a sua vez de partir.

A primeira noite no General Mann foi incômoda e repleta de dúvidas. Nakasone nunca tinha visto um bombardeio, nem mesmo havia presenciado um tiroteio. No meio das trincheiras seu corpo viraria nada mais do que fumaça. Gostava de fazer comparações com os futuros obstáculos que encontraria em uma guerra.

O que mais deixava os soldados impacientes era a incógnita sobre o destino do navio. Logo cedo, por volta das seis horas da manhã, começava a rotina com a qual eles deveriam se acostumar. Descobriram que não poderiam sair do navio mesmo que o gigante de ferro ainda estivesse parado no porto.

Uma movimentação perto da hora do almoço mobilizou a tropa. O boato de que o presidente Getúlio Vargas estava a bordo correu por todos os andares. Homens de todas as origens se organizaram para ouvir o pronunciamento pelos alto-falantes, que começaram a chiar. Impossível seria que todos fossem à proa e, então, por meio do sistema de comunicação interna do navio, os mais de 5 mil combatentes puderam escutar a saudação do principal responsável por sua ida ao combate. Gritos de apoio e palmas misturadas a tímidas vaias ecoaram por toda a embarcação. Foi um comunicado rápido, mas suficiente para exaltar os ânimos do contingente.

Nakasone era um dos apaziguadores do time. Procurava manter os mais próximos calmos. Dentro do navio, continuou a observar detalhes e a gravar cenas que seriam úteis para a sobrevivência deles naquele tempo que, na verdade, nem sabiam quanto duraria.

No segundo dia de encarceramento fluvial, como chamaram a situação, ele conseguiu ir até o convés do navio. Um revezamento havia sido organizado para que os soldados pudessem sair um pouco ao ar livre. O cais estava logo ali, à frente, e Nakasone avistou ao longe a rua pela qual tinha andado quando descobriu o General Mann.

Observou a mercearia e, do lado esquerdo, algumas pequenas casas com as luzes acesas. Enquanto eles estavam em vias de partir, famílias seguiam suas rotinas sem nem imaginar que milhares de pessoas estavam dentro do navio. Nakasone chegou a perguntar a um oficial se era de conhecimento público que estavam ali. O homem, que deveria ter seus 45 anos, apenas balançou a cabeça em sinal negativo.

Nakasone começou então a olhar com atenção cada uma das janelas para tentar enxergar o que acontecia dentro das casas. Precisava de um pouco de realidade ao vivo, de uma imagem que lembrasse a tranquilidade de seu próprio lar. A primeira janela tinha um gato deitado e alheio a tudo, rodeado por seu próprio sossego. A segunda permitia distinguir duas garotas conversando e rindo de uma situação que Nakasone nunca saberia do que se tratava.

Quando virou um pouco para encontrar a terceira janela viu uma moça abanando um lenço branco. Ela acenava para os soldados como se estivesse transmitindo um código.

— Será que ela sabe para onde vamos?

Bento perguntou a Nakasone, que logo descartou a afirmação. Outro soldado riscou um fósforo para acender o cigarro e, assim que a chama aumentou, a moça passou a acenar com mais rapidez e vigor.

— Ela deve ter visto o fogo com nitidez e está nos dando adeus. Ela sabe que estamos indo embora.

Nakasone olhou novamente para a terceira janela e o pano branco chacoalhava de um lado para o outro como se uma música acompanhasse o movimento. Ele só não sabia qual ritmo deveria seguir.

Capítulo 18
Um degrau de cada vez

Na manhã do dia 2 de julho de 1944, Satsuki Nakasone acordou um tanto sonolento e um pouco nauseado. Os beliches de lona que ficavam à sua frente pareciam estar em movimento, assim como os soldados que com ele partilhavam o terceiro andar do navio General Mann. Certo de que era só um mal-estar passageiro, levantou-se para ajudar a servir o café da manhã, uma das tarefas pelas quais era responsável.

Seria o início do terceiro dia trancafiados dentro da embarcação, sem notícias sobre a partida efetiva. Enquanto andava pelos corredores lotados de homens, viu alguns deles correrem em direção às escadas. Não eram nem seis horas da manhã e Nakasone ainda se sentia cambaleante e com a impressão de que as pessoas estavam tortas, pareciam pêndulos.

— O navio partiu! Estamos indo embora!

— Adeus! Adeus!

— Não tem mais volta! Adeus!

Os gritos vinham de lados diferentes do navio e uma sequência de frases desconexas foi repetida à exaustão ao lado de Nakasone. Sem perceber, ele também já estava subindo as escadas rumo ao convés, sendo levado pelo fluxo e movimentação dos soldados.

Ao olhar para cima, enxergava vários pés e pernas disputando um lugar no vão que levava à parte externa da embarcação. Todos os homens queriam um lugar ao sol e ele teve sorte de estar a poucos andares do convés. Tomando cuidado para não ser pisoteado, Nakasone primeiro se certificou de que não tinha pisado em ninguém, para só depois olhar na direção em que todos estavam virados.

A vista não era a mesma que registrou em sua memória, no dia em que uma mulher acenava com um lenço branco. Não havia mais as casas ao lado da mercearia. Na verdade, nem a mercearia existia mais. A cidade estava coberta de cerração, e mesmo assim ele sabia que a paisagem tinha mudado. O navio tinha zarpado, eles tinham partido do Rio de Janeiro, estavam descolados do cais, que ficara para trás.

— O Cristo! Olhem o Cristo!

Nakasone encostou em um dos postes de ferro e conseguiu avistar os braços abertos do Cristo Redentor, mesmo com o nevoeiro, que impedia a total visibilidade da estátua e tudo o que havia ao redor. Não havia mais volta, estavam a caminho de uma guerra na qual o inimigo ainda não tinha nome nem endereço.

— Vai ficar tudo bem. Vai ficar tudo bem.

Ele repetia a frase mentalmente a cada virada que fazia com o pescoço e o corpo para localizar onde exatamente estavam. Em alguns quilômetros a tentativa de não se perder no meio do mar seria em vão. Haveria apenas a companhia da água e de algumas montanhas, até que tudo virasse apenas oceano, sem nenhuma pista ou mapa que mostrasse a ele para onde estavam sendo levados.

Os demais combatentes que se encontravam alojados nos quartéis do Rio não sabiam que a primeira leva de soldados tinha partido. Deram pela falta de alguns amigos e desconfiavam que teriam sido levados para o exterior, mas nenhuma palavra oficial foi dita dentro da Vila Militar. Quem sabia que alguns batalhões estavam no cais do porto desconhecia que o navio já tinha inclusive desatracado. Um dia depois do embarque do grupo, que ficou conhecido como o 1º escalão de soldados a partir para a guerra, Tomiyo Yamada enviou uma carta a Ilma sem esconder sua apreensão, mas não revelou que parte dos companheiros não estava mais aquartelada.

Rio de Janeiro, 3 de julho de 1944

Saudosa noiva Ilma,

Neste momento, estou sentado num dos bancos da Praça da República escrevendo estas mal traçadas linhas portadoras de saudade e sinceros votos de felicidade a todos deste sincero amigo e noivo. Vou levando uma vida de sempre, cheio de saudades, alegre por se aproximar cada momento que passa o dia da minha volta.

Mesmo assim ainda estou em dúvida quanto à nossa partida. Caso tiver que ir estarei sempre rezando quando se aproximar a nossa hora combinada para que nossos pensamentos estejam juntos onde quer que estejamos.

Minha querida, tenha bastante fé em Deus, peça de todo coração de sua Filha de Maria para que esta guerra termine amanhã mesmo.

Ilma, escrevi esta carta apenas porque estou prevendo que não poderei mandar-lhe outra por algum tempo. Por esse motivo não pense, ao receber esta, que eu já deixei o Rio de Janeiro.

Caso tiver de sair, naturalmente, a sua tia escreverá uma carta avisando-a. Mesmo assim, não está confirmado, porque essas coisas às vezes não passam de um simples boato.

A seus pais, Sr. Frederico e Sra. Noêmia, mil abraços e felicidade de todo coração.

Mesmo que eu parta, peço não duvidar das minhas palavras, palavras essas ditas pelo coração sincero.

Minha querida Ilma, estarei forte como nunca, disposto a honrar o nosso futuro nome. Assim poderei ir sem nenhuma dúvida e com a consciência limpa graças à sinceridade das suas palavras animadoras. Portanto me considero o noivo mais feliz deste mundo.

Quanto à minha saúde futura peço não se preocupar tanto porque saberei tratar-me e espero também da sua parte muita saúde e felicidade.

Espero com ansiedade o término desta guerra o mais breve possível para que possamos realizar o nosso intuito.

À Isa mil votos de felicidades deste que considera como seu irmão.

A você, Ilma, aceite um beijo do seu querido noivo,

Tomiyo

N.B.

Se você pretender escrever, será melhor fazê-lo o mais depressa possível por via aérea porque o quartel pode ficar impedido daqui a alguns dias. Atrás desta carta está escrito o meu endereço.

Caso souber da minha partida ao exterior subscrita conforme está escrito no envelope que vai aí.

Procurarei escrever primeiro, mas caso demore muito, escreva-me. Devido à distância muitas delas extraviarão, portanto escreva-me constantemente. Este envelope tem que ser via aérea igual a este.

N.B.

Estando a pena estragada e sem tempo, a carta saiu neste estado

Na mesma noite em que escreveu e postou a carta, Tomiyo teve a confirmação de que parte dos soldados tinha efetivamente embarcado para a missão de encontrar a tropa norte-americana em algum lugar do mundo. Suas palavras para Ilma demonstravam a preocupação com futuros desencontros de correspondências e que estava ciente da proximidade de sua partida.

Um gosto amargo invadia sua boca enquanto colocava as reflexões em dia. Na verdade, tinha sabor agridoce, como alguns temperos japoneses. Sentia orgulho por fazer parte do grupo que representaria o Brasil em uma guerra, medo do que poderia acontecer em terras estrangeiras e minadas, felicidade por Ilma ter declarado que seria eternamente sua, e tristeza por estar longe de sua noiva.

Muitas emoções simultâneas que se chocavam com a realidade em que vivia. Enquanto segurava a tinta nas mãos, fazia de tudo para não transmitir em frases a verdadeira angústia que dominava seu cérebro. Queria se cercar de todas as possíveis maneiras para que os dois não deixassem de se comunicar.

Tentava dormir e imaginava se Ilma já tinha pegado no sono, se também estava pensando nos dois naquele momento, se sentia a mesma falta de caminhar com ele e o sobrinho Renatinho pela praça Oswaldo Cruz, quando moravam em Mogi das Cruzes. Teria Ilma saudades tão profundas e dilacerantes quanto as suas?

Um soldado de Minas Gerais assobiava sentado ao lado da janela, no meio da escuridão, aplacada apenas pelo leve brilho da Lua. A música não era conhecida, devia ser típica da terra dele, e mesmo sendo tarde da noite ninguém reclamou do barulho, que pareceu acalmar o nervosismo dos combatentes. Estavam todos reclusos e imersos em suas individuais cabanas invisíveis, relendo a notícia da partida do primeiro escalão. Se antes havia alguma dúvida ou um fio de esperança de que a guerra continuaria a milhas de distância, longe deles, agora, a confirmação do embarque do primeiro escalão de pracinhas mudava todo o cenário. E o pintava de cinza.

Em São Paulo, Ilma e sua família tinham acabado de ouvir pelo rádio que o regimento paulista foi o primeiro a embarcar. Frederico tinha voltado do trabalho e encontrado os filhos e a mulher prontos para o jantar. Ele contou que não se falava em outra coisa nos trens que pegou.

— Os passageiros não paravam de dizer que o Brasil tinha finalmente ido para a guerra. Não pude deixar de pensar em Tomiyo.

— Papai, se foi apenas o 6º Regimento que embarcou, então ele não foi ainda. Amanhã mesmo vou mandar um telegrama.

— Ilma, te acalme. Certamente ele vai te escrever em caráter de emergência, se souber que chegou o momento de partir.

— Tomiyo vai cumprir com louvor o que é necessário fazer e logo estará de volta para mim.

Os pais e irmãos de Ilma não continuaram a conversa após sua afirmação, receosos de dar falsas esperanças a ela, que mesmo abatida acreditava firmemente em uma vitória breve dos aliados.

A calma de Frederico se revelava sempre nas situações mais difíceis. Na tarde seguinte, Ilma recebeu das mãos do sempre prestativo carteiro Ferreirinha a carta que Tomiyo escrevera sobre a partida do primeiro grupo de soldados para a guerra. Seu coração esquentou um pouco e Ilma imaginou o noivo sentado na praça, sozinho, redigindo as notícias que enviara a ela. Então ele ainda estava no Brasil, no Rio de Janeiro. Ele ainda estava perto.

Ilma não gostava de pensar em para qual lugar ele seria enviado. De qualquer forma oceanos os separariam, disso já tinha certeza.

Precisava encorajá-lo para que se sentisse melhor e orgulhoso do trabalho que teria de fazer. Certa vez, perguntou a ele se isso incluiria machucar alguém.

— Se encontrasse com o inimigo, o que faria?

Tomiyo não respondeu, e Ilma entendeu que esse não era um assunto a ser tratado entre os dois. Com ela, ele gostava de falar sobre as belas coisas da vida, sobre eles. Nunca mais perguntaria algo parecido, a menos que a iniciativa fosse dele.

— Mamãe, Tomiyo não embarcou! Está ainda no Rio de Janeiro! Acabei de receber uma carta dele.

— Que bom, minha filha. Será que ainda o veremos aqui em São Paulo?

— Não sei dizer, mas pedirei a Santa Terezinha que me deixe encontrá-lo ao menos mais uma vez antes de ele partir.

— Ilma, você importuna muito a santa!

— É por uma boa causa, mamãe.

A noiva de Tomiyo saiu em disparada para o quarto para responder a correspondência do soldado ainda naquela tarde e enviá-la o mais rápido possível. Quase derrubou o vaso azul preferido de sua mãe enquanto passava por trás do sofá. Quando se casasse com Tomiyo gostaria de decorar sua casa com objetos que trouxessem boas recordações, assim como sua mãe fazia. As paredes seriam cobertas de fotos da família, que ela faria questão de mostrar e explicar às visitas sobre cada lugar em que foram tiradas. Recolocou o vaso no lugar e retomou novamente o caminho até seu quarto, formulando o que escreveria para seu estimado noivo.

São Paulo, 7 de julho de 1944

Meu bondoso noivo,

Recebi sua cartinha. Fiquei triste pela partida do 6º Regimento. Tomiyo, se o seu também tiver que seguir, não fique desanimado, tenha muita fé em Deus e lembre-se que eu estarei sempre rezando por você e por todos. Eu tenho confiança na vitória, e um dia, quando a guerra terminar, poderemos dizer com orgulho que você foi um dos defensores do nosso Brasil.

Isa está doente, obteve do médico 10 dias de licença, e manda lhe agradecer as linhas que você lhe enviou. Achou muita graça no japonesinho da farmácia. Assim que puder ela lhe escreverá. Quanto ao João ela também manda lhe agradecer. Até agora não sabemos nada dele.

Você sabe se a tia Zulmira recebeu a nossa carta? Dê um grande abraço no tio Mario, um na tia Zulmira e na Iolanda.

Todos agradecem as suas lembranças e lhe enviam um forte abraço. Lembranças também ao Narciso.

Caso não dê tempo de você me escrever, deixe o seu endereço direitinho com a tia Zulmira e peça para ela me escrever o mais breve possível, sim?

Aceite um grande abraço com saudade da sua noiva que o espera confiante na sua volta feliz.

Ilma

Enquanto esperava as horas da noite passarem para que um novo dia começasse e ela pudesse postar sua carta no correio, Ilma fazia o contorno de panos de prato com crochê. A atividade tinha virado um de seus passatempos. Escolheu uma toalha branca e faria o mimoso acabamento com linha azul.

Presenteava amigas que frequentavam a mesma igreja, entregava alguns para suas tias e escolhia algumas peças específicas para guardar. Fariam parte de seu enxoval de casamento com Tomiyo.

Às vezes se pegava admirando o anel que ganhara do noivo e, por incontáveis minutos, parava o bordado apenas para sentir que seu dedo anelar da mão direita tinha a companhia de Tomiyo. Ele gravara seu nome na parte interna da joia e Ilma sempre o tirava do dedo só para ler o que estava escrito.

Falar o nome dele em voz alta o trazia para mais perto dela e preenchia aqueles dias insuportavelmente vazios pela falta que sentia do noivo.

Para ele, cada dia parecia ser o último em que acordaria no Rio de Janeiro. Assim como Satsuki Nakasone, que circulava pelos cais sempre que podia para verificar algo de diferente, Tomiyo e seus amigos passaram a fazer a mesma coisa, afinal Nakasone mostrou ter feito a coisa certa ao ser a primeira pessoa a comunicar o batalhão de que havia um navio atracado no porto. Foram muitas idas para averiguação, mas o máximo que encontravam eram pequenos barcos que transportavam mercadorias.

Nos domingos de folga, Tomiyo aproveitava para conhecer a cidade natal de Ilma, sempre com sonhos de que em breve o passeio seria ao lado dela. Num sábado à tarde, combinou com Narciso que iriam bem cedo, no dia seguinte, até a Igreja da Penha. Sua noiva havia dito que para chegar ao local era necessário subir uma escadaria, onde ela mesma já havia pagado algumas promessas.

Antes mesmo das oito horas da manhã do dia 9 de julho, Tomiyo e Narciso já tinham deixado o quartel. Ele imaginava que encontraria uma longa escada, mas não na proporção que seus olhos enxergaram ao olhar para cima diante do primeiro degrau.

— Narciso, vamos contar quantos tem?

— Deixe de besteira, Tomiyo. Alguém já deve ter feito isso e quando chegarmos lá em cima vai ter um folheto com essa informação. Você vai ver.

— Eu conto na subida e você na descida, e aí vemos se o número é igual.

Narciso foi voto vencido e topou acompanhar o amigo. Tomiyo começou, animado, e tentava conciliar a contagem com a divagação sobre que tipo de promessa Ilma teria feito e pagado naquela mesma escada.

Estava frio e o céu cinzento não iluminava o local da forma mais bonita. Perguntaria pessoalmente a ela, na próxima vez em que se vissem. Cento e oito. Cento e nove. Esperou um momento. Não sabia mais se estava de fato no centésimo oitavo degrau ou no centésimo dezoito.

— Acho que é o degrau de número 118, Tomiyo.

— Não tenho certeza. Vamos ter que voltar.

— O quê? Descer tudo de novo?

— Sim, preciso começar a contagem novamente.

— Eu acredito que era o centésimo dezoito.

— Deixe de preguiça, Narciso, vamos descer de novo.

— Você estava com a cabeça em outro lugar. No que estava pensando?

— Preciso mesmo te dizer?

— Ai, claro, na Ilma. A carioca. Nunca vi um homem gostar tanto de uma moça assim.

— Eu a amo, Narciso. Desde o primeiro dia em que a vi sabia era ela a mulher para minha vida toda. E sei que ela me escolheu também.

A dupla desceu novamente até a base e Tomiyo recomeçou a contagem enquanto subia, feliz por ter colecionado mais essa história para contar à noiva. Os degraus eram baixos, e então a dupla de amigos nem se cansou, acostumados que estavam a exercícios muito mais pesados do que aquele.

Tomiyo resolveu não revelar a Narciso o número final que havia contado e esperaria até que descessem novamente, na vez do amigo de marcar degrau por degrau. Entraram no santuário católico e Tomiyo, que respeitava a fé de Ilma, mas não era religioso, parou em frente ao altar para agradecer por ter conhecido a noiva e desejou que voltasse da guerra com vida para realizar todos os planos que tinha com Ilma.

Narciso aguardou o silêncio e a cabeça baixa de Tomiyo até que ele novamente erguesse os olhos e saísse em direção à parte externa da igreja. Do alto era possível enxergar quase toda a cidade.

— Um dia irei com a Ilma ao Corcovado. — Tomiyo se sentia à vontade para falar de Ilma com Narciso, seu grande amigo, que o escutava e sabia como ninguém seguir seu ritmo. — Agora é sua vez de contar os degraus!

Para descontrair, Tomiyo começou a contar em voz alta para atrapalhar o trabalho de Narciso. Havia poucas pessoas na igreja naquele horário, mas quem estava nos arredores olhava para os dois rapazes fardados sem nada entender.

— Será que eles pensam que estamos loucos?

Narciso não respondeu e continuou concentrado nos degraus. O vento batia no rosto de Tomiyo enquanto ele descia a escadaria, e ele se sentiu livre, como se pudesse pegar o trem e ir de encontro a Ilma.

Ele questionava quantos momentos como aquele viveria antes de partir. Do alto o Rio de Janeiro parecia ainda mais belo, longe de ser uma cidade bombardeada e cercada de canhões como as que o aguardavam, cheias de ruínas e vítimas da guerra.

Ele tinha consciência do cenário que aguardava os expedicionários brasileiros, independente do país para o qual seriam mandados. A viagem não seria de férias e os passeios, como aquele que fazia com Narciso, poderiam ser os últimos de suas vidas.

— Trezentos e sessenta e cinco! Contei 365 degraus.

Narciso havia terminado a contagem e os dois tinham chegado ao fim da escada. Tomiyo nem se dera conta de que a brincadeira tinha chegado ao fim.

— Eu também contei 365, Narciso!

Exatamente o número de dias que um ano possuía. Em cada degrau Tomiyo recordara-se de algum momento especial que passou com Ilma. As saídas com Narciso eram raras, mas sempre divertidas. Os dois preferiam conhecer o subúrbio carioca, mas, naquele domingo, Tomiyo queria que as caminhadas fossem dedicadas a Ilma. Pediu ao amigo que o acompanhasse até Jacarepaguá, bairro de que sua noiva tanto falava com amor, pois fora o lugar onde ela tinha crescido.

Tomaram um bonde e desceram perto da Praça Seca. Ilma tinha razão e lá havia um coreto muito parecido com o da praça em que iam quase todos os dias em Mogi. Um pequeno e bonito jardim enfeitava o local, mas não havia muita gente. Tomiyo levou um susto e por alguns segundos acreditou ser Ilma a rapariga sentava de costas para ele, em um banco de ferro pintado de branco. A moça estava de perfil e seu sorriso lembrava o de sua noiva. Uma pena não ter anotado o endereço em que a família Faria morava quando vivia no bairro. Se soubesse, iria até a porta da casa para conhecer um pouco mais os lugares pelos quais Ilma havia passado.

Uma pequena casa de chá ao lado da praça parecia ter sido inaugurada recentemente, e tudo o que Tomiyo imaginava era se Ilma conhecia o local ou se seria também uma novidade para ela.

Ficaram uma hora explorando os arredores, e logo Tomiyo se lembrou de que precisava ir a Ramos encontrar a madrinha de Ilma e uma amiga dela, Maria. Estava perto da Vila Militar, mas teria que voltar para o mesmo lado da Igreja da Penha. Narciso resolveu não acompanhar o amigo desta vez e foi direto para o quartel.

Ilma se alegrava cada vez que seu noivo visitava suas amigas e parentes. Tomiyo era considerado da família e todos o recebiam bem, o que o deixava à vontade e com a sensação de ser acolhido em outros lares. Sabia que o contrário não aconteceria tão cedo e que Ilma não tinha o mesmo acesso a seus familiares.

O encontro afetuoso também foi rápido. Elas ficaram muito satisfeitas em saber que na casa de Ilma estava tudo bem e pediram que o soldado mandasse lembranças a dona Noêmia, em especial.

Recebeu no dia 11, uma terça-feira, a carta em que Ilma o encorajava a não desanimar, caso tivesse que partir em breve. O treinamento tinha sido muito rigoroso e o sargento fez com que o 2º Batalhão, do qual Tomiyo fazia parte, corresse dez vezes em volta do maior gramado da Vila Militar por conta da desobediência de um dos cabos, que abandonara o quartel na noite anterior sem autorização.

Quando estava voltando para o dormitório ouviu o grito do mensageiro:

— Soldado Alberto Tomiyo Yamada! Soldado Alberto Tomiyo Yamada.

Na hora não reconheceu quem o chamava, e pensou se tratar de alguma reprimenda ou notícia ruim, mas eram mais do que boas. De longe enxergou que havia um envelope nas mãos do rapaz e todo o cansaço do dia se esvaiu quando reconheceu a letra de Ilma.

Em vez de voltar para os seus aposentos, tomou o caminho contrário e foi se sentar, sozinho e longe de todos os burburinhos, perto da escada que levava para um depósito abandonado.

O sol estivera tímido durante todo o dia e agora estava para se pôr. Em breve a luz natural não existiria e ele teria que ir para o lado de dentro do quartel para conseguir ler a correspondência, mas queria mesmo era ficar solitário com seu presente do dia. Em segundos os sinos da igreja começaram a tocar. Sinal de que eram seis horas da tarde, o horário combinado entre ele e Ilma para que pensassem um no outro.

Ilma, estou aqui, com sua carta. Fique tranquila que estou bem e a cada dia mais saudoso. Não fique triste, e obrigada pelo seu fervoroso apoio...

Tomiyo mentalizou as frases enquanto segurava a carta próxima ao peito e olhava para o restinho de sol. Certamente Ilma também estaria, a esse horário, olhando para o céu que enxergava da sua janela e pensando nele.

Desdobrou novamente o papel, com cuidado. Ilma se orgulhava pelo fato de o noivo defender o Brasil. Bastava isso para que Tomiyo ficasse satisfeito e se sentisse mais confiante ainda por conta de sua convocação.

Com poucas palavras Ilma conseguira transformar o dia de Tomiyo, que acabaria simplesmente sendo lembrado como mais um em que o treinamento para a guerra o esgotara fisicamente.

Na semana anterior, sete amigos de Mogi das Cruzes e São Paulo também escreveram linhas para Tomiyo. Foi um dia de festa quando recebeu ao mesmo tempo sete envelopes. Três deles perguntaram sobre a carioca de quem o pracinha tanto falava. A próxima vez que escrevesse a eles seria com um convite de casamento anexado à carta. Esse era o desejo de Tomiyo, ao perceber com graça a curiosidade em que se encontravam.

Outra pergunta era relacionada às aulas de tiro. Mal sabiam os amigos que o exército dispunha de poucas armas para que os soldados treinassem. Tomiyo descobriu que o material bélico tinha sido comprado na Europa, mas, como o Brasil lutaria ao lado dos Estados Unidos, provavelmente as munições seriam diferentes das que possuíam no quartel e com as quais tinham treinado.

Passava boa parte do tempo em aulas teóricas sobre os equipamentos que seriam usados. Perceber que mesmo os mais graduados comandantes não dominavam os fuzis exibidos nas imagens apresentadas nas projeções o incomodava.

Teoria por teoria, ele preferia o cinema. Se fosse para ficar horas sentado em uma cadeira, observando telas e legendas, a imagem deveria valer a pena. Além dos passeios com Narciso, Tomiyo tinha se tornado assíduo frequentador das salas de cinema do Rio.

Desde a última visita de Ilma ao Rio ele havia ido ao cinema seis vezes. Gostou especialmente de *Tristezas Não Pagam Dívidas*, longa-metragem brasileiro que lhe proporcionou muitas risadas. Apreciava o jeito engraçado do ator Oscarito e ouviu com atenção as estrofes da marchinha "Clube dos Barrigudos", cantada por Linda Batista.

Lamentou que Ilma não estivesse com ele para assistirem juntos. Escreveria na próxima carta um resumo da obra: um marido deixou um testamento para a mulher, dizendo que ela deveria brincar bastante e se divertir no Carnaval depois que ele morresse, sem mais explicações.

Um malandro resolve ajudar a viúva a cumprir o desejo do falecido. Seu interesse era apenas no dinheiro dela, mas ele acaba se apaixonando. Tomiyo gargalhava na projeção ao mesmo tempo que enxergava o lado singelo do roteiro, sem, no entanto, se dar conta de que a história do filme mostrava o oposto do combinado com Ilma caso ele não voltasse da guerra.

Capítulo 19
Loucos de saudades

Ilma tinha sido o primeiro amor de Tomiyo. Amor de verdade e não apenas um encantamento pela beleza de uma moça da qual ele nem ao menos conhecia a voz. Disso ele já havia provado. Mas não passara de um olhar mais detalhado, sem vontade de se importar.

E com Ilma ele se importava. Preocupava-se com sua saúde, queria saber se ela tinha se alimentado corretamente, reparava quando a noiva usava um vestido novo, se as tranças estavam diferentes, se os óculos tinham lentes novas, minúcias que muitas vezes nem ela percebia.

Pudesse escolher, andaria o dia inteiro acompanhando seus passos, sorrateiro e zeloso, assim como fizera há alguns anos, durante doze meses seguidos, sem que Ilma percebesse. Seria o melhor emprego que poderia encontrar. Ganharia as 24 horas do dia nessa função.

Pela primeira vez apaixonado, Tomiyo não sabia delimitar uma linha racional entre o ciúmes e a realidade. Sua visão quase periférica não permitia que enxergasse os nítidos movimentos de Ilma para confirmar a reciprocidade daquele amor, e sua teimosia não clareava um caminho que mostrasse os dois únicos impedimentos que poderiam não realizar os sonhos do casal: as guerras. A Segunda Guerra Mundial e a "guerra" de culturas distintas: a japonesa e a brasileira. Somente elas poderiam separar Ilma de Tomiyo.

O peso sobre seus ombros e o conflito interno que corria por seu sangue camuflavam o real temor que Tomiyo sentia em relação à convocação para a guerra e, por isso, ele focava suas angústias em pedidos desnecessários sobre a fidelidade e lealdade de Ilma, que com seu sorriso maroto de tintas adolescentes derrubava as armaduras do noivo.

Se o tempo fosse administrado por Tomiyo, ele rebobinaria os segundos e não desperdiçaria cada dia daquele ano em que desapareceu da vida de Ilma. Em vez de se esconder como um detetive que busca provas para desvendar um caso, ele daria o passo que deixou de andar para que ela não o visse.

Tinha sido tolo de perder a oportunidade da companhia de Ilma naquela época, tudo por conta do acesso de fúria que teve ao vê-la conversando com um sacristão na igreja.

O episódio ficou para trás e agora eles estavam prestes a, talvez, ficar outro ano sem se ver, e dessa vez não bastaria apenas a vontade de Tomiyo para dar um passo a mais na direção de Ilma. Eles não tinham escolha.

Restava ao soldado passar as noites admirando as fotos que guardava da noiva. Eram poucas, mas em todos os retratos ela estava linda e sorridente. Suas pernas roliças e os cabelos cacheados visitavam as lembranças de Yamada com frequência. Recentemente, Ilma perguntou o que ele achava de mais bonito nela. Estavam em São Paulo e o soldado levou um choque ao ouvir a questão. Sentiu que suas bochechas ficaram vermelhas de vergonha e não queria responder.

Ilma riu tanto que precisou colocar as mãos na frente da boca para fazer menos barulho, e disse que não sairia de sua frente até que ele contasse o segredo, que seria mais um dividido apenas entre os dois.

A alegria sempre contagiante de Ilma quebrava qualquer sinal de rusga ou desconforto e Yamada acabava cedendo. Assim que respondeu, baixou os olhos e juntou as duas mãos, nitidamente apertando-as de nervoso. Ela percebeu e brincou ainda mais com ele.

— Obrigada, Tomiyo. Espero que você nunca encontre outra moça de cabelos cacheados em sua vida.

Lembrar dos agradáveis momentos com Ilma funcionava como um antídoto para a insuportável saudade que sentia dela e do brilho de suas tranças quando estava sob o sol.

Os domingos em que não saía do quartel por conta da ausência de Narciso ou simplesmente porque não tinha vontade de se alegrar arrastavam-se por horas.

Faltavam apenas três dias para o aniversário de Ilma, que faria vinte anos, duas décadas completas. Estava devastado por não poder passar a data especial ao lado de sua adorada. Certamente dona Noêmia assaria um bolo de massa fofa e toda a família, além de alguns poucos amigos, se reuniriam na sala da casa. Podia sentir o cheiro delicioso do doce saindo do forno e ouvir as risadas e vozes dos Faria misturadas a uma música de fundo escolhida por seu Frederico.

Ilma estaria belíssima em um vestido cortado para a ocasião, em tons claros, de preferência. Seria o centro das atenções, e não era necessário se esforçar muito para isso, pois tinha conversa agradável e inteligente, além de distribuir carinho e atenção a todos.

Sem perceber, Yamada acendia o penúltimo cigarro de um pacote que tinha sido aberto naquela manhã. Estava de volta à realidade após sonhar acordado com o aniversário de Ilma.

Para se sentir mais próximo, até uma certa religiosidade despertou nele, principalmente após a visita à Igreja da Penha. Contar os degraus da escadaria, entrar no local e perceber a importância daquele cenário para os que tinham fé e que estavam ali movidos por suas crenças mexeu com ele, mesmo que não se considerasse devoto de nada. Decidiu escrever uma carta de felicitações à noiva, pois era o máximo que poderia fazer naquela situação, junto a notícias de que, no dia anterior, tinha visitado a tia Zulmira.

Rio de Janeiro, 16 de julho de 1944,

Bondosa noiva Ilma

Afinal mais uma primavera chegou, não é verdade?

Compartilho-me desta festa, desejando muitas felicidades. Queria lhe rezar a proteção divina e a paz de Deus.

Vai ser promovida aqui na Vila Militar uma missa campal na terça-feira, dia 18, para os militares em geral. Tenciono também tomar parte nesta festa religiosa. Amanhã irei confirmar na Igreja da Penha para poder comungar no dia seguinte.

Ontem à tarde estive na casa da tia Zulmira e contei-lhes sobre a saúde da Isa. Ela ficou muito preocupada. Me disse que ia mandar uma carta na segunda-feira. Talvez a receba amanhã. Eu, de minha parte, espero que esteja sã e sempre bonita.

Realizou-se ontem o casamento daquela mocinha que mora no 11. Quando eu cheguei a tia Zulmira estava se preparando para ir à festa.

Gostaria imensamente de lhe mandar um pequeno presente no dia do seu aniversário. Tenciono enviar ainda pelo chefe do trem por isso peça a seu pai procurar na arrecadação. Seguirá no dia 29 ou 30.

Ilma, pergunte a dona Noêmia, sua mãe, se precisa de açúcar. Caso houver dificuldade de obtê-lo poderei mandar daqui qualquer quantidade.

Ilma, que a primavera vindoura seja como a que passou, cheia de esperanças e felicidades que eu desejo.

Lembranças a todos e a você um forte e bem apertado abraço. Feliz aniversário do sincero noivo,

Tomiyo

N.B.: Mando-lhe aqui uma fotografia tirada na fantasia. Isa e João não me escreveram ainda.

Durante o período da guerra, e principalmente depois que o Brasil entrou oficialmente no conflito, a escassez mostrava a toda a população os difíceis tempos em que viviam. Faltavam alimentos, combustível, e a inflação aumentava. No Rio, a percepção se dava em grau um pouco menor do que em São Paulo, onde o açúcar estava prestes a ser racionado.

Yamada sabia da dificuldade e por isso oferecia ajuda à família de Ilma. Houve a tentativa de substituí-lo por açúcar mascavo, que ficou conhecido como "sujo".

Os fornos das padarias estavam vazios, pois não havia trigo, que era produzido, porém exportado, e com isso faltava pão francês. Surgiu então o "pão de guerra", feito com farinha de milho, mais duro e rejeitado pelos consumidores, que diziam sentir gosto de areia no alimento.

Dona Noêmia tinha um segredo aprendido com outras donas de casa para superar o problema. Passou a usar macarrão para fazer pãezinhos quentes e assados na hora. Jogava a massa crua na panela, quebrava-a até que virasse uma farinha, que seria usada no lugar do trigo. Yamada experimentou o novo pão em uma de suas idas a São Paulo e aprovou. A tática corria o país, que lutava para se adequar aos infortúnios de um conflito mundial.

Junto à correspondência para o aniversário de Ilma, Yamada colocou no envelope um pequeno retrato, que ele descrevia como estando fantasiado. A fantasia era, na verdade, a farda do exército brasileiro. Fez a barba e se aprumou para ser fotografado especialmente para Ilma. Colocou o quepe, alinhou o colarinho da camisa e por último vestiu o suspensório. Seria uma surpresa para a noiva, que há tempos não recebia uma fotografia sua.

Gostava de fechar envelopes gordinhos, rechonchudos de conteúdos, e imaginava a emoção que Ilma sentiria ao segurá-lo na mão antes de abrir a surpresa. Colocaria no correio no dia seguinte, nas primeiras horas da manhã.

Finalmente chegou a noite, escura e arredia. Yamada abraçou o travesseiro como se o pedaço de espuma branca abrandasse a ansiedade e o buraco de solidão que crescia a cada dia.

Somente em duas semanas ele receberia nova autorização para ir a São Paulo, em comunicado liberado na manhã de um sábado. O batalhão inteiro esperava o momento em que não poderia mais sair do quartel e, quando chegava a notícia de que uma folga externa havia sido liberada, a comemoração não era genuína, e sim explosiva.

Yamada conseguiu enviar um telegrama a Ilma e um outro para sua família em Mogi das Cruzes. Cansado de tentar adivinhar quando embarcaria para a guerra, tomou a decisão de que faltaria na segunda-feira para conseguir visitar sua mãe. Não se perdoaria caso perdesse a chance de vê-la antes de partir. Ficaria um dia com os Faria e outro com os Yamada.

Diferente das outras vezes, dirigiu-se diretamente à casa da família de Ilma, que não iria esperá-lo na estação como de costume. Ela havia passado essa recomendação na carta que enviara no final de junho. Com o racionamento de combustível, muitos carros de bonde e ônibus pararam de circular pela cidade. Disse Ilma que o boato era de que não havia peças para repor eventuais consertos.

Efetivamente, a guerra tinha chegado ao Brasil, não apenas porque milhares de soldados haviam sido convocados a lutar, mas porque o cotidiano de toda uma nação já tinha sido afetado. Yamada não compreendia por que todos tinham de sofrer. Bastava a tropa brasileira cumprir seu papel fora do país.

De longe, viu que Ilma já o esperava no portão de sua casa. Os cabelos cobriam seu rosto, mas não havia dúvidas de que era ela. Batia os dedos contra a boca, talvez no ímpeto de se proteger do frio. Estava virada para o lado oposto de onde Yamada vinha, entretida a observar duas meninas brincando com uma boneca de pano. Elas disputavam o brinquedo e a menor, morena e com cara amarrada, levou a melhor durante uma distração da mais alta, que parou por segundos para olhar um cão arteiro que estava atrás de comida.

Ilma bateu palmas, parabenizando a garotinha. Como se adivinhasse que Tomiyo estava quase do seu lado, virou o rosto de uma só vez, fazendo com que seus cachos voassem com o vento formando o mais belo desenho para os olhos de seu noivo.

Ele não resistiu e disparou em sua direção. Eram apenas dez passos, mas Tomiyo correu como se disputasse uma maratona. Seu quepe voou para trás e ele parou a três palmos de Ilma, que suspirava sem conseguir falar palavra alguma. Yamada segurou sua mão e entregou um ramalhete de flores que estava escondido na outra.

— Feliz aniversário, Ilma. Sei que estou atrasado, mas nunca desista de me esperar, sim?

A menininha que venceu a disputa da boneca de pano tinha corrido atrás do quepe e o recuperado para Tomiyo.

— Tio, tio! Peguei seu chapéu!

Antes que Ilma pudesse agradecer o presente e finalmente dizer qualquer coisa, os dois começaram a rir enquanto olhavam a pequena e destemida garota.

— Obrigado. Você foi muito gentil.

— Por que o seu chapéu é estranho? O do meu pai é bonito, todo preto, sem esses desenhos.

— São os símbolos do Exército. Faz parte de um uniforme militar. Sou um soldado. Quer dizer, agora sou um cabo.

A explicação demorou mais tempo do que a criança gostaria e, antes mesmo que Tomiyo Yamada tivesse terminado de falar, a garota tinha voltado para onde sua amiguinha estava.

— Cabo? Você conseguiu, Tomiyo?

— Sim! Agora sou um cabo e você pode se orgulhar de mim.

— Sempre me orgulharei de ti, Tomiyo.

Ilma chorou ao mesmo tempo que sorria, deixando o noivo atônito.

— Diga, Ilma. Não está feliz em me ver?

— Estou muito feliz, tão feliz que não gostaria que esse momento acabasse.

Suas lágrimas caíram sobre as rosas brancas que Tomiyo trouxera, e ele juntou suas mãos às dela, com mais força.

— Choro todos os dias por sua falta, Tomiyo. Sei que vai fazer um grande trabalho pelo nosso Brasil, mas não posso deixar de me entristecer pela sua ausência.

— Ilma, desse jeito as flores não precisam nem aos menos ser colocadas na água, pois suas lágrimas as molharam o suficiente.

O comentário de Yamada fez Ilma dar uma risada solta e em poucos minutos o sorriso da jovem tinha voltado a emoldurar seu rosto.

— Não desista, Tomiyo. Um dia estaremos aqui com nossa Terezinha te fazendo perguntas assim como a garotinha que pegou seu quepe, não é mesmo?

— Estaremos, Ilma. Voltarei em breve para realizarmos nossos combinados.

Os dois entraram na residência e Tomiyo foi recebido com festa pelos irmãos e pais de Ilma. Ela contou em detalhes como tinha sido sua noite de aniversário, com a amiga Dirce a contar anedotas que levavam todos às gargalhadas.

Ilma repetiu algumas delas a Tomiyo, que em certo momento teve que apertar a barriga com força de tanta dor que sentia pelo excesso de risadas.

Enquanto ela recitava a última piada para o público que estava no sofá, Tomiyo filmou na sua memória cada gesto que sua noiva fazia. Queria eternizar as linhas de expressões, os movimentos, tudo o que havia em Ilma. Guardaria aquela sequência de alegrias para consultar nos momentos em que a saudade o sufocasse por completo.

— Não é, Tomiyo?

— Sim? Ahn, o que foi?

— Tomiyo, não escutou o que contei?

As risadas uníssonas em sua direção zombavam de sua falta de atenção à interpretação de Ilma, que tinha tirado os óculos para enxugar as lágrimas, desta vez, derramadas de tanto rir de si mesma.

Tomiyo apenas sorriu em direção à carioca que tão alegremente transformava o ambiente no lugar mais acolhedor em que ele poderia estar.

O agora cabo Yamada deixou para entregar a outra parte do presente apenas quando estava indo embora para pegar o trem para Mogi. Na Igreja da Penha escolhera um terço azul-claro para a noiva, que os colecionava. Seria a primeira vez que daria uma lembrança desse tipo a ela. Significava muito para Ilma que Yamada tivesse ido a uma igreja especialmente para buscar algo de que ela gostasse.

— Você será o melhor marido que eu poderia ter, Tomiyo.

Rio de Janeiro, 1 de agosto de 1944

Querida noiva Ilma,

Apesar de estar um pouco constipado cheguei sem novidade ao Rio juntamente com meus colegas, depois que saí de Mogi.

Imagine só Ilma, durante a viagem toda não me saiu da minha mente a sua imagem tão graciosa e encantadora, seus sorrisos joviais que traduziam grandes realizações.

Junto envio este livrinho que trará todas as bases para nossas construções de vida. Leia com toda atenção.

Afirmo, amada, mais uma vez, que o número do meu batalhão é 302. Caso não escrever, esta não chegará ao seu destino.

As normas para telegrama enviarei mais tarde porque não as tenho no momento.

Lembranças a todos e a você um forte abraço do seu noivo

Tomiyo

N.B.

Hoje a noite irei à casa da tia Zulmira.

N.B.

Quanto à minha falta de segunda-feira, foi justificada pelo coronel. De hoje em diante não terei mais folga como antes porque estou na seção de química, cujo estudo é à noite.

A essa altura, na Vila Militar, os batalhões já sabiam que a primeira leva de soldados que partira para a guerra estava na Itália fascista, mas não havia mais detalhes da situação. Perguntas intermináveis sobre o estado dos companheiros eram disparadas aos coronéis e tenentes, que pouco sabiam das informações.

Do mesmo jeito que Satsuki Nakasone tinha sido o primeiro soldado a noticiar que um navio estava atracado no porto, apenas duas noites antes do efetivo embarque, desta vez Yamada foi o único aquartelado a receber dados da Itália. Seu amigo Cristiano Viana, de Mogi, lhe mandara uma carta dizendo que uma mala especial dos expedicionários brasileiros que estavam na Europa chegara na cidade. Felizmente traziam boas notícias às suas famílias.

A correspondência dizia apenas isso, o suficiente para acalmar parte dos homens aquartelados. Yamada esperava agora receber cartas dos amigos que tinham embarcado, certo de que trariam boas novidades e aventuras de arrepiar os cabelos.

Rio de Janeiro, 15 de agosto de 1944

Saudosa noiva Ilma,

Com grande satisfação recebi a sua carta. Se não me engano, hoje não é dia do aniversário de seu pai? Envio-lhe um forte abraço e muitas prosperidades para o futuro.

Sinto muito por não poder felicitá-lo pessoalmente.

Quanto a mim estou gozando de perfeita saúde e estou satisfeitíssimo pelas notícias que correm por aqui.

Desde a minha chegada, creia-me minha boa Ilma, não tenho vontade de sair do quartel, mesmo nos dias de folga. Estou satisfeito de me proceder assim, porque julgo que estou fazendo jus aos seus sacrifícios.

Um dia desses assisti no Metro um filme denominado "Comédia Humana". Foi muito bom e sentimental. Se algum dia passar por aí, vá assisti-lo.

Minha distração tem sido jogo de xadrez com Narciso. Estamos tão fanáticos neste jogo que até chegamos a discutir pela posse da vitória.

Mesmo assim minha vida tem sido monótona, talvez porque estou longe, e sem aquele sorriso jovial que tem sido para mim uma verdadeira fonte de alegria e satisfação. Eu e todos os meus companheiros estamos no meio de uma guerra e devemos nos conformar com a sorte, aguardando de bom humor e paciência para que possamos realizar nossos desejos.

A tia Zulmira me convidou para seu aniversário, mas infelizmente neste dia estive de serviço. Só no dia seguinte fui à casa dela. Ela me reservou uns bolos gostosos para mim, penso que ela me quer muito.

Ela me disse que a festa estava muito animada, mas para ser completa faltava você e seu pessoal. Aparecida também perguntou por você. Manda-lhe muitas lembranças. Espero que sua mãe e a Isa estejam gozando de bastante saúde porque as considero como minha segunda mãe e irmã.

Todos mandam lembranças a esta querida gente, e da minha parte aceite meu forte abraço.

A você querida e saudosa noiva, envio-lhe mil abraços do seu sincero e inesquecível noivo,

Tomiyo

Da última vez que esteve em São Paulo, Tomiyo ouviu do irmão de Ilma que ela mal saía de casa desde que o filme da guerra se iniciara. Chamava de filme a saga que muitas pessoas estavam vivendo por conta do conflito.

Sentiu-se culpado pela tristeza que provocava na vida de Ilma e não sabia como resolver. Entendeu que o cunhado o alertava para o tamanho do amor que Ilma sentia por ele, e que não se tratava de uma reprimenda. Não abriria mão de manter seu noivado com Ilma mesmo que ela sofresse ainda mais com sua partida, pois sabia que nada adiantaria.

O terço azul com que presenteara Ilma tinha se tornado o novo amuleto de sua noiva, que o carregava por todo e qualquer lugar. Seu irmão tinha razão em se preocupar, pois ela estava cada vez mais magra e abatida, e só voltava a viver e sorrir durante as visitas de Tomiyo.

No íntimo de seus pensamentos desejava estar sempre ao lado de seu noivo. Peregrinava pelo corredor lateral de sua casa diariamente à espera de notícias de seu querido japonês.

O frio que aos poucos ia embora com o vento não deixou com Ilma um calor como recado. Ela estava sempre quieta e cabisbaixa. Na tarde em que não recebeu carta alguma de Tomiyo, a tristeza avassaladora falou mais alto e Ilma não resistiu à vontade de demonstrar com todas as letras o que sentia naquele momento.

Com sua caneta-tinteiro favorita, pincelou que estava louca de saudades de Tomiyo. Nunca antes havia escrito dessa maneira, mas a boca seca e a tontura angustiante faziam com que ela não encontrasse outra maneira de expressar a tensão que corroía seu corpo. Envelopou e postou.

Rio de Janeiro, 26 de agosto de 1944

Querida noivinha,

Recebi sua carta, a qual me deixou repleto de satisfação. Estimo que ao receber esta esteja bem forte. A saúde da sua gente me preocupa como se fosse da minha própria família, pois a considero muito.

Isa continua naquela vida de sempre, não é verdade? Sempre preocupada com seus afazeres.

Isa, envio-lhe em especial o forte abraço do seu amigo e irmão.

Quanto a você minha querida, diz que está louca de saudades, não é assim? Pois tome bastante cuidado, senão...

A minha ida a São Paulo torna-se impossível no momento e também não lhe posso dizer quando irei, porque como você sabe depende apenas do comando. Se não fosse isso estaria constantemente aí. Vontade não me falta. Deixando de lado os sacrifícios também estou como você, louco de saudades, talvez mais.

Fui com Narciso à estação de Cascadura na quinta-feira. Acompanhei-o para dar alguns recados aos meus e deu vontade de embarcar também. Não só ele, mas muitos amigos foram a São Paulo sem devida permissão. Provavelmente eles vão ser castigados, o que não desejo.

Na semana passada o meu tenente teimou que eu era bom lutador e fez uma propaganda na companhia. Obrigou-me a fazer uma demonstração e ensiná-los.

Ontem mesmo houve um treino e apareceu um sargento de um corpo hercúleo. Ele queria lutar comigo. Dei toda a sorte de desculpas para evitar a luta, porque não sou dos bons.

Felizmente não houve acidente e consta que lutei muito bem, cabendo a mim a vitória em pontos. Dei oito tombos no dito sargento e ele cinco em mim. Arranhei um pouco o antebraço, mas estou bem melhor.

No dia 7 de setembro haverá um grande desfile na Avenida Getúlio Vargas. Tomarão parte muitas unidades do exército, inclusive a nossa. Irei assistir à festividade. Também nesse mesmo dia será inaugurado o término da dita avenida.

Se você estivesse aqui não seria uma maravilha?

Hoje estive na casa da sua tia Zulmira, mas não a encontrei. Perguntei a Tereza sobre a carta, ela me disse haver recebido a dita correspondência. Titia ficou muito contente com a foto do Ismar e manda mil abraços.

A respeito do açúcar, até hoje não foi possível mandar porque estou numa escola química, onde só às 5 horas da tarde há folga. Em todos os casos pode esperar a remessa para semana que vem. Farei o possível.

Se não for possível comprar, mandarei algum soldado da minha companhia e despacharei pelo chefe do trem, conforme a instrução do seu pai.

Muitas lembranças a todos e, a você, aceite um abraço deste que nunca a esquece,

Tomiyo

Capítulo 20
Uma avenida no meio do caminho

— Tenho uma surpresa para você, Tomiyo.

— Do que se trata, Ilma?

— Você vai gostar!

A luz do sol batendo diretamente em seu rosto o acordou do sonho com Ilma. Sua noiva sorria o sorriso de sempre, marota e com o olhar cravado em Tomiyo, pronto para contar o que de tão bom teria acontecido.

Esticando-se no beliche do quartel, os olhos do cabo demoraram a abrir e, enquanto isso, ele se virou para o outro lado, roçando a bochecha no lençol, tentando se lembrar das últimas palavras de Ilma. Ela estava prestes a segurar em suas mãos quando ele despertou. Isso. Era isso. Ela vinha em sua direção e estava pronta para alcançar suas mãos. Sua boca entreaberta mostrava que alguma notícia muito boa seria dita. Estavam em um jardim, que Tomiyo não soube identificar onde ficava. O que será que ela disse depois disso? Se é que realmente falou algo. Agora acordado, ele não conseguia mais se lembrar ou viver o que o sonho proporcionou, mas a plena alegria que exalava enquanto dormia se manteve em seu peito.

Apertou os olhos com força esperando enxergar melhor a luz do dia quando tornasse a abri-los, com um leve receio de perder a doce sensação que atingia seu corpo todo, caso acordasse totalmente. De nada adiantou. Não conseguiu encarar a iluminação natural daquela manhã. Precisava de mais alguns minutos de sono. Estava meio dormindo, meio acordado, buscando no abismo da memória as cenas que simulavam que Ilma estava ali, bem ao seu lado.

Antes mesmo que terminasse de se espreguiçar pela terceira vez, o toque de despertar da Vila Militar tocou. O barulho ensurdecedor era pior do que um alarme de incêndio e demorava muitos minutos para acabar, na contagem de Tomiyo.

— Não se esqueçam do uniforme completo! Sem quepe vocês não desfilam.

O cabo Alberto Tomiyo Yamada levantou de uma só vez ao ouvir o recado do sargento que passava para revistar o batalhão. Tinha se esquecido de que era dia 7 de setembro, feriado em comemoração à Independência do Brasil. Na noite anterior dormira acreditando que o dia seguinte seria uma quinta-feira como outra qualquer.

Ele tinha sido avisado sobre o desfile, que marcaria também a inauguração da Avenida Presidente Vargas. Lembrava-se até de ter escrito isso para Ilma, mas perdeu as contas naquela semana e percebeu que não riscou o dia 6 de setembro em seu calendário. Talvez por isso o dia 7 não estava em seus planos naquela manhã.

Por sorte e graças à sua habitual organização, suas botas estavam lustradas e se encontravam lado a lado embaixo da cama. Ele mesmo tinha engraxado os sapatos, que brilhavam muito mais do que os do soldado vizinho de dormitório. Deixava os calçados sempre na mesma posição, de costas para a parede. O resto da vestimenta bem como os acessórios foram limpos dias antes e também estavam em ordem. Precisava apenas de uma boa dose de café para marchar perante o povo do Rio de Janeiro.

Lavou o rosto, escovou os dentes e depois vestiu-se, fechando os botões do casaco de soldado da FEB até o início do pescoço e dobrando a manga, que estava um pouco comprida. Exagerou um pouco na brilhantina do cabelo para que a franja ficasse bem dura para trás e o quepe pudesse se encaixar perfeitamente em sua cabeça. Deixou-o em cima da cama enquanto se dirigia ao refeitório para o café da manhã.

Cada novo desfile eliminava o tédio e a rotina do quartel. Tomiyo observou que os rapazes se entregavam a um ritual semelhante ao dos eventos anteriores. Eles se aprumavam como se fossem encontrar as moças de seus sonhos durante a passagem pelas ruas, outros realmente teriam a chance de, por um breve momento, falarem com suas mulheres e famílias. Pediam ajuda para alinhar as camisas e queriam conselhos sobre seus penteados.

— O presidente estará lá?

— Certamente, pois será a inauguração da avenida que leva o nome dele.

— A mim só importa conseguir ver Clotilde, nem que seja ao longe.

— Quem é Clotilde?

— Amiga de minha irmã mais nova. Eu a encontrei na última visita à casa de meus pais. Fazia três anos que não a via. Está mudada. Formosa. Tenho certeza de que estará no desfile para me ver.

— Não está sonhando demais, não?

— Não. Quando eu disse que voltaria da guerra cheio de medalhas ela sorriu para mim, escondida. Estava atrás de minha irmã, que não podia vê-la, e então olhou para mim e abriu um sorriso tímido, mas esperançoso. Eu entendi que era um recado para mim. Ela estará no desfile, por certo!

Tantos eram os diálogos que Yamada logo se perdeu no meio das vozes. Não conseguia mais acompanhar quem dizia o quê. Ele, novamente, sabia que Ilma não estaria pelas ruas do Rio de Janeiro, mas seu orgulho por fazer parte do grupo de combatentes que representaria o Brasil na guerra falava tão alto quanto o amor pela noiva.

Voltou ao dormitório, pegou seu quepe e caminhou para a área do quartel que ficava a céu aberto, e onde os soldados seriam alinhados para se concentrar para o evento. Parecia um formigueiro humano. Se seu sobrinho Renatinho visse a cena, acharia graça e chamaria os homens de soldadinhos de chumbo, todos vestidos praticamente com o mesmo uniforme. A imagem era bonita de se ver.

O barulho das firmes passadas sobre a grama, com as botas pisoteando o mato, dava um tom de sinfonia para os mais atentos, como Yamada. Ele percebeu que no canto, perto de uma escada, um dos soldados estava cabisbaixo, isolado e encostado na parede. Pensou ser Cristóvão Alves, fanático torcedor da escola de samba Mangueira, que nunca tirava o sorriso do rosto e tinha o ritmo da música até no jeito de andar. Aproximou-se, mas não era o rapaz, e sim Paulo Antunes, que fazia parte do mesmo dormitório que ele.

— Está passando mal?

O rapaz nem olhou em direção a Yamada, e também não se assustou com a abordagem. Apenas perguntou:

— Quantas vezes vamos ter que desfilar antes de partir?

— Me desculpe, não entendi.

— Ainda seremos obrigados a passar por isso mais quantas vezes? Percebe que essa é a terceira vez que, a princípio, nos despedimos da cidade e do país? A cada fim de desfile imagino que nosso embarque será no dia seguinte. Praticamente nem durmo. Estou sempre com essa ameaça entalada que nunca estoura, que nunca acontece realmente. Nossos colegas que foram na primeira leva nem ao menos sabiam para onde estavam sendo levados. É muita incerteza para homens como nós, que tivemos de aprender a mirar no alvo, a atirar sem errar. Sinto que morremos a cada dia mesmo que o chão em que pisamos não seja minado.

Só neste momento Antunes levantou o rosto para mirar Yamada. Não olhou diretamente, mas de lado. Tinha o olhar cansado e ao mesmo tempo desconfiado e resignado.

Yamada nunca tinha conversado com alguém, dentro do quartel, que expusesse de forma tão clara a angústia que se passava na cabeça embaixo de cada um dos milhares de quepes que eles podiam ali enxergar. Ele também estava aflito com a indefinição e a constante sensação de que não veria mais Ilma, mas não tinha se dado conta de que essa seria a terceira vez que desfilariam na cidade, sempre com os boatos de que em breve estariam na guerra. Tinha que dar um jeito de encontrar a noiva para um último adeus antes de partir. Ia continuar a conversa com Paulo Antunes e tentar tranquilizá-lo, mas o rapaz já tinha desaparecido em meio aos soldados.

Faltavam quarenta minutos para as oito horas da manhã e Yamada e seu batalhão receberam ordens para se posicionar na Avenida Beira-Mar, enquanto os demais colegas se dividiriam entre a Rio Branco e a própria Avenida Presidente Vargas. Às oito em ponto o Exército inteiro deveria estar a postos.

A construção da avenida, que ligaria o centro à zona norte, levou três anos para ser finalizada e a inauguração oficial seria naquele 7 de setembro de 1944. Desde 1938 Vargas tinha como objetivo transformar o local em um marco do Estado Novo, como ficou conhecido seu regime ditatorial. Com 3,5 quilômetros, as obras da avenida arrancaram da paisagem mais de novecentos imóveis, incluindo igrejas, além de pedaços de praças e parques. Yamada se lembrava de ter escutado a reclamação de Ilma, há algum tempo. Ela lamentava que a igreja de São Pedro dos Clérigos tivesse sido demolida. Segundo sua noiva, era um local "redondo", por conta do traçado curvo, e um dos mais belos templos em que havia posto os pés e rezado. Além dela, as igrejas do Bom Jesus do Calvário e de Nossa Senhora da Conceição e a Capela de São Domingos também viraram pó.

— O mais triste mesmo é a Praça Onze. Viu só o que fizeram com ela?

A pergunta de Cristóvão Alves trouxe Yamada para os preparativos do desfile novamente. O soldado que idolatrava a Mangueira estava atrás dele na linha que se formou bem no começo da avenida. Sentiu alívio ao vê-lo e ouvir sua voz, que mesmo falando de um assunto que não lhe trazia felicidade conseguia manter o tom com fundo alegre, inexplicavelmente.

— Mas, Cristóvão, o que houve com a praça? Sei que é famosa, mas não conheço ao certo o motivo.

— Cabo Yamada, a Praça Onze é onde nasceu o nosso samba. Minha gente sempre se reuniu lá. As escolas desfilavam por ali, e, agora, reduziram boa parte dela para fazer essa avenida aqui. Não conhece a música de Herivelto, que o Trio de Ouro gravou?

— Não.

— Onde você vive, cabo Yamada? Dizem que o Grande Otelo também escreveu essa canção. Ele você conhece?

— Ah, sim. Assisti ao filme *Tristezas Não Pagam Dívidas*, em que ele e Oscarito atuam juntos.

— Pois bem. É assim que se canta: "Vão acabar com a Praça Onze/ Não vai haver mais escola de samba, não vai/ Chora o tamborim/ Chora o morro inteiro".

Foi só Cristóvão entoar as primeiras palavras de Praça Onze que outros soldados ao redor começaram a acompanhá-lo na música com suas vozes e batendo palmas. Teve até barulho de apito ao fundo. Não estivessem eles ali para o desfile da Independência, o público acreditaria que se tratava de uma roda de samba. Rufino Fontes, que tinha discutido com Cristóvão durante o Carnaval, se juntara à cantoria, e começou inclusive a sambar, o que também contagiou os colegas.

Yamada, desprovido de gingado, ria ao observar os amigos, que até tentaram fazer com que ele arrastasse o pé no samba, em vão. O máximo que conseguiram foi presenciar o cabo mexer a cabeça timidamente de um lado para o outro, com os ombros duros e os punhos cerrados, o que os levou às gargalhadas.

Antes mesmo que a cantoria acabasse, tambores rufaram. A cerimônia teria início. O grupo cessou as vozes e começou a bater palmas, mas os aplausos não eram para a nova avenida nem para o presidente, e sim dedicados à sua música, às suas raízes. Apagaram da memória as demolições, a alteração em lugares que consideravam sagrados, sentiram-se libertos naqueles poucos instantes em que se uniram para extravasar uma paixão em comum. Esqueceram-se da guerra.

Mesmo avesso ao samba, Yamada admirou a cena e enxergou na expressão de cada um deles a alegria de estar perto de um amor, não importa quem ou qual fosse. A vida pareceu ser simples no meio das estrofes.

Sons de trombones e trompetes se juntaram aos tambores e Yamada voltou a se concentrar para a entrada no desfile junto ao seu batalhão.

Cerca de 30 mil soldados estavam nas ruas. Vargas deixara o Palácio Guanabara em carro aberto às nove horas da manhã e partira em direção à nova avenida. No trajeto, foi ovacionado e recebido pelo povo com aplausos e lágrimas. Desceu do carro e passou a tropa em revista, parando quase em frente a Yamada. Ele presenciou o presidente sorrir e acenar ao lado de sua comitiva e depois subir ao palanque.

Uma multidão se postava na lateral da via, ao longo da avenida. A Igreja da Candelária era o ponto inicial do desfile e cada espectador a avistava ao olhar para o lugar onde os soldados estavam concentrados.

Milhares de pombos-correios foram soltos como marco da abertura do evento. Yamada olhou para o céu e mesmo as nuvens ficaram escondidas com a quantidade de manchas brancas voando. Se pudesse, queria que um deles levasse uma carta para Ilma. Em seguida, o arcebispo do Rio de Janeiro, dom Jayme Câmara, abençoou a avenida.

O batalhão de Yamada foi um dos primeiros a desfilar e cruzar a avenida. Ensaiados, pareciam encenar uma coreografia. As crianças ficavam inertes ao verem os militares passarem por elas. Nos momentos das paradas cronometradas, Yamada olhava para as que estavam mais perto, com o canto do olho, e sorria. Logo atrás dele vinham pesados tanques de guerra. Quando a artilharia passava o público ia ao delírio e os aplausos aumentavam consideravelmente.

Assim que marcharam por toda a área demarcada, Yamada e Narciso foram voltando para o início da avenida, na contramão do desfile. Vinham pela lateral esquerda e ouviam as reações de quem estava assistindo ao desfile. Passavam por trás das pessoas para não atrapalhar a visão, mas vez ou outra alguém os via, caminhando diretamente a eles com palavras de apoio e congratulações.

— Parabéns, meus filhos, obrigada por nos defender. Que nada de ruim lhes aconteça e que voltem em perfeita saúde.

Uma senhora que tinha idade para ser avó dos dois soldados parou a dupla, enquanto Getúlio Vargas passava de carro pela avenida. Era o primeiro automóvel de passeio que transitava pela nova via. Já tinham andado por mais da metade do caminho de volta e ao fundo, bem no meio da rua, Yamada avistou a cúpula da Candelária. De longe a igreja parecia estar no meio da avenida, mas não era uma intrusa, amalgamava-se à paisagem. Jamais seria invisível e sua força dava a impressão de que tinha sido salva de uma eventual demolição para que a avenida ficasse pronta. Tinha força. Um dia Yamada traria Ilma para ver quão bela havia ficado, além de ter ganhado um destaque descomunal no meio da nova obra.

Aquela manhã tinha resultado em muitos sentimentos e informações diferentes para Yamada. Ele queria novamente sentir a sutileza e a naturalidade com que a música cantada por Cristóvão se esparramou entre os soldados. Mas para ter de novo aquela sensação só havia um jeito. Precisava ver Ilma.

Observar a multidão voltando para casa fez nascer nele a vontade de estar onde se sentisse acolhido. O dia seguinte seria sexta-feira, pós-feriado. Decidiu que aproveitaria a emenda, mesmo que não tivesse sido dispensado. Iria também para Mogi visitar a família, e não ficaria apenas em São Paulo.

Havia chances de essa ter sido a última vez que a população do Rio de Janeiro via seu Exército, e poderia também ser a última oportunidade de Yamada se encontrar com Ilma. Tinha que ser nessa ocasião. Estava decidido. Partiria na manhã seguinte. O amor entre ele e Ilma era tão forte quanto a imponência da Igreja da Candelária no meio de uma nova avenida. Assim como a construção sobreviveu ao desabamento intencional do que havia ao seu redor, eles sobreviveriam a qualquer tremor.

Capítulo 21
Enfrentamento

Yamada saiu do quartel sem olhar para trás, na manhã do dia seguinte ao desfile que inaugurou a Avenida Presidente Vargas. Planejara tudo no fim do evento: tomaria o trem para São Paulo na sexta-feira, ficaria com Ilma até sábado para depois ir a Mogi visitar os pais no domingo. Voltaria ao Rio só na segunda. Tinha fé que seu superior justificaria a falta de sexta-feira — um dia depois do feriado, quando ele sabia que muitos comandantes se ausentariam e muitos soldados não compareceriam ao serviço — e a de segunda.

O evento que também comemorava o Dia da Independência do país apresentou uma série de simbologias a Yamada e ele não teve dúvidas de que precisava correr para encontrar Ilma. Correria riscos e usaria as pernas, pois estava atrasado para chegar à estação. O esforço hercúleo para encontrar a noiva tinha se tornado hábito no último ano e ele faria qualquer coisa para vê-la novamente, como se fosse a última vez. A todo momento a imagem da Igreja da Candelária e os pombos-correios apareciam em seus pensamentos.

Narciso decidiu acompanhar o amigo de longa data na viagem. A única diferença é que pararia apenas por minutos em São Paulo, e depois seguiria para Mogi.

Pegaram um ônibus até a estação e no caminho combinaram que, ao fim da jornada, se encontrariam na cidade onde os pais dos dois moravam, para que pudessem retornar juntos ao Rio.

Conseguiram enviar telegramas para avisar os familiares. Para Ilma, Yamada escreveu que chegaria ainda naquele dia. Ele notou uma ansiedade acima do normal em Narciso, que costumava ser o mais tranquilo da dupla. O amigo se mexia a toda hora no percurso, respondia as perguntas de forma rápida, como que não querendo alongar nenhum tipo de diálogo.

— Narciso, tem algo que eu possa fazer para te ajudar?

Diante da negativa, o cabo resolveu falar apenas sobre amenidades e respeitar o silêncio do companheiro.

Depois dessa agitação toda, os dois acabaram dormindo praticamente toda a viagem. Novamente Yamada sonhou que Ilma tinha uma surpresa para lhe contar. A paisagem era a mesma, um jardim, mas dessa vez ele conseguiu enxergar que havia uma árvore com a base muito grande. Quando a noiva começaria a contar a novidade, o cabo sentiu um chacoalhão e acordou. Era Narciso avisando que já estavam em São Paulo.

— De novo não sei o que Ilma quer me contar.

— Não compreendi, Yamada.

— Há dois dias sonho que Ilma tem uma novidade para me dizer, mas, tão logo ela começa a falar, eu acordo.

— Me desculpe... Acordei você bem neste momento do sonho?

— Sim, mas não há problema algum. Em breve vou encontrá-la e saberei.

— Eu nem vou sair da estação e seguirei direto para Mogi, compreende?

— Faça uma boa viagem e nos encontraremos lá no domingo, sim?

— Yamada, estou com medo de voltar para Mogi e encontrar Filomena.

— Por quê? Não estava com saudade?

— Ela está doente, mas não sei ao certo do que se trata. Saberei em breve. Recebi um telegrama de minha irmã dizendo que Filomena estava no hospital, mas que não era grave. Senti meu corpo corroer, uma sensação estranha.

O silêncio entre os amigos dava a dimensão da gravidade e apreensão. Agora, sim, Yamada entendera o que de fato estava ocorrendo com Narciso, que durante o desfile na Avenida Presidente Vargas parecia um sonâmbulo vagando no meio da multidão. Apenas seu corpo estava ali presente.

— Narciso, você vai encontrá-la bem, e, na segunda, voltaremos juntos.

Cumprimentaram-se com um forte abraço e o barulho das mãos de cada um batendo nas costas do outro ecoou no corredor do trem. Saíram juntos do vagão e tomaram lados diferentes. Narciso seguiu para outra plataforma, enquanto Yamada caminhava em direção à saída principal. Não havia muitas pessoas circulando e, quando se voltou para trás para observar o amigo indo embora, viu a imagem de um homem forte com aspecto derrubado, cansado, cabisbaixo, o que muito o preocupou.

Em São Paulo, Yamada torceria para que nada de mal tivesse acontecido com a mulher de Narciso. Sentia a dor que ele deveria ter no peito, prestes a embarcar para uma guerra carregando a incógnita de não saber exatamente a situação de saúde de sua amada.

A poucos passos dali, Ilma o aguardava no portão que dava de frente para o Parque da Luz. Ele a viu primeiro e parou por alguns instantes apenas para admirá-la de longe. Estava com uma camisa branca, saia marrom e segurava nas mãos, de forma impaciente, o terço azul que Yamada lhe comprara na Igreja da Penha. Se ateve mais, como sempre, aos cabelos de sua noiva, e sorriu quando viu a trança lateral, do jeito que ele gostava. Ilma olhava de um lado a outro e só Yamada podia suspeitar o que se passava em sua cabeça naquele momento. Estava agoniada à sua espera.

— Boa tarde, minha adorável noiva.

— Tomiyo!

— Está esperando por alguém?

— Deixe de ser bobo. Cheguei uma hora antes com medo de me atrasar. Como você está bonito!

Yamada segurou as mãos de Ilma, com o terço enrolado entre elas, e as beijou delicadamente.

— Eu não suportava mais riscar os dias do calendário e perceber há quanto tempo estava longe de você.

— Tomiyo, você se arrisca muito para me encontrar. Não quero que nada de ruim te aconteça quando voltar ao Rio.

— Ontem desfilamos na Avenida Presidente Vargas e, hoje, certamente, muitos outros companheiros vão faltar. Não se preocupe.

Eu só não podia passar mais um dia sem lhe ver. Além disso, tenho sonhado muito com você.

Antes que conseguisse terminar a frase e contar o que acontecia no sonho, Ilma começou a andar, sempre mais depressa do que ele, e pediu que fossem ao parque, pois ela queria aproveitar o fim da tarde. Caminhava como uma criança alegre que acabou de ganhar o presente que queria. Andaram em silêncio, apenas trocando olhares como que para registrar cada segundo das poucas horas que passariam juntos.

Ilma já sabia para onde iriam. Yamada percebeu e apenas seguia os passos da noiva. Fazia alguns meses que os Faria estavam morando em São Paulo e ela teve tempo suficiente para conhecer a cidade e descobrir esconderijos e lugares novos para levar o pracinha.

Estavam no fim do parque, bem no fundo, e um enorme jardim se abriu à frente de Yamada, que olhou todo o cenário e teve a certeza de que já havia estado ali, mesmo sabendo que nunca tinha andado até aquele pedaço. Repleto de flores de todos os tipos, parecia um tapete colorido pronto para ser desbravado. Ainda não era primavera, mas o cheiro das pétalas desabrochadas ajudava a criar o cenário propício para a tarde dos noivos.

Do lado direito, dezenas de azaleias rosas e brancas rodeavam uma majestosa árvore de tronco robusto e que tinha a base tão larga que era possível usá-la como um banco de madeira. Durante o dia, havia sombra em turnos em cima das flores, sem deixar que elas ficassem sem as benesses da luz direta do Sol.

A árvore era tão grande e de traços tão fortes que Yamada sentia que já a conhecia. Não poderia ter visto outra igual em lugar algum fora dali.

— Tomiyo, você disse que tem sonhado comigo.

— O sonho! É isso! Eu sonhei que estávamos em lugar muito parecido com este jardim. Por isso estou com essa sensação de que estive aqui outras vezes.

— E como era o seu sonho?

— Estávamos em um lugar tão bonito quanto esse e você me dizia que tinha uma novidade, mas sempre que ia me contar eu acordava.

Os risos de Ilma denunciavam que ela estava zombando do noivo.

— Não acredito que sonhou isso. Seria muita coincidência, meu noivo...

— É a mais pura verdade, Ilma! No caminho para São Paulo, enquanto dormia no trem, sonhei de novo, mas aí Narciso me acordou para avisar que tínhamos chegado.

— Não sei se acredito. Impossível você ter sonhado com algo tão parecido com este lugar. Dessa forma você teria adivinhado.

A dúvida e nítido desdém de Ilma começou a irritar Yamada, que não percebeu a vontade da noiva de provocá-lo.

— Ilma, eu realmente sonhei!

— Vamos voltar para o Rio de Janeiro!

A frase precedeu uma alta gargalhada de Ilma, que, de supetão, contou a Yamada a novidade. Não era um sonho, era real.

Perplexo, ele demorou a entender o que a noiva lhe tinha revelado.

— Tomiyo, papai foi transferido novamente. Vamos todos voltar para o Rio. Estarei mais perto de você! Poderemos nos ver sempre que quisermos. Entendeu?

— Ilma, então o que sonhei era verdade?

— Sim! Você sonhou com o nosso amor, meu noivo.

O riso sussurrado de Yamada, no seu porte impecável e mais contido, fez com que Ilma achasse ainda mais graça em seu escolhido. Os dois sentaram-se na base da árvore e logo começou uma leve garoa. Eles ainda aguardaram mais um pouco, protegidos da água, até que não fosse mais possível, e tiveram que sair em disparada de volta para a estação.

Resolveram ir para a casa de Ilma, onde a família aguardava Yamada com sua tradicional e acalorada recepção, com os docinhos de que ele tanto gostava. Ele ia passar duas noites na casa dos Faria, onde tinha lugar cativo no quarto dos irmãos de Ilma.

— Tomiyo, não é arriscado passar tantos dias fora do quartel?

— Seu Frederico, de forma alguma. Eu não faria algo insensato. Meu único desejo era encontrar Ilma.

O pai de Ilma calou-se, resignado. Para ele, fazer de tudo para encontrar sua filha era, por si só, insensato, por mais que ele se alegrasse de ver tamanho amor entre dois jovens. Sua preocupação em relação ao futuro que parecia estar tão próximo não lhe deixava descansar.

A noite terminou com todos reunidos na sala ouvindo música pelo rádio. Uma marchinha de Carnaval começou a tocar e toda a família começou a cantar. Os irmãos menores de Ilma riam sem parar com as frases e imitações de risadas.

"Você já viu barrigudo dançar? Não?!

Quá, quá, quá, quá, quá.

Quando ele dança, ui! Sacode a pança, ui!

Quá, quá, quá, quá, quá"

A voz que entoava as divertidas estrofes era de Linda Batista. Yamada reconheceu a canção, que estava na trilha do filme *Tristezas não Pagam Dívidas*. A família toda estava em êxtase de alegria ao repetir a letra da canção, e Yamada também compartilhava do sentimento.

Antes de se recolher, Frederico deu um carinhoso beijo no rosto de Ilma, que sentiu, no gesto, toda a proteção e zelo que seu pai sempre tinha com ela.

Ilma disse a Yamada que no dia seguinte iria logo pela manhã com as vizinhas à primeira missa do dia. Ele ficaria em sua casa para ajudar os cunhados a arrumar um armário que dona Noêmia insistia em reformar para que ficasse novo.

Dormir a poucos metros do quarto de Ilma era um privilégio que Yamada valorizava por completo. Ficava feliz só de pensar que ao acordar ela estaria na sala ou na cozinha preparando um delicioso café da manhã, e poderia vê-la nos primeiros minutos do dia. Orgulhava-se da confiança que todos naquela casa tinham em relação a ele e jamais daria motivo algum para que mudassem de ideia.

Na manhã seguinte Yamada encontrou Ilma no corredor da casa, enquanto voltava ao quarto dos cunhados depois de escovar os dentes.

— Bom dia, meu querido noivo. Como passou esta noite?

— Consegui sentir o cheiro dos seus cabelos antes de adormecer. Tudo aqui me lembra você, cada canto tem um pedaço seu e, então, este é um dos meus lugares favoritos.

— Agora se apresse, pois um café quentinho está saindo.

Yamada estava sem farda e trajava calça marrom e camisa branca, pronto para ajudar os cunhados. Em poucos minutos, Ilma saiu para a igreja e seu noivo foi até o portão, conferir as companhias que iriam com ela.

Arrumar o armário que tinha as peças soltas foi mais rápido do que os rapazes podiam imaginar, e logo estavam livres para aproveitar o dia novamente. Em vez de acompanhar Ilmar e Ismar num passeio, Yamada caminhou até o portão da residência e se postou a esperar Ilma. Não via a hora de rever a noiva e aproveitar bem os poucos dias em que estaria longe da rigidez do Exército. Aproveitou para recolher as folhas caídas na frente da casa, brincou com o cachorro Buzé, da vizinha, e se posicionou virado para o lado esquerdo da rua, observando cada pessoa que dobrava a esquina.

De longe viu uma das amigas que tinham ido com Ilma. De certo ela deveria estar atrás dessa garota, prestes a chegar em casa. Yamada jogou um pedaço de madeira para Buzé e comemorou que em poucos segundos estaria novamente com a noiva.

A amiga, alta e morena, passou pela frente da casa, cumprimentou Yamada, mas Ilma não estava com ela. Atrás da moça vinha uma mulher com os cabelos loiro-escuros parecidos com os de Ilma, mas não era ela.

Intrigado, mas sem coragem de perguntar se ela tinha visto Ilma, Yamada fechou o semblante e começou a imaginar o que teria acontecido com sua noiva, ou com quem ela ainda estaria conversando na igreja.

Uma outra garota que estava com Ilma quando elas se dirigiram à igreja passou pela rua também. E nada da carioca. Yamada começou a caminhar na direção contrária de todos que vinham da missa, na ansiedade de ir até a igreja procurar pessoalmente por Ilma. Mal andou cinco passos, viu a noiva entrar na rua, sozinha, apressada e ao mesmo tempo saltitante, parecia que cantava alguma música. Rapidamente, o cabo recuou e voltou ao portão para aguardá-la.

— Você demorou.

— Oh, Tomiyo. Fiquei alguns minutos a mais com a dona Maria Rosa, sempre uma ótima conselheira. Não se zangue.

— Mas todas as suas amigas já tinham voltado. Achei por demais estranho que você não estivesse com elas.

— Preferi ficar ao lado de Maria Rosa e contar a ela que vamos voltar ao Rio e que dessa forma estarei mais perto de você, meu amor. Estou tão feliz que quis compartilhar a notícia com ela, que vibrou com a novidade, pois gosta muito de você e torce pelo nosso casamento. Vamos, vamos ajudar mamãe a preparar o almoço.

Antes que Ilma terminasse de percorrer o corredor lateral que dava para a entrada da casa, Yamada segurou suas mãos. Ele tinha mais uma coisa para dizer.

— Ilma, sabe, quero te pedir algo.

— O que você quiser, Tomiyo.

— Prometa que os únicos homens que beijará em sua vida serão seu pai, eu e nosso filho, caso tenhamos um?

Ilma não entendeu o pedido, mas riu, e concordou.

— Claro, mas por que isso agora?

Yamada sempre via os beijos carinhosos que seu Frederico dava em Ilma, e sentia lá uma ponta de ciúme, pois ele mesmo nunca tinha beijado a noiva. Ao mesmo tempo que Yamada mostrava ser avançado e mais aberto em relação aos padrões comportamentais japoneses, a rigidez por vezes falava mais alto em seus pedidos.

— Você sabe, tenho ciúmes.

— Não há motivos para isso, não é mesmo?

Ilma riu ainda mais e voltou a caminhar para dentro da casa, seguida de Yamada, pensativo, mas que logo estaria de novo à vontade e sorridente entre os Faria. Sentia-se culpado, pois enquanto estivesse ali postergaria sua ida a Mogi das Cruzes. Em todas as visitas a São Paulo perdeu as contas de quantos trens deixou partir para que pudesse passar algumas poucas horas a mais com Ilma. Sabia que o correto seria ir para a casa de seus pais ainda no sábado e ficar até domingo ao lado de sua própria família. Sentia saudades, pensava muito neles, mas o amor pela noiva sempre falava mais alto e já tinha decidido que viajaria apenas no domingo para ver os Yamada.

O almoço preparado pelas mãos de dona Noêmia o agradava ainda mais. Na mesa, vozes de todas as pessoas presentes se misturavam. Yamada não falava muito, mas se divertia observando as discussões dos irmãos e irmãs de Ilma, as advertências carinhosas de seu Frederico e o aroma que lhe era tão familiar da carne cozida, do arroz, feijão, batatas e do tempero de sua sogra. Uma imensidão de boas sensações que na semana seguinte poderiam não mais fazer parte de seu cotidiano.

Ficou em silêncio na tentativa de absorver o máximo de momentos agradáveis que levaria consigo para a guerra, que, dentro daquela casa, parecia que nunca aconteceria.

O fim de semana tinha passado muito rápido e o domingo, 10 de setembro, chegou, contra a vontade do casal. Yamada pediu a Ilma que os dois fossem passear sozinhos logo pela manhã, depois almoçariam e logo ele tomaria o trem para Mogi.

Ao se despedir da família Faria, o soldado viu Ilma chorando no canto da sala. Estranho é que ninguém sabia se de fato esta seria a última vez que Yamada estaria em São Paulo antes da guerra, mas como o primeiro escalão havia embarcado em julho, e estavam em setembro, todos imaginavam que a data efetiva de partir seria em breve, certamente.

Isa era a que mais chorava, seguida da mãe. Noêmia e Frederico apreciavam por demais Alberto Tomiyo Yamada, um jovem respeitador, adorável, honesto e que amava sua filha desesperadamente.

— Meu filho, estaremos todos aqui com os pensamentos e orações em você. O país todo deve muito a você, Tomiyo, pelo empenho que tem em lutar e defender o Brasil — disse-lhe a futura sogra.

— Tenho certeza de que, em breve, estaremos novamente aqui em casa, todos juntos. Noêmia vai preparar algo muito especial para quando você voltar, caro Tomiyo — confortou-lhe Frederico.

O incentivo da mãe e do pai de Ilma fazia toda a diferença para Yamada, que se fortalecia com o carinho e respeito que recebia deles. Frederico deu um longo abraço no noivo de sua filha e deixou que os dois saíssem e desfrutassem de um pouco de privacidade.

Yamada e Ilma caminharam, em silêncio, quebrado somente pelo som do nariz fungando de Ilma, que chorava timidamente. A casa dos Faria ficava no centro da cidade, e o acesso a outras regiões não era tão difícil. Sem ao menos terem conversado sobre onde iriam, Yamada tomou as rédeas, com o plano de visitarem o Museu do Ipiranga, que o cabo dizia ser um lugar muito bonito. Tomaram o bonde e o ônibus que os levariam até lá.

Ilma estava mais calma, apreciando a companhia do noivo. Yamada gostava das escadas do museu, de olhar em volta e enxergar o enorme terreno. Sentia-se livre naquela vastidão. Não precisava nem entrar para ver as obras expostas no famoso e histórico espaço. Apenas apreciar o exterior do prédio e seus jardins com sua noiva fazia valer o passeio. Estava um pouco frio, mas agradável.

Ilma recusava-se a acreditar que seria a última vez que veria seu querido Tomiyo antes de sua partida para a guerra.

Ele também não admitia a gravidade da situação. Após a partida da primeira parte do contingente, chegou a intuir que ninguém mais iria, que já havia soldados brasileiros o suficiente na guerra. Sonhava que o casamento com Ilma seria em dezembro daquele mesmo ano de 1944.

De mãos dadas, lado a lado, fizeram promessas e confidências que, acreditavam, valeriam pela vida toda. Usavam alianças desde o dia em que, pela primeira vez, ele fugira do quartel para vê-la em São Paulo. Nenhum dos dois se esquecia de que, além da guerra na Europa, a oposição da família de Yamada também era um grande entrave para a história de amor deles.

Depois de caminhar pelos jardins do museu, pararam em uma sombra do lado direito do prédio. Ficaram quase todo o tempo calados, mas o silêncio tornou-se barulhento dentro dos corações e mentes dos dois. Não seriam necessárias muitas palavras para aquele momento. Apesar da angústia, estavam felizes e, por vezes, se olhavam, cúmplices, e sorriam sem nada dizer.

Ilma tirou da bolsa seu terço azul e mexeu em cada conta. Yamada, ao ver a cena, pegou em sua mão e também, junto com a noiva, manuseou as contas do objeto, terminando por apertar com força, como se não fosse mais soltá-la.

Um suspiro mais forte de Ilma deu o sinal de que deveriam se encaminhar para fora do espaço. Estava chegando a hora de Yamada pegar o trem para Mogi.

— Vou me acostumar a te chamar apenas de Yamada, que é como o quartel inteiro se dirige a você, não é mesmo?

— Sim. Lá sou o cabo Yamada. Todos se tratam pelo sobrenome. Apenas continuo a chamar Narciso de Narciso por ele ser muito meu amigo.

— Prefiro assim, para não ter perigo de não lhe entregarem as cartas corretamente, por desconhecerem quem é Tomiyo.

Novo silêncio dominou o ambiente sem paredes, e Ilma começou então a chorar. Não eram lágrimas desesperadas, e sim conscientes da tristeza que seria se despedir do noivo. Estava triste, sentia a solidão bater em seu corpo mesmo que o calor da mão de Yamada ainda estivesse ali, perto dela. Ele tirou do bolso um lenço vermelho para que ela enxugasse as lágrimas. Yamada sempre carregava um pedaço de pano desta cor para dar sorte. Não usava vermelho em roupas, mas o lenço era parte imprescindível dos itens que levava para a rua. Ilma adorava o contraste e até riu enquanto encostava o pano no rosto.

— Não vou para Mogi hoje.

— Mas Tomiyo, você precisa se despedir da sua família. Imagine como sua mãe vai ficar.

— Vou amanhã, bem cedo, no primeiro trem. Voltarei para o Rio no fim do dia. Ficarei pouco tempo em Mogi. Não quero te deixar hoje, Ilma. Não quero perder mais um dia. Seus pais me deixariam passar essa noite novamente na casa de vocês?

— De certo que sim. Mamãe ficará até feliz, mas, por favor, não abandone sua família. Eles se preocupam com você e querem seu bem.

— Você tem um coração bom, Ilma. Não consigo entender como pode se preocupar com minha família mesmo sabendo que eles não aprovam nossa história.

— Tomiyo, eu entendo de amor, e no amor tudo é compreendido. Seus pais e toda a sua família amam o Japão, suas tradições, e amam você também, mesmo que as demonstrações não sejam da forma como espera. Infelizmente, não faço parte desse amor, mas nem por isso acredito que eles não amem.

— A cada dia que passa eu te admiro ainda mais, Ilma.

Os dois voltaram para a casa dos Faria, e Ilma estava certa. Dona Noêmia fez festa quando o viu.

— Aposto que voltou apenas para me ver chorar novamente na próxima despedida — brincou a mãe de Ilma.

— Dona Noêmia, seu Frederico, voltei porque sou incapaz de ficar longe de Ilma. Acreditem, sempre cuidarei dela da melhor forma.

As horas a mais que passaram juntos fizeram toda a diferença e novamente o jantar e o fim da noite na residência dos Faria foram agradáveis e divertidos. No fundo, além da vontade de passar mais tempo com Ilma, adiar sua viagem a Mogi era uma maneira de protelar a conversa sobre seu noivado com seus pais. Yamada sabia que não havia outro jeito, que teria de falar com eles sobre Ilma seriamente. Só não tinha ideia de como fazer isso.

Foi na correria que Yamada saiu da casa dos pais de Ilma na manhã de segunda-feira, 11 de setembro de 1944. Alguns de seus cunhados ainda não tinham acordado e dona Noêmia e seu Frederico saíram mais cedo, para uma consulta médica. Apenas Isa estava acordada e resolveu acompanhar o casal até a estação para apoiar Ilma na volta para casa, que, com certeza, seria triste. Ela deixou os dois andarem na frente, sozinhos, e seguiu cinco passos atrás.

Estavam mudos, incapazes de articular palavras, mas a maneira como se olhavam apaixonadamente a cada cruzamento que precisavam atravessar exalava o que queriam dizer. Yamada pensava que de nada adiantaria voltar da guerra são e salvo se fosse impedido por sua família de ficar com Ilma. Entendeu que teria de lutar duas vezes: durante a guerra e depois, na sua volta ao Brasil, e lamentava que a batalha mais difícil provavelmente aconteceria na disputa que não envolveria armas de fogo, e sim munições culturais. Tinha chegado a hora. Yamada olhou diretamente para Ilma, sorriu, desviou o olhar para baixo, respirou fundo e disse:

— Prefiro ir para a guerra e morrer a não poder ficar ao seu lado.

O choro contido de Ilma deu lugar a soluços e nada aplacaria seu pranto naquele momento. Yamada não queria que a última imagem que levasse na lembrança da noiva fosse ela em lágrimas. Mas não havia outro jeito. Estavam desolados. Ele a abraçou e pôde sentir o perfume de seus cabelos. Disse adeus a Isa e pediu que ela cuidasse de Ilma.

Subiu no trem sem olhar para trás, seguido pelo olhar da noiva. Os óculos estavam embaçados, mas ela não os tirou. Yamada sentou à janela para poder enxergá-la. Ela se aproximou e colocou a mão direita, com a aliança, no vidro. Lembraram-se de outra despedida, quando Yamada havia sido transferido de Caçapava para o Rio de Janeiro.

Pelo lado de dentro, ele colocou sua mão direita no vidro, sobrepondo a sua sobre a mão de Ilma.

— Levo e tenho muito amor aqui comigo.

Foram as últimas palavras que Yamada disse para a noiva, antes que o trem partisse. Acenou lentamente e queria que Ilma pudesse ouvir o que se passava na sua cabeça naquele momento. Se fosse possível, ela saberia que ficariam juntos, que todos os sonhos seriam realizados e que ela não deveria desistir dele. Nunca.

Sozinho e longe dos olhos da noiva, Yamada chorou. Raramente isso acontecia, e as lágrimas eram duras e pesadas. Não escorreram com facilidade. Doía deixar Ilma com tamanha tristeza, mas os últimos dias juntos tinham sido sublimes e a recordação daqueles momentos daria força para que ele sobrevivesse na guerra.

O trem partiu em direção a Mogi e em menos de duas horas chegou à cidade. Passou na frente da farmácia da família, que estava aberta, e lembrou-se de Ilma no dia em que disse seu nome a ela pela primeira vez, quando a carioca estava gripada e foi até o estabelecimento tomar uma injeção, sem saber que ele, Alberto Tomiyo, era quem lhe atenderia. Decidiu que não pararia no local e seguiria direto para a casa de seus pais.

Tantas lembranças aquelas ruas traziam que Yamada se esqueceu de tirar a aliança. Tinha planejado guardar o anel assim que chegasse em Mogi, para evitar confusões. Logo avistou sua irmã, Clara, no portão da casa, que ficava a poucos metros da farmácia. Ela o conhecia como ninguém e prontamente notou a peça dourada na mão do irmão. Sabia da história com Ilma e, por vezes, observou de longe o caçula da família pensativo ao entardecer, esboçando um sorriso que não conseguia ser tímido, mesmo que ele se esforçasse para isso, tamanho era seu estado de felicidade. Era naquela moça alegre que ele estava sempre a pensar, imaginava ela.

Clara não perguntou nada, lhe faltou coragem, e certamente não poderia abordar o assunto na frente dos pais. Queria mesmo abraçar o irmão e aproveitar as horas que restavam para ficarem juntos e conversar.

A mãe de Yamada acreditava que não encontraria mais o filho antes da guerra, e a visita-surpresa causou imensa alegria a ela. A família desconhecia a rotina do cabo fora do quartel. Nunca souberam das vezes em que ele fugiu da Vila Militar para se encontrar com Ilma e nem desconfiavam que, em muitos momentos, ele estava em São Paulo, e não no Rio de Janeiro.

Kishi Yamada sabia que o filho não estava satisfeito com a postura da família em relação ao seu relacionamento, mas não conseguiu interceder a favor dele. Os dois se cumprimentaram respeitosamente, e Tomiyo sabia que sua presença levava acalento à mãe. Ela faria o que pudesse para que seu filho fosse feliz, mas o problema é que pouco podia fazer.

Yamada sabia disso e tinha convicção de que, se ele e Ilma não pudessem ficar juntos, a outra pessoa não se uniria. O amor de Ilma jamais seria de outro alguém, e o dele também. Ele queria poder explicar tudo isso para sua mãe, mas não conseguia.

O pai e o irmão mais velho chegariam logo depois, para almoçar. Os dois e a cunhada de Yamada também estavam felizes com a presença do caçula, mas muito apreensivos, com um sentimento de impotência por não poderem mudar a situação de que, sim, ele iria lutar na guerra.

Era tabu falarem sobre uma possível tragédia que poderia acontecer no conflito. Sabiam dos riscos, mas sofriam calados.

Alheio aos problemas, Renatinho pulava e solicitava a presença do tio ao seu lado. A alegria sincera do sobrinho diminuía a tensão do ar, onde todos sabiam que, além do conflito mundial, havia outro embate camuflado.

A mãe de Renatinho, Miyako, era das mais preocupadas por conta da guerra. Chegou ao Brasil com seus tios, vinda da província de Shizuoka. Seus irmãos lutaram na Segunda Guerra Sino-Japonesa, iniciada em 1937. Um deles foi ferido na perna e nunca mais se recuperou. Casou-se com a enfermeira que cuidou de seus ferimentos. Naquela época, praticamente todos os japoneses recebiam convocações para lutar nas guerras com o objetivo de ajudar o país na conquista imperial. Ela conhecia bem as agruras que poderiam estar por vir.

Enquanto almoçavam, o pai de Yamada perguntou ao filho se ele tinha sido comunicado sobre a data exata de partida. O cabo respondeu apenas que não, mas que o dia da partida deveria estar próximo, pois o primeiro escalão tinha viajado há praticamente dois meses.

De sobremesa havia caqui, fruta suculenta e amplamente cultivada em Mogi. Em breve, Tomiyo estaria privado de experimentar pratos como esse.

Quase no fim da refeição, o pai perguntou a Yamada do que se tratava aquele anel. O noivo de Ilma quase derrubou a bandeja de caqui, que estava sendo passada de suas mãos para as de sua mãe. Ele não tinha se dado conta de que a aliança estava em seu dedo. O único barulho que se ouviu foi a bandeja sendo apoiada na mesa de madeira grossa por sua mãe.

Recuperado do susto, Tomiyo pensou em dizer que era algo apenas estético, um acessório que comprou, mas não conseguiria mentir.

— Pai, estou noivo de Ilma. Vou me casar com ela.

Kinsiti Yamada não tirou os olhos do prato, não encarou o filho nem levantou a voz, mas disse que isso não seria possível. Ninguém teve coragem de acrescentar algo à conversa. Não era uma briga, porém não havia espaço para um diálogo de negociação. O pai de Tomiyo Yamada começou então a dizer tudo o que esperava do filho mais novo. Queria que ele ajudasse na farmácia, disse que precisaria de Tomiyo em outros negócios e prometeu ajudá-lo no que fosse preciso. Ele não finalizou dizendo que as propostas valeriam apenas se o noivado e casamento não fossem realizados. Nem precisava falar isso, estava subentendido.

Tomiyo olhou em direção à mãe, em súplica, mas ela pediu que ele fizesse o que o pai estava propondo.

— Pai, não posso aceitar. Eu gosto de Ilma e é com ela que vou ficar. Prefiro renunciar a tudo o que me propôs a ter que me separar dela. Estou indo para a guerra, pai. Não sei se volto, mas a única certeza que tenho nesta vida é de que a escolhi. Por favor, pai, aceite.

De toda a tensa situação, a parte mais difícil para Yamada se referia à sua mãe, que nitidamente sofria. Sua irmã, de quem era muito próximo, torcia por ele em silêncio, mas nem ela nem a mãe poderiam ajudá-lo.

O patriarca dos Yamada não respondeu e ele entendeu que se tratava de uma recusa. Aos poucos todos saíram da mesa e o cabo ainda passou vários minutos brincando com o sobrinho. Explicou ao garoto que teria de viajar e que ainda não sabia quando retornaria.

— Tio, vai ser soldado?

Renatinho sempre mexia em cada um dos botões e símbolos do uniforme de Yamada, curioso para entender melhor a roupa tão diferente que o tio usava, e que ele adorava.

— Sim, Renatinho. Soldado. Na verdade, agora sou cabo, mas pode continuar a me chamar de soldado.

Logo depois, Yamada começou a se despedir. Primeiro falou com a cunhada, o irmão mais velho e o sobrinho, que chorava e não queria dizer tchau.

— Quero ir com o tio!

Miyako teve que segurar o filho, que abraçava a perna de Yamada na tentativa de impedir que ele fosse embora. Depois encontrou a mãe no quarto, quieta. Ela pediu que ele tomasse cuidado, no que ele prontamente disse sim, e que não se preocupasse. O pai estava do lado de fora da casa, no jardim. Apertava um lábio contra o outro, com força, e se virou para Yamada quando percebeu a presença do filho.

— Pai, preciso ir. Muito obrigado por tudo.

Yamada reverenciou o pai curvando-se polidamente para frente. O patriarca retribuiu o gesto.

— Pense melhor em tudo.

Foi a última frase que ouviu antes de andar até o portão, onde a irmã Clara o aguardava.

— Tomiyo, vá com cuidado. Deixe que eu cuido do papai.

Talvez a irmã fosse a única pessoa que realmente o entendia lá dentro.

— Obrigado, Clara. Me mande notícias, sim? Escreva para mim sempre que puder. Eu farei o mesmo.

Antes de pisar na rua, Tomiyo olhou para o jardim e seu pai ainda estava lá. Ao cruzar o seu olhar com o do filho, Kinsiti apenas abaixou o rosto e começou a andar em direção à porta da cozinha. Não havia mais jeito. Para ele, a tradição prevaleceria ao amor. Para Tomiyo, seria exatamente o contrário.

Assim que atravessou o portão da casa, o cabo estufou o peito ao máximo e soltou o ar, de certa forma aliviado.

Sua escolha estava feita e devidamente comunicada. Nada mais tinha a esconder.

Capítulo 22
Valsa da despedida

Na estação de trem de Mogi das Cruzes Yamada procurou por Narciso. Tinham combinado de voltar ao Rio juntos, mas não encontrou o amigo. Andou pela praça que ficava logo à frente do portão principal, verificou o outro lado da linha do trem, mas não havia nem sinal. Ficaria sem saber do real estado de saúde de Filomena, mas imaginava que algo crítico deveria ter acontecido para que o colega não estivesse lá na hora marcada. Teria que tomar o trem sozinho, pois ele também não poderia correr riscos de se atrasar ainda mais para se apresentar no quartel.

O chefe do próximo trem que partiria conseguiu um lugar para ele e não poderia cometer tal desfeita de recusar e aguardar por Narciso.

Viajaria tranquilo, mesmo contrariando a vontade de sua família. Afinal, seu amor por Ilma valia cada embate dessa "batalha" particular. Não aceitava conviver com a culpa que não lhe pertencia. Iria em paz, mesmo que a imagem de seu pai abaixando a cabeça e desviando o olhar para a direção oposta de Yamada não saísse de suas lembranças.

Tinha feito o que podia e jamais aceitaria as ofertas do patriarca dos Yamada para não se casar com Ilma. Aquele não era o estilo de seu pai, e sim uma tentativa de manter as tradições e não criar miscigenação na família. Mas essa fórmula Alberto Tomiyo Yamada não seguiria. A equação era simples no raciocínio do cabo e o resultado final era que o amor por Ilma sempre prevaleceria.

Não sentia raiva do pai. Até tentou e imaginou que tivesse conseguido criar esse sentimento, mas não seria simples assim. À maneira dele, seu pai tinha suas razões, que infelizmente não condiziam com as crenças de Tomiyo.

Reparou então que um dos botões de sua farda estava prestes a cair, pendurado por uma fina linha. Só podia ser Renatinho a pessoa que o tiraria do vício daquele disco riscado, que voltava a toda hora para o adeus silencioso a seu pai. O sobrinho brincou exaustivamente no colo do tio e, de tanto puxar os botões do uniforme, acabou por quase arrancar um deles.

Essa doce e divertida memória só não vencia as lembranças do passeio que Yamada e Ilma fizeram ao Museu do Ipiranga. Ele, que sempre fazia questão de ouvir as juras de Ilma como provas do amor, tinha apreciado cada minuto de silêncio que o casal compartilhou no local.

A noiva deixou com ele um pacote que deveria ser entregue para tia Zulmira. Tomiyo não sabia o que era, mas carregava com cuidado. No trem, agendava mentalmente os compromissos que teria quando chegasse no Rio. O primeiro deles seria verificar o que aconteceu com Narciso.

Cruzou o portão da Vila Militar quando já era tarde da noite de segunda-feira. Estava exausto e, antes de dormir, lavou os pés, como de costume. Não conseguia adormecer se deixasse de fazer isso. Escreveria para Ilma durante a semana para contar como tinha sido a viagem.

Rio de Janeiro, 13 de setembro de 1944

Adorável noiva Ilma,

Vocês esperaram o expresso?

Sinto imensamente por não poder dar adeusinho ao seu pessoal. Tomei o último subúrbio para Mogi e ainda consegui ver minha mãe. Ela ficou contente porque julgava que eu fosse sem vê-la.

Narciso deixou de vir por vários motivos. Assim vim sozinho.

O chefe do trem foi bom e camarada. Ele me ofereceu um lugar ao lado de um homem com quem vim conversando. Em uma das estações ele saltou para tomar alguma coisa. Ao tomar o trem de volta, em movimento, caiu e teve morte instantânea.

Chegando aqui procurei indagar a situação do Narciso. Com grande surpresa, fui informado de que ele havia passado a desertor. Mesmo assim procurei suavizar dando informações da justa falta cometida por Narciso. É um caso muito lamentável e sinto imensa tristeza por se tratar de um bom e sincero amigo.

Quanto à minha falta não é preciso se preocuparem porque sei muito bem o que estou fazendo. Felizmente o sargento justificou minhas ausências da semana passada. Portanto consta apenas a de segunda-feira. Estou detido como da outra vez por alguns dias, três ou quatro. Você não acha que esses dias de repouso seria bom para mim? Durmo cedo e terei bastante tempo para recordações, principalmente as do dia 10.

Quanto à sua encomenda entregarei depois de terminado o repouso. Estou ansioso em dar boas notícias à sua tia. Ela ficará contentíssima, não é verdade?

Dona Noêmia, ontem à noite sonhei com lindas borboletas, talvez dê no bicho. À senhora e para as crianças muitas lembranças e felicidades.

A você querida Ilma, aceite um beijo do seu inesquecível noivo.
Tomiyo

Minutos depois de postar a carta foi avisado de que se encontrava livre.

Rio de Janeiro, 14 de setembro de 1944

Minha amada Ilma

Ontem enviei uma carta dizendo que eu me achava detido. De fato estive, mas, felizmente, já estou livre.

Justifiquei as faltas dizendo ao capitão que você havia adoecido e que tinha me mandado um telegrama urgente.

Se menti foi porque necessitava desse dia para tratar dos assuntos do Narciso.

Portanto, não se preocupe comigo, e tenha bons sonhos que velarei por você. Fui muito precipitado em comunicá-la.

Ontem mesmo telegrafei preocupadíssimo.

Tencionava lhe escrever amanhã dando notícias da sua tia, mas não é possível porque estou de serviço amanhã.

Hoje vou à casa dela dar notícias do seu pessoal e entregar a sua encomenda.

De segunda-feira em diante o regimento entrará em novo ritmo. Não haverá muita instrução. Estou ficando muito preguiçoso, nem dá vontade de sair. Prefiro ficar no meu palacete ouvindo um bom programa.

Quanto ao clima, tem sido ótimo. Nem frio e nem calor durante a noite. Espero que sua mãe se dê bem aqui no Rio.

Gostei imensamente do nosso passeio. Têm acontecido fatos notáveis que até parecem sonhos.

Espero voltar brevemente. Talvez na segunda quinzena de outubro.

A você envio-lhe um beijinho deste noivo que muito lhe estima.

Tomiyo

Seria a quarta noite na qual Yamada não saía do quartel. A ausência de Narciso mexia completamente com seu cotidiano. Os dois eram inseparáveis, principalmente depois que Sampaio embarcou com o primeiro escalão.

Depois de escrever mais uma carta para Ilma, a sensação de impotência por não ter conseguido reverter a situação de Narciso, que havia desaparecido porque Filomena passou mal novamente, mas agora estava recuperada e em casa, era grande. Resolveu então ir a um lugar que quase nunca visitava, a Cantina dos Combatentes. Tomou um bonde, sozinho, quando a noite já tinha caído.

As cantinas foram feitas para apoiar os soldados que iriam para a guerra. Criadas originalmente nos Estados Unidos, funcionavam como ponto de encontro e diversão para os convocados. Atendia inclusive os marujos da marinha norte-americana que estavam de passagem pelo Brasil.

Havia quase uma dezena desses locais no país e a do Rio de Janeiro era a mais famosa. Ficava no número 43 da Avenida Rio Branco. Os oficiais frequentavam os cassinos e os soldados passavam o tempo livre nas cantinas, assistindo a espetáculos teatrais, filmes e shows musicais nas casas. Havia até serviço de lavanderia. Muitas empresas voluntariamente ajudavam a manter os locais, doavam quantias e patrocinavam as atrações. A Legião Brasileira de Assistência (LBA), entidade filantrópica criada pela primeira-dama Darcy Vargas, coordenava as cantinas.

Tomiyo não gostava de bebidas alcoólicas e, então, se entregava apenas ao vício do cigarro nesses momentos de relaxamento. Nem ele entendeu por que estava naquele lugar, que abria de terça a domingo, das quatro da tarde às oito e meia da noite. Não estava se divertindo, mas conversou com alguns colegas e ficou rondando as mesas de bilhar e dos jogos de damas. Algumas mesas dispostas na casa de dois andares abrigavam livros, revistas e jornais, que ele folheou sem conseguir ler as palavras. Queria mesmo era conseguir um jeito de desfazer o mal-entendido em relação a Narciso para que o nome do amigo não ficasse registrado como desertor. Assim que a cantina fechou, tomou o caminho de volta ao quartel com a tropa que ainda estava no local.

São Paulo, 21 de setembro de 1944

Meu querido noivo,

Hoje recebi duas cartas suas. Fiquei triste com a primeira porque soube dos fatos. Você, por estar em descanso, e o Narciso devido à situação, mas a segunda diz que você já está livre, graças a Deus. Mas tornei a sentir pena do Narciso.

Hoje é dia do aniversario de Isa e só está faltando você aqui em casa.

Papai ainda não foi ao Rio por estar faltando pessoal no serviço, mas assim que tiver uma oportunidade ele irá.

Mamãe achou muita graça do seu palpite na borboleta, mas ela não ganhou.

Isa manda dizer que você só olhe para as bolsas das garotas que encontrar na rua. O resto não é preciso, sendo só assim eu não me zango.

Lembranças a titia Zulmira, tio Mario e todos os parentes. Todos de casa lhe enviam muitas lembranças.

Aceite muitas saudades com um apertado abraço da sua noiva.

Ilma

Todas as noites Ilma sintonizava na Rádio Tamoyo, que pertencia aos Diários Associados, de Assis Chateaubriand. Um dia depois de postar a carta para seu noivo dizendo que tinha recebido as duas correspondências anteriores, ela se atrasou para chegar em casa após a última missa da noite. Tinha parado por algum tempo no portão da casa de Manoela Torres, a amiga carioca que também morava em São Paulo.

Pensou em não ligar o rádio, tomar um copo de leite e ir dormir, pois estava há muito tempo em pé. Mas a sacola de crochê que tinha deixado no armário da sala a fez ter vontade de terminar o enfeite para a mesa que estava quase pronto.

Sentou-se no sofá azul-claro de sua mãe, que tinha sempre um pano branco protegendo os encostos, também decorados pelo crochê de Ilma. Enquanto ouvia o programa correu até a cozinha para pegar seu leite. Na volta para a sala ouviu:

> "Atenção! Atenção!"

Ilma apertou os lábios e sua bochecha direita contraída parecia saltitar de nervoso. Deixou o copo na mesa e abraçou a porção de linha que estava na sacola de crochê. Seus irmãos ainda não tinham chegado e sua mãe estava dormindo.

> "Os segundo e terceiro escalões de soldados brasileiros deixaram hoje o porto do Rio de Janeiro. Vão defender nosso país na Segunda Guerra Mundial."

Sem conseguir respirar direito, Ilma não se movia, com medo de, se mexesse o braço, deixar de ouvir direito o resto da notícia.

> "O segundo escalão é composto principalmente pelo contingente do 1º RI, o Regimento Sampaio, com soldados alojados no Rio de Janeiro. O terceiro escalão é formado basicamente pela tropa de Minas Gerais, o 11º Regimento de Infantaria."

Ela tinha ouvido todas as palavras em alto e bom som. Um som que lhe feriu os ouvidos e lhe apunhalou o coração. O radialista tinha dito 1º RI. Eram os rapazes do Rio e Tomiyo estava entre eles.

Ele tinha embarcado. Um pronunciamento do presidente Getúlio Vargas confirmava a partida.

— Tomiyo foi embora, Santa Terezinha. Ele foi embora! — disse a jovem enrolada em seu crochê, como se fosse o último fio de esperança.

Longe dos olhos da família, Ilma se curvou no sofá, encostando seu rosto às suas pernas, em cima das linhas de crochê. Chorava compulsivamente por saber que seu noivo estava naqueles navios. Que se afastava do Brasil, do Rio, dela. Do seu amor.

Pediu com fervor que Santa Terezinha o protegesse, que o enviasse de volta a ela o mais brevemente possível, e com saúde, para que, finalmente, pudessem se casar. Quis abusar da santa e incluiu o pedido para que Tomiyo jamais se sentisse sozinho, pois ela estaria sempre com ele.

Enquanto rezava, sentiu um conforto inesperado e uma calma que não costumava acompanhá-la nesses momentos. De olhos fechados, percebeu que o som que a emissora de rádio colocou no ar era a causa daquela sensação estranha no meio do caos. Reconheceu então os versos: "Adeus amor/ Eu vou partir/ Ouço ao longe um clarim".

Era a "Valsa da Despedida", a canção do filme *A Ponte de Waterloo*, o primeiro que Ilma assistiu com seu Tomiyo. Naquele dia, ele disse que aquela música seria a melodia deles.

Capítulo 23
A cobra fumou

Itália, 10 de outubro de 1944

Querida Ilma,

A primeira carta que lhe enviei foi escrita ainda no cais de Nápoles. Sentia ainda aquele mal-estar dos navegantes, mas hoje escrevo-lhe com bastante disposição.

Pelo que vejo, aqui foi, outrora, considerada cidade de amor e romance. Hoje nem a sombra existe. Apenas ruínas.

Não entramos ainda no inverno, mas o frio é intensíssimo, tanto de noite como de dia.

Dizem que quando entrar no inverno o frio é tão penetrante que, por mais que se esteja agasalhado, não é possível se aquecer.

Aqui as coisas são caríssimas. Por exemplo, um maço de cigarro custa 50 liras ou 10 em nossa moeda.

Eu estou bem de saúde graças a Deus e espero que esteja também com saúde.

Ilma, ontem à noite tive um sonho bem esquisito e fiquei a meditar horas e horas para conseguir lembrar. Era assim: no dia em que parti você esteve na casa da sua tia Zulmira e despedimo-nos. E você me encorajou dizendo a seguinte frase: vai confiante, pois Deus é grande e a ti, como teus bravos companheiros, Ele há de amparar.

Só vence na vida aquele que luta por bem e para Deus. Nas minhas orações, jamais faltará meu pedido a Deus pela breve paz ao mundo.

Com muitas lembranças e abraços, igualmente a suas colegas.

A você um forte abraço e beijos do seu noivo saudoso,

Tomiyo

Bombardeada diversas vezes desde o ano anterior, Roma tinha sido tomada pelo exército norte-americano no mês de junho, e por onde os brasileiros passavam encontravam combatentes dos Estados Unidos. As ruas também abrigavam os membros da Resistência Italiana, chamados de *partigiani*, opositores do regime fascista.

No dia em que ensaiou as palavras que diria a Ilma para pedi-la em noivado, Tomiyo secretamente desejou passar a lua de mel na Itália, e a cidade onde ele estava, naquele momento, fazia parte do seu roteiro imaginário. Queria visitar a Fontana di Trevi com sua noiva, andar pelas ruas a observar a arquitetura tão antiga, mas sua vontade mesmo era de levar Ilma ao Vaticano, e depois subir para Veneza. Quando sonhou com essa viagem de núpcias, ele ainda não sabia que o Brasil seria enviado para o país europeu e nem tinha dimensão do tamanho da guerra.

Agora estava de frente para Roma sem conseguir enxergá-la em sua integridade e sem o filtro das duras cores da guerra. Lembrou-se de que nunca dissera isso a Ilma. Revelaria esse seu desejo a ela quando voltasse para casa e, quem sabe um dia, os dois ainda visitariam o país juntos, depois que o conflito terminasse.

Nenhuma palavra escrita nas cartas para Ilma teria a precisão de transmitir as imagens e as reais sensações que Yamada teve ao avistar antigas construções com apenas metade dos muros em pé, muitas janelas tortas e casas sem telhado que se pareciam com os desenhos que Renatinho fazia. Faltava sempre alguma coisa na paisagem.

Um dos poucos brasileiros que tinha real interesse pelo contexto histórico em que viviam os italianos, Tomiyo estava sempre disposto a entender melhor o que estava acontecendo no país, e também gostava de explicar aos soldados o motivo pelo qual estavam ali. Enquanto esperavam ordens sobre o novo local para onde seriam levados, Cristóvão puxou o assunto.

— A Itália está assim por culpa do Mussolini. Foi ele que colocou o país na guerra.

Ao redor do grupo, alguns jogavam cartas, outros fumavam e cerca de seis pessoas pararam para conversar sobre a aliança que a Itália fascista tinha feito com a Alemanha nazista de Adolf Hitler, ambos os países dominados pelo totalitarismo. Benito Mussolini governava o país desde 1922 e tinha sido deposto em 1943. Desde então a Itália estava dividida em duas partes: o sul, sob o controle dos aliados; e o centro e o norte, que estavam dominados pelos nazistas.

— Perceberam que desde que chegamos só estamos sendo mandados para a parte de cima do país?

Cristóvão continuava a falar sobre a estratégia que enxergava, e Yamada concluiu:

— É porque no norte estão os alemães, que se apoderaram de parte da Itália. Nossa missão aqui é livrar a população italiana dos nazistas.

Uma moça italiana, que parecia estar na faixa dos vinte anos, passou bem no meio do grupo, interrompendo a conversa e pedindo cigarros. Muito magra, tinha as unhas sujas, mas o cabelo estava arrumado. Vestia um casaco masculino três vezes maior do que seu tamanho, além de sapatos diferentes em cada pé. Parecia ter garimpado cada peça que usava em um lugar diferente — ou em um corpo diferente. Estava cansada, mas não parava de pedir:

— Sigaretta! Sigaretta!

Cigarros ruins não faltavam aos soldados, que, condoídos, deram cerca de uma dezena para a jovem italiana. Desses dez, três eram de Yamada. Eles não compreendiam por que alguém que passava fome pedia cigarro.

Tomiyo não mentiu quando escreveu para Ilma que estava com bastante disposição. Sentia o corpo forte e em pleno vigor, alimentado pela adrenalina da situação e pelo desconhecimento dos próximos passos, mas por dentro estava cansado.

Era tenebroso imaginar como os mais de 5 mil homens que viajaram com ele no navio General Mann se acostumavam tão rapidamente a novas provações, por vezes sem enxergar a realidade cinza que se abriu na primeira paisagem de terra firme que avistaram na Europa, que não era aquele tão sonhado destino de férias, e sim um pedaço de mundo todo esburacado onde a paleta de cores pendia sempre para as mais escuras e fechadas.

O cabo não apontaria verbalmente a ingenuidade de todo um contingente, mas lamentava que os sonhadores expedicionários acreditassem que cada fim de ciclo da viagem para a guerra traria uma situação melhor, um alívio. As condições ficariam piores, sempre piores. Ele sabia disso, mas não falaria com seus companheiros e muito menos deixaria isso claro para Ilma.

Os soldados passaram do calor e claustrofobia dos porões da embarcação que os levou até o conflito, onde os beliches de lona pareciam macas de hospital, para barcos menores e que chacoalhavam ainda mais. De Roma partiriam para Livorno e foram necessárias mais de doze horas para embarcar 10 mil homens, dos segundo e terceiro escalões.

O mar Tirreno estava congestionado por mais de cinquenta barcos lotados de brasileiros e que se movimentavam em três filas. A embarcação de Yamada se encontrava na fileira do meio, bem na dianteira, e o cabo teve o privilégio de poder observar os dois lados com nitidez. De longe conseguia enxergar a algazarra que o comboio do lado esquerdo fazia. Por conta do uniforme, todos pareciam iguais, pulando e gritando saudações incompreensíveis.

No seu próprio barco um grupo sentado na proa nitidamente passava mal com o humor do mar, que estava bravo e traiçoeiro, balançando as embarcações em todos os sentidos.

Poucos eram os que conseguiam apreciar a vista da costa italiana e admirar as ilhas que apareciam cada vez que se aproximavam do norte do país.

Um temporal obrigou os soldados a se reunirem cabisbaixos dentro dos barcos, perto da hora em que seria servida uma das refeições. Os norte-americanos ofereciam rações enlatadas, que eram diferenciadas por letras. No barco onde estavam receberam a chamada ração C, composta de carne e vegetais. Estava fria e muitos homens não conseguiram engolir aquela gororoba de cor e cheiro estranhos. Havia ainda suco de tomate e de laranja.

Com receio de passar fome depois e sentir-se fraco, Tomiyo procurava se alimentar corretamente, mas não sentia diferenças de sabores nos pratos. Poucas vezes reclamou das condições da guerra, mas confidenciou aos amigos que sentia muita falta do sal nas refeições.

Ao meio-dia do dia seguinte, avistaram pela primeira vez a cidade e, assim como na saída de Roma, o desembarque também levaria tempo e necessitava seguir regras. Alguns soldados só puderam sair do barco no outro dia, mas, como Yamada estava em um dos primeiros lugares do comboio, não precisou pernoitar na embarcação.

Para chegar até a areia os pracinhas foram transferidos para outro barco, que mais parecia uma grande prancha. Dava impressão de que afundaria, não fossem os rebocadores em cada canto. Todos os rapazes tinham que ficar de pé, não havia lugar para se sentar. Um pequeno avião sobrevoou o local e chegou bem perto de onde estavam. Alguém viu que um fotógrafo estava praticamente pendurado e começou a acenar, sendo seguido pelos milhares de soldados, que também passaram a pular na embarcação. O dia estava muito chuvoso e, conforme os homens chegavam em terra firme, eram deslocados para dentro da cidade, repleta de lama. Alheias à chuva, crianças italianas cercavam os soldados, pulando, felizes, como se o circo tivesse chegado à localidade. Já os adultos olhavam com certa desconfiança para os brasileiros, assim como alguns militares norte-americanos, que chegavam bem perto dos pracinhas para conferir de onde, de fato, tinham vindo.

O uniforme brasileiro, verde-oliva, tinha no ombro esquerdo um escudo da mesma cor, com a palavra "Brasil" bordada em branco e em letras maiúsculas. O casaco também era verde-oliva, uma cor que se aproximava mais da usada pelo Exército alemão do que a usada pelos aliados norte-americanos.

Assim que desembarcou em Livorno, Yamada, apertado para se aliviar, procurou um banheiro ou algum lugar reservado que pudesse usar, e se afastou um pouco da multidão de soldados, o que era quase impossível dado o alto número de combatentes.

Um *partigiani* o abordou falando um inglês com sotaque misturado a palavras italianas. Ele estava nervoso e segurava, pelo que Tomiyo pôde ver, o que parecia ser uma faca. Sem fazer nenhum gesto brusco ou rápido, o pracinha tentou conversar e entendeu que o italiano, na verdade, pensava que ele era um legítimo japonês, aliado da Alemanha. Um japonês com uniforme alemão faria todo o sentido naquelas circunstâncias.

— Brasile. Brasile!

Tomiyo repetia calmamente, mas com firmeza, o nome do Brasil e apontava para o distintivo de seu uniforme. Mas seu esforço parecia ser em vão e a tensão aumentou entre os dois e só foi dissipada quando outros soldados que tinham desembarcado com Yamada apareceram na viela repleta de pedregulhos. Um deles falava o idioma local e explicou que a tropa que tinha acabado de chegar era brasileira.

A confusão sobre a nacionalidade era reforçada pela vestimenta da FEB. No uniforme brasileiro não ficava claro à qual divisão pertenciam os soldados. Com os norte-americanos acontecia o contrário, já que a distinção entre eles era facilmente percebida por símbolos universais, ou seja, números e letras. Eles usavam emblemas coloridos no braço esquerdo, perto do ombro, e, no lado direito, aparecia inscrito o corpo do Exército.

O Brasil foi incorporado ao 4º Corpo do 5º Exército norte-americano e, então, os soldados dos Estados Unidos que atuariam com os pracinhas usavam um distintivo de fundo vermelho, com a letra "A", de *army* — Exército —, em cima de um número 5 bordados por cima de um tecido azul-marinho. Significava que faziam parte do 5º Exército.

Para tentar dissipar a confusão, os comandantes brasileiros também decidiram criar um emblema específico para o país e a imagem escolhida foi a de uma cobra fumando. A gíria "a cobra fumou" já estava amplamente divulgada dentro dos batalhões, mas ninguém sabia ao certo de onde surgira. Das várias versões, uma das mais difundidas vinha da ala que zombava da suposta participação do Brasil no conflito. Diziam ser mais fácil uma cobra fumar do que o contingente da FEB embarcar para a guerra.

Ser confundido com soldados japoneses que lutavam ao lado da Alemanha não estava na lista de situações que Alberto Tomiyo Yamada esperava enfrentar naquele conflito distante. Mas o incidente fez com que ele passasse a ter receio de que o mal-entendido fosse repetido em proporções maiores nos campos de batalha, e que pudesse lhe causar problemas futuros.

A paisagem, agora, lembrava a zona rural de Mogi das Cruzes. Dentro de caminhões sem cobertura e proteção, amontoados nas caçambas, os soldados seguiam para Pisa e seriam levados para a Quinta San Rossore, uma antiga propriedade de caça da família real italiana.

O vento gelado deixava os grupos calados enquanto se espremiam no veículo. Muitos soldados mal tinham dormido nas últimas 48 horas e vários deles tombaram sentados, sendo amparados pelo colega ao lado.

Foram avisados de que estavam a poucos quilômetros do *front*, onde as batalhas aconteciam, e que desceriam no acampamento onde o primeiro escalão de soldados brasileiros que chegara à Itália já tinha sido alocado, chamado pelos norte-americanos de primeiro *combat team* (time de combate).

Quando Tomiyo e seus colegas de regimento chegaram naquela terra que exalava história e nobreza, os pracinhas que primeiro pisaram na Itália já estavam em contato com o inimigo no Vale do Serchio e tinham obtido sucesso nas primeiras batalhas que travaram. Isso aumentou o moral da tropa que tinha uma "cobra fumando" no braço de seus uniformes.

Pela estrada o noivo de Ilma conseguiu reconhecer plantações de verduras, frutas e trigo, mesmo que agora estivessem abandonadas. As folhas verdes pareciam queimadas, mas não se tratava de sol; tinham uma aparência triste, desmilinguida.

O ronco dos motores começou a se acalmar e a atenção dos soldados se redobrou. Eles começaram a entender a linguagem dos sons que os acompanharia pelos próximos meses. As árvores balançavam para o lado esquerdo e, ao olhar para o céu, não havia nuvens caminhando com eles.

Yamada estava com sorte desde o desembarque e seu caminhão foi um dos primeiros a entrar no terreno desmatado. De longe ele levou um tempo para entender a paisagem e, conforme o veículo em que estava percorria a estrada da propriedade, ele começou a enxergar uma fileira de triângulos verdes. Depois entendeu que eram muitas fileiras, uma atrás da outra. Impossível contar com os olhos quantas barracas estavam montadas na área a céu aberto.

— Metade dos homens terá que armar suas próprias barracas, pois o que temos aqui só comporta 5 mil soldados.

As instruções tinham sido ditas por alto-falantes espalhados pelo acampamento. Yamada pôde ver que alguns abrigos estavam enlameados por dentro, mas a impressão maior se dava em relação ao número de barracas montadas. Só a partir daquele ponto de visão é que ele teve consciência do número de soldados que estavam, assim como ele, na mesma situação.

— Yamada! Yamada! Vocês chegaram!

Era Antonio Sampaio, um grande amigo de Tomiyo que embarcara com o primeiro escalão de soldados, em julho. Ele fazia parte do 6º Regimento de Infantaria.

Yamada soltou o saco do tipo A que carregava nas costas e deu um forte abraço no soldado. Eles apenas se olharam pressionando os lábios e acenando em sinal de positivo com a cabeça, mas não disseram nada um ao outro.

A cobra tinha, enfim, fumado.

Capítulo 24
Manual de convivência em um acampamento de guerra

O acampamento na região de Pisa ficava em uma grande depressão retangular, cercada por pinheiros — ou seja, era naturalmente protegido e camuflado. Era denominado *Staging Area Nº 3*, algo como "área de treinamento número 3", e sua topografia dava a falsa sensação de que estaria imune a qualquer ataque inimigo.

Jipes com oficiais circulavam pelos poucos espaços livres entre as tendas da infantaria, que acomodavam até quatro homens em cada armação. A inspeção rigorosa obrigava que tudo estivesse em ordem, mesmo que no cenário o barro invariavelmente prevalecesse.

As lonas resistentes não permitiam que a chuva se infiltrasse pelo teto e incomodasse os soldados dentro das barracas, mas os colchões finos — que podiam ser transportados sem pesar na mochila dos combatentes, ao ser enrolados e carregados com facilidade — não conseguiam impedir que a umidade do chão enlameado se alojasse nos ossos dos pobres soldados. Alguns poucos homens ganharam a chamada cama de campanha, de lona de navio e com pequenos pés que a isolavam do contato direto com chão. Não caía água por cima, mas o solo de terra batida onde os soldados dormiam permanecia encharcado o tempo todo.

Enquanto o embate não acontecia para aqueles homens, o frio, que já cortava os lábios dos soldados, se tornara o primeiro inimigo. Tilintando com as baixas temperaturas, os pracinhas tiraram as japonas dos sacos de bagagem e vestiram praticamente todas as roupas que possuíam. Eles estavam sem tomar banho desde que saíram de Roma e, para Tomiyo em especial, dormir sem lavar os pés era incômodo, nada higiênico, e alterava uma parte importante de seu cotidiano.

O frio e o cansaço dizimavam a vontade de ir até o meio do acampamento, onde ficavam os chuveiros com água quente. Seria necessário muita coragem para desamarrar os cordões da pesada bota preta que usavam e deixar os pés livres, sob o risco de que o vento os tocasse. Preferível mantê-los aquecidos. Sujos, mas acolhidos.

Muitos soldados, destruídos pela viagem, acabaram por se deitar do jeito que estavam. Simplesmente estenderam o corpo e apreciaram o silêncio e a firmeza daquele solo, que não mais chacoalhava, como o mar. A ventania chegava a balançar as barracas e os que mais sofreram com enjoos começaram a reviver o tormento, com a impressão de que estavam no meio do oceano novamente.

Atento aos detalhes, Yamada observou que no meio do caos havia um senso de organização no acampamento, e escutou dos colegas do primeiro escalão, que visitavam o local, que a situação dos recém-chegados mostrava-se muito melhor do que a dos expedicionários pioneiros na Itália.

— Quando chegamos tivemos que passar a primeira noite ao relento, Yamada. Pelo que soubemos, por falta de comunicação, os comandantes norte-americanos pensavam que tínhamos trazido barracas conosco, e então não havia estrutura nenhuma para nos instalarmos. As cozinhas também não funcionavam. Passei fome e frio naquela primeira noite. Foi quando entendi o que seria a guerra.

Sampaio detalhava as angústias dos primeiros meses na Itália e o preparava para as situações que em breve virariam rotina na vida de Tomiyo. Mesmo lamentando as condições, Sampaio mostrava uma resiliência que intrigava o noivo de Ilma. Ele praticamente interrogava o amigo, mas não conseguia extrair a real dimensão de como tinha sido o percurso até agora.

Deduziu que as descobertas somente seriam feitas com as experiências do dia a dia e quando estivesse efetivamente no campo de batalha. Ninguém poderia descrever com exatidão os medos e as preocupações de cada soldado ao presenciar cenas de guerra.

— Temo que as cartas que escrevi a Ilma não cheguem até ela. Essa é o meu maior medo, pois já mandei duas. E como nós, expedicionários, vamos receber as correspondências que nos enviarem, e que pelo visto serão as únicas alegrias genuínas que sentiremos por aqui?

No meio do nada, cercado por cidades que ora pareciam fantasmas, ora pareciam aniquiladas, Yamada sentia sua pressão subir ao imaginar que um precioso envelope podia se perder para sempre se caísse em uma poça de lama. Tinha vontade de escrever uma carta atrás da outra para garantir que Ilma recebesse alguma notícia sua.

— Ficamos quase dois meses sem receber nenhuma carta quando chegamos. Foi uma agonia, Yamada. Pelo que entendi, o problema é a censura. Como todas as correspondências que chegam e que vão para o Brasil precisam ser lidas, o processo demora muito.

Sampaio tinha razão. O governo brasileiro criou dois procedimentos para lidar com a correspondência aos pracinhas: tráfego postal e censura postal. Na Itália ficava o chamado Correio Regulador e havia estações postais espalhadas onde a tropa se concentrava. A censura das cartas dos soldados acabava sendo feita pelos oficiais, e não pelos próprios censores. O incômodo era geral, pois os superiores muitas vezes descobriam seus próprios nomes no meio dos desabafos dos pracinhas, e cada um tinha uma regra própria em relação ao que podia ou não ser enviado.

No Brasil, apenas dois Correios Coletores recolhiam as cartas que as famílias queriam enviar para a Itália. O Correio Sul ficava no Rio de Janeiro e recebia a correspondência emitida pelos Estados do Sul, Centro-Oeste e Sudeste. As cartas enviadas das demais regiões iam parar no Correio Norte, que ficava em Natal. Todos os papéis acabavam centralizados pelo Correio Aéreo Nacional, na base norte-americana de Parnamirim, também em Natal. De lá seguiam de avião até Nápoles, e depois para o Correio Regulador Livorno. Só então as malas eram enviadas para a estação postal onde se encontrava o soldado. O rigor com as correspondências que vinham do Brasil era ainda maior. Os pracinhas recebiam cartas muitas vezes picotadas e cheias de buracos, indicando que ali alguma palavra comprometedora, aos olhos dos oficiais, havia sido arrancada pela censura ainda em solo brasileiro.

Um manual próprio para envio de telegramas foi criado e distribuído. Havia uma lista de frases prontas e padronizadas, e cada uma delas era representada por números. Bastava combinar a numeração para criar a mensagem final esperada. Tomiyo descobriu que seus colegas chamavam isso de "Código do Amor".

Assim que ouviu a palavra código, Yamada lembrou de seu combinado com Ilma, de pensarem um no outro e rezarem às seis horas da tarde diariamente. O ritual tinha sido quebrado por dias seguidos e a falta de um sino de igreja para avisar Yamada também o fazia perder a hora exata, mas, naquela tarde, ele ia conseguir parar por alguns momentos para cumprir o acordo.

Faltava apenas um minuto para as seis horas e ele deixou Sampaio do lado de fora da barraca, entrou sozinho e tirou do bolso uma das fotos de Ilma que trouxera consigo. Estava um pouco amassada, para seu desgosto, mas pôde olhar a imagem da noiva por instantes, acariciando seu rosto como se realmente tocasse sua pele. Levou a imagem até seus lábios e a beijou levemente, com todo o cuidado que teria caso llma estivesse de fato na sua frente.

— Ilma, serei forte por você e por nós. Em poucos dias aqui na Itália compreendi que será mais difícil do que qualquer um poderia imaginar, mas vou lutar e superar o que for necessário para voltar para você. Eu prometo. Em volta do meu corpo há uma proteção que não vai deixar pequenos obstáculos me atrapalharem nessa minha missão. Posso dormir ao relento, fedido, sujo, mas meu coração estará limpo e pulsante para você.

Objetivo e claro, o pensamento de Yamada o fortaleceu ainda mais, deixando-o pronto para, após guardar a foto de sua amada, sair da barraca para continuar suas obrigações e apurações sobre o cotidiano de uma guerra.

Sampaio já não estava mais à sua espera e ele resolveu, então, procurar outros conhecidos.

O horário do jantar era às cinco da tarde, mas, como a fila para alimentação era enorme, Yamada conseguiu chegar a tempo. Os soldados do segundo e terceiro escalão não conheciam as regras e programação do acampamento por completo e exceções seriam abertas no processo de integração.

Diariamente seriam três refeições: café da manhã às oito horas, almoço às onze horas e jantar às cinco da tarde. Seriam seguidos rigorosamente e eram organizados pelo Serviço de Intendência.

As filas começavam na frente da cozinha, armada em barracas que pareciam com as das quermesses de Mogi. À frente ficavam os panelões com as comidas do dia, manipulados por soldados que serviam os colegas em fila. Novamente, Yamada sentiu falta de sal no tempero do menu, que naquela noite era composto de carne — de verdade, não enlatada — com batatas.

Ele se sentou em um banco, na verdade um amontoado de caixas desfeitas e empilhadas. Alguns soldados usavam as capotas dos jipes como mesa, e a maioria acabou comendo no chão mesmo. O barulho dos talheres raspando os pratos de alumínio misturava-se à conversa paralela de centenas de homens, como uma batucada no fim do dia.

Yamada avistou uma nova fila formada na frente de camburões. Foi até lá assim que terminou a refeição e o informaram de que era o local para lavar a louça.

Havia uma espécie de contêiner e cada pessoa tinha que mergulhar o prato, garfos, facas e a caneca em uma mistura de água com sabão. Ao lado estavam mais dois compartimentos enormes, um com água e desinfetante e outro com água limpa para terminar o enxágue das peças. Depois, deixavam as louças e talhares secando ao léu. Terminado e entendido o fluxo das refeições, Yamada voltou para a sua barraca.

Às sete horas a escuridão da noite já tinha tomado todo o acampamento e apenas algumas lanternas e lampiões iluminavam determinadas áreas. Em breve, o alarme de *blackout* soaria e nenhum tipo de iluminação seria permitida.

Yamada resolveu ir até os chuveiros tomar um banho, pois os amigos já tinham avisado que, no *front* de batalha, a mordomia do acampamento — mesmo que pouca — não se repetiria, e o melhor a fazer era aproveitá-la ao máximo.

As botas pesavam além do normal, de tanto barro acumulado na sola, e só então Yamada se deu conta de como suas meias estavam molhadas; conseguiu até torcê-las. Seus pés gelados e duros relaxaram com a água quente, assim como todo o corpo do cabo. Mesmo no aconchego daquele chuveiro quente, um frio invisível percorria cada parte de sua pele e ele tinha a sensação de que aquele conforto não era real, que logo seria arrancado à força dele próprio. E aquela ainda nem era "a" guerra.

O cansaço fez com que adormecesse rapidamente, enrolado na manta que cada soldado recebeu, mas que não era suficiente para aplacar o frio europeu.

Na manhã de quinta-feira cada soldado foi acordado com a distribuição de um folheto. Tinha a data de 12 de outubro e certamente foi feito com antecedência para receber os homens que chegaram um dia antes ao acampamento. O papel continha um texto que era uma espécie de apoio moral a cada homem que lutaria pelo Brasil.

Itália, 12 de outubro de 1944

Ao soldado expedicionário

Boa sorte para você, soldado do meu querido Brasil!

Boa sorte para você que, com justificado orgulho, ostenta em seu braço esquerdo o emblema: Brasil. Brasil! Seis letras. Seis grandezas! Bondade, riqueza, amizade, saudade, igualdade, e, sobretudo liberdade. Boa sorte para você, brasileiro querido, que defenderá palmo a palmo esta abençoada terra!

Boa sorte para você que, em terras estranhas, mostrará mais uma vez o valor e a justiça desta terra tão bem orientada pelo nosso Presidente Getúlio Vargas! Para você, adorado irmão, toda a minha admiração e profundo respeito. Para você meus pensamentos aos céus, numa súplica fervorosa a Deus, que é bom e justiceiro, pedindo-lhe que abençoe o confronto. Para você, soldado do meu vitorioso Brasil, imploro a proteção de Nossa Santíssima, e que, comandando certa gigantesca Divisão, siga o iluminado espírito da grande guerreira Joana D'arc. Que cruze com a nova bandeira, a bandeira branca de paz.

Soldados do meu Brasil, me sinto confiante pois a nossa idolatrada pátria é exemplo de amor e justiça. É a tua acolhedora, a terra que tudo tem. É a alegria dos ricos e o amparo dos pobres.

Boa sorte para você, expedicionário amigo. Leve em seu coração a bondade e perdão, leve em seu espírito o grande mandamento do nosso muito amado mestre Jesus. "Amai-vos uns aos outros".

Sua idolatrada mãezinha, sua amada esposa, suas noivas queridas ficarão orando por você, esperando cheias de fé a sua volta vitoriosa! Há de voltar porque só vence na vida aquele que lutar por bem e para o bem.

E você, soldado brasileiro, só luta por bem, sem egoísmo, sem ambição e sem ódio!

Por isso a justiça de Deus o amparará!

Confortará todos aqueles que você deixa! Eles, como você, serão fortes e confiantes.

Soldados desta imensa terra, eu desejo boa sorte para você!

A carta não tinha uma assinatura e cada soldado que saía de sua barraca carregava o papel na mão. Com certeza a mensagem tinha como autor o General Mascarenhas, Comandante da FEB, diziam os grupos que se formavam em volta do acampamento.

Depois de ler pela segunda vez o panfleto, Yamada se preparou para entrar na fila do café da manhã. O céu continuava cinza e o frio parecia ainda pior. Ele memorizou especialmente o trecho referente às noivas queridas que ficariam orando pelos soldados, à espera da volta vitoriosa. Conseguia imaginar Ilma com seu terço azul na mão, rezando para que nada de mal acontecesse com ele na Itália.

Yamada esperava uma sequência de treinamentos pesados, mas nenhuma ordem tinha sido dada. O boato era de que os terrenos vizinhos estavam repletos de minas que poderiam explodir e, por isso, os exercícios táticos e com armas de fogo não poderiam ser feitos.

O que ele e a tropa desconheciam era que o material necessário para os treinos atrasaria em mais de 35 dias. Todo o contingente ali concentrado teria de passar mais de um mês parado em Pisa, até que estivessem preparados para se juntar à parte do primeiro escalão que já estava nos campos, combatendo o inimigo.

No domingo um padre italiano celebrou uma missa para os soldados, que receberam o Manual de Orações. Muitos homens que não eram católicos deixaram a pequena caderneta perto das cozinhas, mas alguns pararam para ouvir o que o religioso tinha a dizer, nem que fosse apenas para escutar o que outras pessoas, que não seus próprios companheiros, tinham a dizer.

Sem se dar conta de que já era dia 15 de outubro, Yamada acompanhou os colegas e relembrava Ilma a cada oração. Ele tinha acabado de fazer a barba, pois obrigatoriamente todos os homens precisavam se barbear diariamente — normas de higiene e uniformização do Exército; curiosamente, manter o bigode era permitido, e se lembrou da única vez em que deixou o bigode crescer, quando estava no Rio de Janeiro. Mandou uma foto para Ilma, fardado e com a linha tracejada, bem preta e volumosa, sobre os lábios. Ela estranhou e ele nunca mais deixou crescer.

Agora, na guerra, tanto soldados como oficiais precisavam tirar todos os pelos do rosto. No meio dos corredores de barracas havia tendas específicas com uma placa sinalizando que se tratava de uma barbearia. Quatro pedaços de ferro seguravam uma lona verde que cobria duas cadeiras e uma pequena mesa com utensílios usados pelos responsáveis por fazer a barba dos soldados. Um pano branco fazia o papel de avental para que ninguém se sujasse. Esse modelo foi repetido nas outras barbearias instaladas pelo acampamento.

Yamada achava um exagero ter de se barbear todos os dias, mas usufruía do serviço interno sempre que passava pela barraca e a fila estava pequena.

A espera para usar o banheiro sempre demorava e, nas pias improvisadas com espelhos pendurados por arames, homens com o rosto ensaboado eram vistos todos os dias. Escova, pasta de dente e sabonetes também não faltavam.

A missa durou apenas uma hora e, em vez de se levantarem, os pracinhas continuaram no local e uma roda de samba teve início em plena manhã. Muitos violões e pandeiros viajaram com os combatentes e foram protagonistas de inúmeras reuniões. Funcionava como terapia para quem tocava e acalento para quem ouvia. Mesmo não gostando de samba e ciente de que suas músicas preferidas nunca estariam nas vozes de seus colegas, Yamada participava desses encontros informais. Afinal, poderiam ser os últimos antes de encararem a rudeza do *front*.

— Onde você vai deixar seu violão quando tivermos que ir para o campo de batalha?

A dúvida de Yamada, dirigida a Cristóvão, era uma pergunta que ele relutava em fazer desde os dias nos beliches do navio General Mann, com medo de desanimar os amigos, mas não cansava de pensar onde os amigos guardariam seus instrumentos musicais.

— Vou levar comigo, Yamada. De um lado carrego o fuzil, do outro o violão. Não vou me separar do meu mascote, não.

Sorrindo, Yamada não respondeu e admirou a determinação do soldado. Quem sabe ele realmente estivesse certo, mas o noivo de Ilma tinha certeza de que em breve a música não estaria mais tão presente em suas vidas, e sim os zumbidos de balas e os estouros de bombas.

Além dos encontros regados a canções, em algumas noites, os soldados conseguiam se divertir com filmes. Os primeiros não tinham legenda em português e eles se contentavam em tentar compreender o enredo apenas com as imagens. Depois chegaram algumas cópias traduzidas, e, sempre que podia, Yamada assistia aos longas-metragens. Era uma maneira de se recordar do cinema de Mogi, de sua Ilma, dos filmes que assistiram juntos e, assim, aproximar ainda mais a lembrança de sua querida noiva.

A noite sempre era a pior parte, tanto pela escuridão quanto pelas baixas temperaturas, a umidade e a chuva típicas do outono. O silêncio e o desconforto eram implacáveis. As roupas que ficavam na barraca tinham mofado e os quatro pares de meias de lã que receberam antes de sair do Brasil já tinham rasgado ou estavam em estado deplorável. A lã usada para confeccionar as roupas dos brasileiros não tinha boa qualidade e, por fim, decidiu-se o inevitável: todos os pracinhas passariam a usar os uniformes norte-americanos, que eram mais quentes e resistentes.

Nos primeiros dias de treinamento de caminhadas e resistências físicas o lamaçal tinha aumentado e as más condições da vestimenta oficial dos brasileiros ficaram ainda mais nítidas. As solas das botas estavam se descolando e os soldados passariam a usar as galochas norte-americanas também. No entanto, nenhum desses materiais extras do vestuário dos soldados tinha chegado ao acampamento, então todos precisavam tentar conservar ao máximo os que tinham trazido do Brasil. Eles voltavam encharcados das marchas de reconhecimento de campo.

Em uma das manhãs, tiveram que se aprontar às pressas porque o general Mark Clark, comandante do 5º Exército Norte-Americano, passaria em revista todos os combatentes brasileiros que estavam em Pisa.

Não havia um único fósforo no chão nem bitucas de cigarro espalhadas pelo acampamento. E manter limpos e apresentáveis os uniformes praticamente rotos era das missões mais impossíveis. No navio os soldados receberam orientações de como lavar suas roupas, mas assim que desembarcaram na Itália as mulheres do país, atrás de dinheiro, ofereciam o serviço aos pracinhas e se deslocavam até os acampamentos para buscar as roupas. O pagamento tinha que ser feito em comida ou cigarro, nunca em dinheiro.

Elas não conseguiram ter Yamada como cliente, que se encarregava de lavar a própria roupa, mas ele sempre dava alguns cigarros para elas. Continuava a fumar muito e sempre tinha um maço à mão. Em tempo de guerra, cigarro era produto de luxo, e crianças e mulheres ofereciam até frutas em troca deles, o que não significa que havia comida em abundância no país.

No final do dia uma comitiva de italianos sempre aparecia no acampamento para buscar as sobras do almoço e jantar para distribuir aos habitantes famintos da região. Alguns soldados faziam o contrário: eles mesmos recolhiam as sobras de suas refeições e levavam até as casas dos italianos nas cercanias.

Em uma das noites, Yamada saiu de jipe com alguns colegas, em direção ao centro de Pisa. Viu de longe a famosa torre inclinada, que ficava atrás da principal catedral da cidade e tinha sido usada, meses antes, pelos alemães como posto de observação. Eles ficavam lá no alto observando o movimento e a aproximação dos norte-americanos, que, por fim, tomaram a cidade.

Assim que se aproximavam das ruas, crianças e mulheres apareciam em volta do veículo pedindo cigarros e chocolates. Foi a primeira vez que Yamada entrou na casa de cidadãos italianos. Com o grupo estavam integrantes da banda da FEB. Além dos soldados que carregavam seus violões, oficialmente a Força Expedicionária Brasileira tinha seus próprios músicos. Nas calçadas, eles começavam a tocar com seus trombones as marchinhas de Carnaval e logo estavam dentro das residências, tomando vinho com os moradores.

O idioma nativo tinha mais similaridades com o português do que com o inglês dos norte-americanos e, então, a proximidade com os soldados brasileiros acontecia de forma mais natural.

Estreito, o sobrado no qual Yamada e Sampaio entraram com a banda tinha umas sete garrafas de vinho em uma mesa. O patriarca explicava que era a única abundância que ainda tinha, pois ele mesmo fabricava a bebida. O senhor aparentava ter cerca de 55 anos e agradeceu aos soldados por defenderem seu país e seu povo. Ofereceram, ainda, uma macarronada feita pela mulher do italiano, que já tinha até montado o prato para os brasileiros. Eles não conseguiram negar e estavam, é fato, ansiosos por experimentar a verdadeira *pasta* italiana.

Nem tudo era festa nessas visitas à cidade. Muitas famílias tinham perdido suas casas em bombardeios e moravam de favor. Nem sempre havia comida para todos e o mais devastador era ver crianças que pareciam desnutridas pedindo ajuda. As que estavam bem de saúde não deixavam os brasileiros em paz, praticamente segurando-os pelas calças do uniforme enquanto não ganhassem algum agrado, que quase sempre era cigarro.

A parte mais perigosa dessas escapadelas acontecia na volta ao acampamento. Os jipes não podiam ter seus faróis acesos nas estradas, para evitar chamar a atenção dos alemães, e, então, cada curva feita da forma correta merecia um prêmio.

Como os treinamentos táticos não podiam ser realizados nos campos ao redor, os combatentes tiveram aulas de conhecimentos gerais sobre a guerra, armas químicas e desativação de minas. Alguns treinos aconteciam em outras cidades, algumas até mais perto de Nápoles do que Pisa. O treinamento de tiro foi uma das etapas mais intensas, e alguns oficiais chegaram a estagiar com o 6º RI nas linhas de frente. O primeiro grande treinamento físico e tático aconteceu apenas no dia 20 de outubro, quando os regimentos marcharam para a região de Filetole, doze quilômetros ao norte de Pisa, onde ficariam por quinze dias.

Nesse período chegaram os tão aguardados uniformes norte-americanos que vestiriam os brasileiros. A jaqueta de cor cáqui, forrada, esquentava muito mais do que as verde-oliva do Brasil. Quando chovia, a água não penetrava no tecido, mantendo o corpo dos soldados seco. As botas norte-americanas também eram muito mais resistentes e os soldados ganharam ainda capacetes de aço.

Mesmo que o material fosse muito melhor, jogar fora o uniforme brasileiro era como enterrar uma operação que ainda mal tinha começado.

Yamada esvaziou cada um dos bolsos do casaco e da calça que estavam praticamente inutilizados, com receio de ter deixado nos fundilhos alguma foto ou carta de Ilma. Estava em dúvidas se guardaria a velha vestimenta no saco do tipo B, que ficava em um depósito, ou se seguiria o que os amigos tinham feito: dar para famílias italianas que passavam por dificuldades. De qualquer forma, seus principais tesouros estavam devidamente salvos.

A tensão entre os soldados aumentou com a indefinição da data exata em que seriam levados para as linhas de frente e, principalmente, ao saber que apenas parte do contingente, o 3º batalhão do 11º RI, seria deslocado para um dos campos de batalha.

No último domingo de outubro, o general Mascarenhas de Moraes mandou rezar uma missa de Ação de Graças para toda a FEB. A cerimônia aconteceu na Catedral de Pisa, mas só os comandantes das unidades e os generais participaram do ato.

No mesmo dia o batalhão de Yamada recebeu a informação de que seriam transportados para a linha de frente. Ele ouviu com orgulho as notícias de que os brasileiros já tinham conquistado várias cidades, a começar por Bozzano e, depois, Massaroza, Camaiore, além do Monte Prano, Barga, Monte Faeto e muitas outras pequenas regiões.

Em seguida, soube da morte de um colega que dividiu o dormitório com ele em Caçapava, Antenor Oliveira. Segundo o pessoal da artilharia, o soldado estava em um jipe que tombou no Vale do Serchio. Foi a primeira vez que alguém que ele conhecia morria naquela guerra, e a experiência não era boa; sentiu sua boca salivar e um mal-estar invadiu seu corpo. Mas não demonstrou a ninguém de sua companhia o quanto a informação o abalara. Continuou a ouvir as principais notícias que chegavam à região onde estava.

O primeiro revés dos expedicionários brasileiros aconteceu em Castelnuovo di Garfagnana, e o episódio mudou o rumo do segundo e do terceiro escalão. Ficou decidido que a tropa brasileira se retiraria do Serchio e partiria para o Vale do Reno, rodeado de altas montanhas que funcionavam como verdadeiros mirantes de toda a região. O objetivo era dominar a estrada que ligava Pistoia a Bolonha, denominada 64. Os alemães estavam ali e conseguiriam observar todas as áreas que os brasileiros ocupariam na parte inferior da região.

— Como vamos para lá se nem treinamos direito com o armamento novo?

A indagação de Yamada, feita a um tenente, demonstrava o conhecimento de que a tropa não estava preparada para se juntar aos demais soldados.

— Yamada, os norte-americanos usam o termo *on the job training* para definir isso.

— E o que de fato significa?

— Que não temos tempo hábil e vocês terão que treinar em combate mesmo, diretamente com o inimigo.

Capítulo 25
Linha de frente

Pensamentos têm o poder de transportar as pessoas para o passado e até mesmo para o futuro, além de alterar o presente. O gosto pode ser doce, mas também há chances de ser indigesto. Porém o importante é voltar, ir ou permanecer da maneira que quiser. Ao guardar a pequena caixa de madeira talhada com rosas na tampa e fecho dourado, Ilma colocava na mala todas as memórias em forma de letras que tinha de Tomiyo. Os envelopes guardados em ordem cronológica de recebimento, os mais antigos embaixo dos mais novos, não tinham um só pedaço amassado nas bordas e as folhas eram sempre dobradas da maneira como foram recebidas.

Seu tesouro particular viajaria com ela de volta ao Rio de Janeiro. O dia em que os Faria se mudariam de novo para a capital federal tinha chegado.

Na casa da família, na região central de São Paulo, onde tantas vezes ela esperou por notícias ou pela presença do noivo no portão, a agitação começou logo cedo. Eles nutriram um grande amor e carinho por Mogi das Cruzes e, posteriormente, pela capital paulista, mas retornar ao bairro do Jacarepaguá, no Rio, deixava todos ainda mais felizes e animados.

Frederico tinha sido novamente transferido e Noêmia apoiava o marido em todas as mudanças. O ritual era sempre o mesmo. Nos primeiros dias após a notícia, ela relutava um pouco, principalmente por conta das novas amizades na igreja, mas no dia seguinte era a primeira a fazer planos e organizar como seria a mudança e a nova vida.

As roupas e demais pertences de Ilma cabiam em duas malas. Ela nunca mandava fazer vestidos além da conta e sabia bem como economizar e ter sempre o essencial. Além das correspondências, sua coleção de terços tinha especial destaque entre os objetos que ela mais prezava. Acomodou as duas caixas com seus mais preciosos objetos e lembranças na mala entre blusas de lã, certificando-se de que estariam bem protegidos de eventuais quedas bruscas.

O irmão mais novo veio buscar suas bagagens e levou tudo para a sala, que já estava vazia. O único móvel que deixariam em São Paulo seria o armário que abrigara o rádio. Ao lado dele, Ilma tinha passado inúmeras horas no aguardo das notícias sobre a guerra, e vê-lo ali, sozinho, fez com que uma névoa de nostalgia atravessasse seus pensamentos.

Desde que Tomiyo passou a viver no Rio por conta das obrigações militares, a carioca sempre perguntava ao pai quando ele seria novamente transferido, para que pudessem voltar a morar na cidade. Dessa forma poderia ficar muito mais perto do noivo. Chegou até a fazer promessa para Santa Terezinha e, agora que seu desejo tinha sido realizado, o seu japonês estava em outro continente.

Ilma alternava uma pequena animação com a viagem, principalmente por ver os irmãos tão felizes, com a tristeza e a saudade que sugavam suas forças. Nem comer ela conseguia.

Durante todos os dias da última semana ela pediu que o carteiro Ferreirinha não se esquecesse de guardar as cartas de Tomiyo, que possivelmente ainda chegariam ao endereço de São Paulo. Como tinham se aproximado nos últimos meses, combinaram que o próprio rapaz trataria de encaminhar os envelopes ao Rio de Janeiro.

Ilma sabia que o garoto, tão zeloso com as correspondências relacionadas à guerra, jamais deixaria de enviar as cartas, mas ainda assim sentia um nó no peito que não conseguia explicar. Na tarde do dia anterior, Ferreirinha decifrou o que se passava com Ilma.

— Senhorita, tem a impressão de que ao deixar São Paulo estará ao mesmo tempo abandonando o seu noivo, como se ele não tivesse mais para onde voltar, visto que sua família não mais morará aqui? Tem medo de que ele se sinta sozinho?

Ilma se emocionava com a delicadeza e perspicácia de Ferreirinha e só conseguiu chorar, mais uma vez, em sua frente.

— Entendo perfeitamente, senhorita, mas isso nada mais é do que um sonho ruim. Veja, ontem, a senhorita postou uma nova carta para ele, de São Paulo ainda. Assim que chegar ao Rio vai escrever novamente ao seu noivo, dizendo que já está na casa de sua tia, conforme me contou. A partir daí ele saberá como encontrá-la. E eu nunca deixarei de lhe encaminhar correspondências de Alberto Tomiyo Yamada, caso alguma postagem acabe chegando por aqui ainda. Não há de acontecer nada de errado. O único problema que não conseguimos evitar é a relativa demora por conta da censura.

— Ferreirinha, muito obrigada por todo o amparo e carinho que me ofereceu desde que me mudei para São Paulo. Nem eu sabia como explicar essa sensação, mas, sim, no fundo do meu coração sinto medo de não estar aqui, caso Yamada apareça caminhando daquele lado da rua, como fazia sempre, e não me encontre no portão. Mas que tola eu sou, tão cedo meu noivo não estará comigo, não importa se minha família esteja nesta cidade ou em qualquer outro lugar do mundo. Mais uma vez, obrigada.

— Senhorita, sei que seria abuso de minha parte fazer tal pedido, mas não posso deixar de tentar.

— Diga, do que precisa?

— Acompanho muitas histórias de amor sem ao menos saber como são em sua essência, mas a de vocês é sem dúvida a que considero mais bonita. Me sinto responsável e um pouco parte dela também, pois a senhorita recebe as cartas de seu noivo pelas minhas mãos.

Ilma não tinha entendido ainda qual seria o pedido, mas estava disposta a ajudar o carteiro no que fosse preciso.

— Senhorita, se não for um incômodo e se estiver ao seu alcance, poderia também me escrever com notícias de seu noivo? Por favor, não me considere sem modos, eu apenas estou muito triste por não mais poder acompanhar a felicidade de vocês. Torço muito por isso e, acredite, vibrei com cada envelope que pude segurar tendo seu noivo como remetente.

Ferreirinha tinha razão. Ele se tornou parte fundamental da vida de Ilma desde sua mudança para São Paulo. Preparado, o rapaz segurava um pedaço de papel com seu próprio endereço, pronto para entregar nas mãos de Ilma, a quem considerava sua amiga.

— Certamente que posso e poderei, Ferreirinha. Farei com prazer e tenho certeza de que as notícias serão sempre boas. Fique com Deus. Você estará sempre em minhas orações. Obrigada.

O rapaz apertou os lábios e sorriu antes de desejar boa sorte a Ilma e retomar sua caminhada pela rua, com sua mala repleta de envelopes. Estava satisfeito, não queria deixar de se sentir útil em relação ao casal e também ansiava pelo final feliz daqueles dois, que ele mesmo já tinha construído na sua versão pessoal da história.

Mesmo com sua sagacidade, Ferreirinha não tinha conseguido acalmar Ilma, que, em questão de horas, estava novamente angustiada. Agora tinha chegado o momento da família Faria partir. Todas as malas estavam na calçada, na frente do portão, e um funcionário que trabalhava com Frederico na Central do Brasil tinha ido ajudar o patrão.

Buzé, o cachorro da vizinha, estava parado em sua casa, quieto, como se sentisse a despedida que se aproximava. Ilma o acariciou e agradeceu por ter sido um despertador tão pontual em todas as vezes que Ferreirinha se aproximava.

O pai de Ilma foi quem trancou o portão do número 54 pela última vez, deixando para trás tantos bons momentos que passaram no local. Enquanto cada um segurava os pertences que conseguia, Ilma se demorou e deixou que sua família se distanciasse um pouco dela, propositadamente.

Andou apenas cinco passos e voltou-se para o portão, observando-o e relembrando os dias em que passava horas no aguardo da chegada do carteiro com notícias de Tomiyo. Não era a mesma Ilma que agora voltaria para o Rio. Estava cada vez mais preocupada e triste, mas também com sentimentos diferentes. O amor que sentia por seu noivo era sempre maior naquele minuto do que fora no anterior, e por isso sentia que a Ilma parada no portão ontem não era mais a Ilma que segurava uma pequena bolsa com um lenço que enxugaria suas lágrimas durante a viagem.

Puxou com firmeza todo o ar que conseguiu para encher o pulmão e, aos poucos, soltou tudo como se estivesse dizendo adeus para a vida que tinha vivido até agora. Tomiyo também estava em um novo momento, com a guerra que explodia a poucos quilômetros, pronto para presenciar o que não conseguiria mais esquecer.

Ao virar o corpo novamente em direção à família ouviu dona Noêmia, com a voz alta, pedindo que Ilma se apressasse. Como se um botão tivesse girado seu cérebro, Ilma correu em direção à sua mãe e a abraçou, dizendo que certamente o Rio de Janeiro os receberia da melhor forma e que estava ansiosa para rever tia Zulmira.

A última carta que Ilma escreveu de São Paulo para Tomiyo dizia justamente que eles ficariam hospedados na casa de sua tia provisoriamente.

Nº 1

São Paulo, 10 de novembro de 1944

Meu querido noivo,

Recebi suas três cartas e fiquei muito contente por você estar passando bem de saúde. A minha alegria foi tanta que só depois de algumas horas é que consegui ler, pois não conseguia ver as letras. Você nem imagina como fiquei. Me sinto orgulhosa de meu noivo estar defendendo o nosso querido Brasil. Um dia, mais tarde, contaremos aos nossos "herdeiros" como você foi corajoso, um herói, enfim um brasileiro de "fibra".

Vou indagar direitinho como enviar os pacotes, digo, cigarros, doces etc, e então enviarei o mais breve possível. Quanto à comida, assim que você chegar darei uma festa de arromba, com feijoada carioca, angú à baiana, enfim uma porção de coisas gostosas.

Esta é a última carta que lhe escrevo aqui de S. Paulo, pois amanhã embarcaremos para o Rio. Não arranjamos casa, por isso vamos para a residência de tia Zulmira. Portanto pode escrever para lá.

Comunguei o mês inteiro para que você consiga tudo o que deseja.

Papai, mamãe e os pequenos lhe enviam muitas saudades.

Aceite um forte abraço com saudades da sua noiva

Ilma

N.B. Agora vou numerar as cartas para ver se irão extraviar. Peço a você que me diga as que recebeu.

Mais uma vez um grande abraço da sua sempre Ilma

Na Itália, Yamada pela primeira vez ficou frente a frente com um soldado da Wehrmacht, as Forças Armadas da Alemanha. Tinha ouvido falar que os combatentes nazistas eram mais velhos e estavam cansados da guerra — muitos lutaram inclusive na Rússia —, mas ver um de perto tinha outro sentido.

Loiro e alto, o soldado parecia estar na faixa dos 45 anos, tinha o ar bem cansado, suas roupas estavam desbotadas e a barba por fazer. Em um inglês precário, disse ter decidido desertar pois não aguentava mais o frio e o cansaço que passava no alto dos Apeninos. Estava calmo e não tirou as mãos, grandes, da frente do corpo, mal se mexendo enquanto falava.

Os brasileiros estavam prestes a se juntar ao 6º Regimento de Infantaria e se instalaram em um acampamento provisório antes da efetiva entrada nos campos de batalha.

Para o alemão a guerra estava acabada. Ele queria apenas se render e poder não pensar em atirar. Foi levado para o local onde estavam os tenentes e, ao olhar para Yamada, disse que seus irmãos também estavam na guerra.

— Você, japonês, encontrou seus irmãos na Itália? Eu vi vários deles andando por aí. Você deveria estar com eles.

Yamada entendeu que ele se referia ao 442º Regimento de Infantaria norte-americano, formado apenas por descendentes de japoneses nascidos nos Estados Unidos.

Pracinhas que estavam ao lado de Yamada não entenderam bem o tom do alemão nem do que se tratava o assunto, mas, diante do silêncio do colega, preferiram não perguntar nada.

Em 1941, depois que o Japão bombardeou a base norte-americana de Pearl Harbor, no Oceano Pacífico, a perseguição contra os imigrantes e descendentes nipônicos foi levada ao extremo. Enquanto soldados nipo-americanos defendiam os Estados Unidos na guerra, seus parentes estavam presos em campos de concentração no país. Os norte-americanos tinham ainda outro batalhão segregado: o 92º, formado apenas por negros. Eles iriam substituir os brasileiros que estavam no Vale do Serchio e que seriam levados para o Vale do Reno.

No Brasil, a comunidade nipônica vinha sofrendo desde a década de 1930 com a forte nacionalização defendida por Vargas. Em 1934, foi proibido o ensino de língua estrangeira a crianças menores de dez anos e, em 1942, todas as escolas japonesas foram obrigadas a fechar as portas.

Várias famílias nipônicas tiveram de sair de áreas do litoral paranaense no mesmo ano, sob acusação de espionagem e sabotagem. Chegaram a ter de viver internados em campos de trabalho na região, com alemães e italianos. Em 1943 foi a vez de quem morava em Santos receber a intimação de que precisava desocupar e abandonar suas propriedades em menos de 24 horas.

Na farmácia e na casa de seus pais, Yamada escutava as conversas referentes aos conterrâneos nipônicos e muitas vezes esses fatos só aumentaram o abismo entre Ilma e sua família, pois os gaijins estavam expulsando os japoneses de suas próprias terras no Brasil.

Se tivesse oportunidade, Yamada gostaria de se encontrar com os nipo-americanos, mas soube que eles tinham se dirigido para o lado oposto das montanhas, para se juntar aos britânicos e canadenses que também lutavam na Itália.

A aviação alemã tinha sido derrubada e quase não havia mais ataques aéreos por parte dos nazistas, mas esporadicamente eles faziam alguma incursão de surpresa, então a recomendação era circular o mínimo possível e ter muita disciplina, como respeitar os *blackouts* impostos à noite. Alguns soldados tentavam burlar as regras simplesmente para ser do contra e acendiam lanternas nos acampamentos durante a madrugada. Levavam vaias dos mais responsáveis, atentos a qualquer movimentação estranha entre as barracas.

Deitado e encolhido em sua barraca armada em Filetole, Yamada recebeu a visita de Sampaio, que tinha escutado uma troca de informações perto da cozinha.

— Existe uma estrada chamada 64 e nossa missão vai ser liberá-la de qualquer ameaça dos alemães. Disseram que "precisamos abrir a estrada para que o IV Corpo do Exército norte-americano continue a avançar", Yamada.

— Mas onde fica essa estrada?

— Disseram que vai até Bolonha, mas que só vamos tentar conquistar essa cidade em dezembro.

A concentração de toda a tropa brasileira, com a reunião dos três grupos de expedicionários que estavam na Itália, deveria terminar até o dia 16 de novembro, no Vale do Rio Reno.

— Eu estou aqui no acampamento ainda porque me pediram para voltar do Vale do Serchio antes, mas os companheiros do 6º Regimento estão esgotados, tem até arma que não funciona, pouca munição. Não sei como vão aguentar sair de lá para nos encontrar no Reno, sem descanso.

— O Peres está lá também?

— Sim, está. Estive com ele no começo das lutas e o pé dele estava todo machucado. Reclamou que na verdade os norte-americanos querem é descansar, e por isso vamos trocar de lugar com eles no Reno.

— Ah, os norte-americanos que estão no Reno vão embora?

— Não vão embora, mas o grosso do trabalho vai ficar com a gente.

Havia tantos fatores novos para conhecer que Yamada chegava a ficar horas sem pensar em Ilma, tamanha a apreensão envolvida. Quando retomava sua vida paralela ao combate, como gostava de denominar, tudo parecia fazer mais sentido ao imaginar que o rosto dela estava bem à sua frente. Não queria que ela se zangasse se soubesse que sua imagem lhe fugia da memória nos momentos de maior tensão, mas ele precisava se concentrar e estar atento a qualquer tipo de situação para que pudesse voltar para casa. Nem ao menos uma casa fixa ele tinha há anos por conta do trabalho no exército, e isso o animava ainda mais, porque, quando voltasse, moraria em algum lugar que seria apenas dele e de Ilma.

Os deslocamentos para outras regiões a caminho do Reno eram sempre feitos à noite, no mais quieto dos silêncios. Qualquer tipo de iluminação estava proibida e só os motoristas mais experientes tinham alguma noção da estrada que estava à frente deles. Os soldados, novatos nessas provações, não enxergavam absolutamente nada e cada chacoalhão nos caminhões de comboio tensionava todos os músculos de seus corpos. Não era possível saber se estavam à beira de um precipício ou de frente para um paredão de montanhas. Suspiros e longas respirações podiam ser escutadas, mas quase não se ouviam conversas entre a tropa. O barulho dos motores era sempre o mais alto e as escuras estradas pareciam rotas fantasmas. Chuvas fortes e a ventania pioravam as viagens, mas o pior acontecia quando motoristas recém-chegados estavam ao volante.

Se Ilma estivesse com Yamada, já teria feito um sem-número de promessas a Santa Terezinha, mas ele não sabia como pedir e apenas conversava consigo mesmo. Praticamente não respirou na primeira viagem mais longa que teve de fazer à noite.

O veículo parecia escalar a montanha e cada vez chegava mais perto do cume, mas ninguém sabia quanto faltava e a que altura estavam. Olhavam para cima e nem o céu conseguiam enxergar, tão pesado de nuvens estava.

Irregular, o terreno fazia com que os caminhões e jipes pulassem a todo momento, e o barulho da roda amassando a terra encharcada aumentava ainda mais a sensação de que iriam derrapar e despencar lá do alto.

Acostumados à geografia, os alemães contra-atacavam de forma perigosa, e qualquer descuido levava à perda de contingente brasileiro. Logo no início da mudança da estratégia de ida da FEB para o Reno, os nazistas perceberam algo novo e intensificaram seus ataques contra os pracinhas. Concentravam a artilharia em determinadas regiões e usavam morteiros, pequenos canhões que disparavam projéteis em direção às estradas.

Foi na estrada que Yamada viu o primeiro brasileiro tombar morto, bem no início da viagem do comboio. Na verdade, ele não conseguiu enxergar por conta do *blackout*, estava muito escuro, e um dos motoristas perdeu o controle do jipe que estava atrás do caminhão de Yamada, fazendo o veículo tombar. Um rapaz de Nova Friburgo, de apenas vinte anos, ficou embaixo das rodas e não resistiu.

O comboio não parou para esperar os passageiros do jipe se recomporem. O rapaz, franzino, mas com força nos braços, também estava no navio General Mann e sempre ajudava os demais colegas nas tarefas.

Nenhuma morte era banal, mas Yamada não estava pronto para presenciar baixas no contingente dessa forma. Imaginava que as mortes seriam causadas por tiros, canhões, e não por acidentes nos quais nem o inimigo tinha participação.

Seu pesar ia diretamente para a família do garoto. Questionou se alguém que presenciou o acidente explicaria em detalhes a fatalidade. O soldado que estava sentado ao lado dele contaria aos parentes como foram os últimos dias do combatente?

Yamada esperava que sim, que todas as respostas fossem positivas, mas internamente sabia que, no contexto geral, o rapaz seria visto apenas como mais um número a ser acrescentado na lista de mortos em combate.

O 2º Batalhão do 1º Regimento de Infantaria, do qual Yamada fazia parte, recebeu ordem para se dirigir ao vilarejo de Borgo Capane, que ficava na província de Bolonha. Praticamente todos os soldados da ala carioca tiveram de ir para o mesmo local.

Quando os veículos pararam, ainda na total escuridão, o contingente foi liberado para descer do caminhão e se acomodar pelas ruas. Os homens carregavam barracas para montá-las onde fosse necessário.

Apenas na manhã seguinte, quando o Sol nasceu, eles puderam compreender o lugar. Estavam em uma cidade construída no meio da montanha, de fato uma boa altura acima do início da subida. Havia casas e uma igreja de pedras. Por baixo da bonita ponte passava um rio que desembocava em cachoeira no lado oeste, repleta de mais pedras. Algumas mulheres lavavam roupa nas águas do rio e crianças brincavam por ali.

A região tinha sido escolhida porque a artilharia inimiga não estava no local e, dessa forma, os brasileiros conseguiriam avançar ainda mais rumo à linha de frente no Vale do Reno. Os generais estavam todos alojados na cidade de Porreta Terme e a ordem era que as tropas atacassem o Monte Castelo.

Além das cartas e fotos de Ilma, Yamada tinha levado para a guerra o seu calendário. Tentaria não esquecer de riscar cada dia passado na Itália, para não perder a noção do tempo. Guardava tudo nos bolsos ou nos sacos de bagagem que ficavam nos abrigos usados pela FEB.

A semana que começaria naquela manhã ensolarada era a do dia 20 de novembro de 1944. Ele acabara de conferir a data na folhinha e a guardou novamente, sem saber que seria uma segunda-feira definitiva para o seu batalhão.

Já passava das nove horas da noite quando foram avisados de que deveriam entrar em linha para substituir com urgência o regimento de São Paulo, o 6º RI. Os homens foram enviados para o Monte Castelo na mesma escuridão em que chegaram ao vale onde estavam instalados. Ouviam ao fundo um barulho de morteiros sendo lançados, mas que ainda caíam longe do local em que estavam.

Nem todos os soldados tinham recebido o material que deveriam usar no campo de batalha e isso atormentava Yamada, que já carregava nas mãos o fuzil Springfield, fabricado pelos norte-americanos desde o século XVIII e usado durante a Primeira Guerra Mundial. Muitos de seus colegas estavam com pequenas armas que ele nem ao menos reconhecia.

O próprio Springfield estava obsoleto e não era mais usado pelos norte-americanos na guerra, que portavam o chamado rifle Garand, uma arma mais moderna e confiável e que foi cedida apenas a alguns sargentos.

Na manhã seguinte, o grupo de Yamada teve de avançar mais à frente, enquanto o 1º batalhão permaneceu como reserva dos norte-americanos. Ele esperava que, à luz do dia, pudesse olhar e reconhecer o Monte Castelo, lugar tão temido e crucial para a Força Expedicionária Brasileira, mas só havia fumaça em volta.

Para que os alemães não os vissem eram usados geradores de fumaça durante todo o tempo em que o dia estivesse claro. O efeito camuflava as tropas, mas incomodava os soldados.

— Parece que estamos no Pico do Jaraguá, em São Paulo. Uma pena que não seja para um piquenique.

A brincadeira de Yamada escondia seu nervosismo enquanto pisava o chão íngreme e escorregadio com seus colegas. Estavam na

Estrada 64 e teriam que aguardar o humor dos alemães para, então, descobrir o que fazer. Dormiam em abrigos improvisados, em forma de revezamento, mas Yamada não conseguia adormecer.

Seria a terceira noite no local e ele estava responsável pela guarda. Os nazistas estavam silenciosos, mas pela experiência dos soldados paulistas isso significava que em breve haveria troca de tiros. Foi a principal lição que Yamada guardou da rápida conversa que teve com o regimento de Caçapava enquanto trocavam de funções.

Vigiar a segurança de um pelotão em posição desfavorável causava uma sensação de impotência a Yamada. Eles estavam na parte inferior das montanhas, enquanto os alemães enxergavam tudo de cima. Para ele era uma guerra injusta. Enquanto pensava que preferia estar na parte superior do monte, para conseguir visualizar o cenário como um todo, um barulho contínuo, e irritante, que ele nunca tinha ouvido desandou a se repetir.

Os alemães estavam atacando e bombardeando as posições dos brasileiros. Fogos de morteiro caíram a vinte metros de Yamada, que abandonou a retaguarda da antiga construção em que estava para disparar na direção de onde vinha o barulho.

Foi a primeira vez que realmente atirou contra o inimigo na guerra. Seu batismo de fogo aconteceu da pior maneira, jogado na linha de frente sem a devida preparação. Enquanto ouvia os disparos dos alemães, Yamada tentava revidar com seu fuzil, menos barulhento, mas ainda assim eficaz para aplacar a sensação de que só um lado naquela guerra atirava.

Enquanto não escutava seu Springfield funcionar, não tinha certeza de que estava a salvo. Aquele seria apenas um dos vícios que começava a aparecer no meio do teatro de operações.

A tropa reagiu com firmeza e, antes do amanhecer, os ataques cessaram de ambos os lados. Mesmo cansados, os alemães não desistiriam do Monte Castelo tão facilmente.

Yamada tentou voltar ao abrigo, mas teve de parar no meio do caminho, a pedido do seu tenente. Metade da equipe se revezaria nas trincheiras cavadas nas montanhas. O buraco no chão abrigava cerca de três soldados, além das munições e dos morteiros. Os tamanhos variavam e eles tinham sido cavados pelos próprios norte-americanos meses antes. Agora, sim, Yamada entendia o motivo pelo qual Sampaio repetia com exaustão que os acampamentos se pareciam com hotéis luxuosos. Dormir dentro de uma barraca e em cima de um colchão se transformaria em raridade no percurso da guerra, e não se comparava com o desconforto e a terrível proximidade da morte que uma trincheira representava. Para Yamada não seria mais possível adormecer durante a noite, tão traiçoeira em sua escuridão, e a luz do dia, de certa forma, o confortava, mas a ameaça de morte lhe tirava a tranquilidade e, a cada momento, um pouco do sopro de vida.

Capítulo 26
Nas ondas do rádio

Na mesma noite em que Yamada foi para a linha de combate, Ilma teve sucessivos pesadelos com o noivo. Não conseguia enxergá-lo, mas sabia que corria riscos e que ela não poderia salvá-lo. A única forma de sentir que estava ajudando Yamada seria escrever para ele, o que fez logo que acordou.

De volta ao Rio, ela e sua família estavam instaladas na casa da tia Zulmira. A escassez de determinados produtos, como o açúcar, assolava a população da capital federal com mais rigor e o lema era contenção, não importava do que fosse. Diferentemente de São Paulo, Ilma não via tantos operários nas ruas. Na capital paulista ela tinha amigas que se autodenominavam "soldados das fábricas", mas foi no Rio que viu pela primeira vez um cartaz com os dizeres "Porque todos os brasileiros são soldados". Ela também queria ajudar os pracinhas que estavam na guerra e uma de suas primeiras providências seria procurar um lugar onde pudesse se reunir com outras mulheres para auxiliar os combatentes e suas famílias.

Na casa de Zulmira, naturalmente alegre, não faltavam bons motivos para que ela se sentisse melhor. Sua tia fazia questão de sempre contar algum fato novo sobre as visitas que Yamada fizera a ela antes de partir para a guerra. Ilma também se lembrava dos dias que passou naquela casa enquanto o noivo ainda estava na Vila Militar. Ele sempre vinha visitá-la e os dois passearam muito pela região.

— Minha filha, você tem muita sorte. O japonês é um bom rapaz, correto e trabalhador. E bem apessoado, não?

Uma gargalhada sempre seguia todas as frases de tia Zulmira, que adorava receber visitas e ficar acordada até tarde conversando com elas. Seu bom humor não tinha horário e contagiava um pequeno pedaço do coração de Ilma, que, ainda assim, continuava a não se alimentar bem.

— Ilma, vá logo escrever uma carta a ele. Sei que está ansiosa por isso.

Assim que a sobrinha deixou a sala, bateram à porta. Nem ao menos tinha dado tempo para que Zulmira se levantasse e novamente houve outra batida. Do lado de fora estava um carteiro, que trazia um telegrama de caráter urgente. Noêmia estava acomodada à mesa e não deu tanta importância, até que a irmã gritou que era de Tomiyo.

Ilma ouviu apenas o nome do noivo e, sem saber do que se tratava, correu novamente para a sala. Sua mãe e a tia estavam ainda paradas na porta, com o envelope na mão, tão ansiosas quanto a noiva do pracinha.

Telegramas assustavam, pois em sua maioria eram usados apenas para dar recados emergenciais, frios e, em tempos de guerra, alguma tragédia. Não havia calor nas palavras desconectadas e datilografadas por outra pessoa, e a grande aflição de Ilma era imaginar que o noivo podia estar ferido.

Rasgou o envelope de forma rude e apressada, ação nada parecida com o que costumava fazer. Primeiro leu sozinha e depois repetiu em voz alta:

> "ESTOU BEM / MUDEI ACAMPAMENTO / TRABALHO NOVO / ABS ALBERTO."

Ele estava bem. Ilma entendeu que a guerra iria começar para o noivo, mas ele estava bem. Noêmia e Zulmira apoiaram suas mãos no ombro de Ilma para confortar a moça, que respondeu com um sorriso no rosto e suas habituais lágrimas. Logo saiu em direção ao quarto para escrever a Tomiyo.

Zulmira confidenciou a Noêmia que presenciar o calor das paixões juvenis era uma de suas atividades favoritas, e que, se dependesse dela, Ilma e Yamada seriam merecedores de um final feliz.

Nº 2

Rio de Janeiro, 23 de novembro de 1944

Meu querido noivo,

Saudades muitas. Esta é a segunda carta que lhe escrevo. Viemos para o Rio. Felizmente fizemos boa viagem. Estamos na casa da tia Zulmira. Você nem pode imaginar como tenho sentido falta de ti e dos momentos felizes que passamos aqui, enfim tudo o que me lembra o meu querido noivinho.

Aqui no Rio está muito calor. Neste momento chegou o seu telegrama. A princípio, assustei-me, mas depois que li fiquei louca de alegria por você estar bem. Não se preocupe porque nunca lhe esquecerei e você está sempre no meu coração.

Tenha bastante fé em Deus de que tudo sairá bem. Não lhe esqueço um só momento, pode estar certo disto.

Ainda não arranjamos casa e continuamos aqui com a tia Zulmira.

Isa está de férias e a transferência dela ainda não saiu. Penso que ela vai embarcar para S. Paulo e ficar por lá até ficar resolvida a remoção para o Rio. A do papai não demorou, mas a dela está custando. Ela vai ficar na casa de uns parentes do José (marido da Neném).

Titia Zulmira, Neném, tio Mario, José e Thereza lhe enviam muitas lembranças. Também meus pais e irmãos lhe enviam muitos abraços.

Aceite minhas saudades e um milhão de abraços da sua noiva, que está sempre rezando e sonhando com a sua volta.

Ilma

N.B. Pode continuar a escrever para a casa da tia Zulmira.

Quando estava terminando a carta, seu pai entrou no quarto e pediu para acrescentar duas linhas de próprio punho para enviar a Yamada. Restava ainda um trecho de papel e Frederico fez questão de escrever um recado ao noivo da filha.

Eu e Noêmia mandamos muitas lembranças e estamos com muitas saudades. Estamos morando no Rio.

Um abraço forte.

Frederico

Datado de 1940, o último censo brasileiro mostrava que 56% da população era analfabeta. Muitos familiares dos soldados que estavam na Itália não sabiam ler os periódicos que circulavam diariamente, como o *Jornal Meio-Dia* ou a *Gazeta de Notícias*. Assim, o meio de comunicação mais popular era o rádio, que mesclava músicas e notícias com as populares radionovelas.

Ilma tinha grande apreço pelo rádio e sua tia Zulmira também a acompanhava no ritual noturno. Praticamente toda a família Faria se reunia na sala a partir das oito e meia da noite para prestar atenção na programação do rádio.

Várias estações estrangeiras estavam à disposição dos cariocas, e, naquela noite, sintonizaram as ondas curtas da britânica BBC, que transmitia três horas e 45 minutos diários de informações em português.

Seria a primeira vez que Ilma escutaria o gaúcho Francis Hallawell, filho de ingleses, que falava diretamente do *front* na Itália. Ele era o único correspondente brasileiro na guerra e ficou conhecido como o Chico da BBC. Fazia as gravações em um aparelho portátil que pesava quinze quilos e funcionava a manivela. Suas reportagens iam para o ar semanas depois de terem sido feitas.

O tema do programa daquela noite seria a alimentação no quartel-general dos comandantes da FEB. Começou tocando o sino usado para avisar aos brasileiros que a refeição estava servida. Depois, sempre em tom brincalhão, Hallawell entrevistou um dos cozinheiros e perguntou o que tinha de bom para o jantar. A resposta foi canja, arroz, feijão, carneiro assado e sobremesa.

— Se essa for a mesma comida que o Yamada vai receber então está ótimo!

Ilma se animou com as informações e gostou da maneira como o radialista falava, com um leve sotaque da região Sul do país.

— Querida, não se engane. Ele disse que era o jantar do quartel-general. Imagino que os soldados e cabos não recebam o mesmo tipo de tratamento, mas com certeza Yamada deve estar passando bem.

Apesar do otimismo e da ternura, tia Zulmira sabia também a hora de colocar as pessoas fincadas com seus pés no chão. A essa altura Ilma estava sozinha, entretida em imaginar como Yamada estava. Ela queria acreditar que o noivo se encontrava perto do locutor, seguro e em condições excelentes. Enquanto seus pais, sua tia e seus irmãos conversavam e repercutiam o programa, ela se fechava em seu próprio mundo.

Voltou quando ouviu o brasileiro mencionar que há algumas semanas uma missa tinha sido realizada na Catedral de Pisa. O programa terminou com o som do Hino Nacional cantado pelos oficiais e soldados que estavam na cerimônia. Novamente ela deduziu que Yamada também poderia estar no evento, e que uma das vozes certamente era a sua.

A rádio favorita de Ilma era a Tamoyo, que veiculava os recados que os pracinhas mandavam para o Brasil. A cada noite, uma mensagem diferente.

— Ulisses Rangel manda avisar que está bem, situado junto ao 1º Batalhão do 6º Regimento de Infantaria em Porreta Terme.

E as horas se passavam com os recados que chegavam da Itália. Ilma sempre esperava que um deles fosse de Yamada. Havia também o *Grande Jornal Falado Tupi*, da rádio de mesmo nome. Outras fontes de informação sobre o conflito que ocorria do outro lado do oceano eram a norte-americana *Voz da América* e a *Rádio Nacional*, a maior de todas as emissoras brasileiras na época, que transmitia o programa *Repórter Esso* várias vezes ao dia. Por vezes, Ilma se aproximava tanto do aparelho que chegava a encostar o ouvido no rádio para escutar melhor. Quando isso acontecia sua família compreendia que era o momento exclusivo dela com a guerra, uma maneira de se sentir mais próxima do noivo, e a deixavam sozinha perto do armário.

A Linha Gótica, que cortava a Itália na região Norte, na altura de Monte Castelo, era praticamente uma das últimas frentes de defesa nazista na guerra, visto que os Estados Unidos já tinham desembarcado na Normandia (França) em junho de 1944 com o intuito de derrubar os alemães que estavam na região.

Os brasileiros tinham como missão retirar os soldados de Hitler da região e, para isso, precisariam tomar o estratégico Monte Castelo, para depois dominar toda a região da Bolonha, importante ponto de encontro de estradas, e chegar ao Vale do Rio Pó.

Todos esses nomes estavam mais do que decorados na cabeça de Yamada, que conseguia visualizar mentalmente onde ficava cada um desses pontos em uma mapa imaginário.

Monte Castelo ficava a sudoeste de Bolonha e estava a quase mil metros de altitude, na Estrada 64. Dias antes, o regimento ao lado de Yamada tinha capturado uma tropa alemã inteira, e a moral do grupo estava alta.

Montanhas agressivas e várias paredes íngremes compunham a geografia do lugar. Muitas estradas estavam desativadas, impossíveis de serem usadas, e então o batalhão de Yamada recebeu ordens para escalar o máximo possível daquele terreno íngreme, perigoso e desconhecido.

Um grupo de pracinhas seguia com outro de soldados norte-americanos, batizado de Task Force 45. Sem conseguir enxergar quase nada, chegavam a se trombar enquanto desviavam de árvores caídas no chão. Os alemães estavam em todos os morros, preparados para contra-atacar, e não foi diferente na noite de 24 de novembro. Mal começaram a subir o monte e os pracinhas tiveram que recuar debaixo de uma chuva intensa e uma avalanche de disparos nazistas. Cerca de três companheiros ficaram para trás e Cristóvão queria voltar para resgatá-los.

— Não dá, Cristóvão. Se você for pode ser atingido. Não podemos voltar.

— Mas Yamada, e se nunca mais encontrarmos os corpos deles?

— Os padioleiros vão achá-los.

Yamada explicava, na intenção de acalmar o colega, que os responsáveis por resgatar feridos e corpos nas linhas de combate encontrariam os soldados que acabaram de ser abatidos. Mal podia ver Cristóvão, por conta da chuva e da fumaça, mas ele conseguiu segurar o amigo e o convenceu, à força, de que não seria recomendado voltar. Sempre tão animado e pronto a cantar um samba nos piores lugares da guerra, Cristóvão chorou pensando nas famílias dos colegas, que talvez nunca tivessem a oportunidade de enterrar os soldados com honras.

Na descida do morro, Yamada segurou o amigo pelo braço, ajudando-o a se equilibrar.

— Se eles estivessem vivos nós teríamos voltado, Cristóvão. Jamais vamos deixar alguém sozinho, mas sabemos que não estão.

Mais tarde Yamada soube que, no dia seguinte, um novo grupo tentaria a subida novamente. Ele estava tão anestesiado pelos acontecimentos que nem a notícia de que ficaria no abrigo por um dia alterou seu comportamento. Parecia que nada daquilo era real, e nem ao menos acreditava que tinha deixado corpos de colegas nas montanhas. Então compreendeu que não conseguiria executar tudo o que considerava ser correto naquelas condições.

Nº 3

Rio de Janeiro, 25 de novembro de 1944

Querido noivo,

Desejo que você esteja bem de saúde. Nós, graças a Deus, vamos bem.

No dia em que escrevi esta carta também lhe enviei um pacote com cigarros. Peço-te escrever assim que receber, pois assim saberei que posso te enviar o que você precisar. E me diga do que mais necessita que lhe enviarei.

Aí vai esta Nossa Senhora para protegê-lo. É uma lembrancinha pelo Natal. Não deixe de usar esta medalhinha, que está benta.

Você tem ouvido o programa das seis horas da Rádio Tamoyo? Se você quiser escrever para lá dando notícias, receberemos mais depressa.

Basta colocar no envelope "Rádio Tamoyo. Avenida Venezuela. Rio de Janeiro".

Elizabeth lhe envia lembranças, assim como todos.

Por hoje é só, pois quero ir no correio e já são 5h30 da tarde.

Aceite muitas lembranças com abraços de sua noiva saudosa.

Ilma

N.B.: Peço que continue a escrever para a casa da tia Zulmira. Só quando for coisa muito urgente é que escrevas para a rádio.

No dia 25 de novembro os soldados expedicionários brasileiros sofreram novo revés no Monte Castelo. O descendente japonês Satsuki Nakasone estava lá com seu batalhão, que por mais de setenta dias atuava sem descanso.

A estratégia era atacar na direção de Bombiana, com tanques de guerra norte-americanos, e pela manhã, perto das oito horas, os alemães começaram novamente a disparar projéteis. O grupo conquistou posições no Monte Belvedere, vizinho do Monte Castelo, mas à custa da morte de muitos homens nas estradas, que ficavam totalmente à mercê dos tiros dos morteiros alemães e, às vezes, até das eficientes armas automáticas.

Nem os geradores de fumaça que produziam uma neblina artificial conseguiam assegurar que os brasileiros não fossem alvejados. Para piorar, estava começando a formar gelo no chão. Na noite do mesmo dia, parte dos soldados voltou para o abrigo ondc o grupo de Yamada se encontrava.

Sampaio achou o amigo em uma das barracas e logo os dois se puseram a caminhar para a entrada do acampamento. O cenário era o mesmo de sempre: escuridão e silêncio, quebrado apenas quando algumas vozes em idioma estrangeiro pegaram a dupla de surpresa. Sampaio quase levantou a arma, pensando se tratar de nazistas. Eram, na verdade, italianos que tinham acabado de descer dos montes para fugir dos alemães. Quase toda noite refugiados apareciam entre as barracas e por pouco não eram recebidos com tiros.

— Yamada, me disseram que um quarto grupo saiu do Brasil há alguns dias.

— O quarto escalão de soldados?

— Sim.

— É tanta confusão por aqui. Será mesmo necessária a vinda de mais pessoas?

— Não sei, mas me contaram que devem chegar em breve.

— Sampaio, vi um camarada seu, do 6º Regimento, delirando de febre dentro da igreja ali embaixo, onde estão algumas pessoas. Deveriam dar baixa a ele.

— O alemão de Campinas?

— Alemão?

— Sim, o rapaz de cabelos loiros que estava no mesmo dormitório que eu na Vila Militar?

— Isso.

— Ele está doente de amor. Me parece que recebeu uma carta da noiva terminando tudo. Ela conheceu um outro rapaz e vai se casar com ele.

— Como pode? Ela cancelou o que tinha acordado com ele?

— Parece que sim.

Desde que desembarcou na Itália o vício de Yamada com o cigarro aumentou consideravelmente. Quando estava de descanso, ele acendia um novo cigarro com o que ainda estava fumando. Ciclos contínuos faziam com que ele nunca estivesse com as mãos vazias. Ouvir sobre a traição que um companheiro sofrera aumentava ainda mais seu nervosismo e, mesmo sabendo que Ilma jamais faria algo assim com ele, um sentimento de tristeza o corroeu.

Yamada soltava a fumaça do cigarro olhando em direção ao céu, como se ela pudesse iluminar a noite. Não conseguiu mais acompanhar a conversa de Sampaio e logo se recolheu para sua barraca, mesmo sabendo que dormir era praticamente impossível no meio daquela guerra.

Após quatro dias de ataques sem sucesso ao Monte Castelo, os soldados do 1º batalhão do Rio de Janeiro foram convocados novamente para atacar a área. A missão seria cumprida com um dos grupos de Minas Gerais.

Yamada e seus companheiros ficariam na retaguarda e entrariam em ação caso fosse necessário. Ele não tinha visão nem ouvia direito o que estava acontecendo na linha de frente. A todo momento, ajeitava o capacete, com receio de perdê-lo nas montanhas. O elástico que o prendia à cabeça parecia que arrebentaria e Yamada queria se certificar de que estava encaixado da maneira correta.

Ficar de prontidão na retaguarda frustrava os mais afoitos, que corriam de um lado para o outro, ansiosos para disparar o gatilho. Alguns rapazes pareciam brincar no meio da floresta, pulando galhos e desfazendo armadilhas. Eles riam e isso incomodava Yamada. O motivo podia ser nervosismo, talvez fosse a única maneira de lidarem com o medo, mas o cabo não conseguiu agir dessa forma e rejeitava quem o fizesse.

Um zunido bem perto do seu ouvido desviou sua atenção, e ele se jogou no chão, rastejando até chegar à base de uma árvore, onde outros três soldados já estavam.

Em vez de estilhaços, a explosão de uma granada lançada pelos alemães jogou dezenas de papéis na direção deles. Folhetos voavam com o vento, imitando as serpentinas dos bailes de Carnaval.

Hesitantes, os soldados se perguntavam se teria sido um engano da própria artilharia brasileira. Poderia ter sido um teste.

— É propaganda alemã contra nós! Eles soltaram isso em Camaiore também! É provocação!

Um rapaz que estava no combate desde julho corria pelo chão íngreme tentando recolher o máximo de folhas que conseguisse.

— Olhe aqui, cabo Yamada! Nunca viu?

Redigidos em português, os folhetos tinham recados variados. Uns apelavam para a tropa brasileira voltar para casa, zombando que o inverno seria muito rigoroso na Itália e que eles não aguentariam as baixas temperaturas.

Outros tinham desenhos que mostravam os pracinhas sendo submissos ao comando norte-americano, e enganados por eles. Na parte de cima o desenho retratava um soldado na praia, com o Cristo Redentor ao fundo, hasteando uma bandeira dos Estados Unidos na areia. E, embaixo, um pracinha caído morto na Itália.

Yamada nunca tinha visto esse tipo de arma moral, mas seu batalhão não se deixou abater pelos alemães, e queria avançar para o alto do morro. Foram impedidos por ordens dos oficiais que vinham da linha de frente. Novamente os nazistas tinham contra-atacado com violência e os brasileiros precisariam recuar. As tropas ficariam mais alguns dias nos abrigos e posições de retaguarda antes de retornar para o conjunto de montanhas.

No primeiro domingo de dezembro um burburinho em volta de um dos rádios que conseguia sintonizar estações voltadas para os brasileiros reuniu um aglomerado de soldados. Yamada não sabia do que se tratava e se juntou a eles. A *Rádio Globo* tinha iniciado suas transmissões e daria um presente aos expedicionários.

— Tomara que seja um samba feito sob medida para nós. Uma música nova.

Simulando que ia começar a sambar, Cristóvão disse a Yamada que sentia muita saudade dos ensaios na Mangueira e que um dia levaria o amigo até a escola.

A surpresa não tinha nada a ver com samba, mas se referia a outra paixão de alguns dos pracinhas. Seria transmitida a primeira partida de futebol entre paulistas e cariocas, pela decisão do Campeonato Brasileiro de Seleçoes Estaduais.

Cada pequena novidade era amplamente comemorada pelos combatentes, que, neste caso, também vibraram e começaram a se sentar em volta do aparelho.

Discretamente, Yamada se distanciou do grupo. Eram quase seis horas da tarde e ele ia ouvir outro jogo, o de palavras dedicadas a Ilma no horário combinado, mesmo que, por conta do fuso-horário, para ela ainda fosse o início da tarde de um domingo qualquer.

Capítulo 27
A escuridão como companheira

Às seis horas da tarde a escuridão da noite italiana já tinha tomado por completo os abrigos espalhados pelas montanhas. O dia clareava no meio da manhã e a iluminação natural ia embora tão rápido quanto tinha chegado, no meio da tarde.

Um cianômetro jamais teria serventia no local onde estavam, pois seria impossível medir a intensidade de azul em um céu que estava sempre cinza aos olhos de qualquer soldado.

Nos primeiros dias na Itália, Yamada temia o breu da noite, que escancarava a sua vulnerabilidade e a dos demais soldados. Ansiava abrir os olhos e descobrir que a luz estava lá para protegê-lo, que, tendo domínio de onde pisava e do que havia ao seu lado, não correria perigo algum.

Só que ele não conseguia adormecer e o silêncio das madrugadas fazia agora o papel de seu melhor companheiro na jornada. Descobriu que de nada adiantava enxergar o chão por completo, avistar buracos cobertos pelo gelo que começava a se formar ou mesmo visualizar as curvas de uma estrada e o tronco cortado ao meio, porque o solo escondia armadilhas que não eram visíveis a olho nu. As minas estavam enterradas por toda a parte e um passo em falso poderia comprometer o destino de uma vida ou interrompê-lo violentamente.

Somente a noite possibilitava que o céu fosse visto sem intermediários, em sua essência, sem fumaças propositais que bloqueavam a visibilidade de algo tão trivial no mundo normal, que não fosse o da guerra: as nuvens que se movimentavam lá em cima. No cotidiano das batalhas as nuvens eram falsas.

O medo da guerra fazia com que os homens muitas vezes não olhassem para o lado, por mais atentos que estivessem. Yamada presenciou cenas em que soldados, percebendo a aproximação de algo estranho, não encaravam de frente o inimigo, receosos de que se o olhassem seriam atingidos. Não olhar também protegia e criava um escudo imaginário em volta de cada combatente.

Dessa forma Yamada aprendeu a conviver com a escuridão e a apreciar e respeitar as trevas. As únicas belezas que ele conseguia enxergar na guerra estavam justamente nas noites de luar, como a daquele 3 de dezembro de 1944.

Era libertadora a sensação de poder olhar para a imensidão do céu e saber que aquela imagem era verdadeira, além de enxergar estrelas com nitidez. Eram seis horas da tarde e do lado de fora de uma barraca improvisada, feita com galhos firmes de árvores, ele acendeu um cigarro Camel que tinha ganhado dos norte-americanos e se agachou. A lama em suas botas encostava nas calças já úmidas, mas impermeáveis, e o cotovelo do braço esquerdo em cima da perna levava sua mão a segurar o queixo.

Mais do que pensar em Ilma, ele desejou, acima de tudo, que ela estivesse bem e que encontrasse também algo para chamar de belo no meio do drama em que viviam. Yamada não ia admitir isso para a noiva de forma alguma, mas sabia que a separação forçada por conta de um conflito mundial era, sim, uma tragédia.

— Cabo Yamada! Cabo Yamada!

Sua conversa em particular com a lua cheia tinha sido interrompida por um soldado que trabalhava no serviço postal e que raramente aparecia perto da linha de frente.

Franzino e com uma mala no ombro, correu todo desengonçado em direção ao abrigo de Yamada, brigando com a alça que teimava em escorregar.

— Foi difícil encontrá-lo, mas tenho algo para você.

— O que veio fazer aqui no *front*?

— Me arrisquei, mas juntei as correspondências para o 2º Batalhão e resolvi vir de jipe com o oficial. Não era certo guardar tantas coisas boas lá na retaguarda enquanto vocês estão aqui.

Tirou um envelope cujas bordas eram decoradas com listras verdes e amarelas. Um carimbo chamava a atenção: "FEB — Aberta pela censura".

A letra e o nome do remetente poderiam ser reconhecidos por Yamada a distância: Ilma Faria, com a letra "F" similar a um "G", tamanhas as curvas que sua noiva fazia ao escrever.

Yamada apagou o cigarro e presenteou o garoto, que deveria ter apenas dezoito anos e se chamava Leopoldo Oliveira, com uma corrente e um amuleto que ele encontrou enquanto ainda estava em Pisa. Atitudes como a do rapaz faziam diferença e, enquanto Oliveira desaparecia de sua vista na descida da montanha, Yamada pensou que nunca o nome do jovem estaria entre os heróis da guerra, mesmo tendo sido tão destemido e responsável pela alegria de muitos soldados naquela noite. Coincidentemente, a carta que Yamada acabara de receber de Ilma era a de número 3, no dia que ele não mais esqueceria.

Na manhã seguinte o pelotão de Yamada foi encaminhado para outro vilarejo, pequeno e com muitas casas vazias, abandonadas pelos italianos. Seria mais uma tentativa de se aproximarem do Monte Castelo.

Por cerca de duas horas, os soldados caminharam com dificuldade, enterrando suas botas até os tornozelos na lama do inverno.

Casas vazias podiam ser usadas pelas tropas. Yamada e os integrantes de sua companhia entraram em um sobrado de dois andares, feito de pedra e que estava com a porta entreaberta. Não havia ninguém e, na sala, tinha um sofá quebrado e uma lareira que parecia ter sido usada há pouco tempo.

Na parede da estreita escada jazia pendurada uma moldura com três fotos. A imagem do meio chamou a atenção do cabo. Um casal de idosos estava ladeado por dois homens e duas mulheres, todos olhando para a câmera, mas no canto esquerdo havia uma criança, que parecia correr em direção a eles, como se tivesse sido esquecida.

Ele nunca tinha visto uma foto de família tão estranha e imaginava o motivo pelo qual tinham pendurado o retrato na parede. Será que todos moravam ali? Voltariam um dia a viver no local? Devia ser muito duro ter que abandonar seu lar e não conseguir nem ao menos levar seus pertences. Não raro os armários de roupas ainda tinham blusas de lã e cobertores que seriam úteis aos soldados. Alguns não hesitavam em se apoderar do que estava nas casas, mas Yamada jamais fez isso. O amuleto que entregou a Oliveira tinha sido o único objeto que ele havia pegado nos escombros da guerra, mas porque achara caído no meio de uma viela abandonada.

Desceu a escada novamente e se preparava para deixar seu saco de pertences no chão quando ouviu explosões no telhado. Yamada e os três soldados que estavam com ele se esconderam atrás da porta quebrada enquanto o bombardeio aumentava. Foi uma sucessão de tiros de morteiro que pareciam não acabar. As casas tinham virado alvo do inimigo e o barulho começava com um ruído no momento em que os disparos alcançavam o ar, como se fosse aquele chiado das transmissões de rádio, só que elevado a uma potência infinitamente maior, e acabavam com um estrondo característico e destruidor.

Foram mais de cem ataques durante quase uma hora. O soldado que estava na casa ao lado entrou em estado de choque e saiu pelas ruas enquanto ainda era alvo do inimigo. Ele andava sem proteção e na direção de onde vinham os tiros. Nem os gritos dos colegas foram capazes de segurá-lo e, então, uma das bombas caiu em cima dele. Parte do crânio fora arrancado e mesmo os mais corajosos dos homens do pelotão não conseguiram chegar perto do corpo, quando os tiros cessaram.

O dia ainda estava claro e o ataque tinha acontecido quando os geradores de fumaça ainda não estavam em ação, pois a tropa acabara de chegar ao local. Dois sargentos cogitaram sair da área o mais rápido possível, mas mudaram de ideia quando receberam ordens de não recuar e continuar a subir em direção ao norte. Iriam passar a noite nas casas evacuadas e confiariam na sorte, considerando que os alemães poderiam atacar novamente a qualquer momento.

Itália, 5 de dezembro de 1944

Saudosa Ilma,

Recebi a sua carta nº 3 no dia 3 de dezembro. Não a respondi antes por falta de tempo.

Cumpre-me antes de mais nada agradecer pela encomenda e a santinha, ainda pelas atenções dispensadas, perguntando se eu preciso de alguma coisa.

Aqui nada me falta, mas, confessando a verdade, muitas vezes sinto imensa vontade de saborear alguma coisa com sal.

Aproveitando a sua boa vontade, se for possível, mande-me algumas revistas, contento-me com as velhas.

Ainda não recebi sua encomenda. Mas em breve receberei, porque elas têm chegado normalmente, basta para isso endereçá-las corretamente, com especial cuidado, com letras bem legíveis.

Pergunta-me se eu tenho ouvido a "Hora do Expedicionário".

Muitos soldados estão com essa vantagem, mas sendo eu soldado de fileira não é possível, como aqueles que trabalham na retaguarda. Estes realmente são felizes, ouvem a voz querida que parte do Brasil.

Referente ao novo endereço estou um tanto duvidoso, pois a sua explicação está incompleta. Creio eu que apenas com o endereço indicado não chegará em suas mãos. Até novo esclarecimento continuo escrevendo para a casa de dona Zulmira.

Quanto à minha saúde, não se preocupe. Estou forte, gordo e bem disposto ao trabalho.

O que há de peculiar, de mais linda, é uma noite de luar. Faz com que tudo se torne maravilhoso. A terra está coberta com um início de neve, como quem esconde as ruínas deixadas pelos bárbaros nazistas. Um cenário que faz lembrar um romance de amor.

A temperatura tem caído muito, atingindo vários graus abaixo de 0. Um dia como de hoje está -12 graus. Estou com seis camisas de lã, três meias também de lã, capuz e luvas. Assim mesmo sinto frio, principalmente nos pés.

Mais uma vez, peço que me mande as fotografias. Farei o mesmo assim que ficar pronta a revelação. Levo comigo alguns cartões postais cujas cidades já conheci.

Desde já fico muito grato.

Ilma, sinto uma saudade imensa de você. Se Deus quiser, dentro de alguns meses estarei junto de ti com bastante saúde.

Desejando saúde e felicidade a todos os seus parentes encerro por aqui.

À Elizabeth e dona Zulmira um forte abraço deste que tanto estima.

Despeço-me com saudoso e forte abraço, do seu sempre fiel noivo,

Tomiyo

Um dia depois do bombardeio que matou um soldado do 2º Batalhão, Yamada estava de novo em um dos abrigos da linha de frente. Sua preocupação depois de postar a carta para sua noiva era conferir se o seu soldo, salário destinado a militares, estava chegando às mãos de Ilma.

Após a convocação para a guerra, Yamada tinha dito à carioca que deixaria tudo o que tivesse para ela, que seria a responsável por receber parte de seus rendimentos.

Precisava encontrar um dos caminhões que abrigavam a agência móvel do Banco do Brasil, um serviço disponibilizado especialmente para atender a FEB. Os caminhões percorriam todas as frentes de batalha. Havia também escritórios fixos que ficavam mais na retaguarda, como em Roma e Pistoia.

O militar que estava em combate ganhava três vezes mais do que os que ficaram no Brasil, e, por conta disso, o pagamento dos soldados da FEB era dividido em três cotas: uma fixa em liras, que eles recebiam na Itália; outra era destinada à família, que retirava o dinheiro na chamada Pagadoria Central, cuja sede era no Rio de Janeiro; e uma terceira que ia para um fundo de previdência, depositado na Caixa Econômica Federal em nome do combatente, e que seria retirada quando os expedicionários voltassem da guerra. Caso o soldado morresse, a quantia entraria no seu espólio.

Quem quisesse guardar a parte do salário que era recebido na Itália também podia fazer isso, e o valor era também incorporado no fundo de previdência.

Yamada tinha preenchido todos os documentos necessários, ainda no Brasil, e por não ser oficialmente casado com Ilma imaginou que isso poderia causar problemas a ela, quando fosse retirar as quantias. Ainda não sabia se o plano tinha dado certo e queria conversar com alguém do próprio banco ou da Pagadoria Fixa, responsável por distribuir os pagamentos dos pracinhas durante a guerra.

Sempre econômico, Yamada calculava bem os pequenos gastos que tinha na Itália, em sua maioria quando estava em cidades longe do *front*. A conversão usada era de 5 liras para cada 1 cruzeiro, e de 100 liras para cada dólar norte-americano.

O receio de Yamada não era em vão, mas Ilma tinha conseguido vencer, sozinha, as burocracias no Rio de Janeiro e, desde outubro, já vinha recebendo normalmente uma das cotas do noivo. Os funcionários da Pagadoria já a conheciam e sabiam de toda a história de amor dos dois, que seria concretizada assim que o cabo voltasse da guerra.

O romance sensibilizava e mobilizava os atendentes do escritório, que sempre perguntavam do japonês para Ilma. Com orgulho ela dizia ser noiva de um oriental, que superaria preconceitos e até uma guerra para ficar junto dela.

Nº 4

Rio de Janeiro, 10 de dezembro de 1944

Meu querido noivo,

Peço a Deus que você esteja bem de saúde. Nós felizmente vamos indo bem, graças a Deus. Isa teve de voltar para S. Paulo porque a transferência dela ainda não saiu. Já lhe escrevi três cartas e você não acusa o recebimento, peço que me diga se as recebeu. Esta vou dar a papai para colocar no correio de S. Paulo, para ver se segue mais rápido, porque receio que você não tenha recebido as que enviei aqui do Rio. Se você receber mais depressa pedirei para ele colocar sempre em S. Paulo, pois tem viajado muito para lá por causa da Isa.

Pode continuar escrevendo para a casa da tia Zulmira porque ainda não encontramos um lugar para ficar. Tenho rezado muito por você e por todos. Se Deus quiser, esta guerra terminará logo e então realizaremos o nosso maior sonho, e ficaremos eternamente juntos. Mas tenha muita fé e não deixe de rezar porque estarei sempre orando por você e por todos os nossos heroicos aliados, dos quais tanto me orgulho.

Isa me escreveu e pediu que lhe enviasse muitos abraços pelo Natal. Ela vem passar o Natal aqui. Diz que também tem rezado por você.

Sabe, tenho sentido muita saudades do meu querido noivinho. E você? Sente saudades da sua noivinha?

Aceite um grande abraço com todo o coração de sua noiva que não o esquece e estará orando por você na noite de Natal.

Saudades

Ilma

Capítulo 28
"Lurdinha", um queijo e a saudade

As vastas montanhas dos Apeninos italianos podem um dia ter sido cenário de romances ou de férias inesquecíveis no ensolarado verão europeu, mas, para os soldados brasileiros que peleavam na pior guerra enfrentada pela humanidade, eram feias e amedrontadoras. Estradas outrora bem conservadas guiavam carros em direção ao topo das colinas e às amplas casas espalhadas pelos vilarejos, que abrigavam felizes famílias em agradáveis finais de semana. O chão íngreme e agora repleto de armadilhas fatais fora num tempo nem tão distante assim palco de corridas e brincadeiras das crianças que passeavam pelos bosques.

Imaginar a vida de quem não mais habitava a região montanhosa por onde passavam, lutavam e se enterravam passara a ser um hábito dos combatentes. Em algum passado impossível de ser revivido a paz e a segurança estiveram ali, no mesmo lugar onde hoje estavam milhares de fardados. Mas eles não conseguiam simular a história até o fim, já que era sempre interrompida por rajadas e granadas.

Para onde olhassem enxergavam elevações e uma vegetação apagada, queimada, sem flores, cansada da guerra. Muitas vezes recostados em pequenos morros no aguardo de um ataque ou contra-ataque, os expedicionários pareciam espectadores de uma partida de futebol imaginária, disputada em um campinho de terra batida.

Entre as bases de partida e as linhas de frente uma enorme estrutura viabilizava a caminhada dos soldados. Nos momentos de espera o barulho do toque de um telefone de campanha, formado por uma caixa preta que pesava mais de onze quilos, poderia mudar o rumo, a tática e o destino do grupo.

O som, inesperado, irritava Yamada por cortar a concentração em ouvir a movimentação do inimigo e pela desconfiança de que a ordem a ser recebida seria em vão. Mesmo no *front* havia aparelhos instalados pelos telefonistas da tropa, interligados com os postos de comando.

Na área em que estavam, um soldado e um cabo se revezavam para colocar os fios em funcionamento. Trabalho perigoso e visado, pois eles chegavam antes dos combatentes aos locais para conseguir estender os cabos, muitas vezes sob a mira de alemães. Um deles trabalhava 24 horas seguidas e depois descansava um dia inteiro, sendo rendido pelo companheiro.

Da mesma maneira que a paisagem parecia ser sempre igual, os sons também se repetiam, dia após dia, e seus conhecidos significados criavam uma monotonia perigosa no cotidiano dos pelotões.

Nos abrigos, um pouco mais afastados, os zunidos das campainhas que sinalizavam perigo à vista também incomodavam Yamada, dessa vez porque ecoavam e demoravam a sair dos ouvidos. Logo após o sinal, informações sobre bombardeios ou problemas nos acampamentos e abrigos dos combatentes eram repassados à tropa.

As armas sendo recarregadas de munição, os passos largos e fortes dos soldados, o lançamento de granadas, minas explodindo, fuzis relinchando, capacetes batendo no chão e todos os outros tipos de sons da guerra encolhiam os ombros dos homens, deixando-os ainda mais tensos. Rastejar pelo chão para não ser atingido também seria um barulho arrastado que Yamada não conseguiria mais esquecer, e era nessa posição na qual se encontrava, cansado e acuado.

Estava na base de partida do planejamento da operação, chamada Casa de Guanella. Para chegar até lá, ele e sua tropa andaram em caminhões pela Estrada 64 na noite anterior. Passaram por um trecho bastante perigoso e com precipícios dos dois lados. Chovia e as rodas atolaram seguidas vezes, obrigando os soldados a descer do veículo para empurrá-lo. Também era comum o barulho do acelerador sendo pressionado no limite, fazendo os pneus girarem inutilmente na lama, que respingava em todos os pracinhas com um ingrediente a mais: escuridão.

O trajeto feito em completo *blackout* avançou até Capana Foresta, onde todo o 2º Batalhão do 1º Regimento de Infantaria teve que abandonar os motores e continuar a pé até alcançar o ponto final daquela trajetória sob a fria chuva do inverno dos Apeninos italianos.

Considerada um lugar amaldiçoado por conta de três insucessos e um saldo nefasto de 250 mortes em conflito, Casa de Guanella ficava na parte mais extensa do Monte Castelo, fortificada pelos alemães com arames farpados e coalhada de minas. Os nazistas acharam que o ataque seria no Monte Belvedere e então atacaram os norte-americanos que lá se encontravam, mas não imaginavam que os brasileiros tentariam novamente conquistar o Monte Castelo.

Inquietos, mas cansados, os pracinhas carregavam armas, munições, capotes, mantas e as rações de comidas. Pela manhã, com denso nevoeiro, os vários grupos se dividiram para ocupar suas posições, com o apoio do regimento de Minas Gerais. Às seis horas o batalhão de Yamada estava na base e o ataque, previsto para seis e meia da manhã, começou apenas duas horas depois, quando os alemães já estavam com sua artilharia pesada em cima dos soldados que se aproximavam do monte.

O objetivo era avançar para auxiliar o outro batalhão que estava mais à frente, mas por conta do atraso toda a tropa precisou se proteger nas casas em ruínas ao redor. Alguns minutos de cessar-fogo foram suficientes para que recebessem uma ordem de avançar novamente.

Foi nesse momento que Yamada rastejava pela colina tentando alcançar as cristas do morro. Soldados se empurravam e se lançavam ao ataque, fazendo com que os padioleiros quase não dessem conta de atender os feridos.

Os incessantes tiros alemães transformaram um quadrilátero de trezentos metros quadrados em um cenário pirotécnico de terror. As rajadas eram muito rápidas e os estampidos soavam um atrás do outro, como numa noite de Réveillon macabra. Por conta dessa repetição do som das metralhadoras alemãs MG 42, os brasileiros a apelidaram de "Lurdinha". Um dos soldados dizia se lembrar do jeito de falar de sua ciumenta noiva quando ouvia a sequência de tiros dos alemães, e por isso batizou a fiel companheira do inimigo com o nome de sua futura esposa.

A "Lurdinha" parecia não se cansar e vários batalhões tiveram que se dispersar para outros lugares para fugirem do poder de sua ira. Yamada sentia-se enjaulado entre os fogos, que partiam de todos os lados.

Em uma tentativa de andar mais para o leste, onde os tiros davam a impressão de estar cessando, ele ouviu que tanques de guerra norte--americanos estavam prestes a chegar e auxiliá-los no ataque.

Calculando o tempo que levaria para chegar, correndo, ao outro extremo do campo, Yamada previu que conseguiria escapar em pé mesmo, sem precisar rastejar até a outra linha.

Fez as contas novamente e percebeu que após cinco minutos o barulho da "Lurdinha" cessava por sete segundos, tempo suficiente para se dirigir à outra ponta, conseguindo até desviar de eventuais tiros já na reta final.

Yamada só conseguia enxergar vários capacetes alinhados em fila, e viu que os soldados estavam com o corpo dentro de trincheiras escavadas pelos próprios telefonistas horas antes. Usou como ponto de referência três bolsas amontoadas no chão, do lado esquerdo de um colega de Sampaio. Ele se jogaria em cima das bolsas para cair dentro do buraco no chão onde os colegas se encontravam.

Estava praticamente sozinho naquela extremidade e precisava se esconder em um lugar mais seguro. Ele esperou os tais cinco minutos por duas vezes, sem coragem para correr ao final da cronometragem.

Na terceira vez, já agachado, Yamada apontou seu fuzil para o cume da montanha e saiu em disparada. O som das metralhadoras alemãs parecia mais alto quando se estava de pé. Lurdinha retomou sua ladainha infernal, mas ele não desistiu e continuou a correr.

Um som diferente, forte e seco, explodiu em seu peito, do lado direito. As bolsas empilhadas estavam perto, muito próximas de seu campo de visão, mas Yamada não conseguia se jogar em cima delas e nem ouvir os estampidos, além dos gritos que pareciam sair das bocas dos soldados.

— Tira minha roupa! Tira minha roupa! — gritava o noivo de Ilma.

Estava deitado dentro de uma trincheira com dois cabos ajoelhados ao seu lado.

— Estou ferido! Desabotoa!

Sentia uma dor que não machucava. Lembrava-se da explosão de um tiro em seu corpo quente, que não mais se incomodava com o frio naquele momento.

— Cabo Yamada, não há ferimento. Como pode ter acontecido isso? Eu vi e ouvi o tiro acertando seu peito. Eu escutei! Cabo Yamada, como se sente? Como está? — interrogou um dos colegas que também estava na trincheira.

A explicação para o suposto milagre não demorou. Havia um pedaço de queijo no bolso de Yamada, guardado para eventual necessidade durante a operação de ataque e que ele havia ganho de um lavrador italiano, quando se abrigou em sua pequena propriedade num dos deslocamentos de seu pelotão. Duro e curado, foi a proteção do cabo no momento do tiroteio. A bala não explodiu e estava fincada no alimento.

O medo da morte cria sensações irreais que transformam ferimentos inexistentes em dores reais, e Yamada tinha acabado de aprender isso da pior forma, tendo que se recuperar do susto em questão de minutos.

Teria que novamente correr, dessa vez para recuar. Os tanques não chegariam por conta do terreno lamacento e a neblina impossibilitava um ataque aéreo. Boa parte da munição fornecida para a operação não tinha sido usada, mas as ordens tinham sido claras. O batalhão deveria retornar ao abrigo mais próximo, em Porreta Terme.

O dia 12 de dezembro ficaria marcado por mais essa tentativa fracassada de conquistar o temido Monte Castelo.

Itália, 14 de dezembro de 1944,

Querida noivinha,

Fiquei muitíssimo satisfeito ao saber que todos estão gozando de perfeita saúde e que as minhas cartas chegaram normalmente. Esta talvez não chegue até o Natal, mas em todo o caso envio-lhes mil votos de felicidades a todos desta sempre lembrada família. A seus pais dê um fortíssimo abraço.

Um amigo irá me mandar alguma coisa, então não precisa me enviar nada, deixe para outra oportunidade porque será muito trabalhoso.

Quanto à minha saúde não tens que se preocupar. Digo isso não desfazendo das suas preocupações comigo. Única coisa que me deixa mais indisposto é a constipação devido ao inverno.

Há tanta coisa interessante e agradável a contar. Não a conto devido ao escasso tempo, portanto escreverei outra carta com detalhe.

Estávamos no front no dia 21 de novembro. Graças a Deus nada me aconteceu. Espero que continue com a mesma sorte.

Ontem, tendo regressado a Porreta de madrugada, tive notícia de que havia chegado uma mala expedicionária. Corri como um doido pela escadaria. Que alegria quando recebi a sua encomenda. Dei três pulos de alegria. Esqueci de tudo, até das minhas obrigações.

Chorei fortemente quanto à parte dos nossos herdeiros. Se Deus quiser estaremos novamente juntos e realizaremos este sonho com grande felicidade.

Ilma, não se esqueceu de uma criatura? Pois tenho sonhado com a Maria Teresinha, nossa futura filha… Lembra-se? Ela será bonita e muito inteligente. E será educada à nossa moda como já sabemos.

Quando possível, me envie uma foto sua, porque as que tenho já estão gastas de tanto adorá-las.

Ilma, quando li da comida, fiquei com água na boca. Quanto a encomendas, agradeço já a sua boa vontade. Não desfavorecendo, peço não mandar cigarros porque recebo uma cota.

Desde a chegada no dia 6 já tenho percorrido quase toda a Itália. Toscana, Livorno, Pisa, Florença, Luca, Nápoles, Porreta, onde estamos agora. Amanhã talvez iremos para outra parte.

Já estou falando italiano: "come stai?" "Sto bene, grazie". Estou fazendo uma salada em línguas. Quando eu regressar será uma confusão, como esta guerra.

Um dia destes encontrei-me com o Faguinho e Chiquito, todos de Mogi. Eles estavam gordos, tão gordos que pareciam um "balão".

Para terminar, peço dar algumas novidades do seu pessoal, especialmente de você. Na minha opinião, você está um pouco abatida, triste porque perdeu seu coração de ouro, mas sempre fiel nas suas orações. Existe uma receita?

E seus cabelos? Deve estar linda! Ai de mim que não posso apreciar esta lindeza.

Tudo tem remédio aqui, mas a saudade é "manga de colete".

Ai de mim quando chegar à Baía do Guanabara!

Penso que morrerei de emoções.

Como está na hora H termino enviando fortes abraços à sua família.

À dona Zulmira e S. Mario mais abraços deste que muito os estima.

Ilma, um abraço para todos aqueles que tive prazer de conhecer.

A você um forte abraço e beijos deste noivo que luta pela liberdade.

Tomiyo

N.B. Recebi a sua carta datada 10 de XI no dia 14 de dezembro.

Escrever para Ilma levava Yamada para uma realidade diferente da que vivia e muito do que descrevia seria o que de fato gostaria de ver ou de ter acontecido. Colocar no papel suas impressões da guerra amenizavam o que ele próprio sentia em relação ao conflito, mesmo que não contasse tudo à noiva, até porque faria qualquer coisa para não preocupá-la. Nem ao menos mencionou que tinha levado um tiro que não o machucou. Seria demais imaginar o sofrimento de Ilma sem poder segurar em suas delicadas mãos.

Capítulo 29
Moscas no leite

Quando Renatinho tinha dois anos, Tomiyo o levou para a farmácia, em Mogi das Cruzes, e ficou a tarde inteira cuidando do garoto enquanto seu irmão mais velho estava em São Paulo. Quando uma senhora apareceu no estabelecimento com um forte resfriado e precisou de ajuda para subir um degrau, Yamada desviou sua atenção do sobrinho para atendê-la. Sempre tranquilo, o pequeno não costumava dar trabalho e era comum que ficasse quieto, entretido com algum brinquedo. Mas, naquele dia, ele descobriu um mundo novo ao abrir todos os rolos de algodão que estavam na última gaveta do armário onde ficavam os produtos para curativos. Em cima dos maços desenrolados havia alguns carrinhos de ferro e peças de madeira que se encaixavam umas nas outras e formavam casas e prédios. Yamada se deu conta de que Renatinho estava mais quieto do que o normal e descobriu a peripécia quando o avistou atrás do balcão.

— Renatinho, então você construiu um tapete para seus carros e a sua casa? Como vamos explicar ao seu pai e ao seu avô que todo esse algodão terá que ser jogado fora?

O garoto riu e não encarou o tio diretamente, mas lançou um olhar encabulado e ao mesmo tempo danado misturado à doçura tão típica das crianças, desarmando Yamada, que se juntou a ele no chão.

— Já sei. Toda essa parte branca é a neve. Os carros estão tentando andar por cima dos flocos e as casas estão cobertas de cristais de gelo.

— Nebi?

— Neve.

O sobrinho foi a primeira pessoa de quem se lembrou ao avistar a linha de frente, em Porreta Terme, coberta por neve. Os jipes em cima do "tapete branco" que cobria o caminho e algumas barracas que funcionavam como abrigos interrompiam a queda dos flocos e eram muito similares aos elementos da brincadeira de Renatinho há alguns anos.

Era a primeira vez que a neve caía tão forte desde que Yamada chegou à Itália. Ele já tinha visto o chão coberto por pequenas camadas de gelo, mas o branco ainda não se perdia de vista, como acontecia agora. A estrada, um pouco mais afastada do *front*, parecia um infinito tapete branco. De tanto olhar fixamente para aquela alvura toda, os olhos de Yamada começaram a arder e ele não conseguia mais enxergar com nitidez os pontos que destoavam da cor branca. Uma mistura de sensações agradáveis com incômodos atingiu o cabo brasileiro, que não conseguia decidir se a estreia no mundo do gelo trazia paz ou um medo ainda maior da guerra.

Um dos bancos tantas vezes usado por Yamada para fumar e pensar em Ilma estava totalmente coberto pela neve e não mais seria possível usá-lo como divã. De madeira e com espaço para três pessoas, ficava ao lado de uma árvore caduca e solitária. Suas folhas caíram no inverno e os galhos pelados tentavam agarrar os flocos de neve, que não se equilibravam, tamanha era a finura dos ramos, e caíam diretamente no solo. Com o chão congelado, as raízes perdem o abastecimento de água e a árvore precisa se manter hidratada, e, se ainda tivesse folhas, perderia muito líquido por meio delas. Toda a inteligência da natureza, que sozinha conseguia se salvar das mudanças climáticas, destoava da impotência humana perante decisões equivocadas das mais altas patentes.

Quando a neve atacava as bochechas dos soldados era como se uma garoa fina e gelada tentasse escavar sulcos em suas peles. Aquela sensação, aliada à imagem do banco e da árvore, sozinhos e abandonados, trouxe nostalgia e solidão para o coração de Yamada. Sua vida não estava diferente do cenário à sua frente. Sem Ilma sentia-se isolado e com toda sua fonte de alegria arrancada de seu corpo, da mesma forma como as folhas se descolavam dos galhos nas baixas temperaturas. Ele também estava frio e, em alguns momentos, não conseguia recuperar o calor das lembranças para que pudesse ter forças e continuar sua missão.

Indagava se ainda estaria no meio das batalhas quando o verão chegasse à Itália. Quem sabe ganharia de volta o acalento que precisava para suportar estar longe da mulher que amava.

Antes que pudesse alongar seu momento de reflexão e introspecção, alguns colegas iniciaram uma guerra de bolas de neve. De luvas, pegavam a máxima porção que conseguiam e atacavam. Lembravam crianças com um novo brinquedo nas mãos.

Em um dos arremessos, Cristóvão Alves acertou no capacete de um tenente que passava perto deles. Se escondeu atrás de uma árvore e Yamada acabou ficando no campo de visão do superior.

— Cabo Yamada, a guerra não é uma brincadeira, por mais que seja liderada por mentes com pensamentos infantis.

— Sim, senhor, tenente.

Esperou que ele fosse embora e só então se virou para encontrar Cristóvão. Chamava o amigo pelo primeiro nome por conta de um pedido feito pelo próprio soldado, que detestava as regras militares.

— Cristóvão, da próxima vez, erre o alvo.

— Nesta guerra jamais errarei alvo algum, Yamada.

A neve escolheu a manhã da véspera de Natal para marcar presença nos campos de batalha, proporcionando rara beleza nos últimos dias do ano. Depois do ataque de 12 de dezembro os brasileiros não tinham tentado invadir Monte Castelo novamente e, na data festiva, os alemães davam sinais de diminuição dos bombardeios.

Uma missa seria celebrada naquela manhã de domingo, perto dos abrigos, e Yamada poderia assisti-la. Dessa forma sentia-se mais próximo de Ilma, pedindo a Deus felicidades a todos da família. Tinha decidido passar a escrever que o novo ano seria o 194V, em vez de 1945. Mais que a referência ao número romano, a letra "V" significava vitória. Era como uma corrente silenciosa para que aquele fosse o ano da conquista brasileira perante os alemães.

Pediu ainda que Ilma lhe enviasse mais cartas e que não economizasse papel. Até agora recebera apenas duas correspondências da noiva, mas sabia que a censura e a distribuição postal não possuíam a logística mais adequada em meio à guerra.

Estava agora se acostumando com a neve pesada e a simples caminhada até o local da celebração religiosa deu mostras das dificuldades que teria daqui para frente. Um incômodo prático surgiu quando a galocha afundou, enquanto caminhava para o local da cerimônia. Tinha se acostumado a retirar o calçado toda vez que afundava na lama das montanhas e trincheiras, mas percebeu que, na neve, seus pés afundavam muito mais naquele chão fofo e gélido. Escorregou, levou dois tombos e ganhou dos amigos o apelido de pinguim.

A tarde se aproximou com o céu coberto, propício para mais neve ainda. O frio que chega depois de uma nevasca é intenso e Yamada mal conseguia movimentar os braços quando colocava a quantidade de roupas necessária para que se sentisse aquecido.

Ilma deveria estar se preparando para ir à Missa do Galo com sua família, no Rio. Para a saudade não havia remédio e ele se contentava imaginando o que sua noiva estaria fazendo naquele momento. Tentaria enviar uma fotografia a ela, tirada no próprio acampamento, e escreveria mais cartas assim que pudesse.

O silêncio que dominava aquele dia prenunciava que a noite seria barulhenta. Dentro de uma trincheira que abrigava apenas uma pessoa, Yamada teria que ficar de plantão, preparado para um eventual ataque alemão. O buraco escavado no chão tinha sido preenchido pela neve e os soldados ainda não sabiam como lidar com esse inconveniente do inverno.

O inimigo cessou a trégua bem no fim da tarde. Um bombardeio alarmou os expedicionários brasileiros, que reagiram logo em seguida. O barulho da artilharia nazista começou a ecoar pelos vales e montanhas e todas as tropas brasileiras passaram a madrugada acordadas.

Branca e nítida, a Lua parecia combinar com a neve da noite de Natal, e os alemães aproveitaram a iluminação para atacar nos exatos lugares em que os brasileiros se encontravam.

Encolhido, ouvia os tiros de morteiros que pareciam estar cada vez mais perto. Pressionava os olhos com força a cada barulho e só relaxava novamente conforme o zunido diminuía, mas logo a sequência de disparos voltava.

Yamada só teve permissão para deixar a gélida trincheira durante a madrugada, quando voltou para um dos abrigos.

A segunda-feira, 25 de dezembro de 1944, foi o dia em que a melancolia que Yamada sentira na véspera afetara todo um batalhão, deprimido pelas lembranças, falta de notícias e ausência da família. Por onde olhasse via homens com as mãos dentro dos casacos, pescoços curvados e semblantes entorpecidos pelo frio. Eles mal conversavam entre si e, quando falavam, era para contar sobre os pratos que suas mães e mulheres costumavam preparar no Natal, suas sobremesas favoritas e os presentes que gostariam de dar a seus filhos se estivessem ao lado deles.

Tudo era ainda mais dolorido quando a difícil situação de estar numa guerra minava as doces lembranças. Essa era a única vantagem de estar no *front*, e não ali, no acampamento: não havia tempo de sentir saudade.

Logo de manhã descobriram que na noite anterior o único cinema que existia em Porreta Terme tinha sido bombardeado. Yamada, Cristóvão e Sampaio, que estava agora junto com o batalhão, foram até lá e viram uma cratera numa das paredes do lugar. Identificaram também buracos nas ruas de pedras, no meio da neve, marcas dos projéteis lançados ali. No dia de Natal a postura dos alemães mudou e nenhum tiro foi disparado, na região e nos setores mais próximos de onde a divisão brasileira se encontrava.

Quando voltaram para a área onde estavam acampados, rodeada de casas italianas que também serviam como base para a FEB, os três amigos foram surpreendidos por presentes que a Legião Brasileira de Assistência tinha enviado aos soldados. O órgão assistencial enviou blusas, sabonetes, chocolates, escova e pasta de dentes aos pracinhas.

Ganharam, ainda, uma caixa com ração extra dos norte-americanos e que continha latas de comida, chocolate e cigarro. Aos poucos, a tristeza que assombrara a manhã dos expedicionários dava lugar ao início de uma pequena comemoração. Soldados norte-americanos, alguns combatentes britânicos do 8º Exército e até uns poucos franceses trocaram cumprimentos com os brasileiros em vários idiomas: *Merry Christmas*, em inglês, *Buon Natale*, em italiano e *Joyeux Noël*, em francês. Uma Torre de Babel se criou durante o almoço de Natal daqueles que defendiam suas pátrias no conflito mundial.

Depois da refeição, Cristóvão puxou sua costumeira roda de samba e antes que ele começasse a segunda música de seu repertório os norte-americanos se puseram a cantar "Jingle Bells" e "Silent Night", seguidos pelos ingleses com o hino "God Save The King". Os franceses também mostraram algumas de suas canções e a tarde continuou com disputas nacionalistas entre as tropas, com cada país querendo apresentar letras famosas e representativas de seu país.

Nº 5

Rio de Janeiro, 2 de janeiro de 1945

Meu noivinho adorado,

Como fostes de festas? Nós aqui fomos bem, graças a Deus. No Natal papai e mamãe completaram 26 anos de casados e mandamos rezar uma missa, a qual foi uma cerimônia muito bonita. Quando saímos da igreja tiramos uma fotografia e o papai disse que para completar a nossa alegria só faltava você. Na hora da ceia fizemos um minuto de silêncio e todos nós, com um só pensamento, pedimos pelo seu regresso. Depois erguemos as nossas taças e fizemos um brinde ao valente expedicionário que defende o nosso querido Brasil.

Tenho rezado e comungado muito por você. Esperei a entrada do Ano Novo para nos primeiros minutos rezar a Nossa Senhora para que o ano de 1945 seja de glória e vitória! E também que eu possa abraçar o meu amorzinho.

Recebemos seus telegramas e enviei também alguns, bem como algumas cartas. Assim que puder mande-me notícias, pois fiquei um mês sem recebê-las.

Você tem recebido as minhas cartas? Mesmo sem notícias não se preocupe, pois aconteça o que acontecer serei sempre a sua noiva.

Papai arranjou a transferência da Isa para Deodoro. Ela está muito contente, pois tem sido muito admirada por todos, principalmente por um colega do escritório que quer tomar-lhe o coração de assalto e ela finge não entender. Ela é uma moreninha formidável, não acha?

Tomiyo, me diga o que você achou da fotografia que enviei com os cigarros. Escreva-me dizendo o que você precisa, pois não sei o que lhe é mais necessário.

Tem tido notícias de sua família?

No Carnaval vou fazer retiro, pois entrei para a Pia Filhas de Maria aqui de Vaz Lobo.

Este santinho é uma lembrança das bodas de mamãe e papai.

Todos daqui lhe enviam abraços.

Aceite todo o coração com abraços da sua noiva que nunca o esquecerá,

Ilma

No período entre 25 de dezembro e 7 de janeiro a artilharia alemã redobrou sua atividade, fazendo os brasileiros mudarem de estratégia e contra-atacarem duas vezes por dia, em média.

Passado o breve intervalo de paz relativa durante o final de ano os combatentes e oficiais da Força Expedicionária Brasileira aprenderam a duras penas que a neve os prejudicava além do conhecimento que possuíam.

Vestidos com o mesmo uniforme que ganharam dos norte-americanos quando chegaram à Itália, na cor cáqui, os soldados brasileiros eram facilmente vistos pelos alemães enquanto andavam na neve. Qualquer movimentação mais escura na enternecedora brancura poderia ser observada de longe. Muitos pracinhas foram mortos nessa posição de alvo fácil, chamada pelos nazistas de “moscas no leite”.

Treinados para uma guerra no inverno europeu, os alemães se camuflavam nas montanhas cobertas de neve vestidos de branco, além de estarem mais bem equipados para o rigoroso inverno da região. Logo foram copiados pelos norte-americanos, que receberam reforço de material. Mas não os brasileiros.

Na tentativa de se proteger, os pracinhas improvisavam e se apossavam de qualquer pedaço de pano branco para vestir por cima dos casacos de frio, de camisolas a jalecos de médicos, enfermeiras e barbeiros.

Cristóvão estava revoltado com a situação dos pracinhas, mas mesmo os oficiais mais graduados já tinham levado a reclamação sobre a desvantagem que levavam em relação ao inimigo.

— Cristóvão, não raro os mais expostos na guerra se ferem menos ou até mesmo não se ferem. Vamos acreditar nisso.

A ponderação e serenidade de Yamada acalmavam os amigos de batalha, mas nem mesmo ele sabia se acreditava em suas palavras diante de tantas adversidades e falta de conhecimento.

Para aplacar a insatisfação dos soldados foram oferecidos cursos durante o inverno, que variavam de liderança a aulas sobre os armamentos, mas nada que fosse suficientemente capaz de demovê-los da ideia de que corriam um perigo cada vez maior nas montanhas italianas.

Às onze horas da noite de 6 de janeiro teve início o mais violento bombardeio em direção a Porreta Terme. Granadas sucessivas caíam sobre as casas e os abrigos onde os pracinhas estavam, enquanto aviões norte-americanos bombardeavam o cume dos montes nos quais os alemães se encontravam.

Viaturas aliadas tentavam avançar em direção ao Monte Castelo e se aproximavam o máximo possível das linhas de frente. Yamada estava em um dos comboios que começou a percorrer a estrada no já temido e conhecido breu, mas a neve não permitiu que continuassem a viagem nos veículos.

Nos ataques noturnos, os alemães arremessavam com os morteiros um dispositivo chamado *very-light*, que iluminava cerca de cem metros ao redor de onde fosse jogado. Dessa forma conseguiam enxergar as áreas por onde os brasileiros caminhavam.

Fizeram isso duas vezes e depois pararam por cerca de uma hora, durante a madrugada. Yamada começou então a ouvir vozes em alto-falantes. A primeira impressão era de que os alemães estavam a poucos passos do batalhão, prontos para os aprisionar.

— Yamada, são ameaças. Eles falam em português e às vezes em inglês. Escute, escute!

Cristóvão estava na incursão do dia anterior e já tinha ouvido os duelos. Isso porque os norte-americanos também devolviam as ameaças, pedindo que os alemães se rendessem, pois segundo eles a guerra tinha terminado com a invasão norte-americana da Normandia, na França, há mais de seis meses.

Além das ameaças gritadas no *front*, os alemães conseguiram invadir a transmissão da *Rádio Nacional*, brasileira, e em dias de jogos de futebol interrompiam a narração de partidas como a de um Fla-Flu, por exemplo, para dizer: "Estão ouvindo? Não seria melhor se estivessem no seu país admirável, longe deste inferno onde a morte os aguarda a cada momento? O que vieram fazer aqui, transformados em mercenários dos norte-americanos?". Fizeram isso no domingo, mas só quem estava na retaguarda ouviu os nazistas.

A FEB ocupava cerca de vinte quilômetros de extensão nas linhas de frente, enquanto os alemães ainda estavam em todos os morros ao lado e dominavam o norte e nordeste de Porreta Terme.

Yamada e seu batalhão não estavam protegidos por roupas brancas, mas contavam com as fumaças artificiais de sempre, durante o dia. Ficaram responsáveis por substituir um batalhão de soldados que estava mais à frente e voltaria para o acampamento.

Esses momentos de alteração de contingente eram sempre confusos, pois quem ia sair da linha de frente queria ir embora logo. Alguns soldados chegavam a correr para sair rapidamente do local e serem rendidos pelo grupo que chegava, que, por sua vez, caminhava ou rastejava sem ao menos analisar de onde vinham os tiros.

Nessa troca, Yamada perdeu de vista Cristóvão e Sampaio, mas manteve-se a oeste, conforme orientações. A tropa estava muito perto dos alemães e logo começou um tiroteio de fuzis. Só que o batalhão que seria rendido ainda não tinha saído completamente da linha de frente. Houve uma afobação e tiros a esmo foram disparados sem que ninguém soubesse ao certo o que estava ocorrendo.

— Somos nós que estamos ali na frente ainda! São brasileiros! Brasileiros! Parem de atirar!

Yamada gritou até perder a voz. Tinha percebido que os tiros estavam sendo trocados entre expedicionários brasileiros durante a substituição de pelotões. Não conseguia mais nem respirar direito e suava mesmo que os termômetros estivessem marcando uma temperatura abaixo de zero.

Deitara de bruços para não ser atingido e rastejava colocando um cotovelo de cada vez na neve. Não sentia mais frio nem o corpo, mas sua boca tremia. Um brasileiro estava caído do seu lado direito, com o rosto virado para baixo e o sangue pintando a neve de vermelho. Yamada tentou alcançá-lo e pediu ajuda ao soldado que estava no lado oposto para que os dois socorressem o pracinha. De longe não dava para identificar quem era, mas Yamada acreditava ser um rapaz do 1º batalhão. Ele e o outro soldado chegaram ao mesmo tempo até o ferido e, juntos, viraram o corpo para cima.

Yamada não conseguiu dizer uma palavra, nem gritar como tinha feito por minutos seguidos durante o caos do tiroteio. O ferido era Cristóvão, atingido no coração. Ele se levantou e começou a fazer uma massagem cardíaca no amigo. Tirou das costas a bagagem que trazia, deixou o fuzil em cima da neve e massageava cada vez com mais força.

Mesmo estirado no chão, o amigo continuava imponente, como sempre foi. Negro, alto, forte e com uma cicatriz profunda no queixo, ele segurava nas mãos uma foto da família.

— Yamada, ele está morto.

A voz, conhecida, era de Antonio Sampaio, e para Yamada o tiroteio tinha acabado, pois não ouvia mais nada além do chamado do amigo.

— Yamada, o Cristóvão está morto. Precisamos sair daqui, agora. Venha, Yamada!

Sampaio carregou ele mesmo a arma e os pertences de Yamada e puxou o cabo pelo braço para que recuasse com o resto do batalhão.

— Sinto muito, Yamada. Sei o quanto eram amigos, mas eu também sou seu amigo e quero te ver vivo. Você quase foi atingido quando ficou de pé ao lado do Cristóvão.

— Sampaio, o Cristóvão era a única pessoa que estava sempre alegre no meio dessa chacina. Ele me ensinou a admirar o samba, o mundo dele, me ensinou a ficar alegre por vê-lo alegre, a entender o quanto a música fazia bem à sua alma. Isso está errado. Ele não podia ter morrido. Está errado.

No fim do dia os padioleiros trouxeram o corpo de Cristóvão Alves para o abrigo de Porreta. Um capelão brasileiro, que tinha como insígnia uma pequena cruz branca na farda, se ajoelhou ao lado do mangueirense e fez uma oração em voz baixa colocando as mãos sobre o peito do soldado.

Yamada também se despediu do amigo e, em um raro momento em que se permitiu chorar, prometeu a si mesmo procurar a família de Cristóvão tão logo voltasse ao Rio. Contaria a eles cada lembrança que tinha do soldado e a importância que o amigo tivera para o Brasil.

O abatimento por conta de Cristóvão foi tamanho que Yamada não conseguia nem ao menos escrever cartas para Ilma. Começava a rabiscar uma folha, mas desistia de enviar, rasgava e jogava no lixo, pois tinha dúvidas se contaria a ela sobre a perda do amigo.

Só depois de um mês após a morte do mangueirense é que o cabo conseguiu colocar no papel o que realmente gostaria de enviar a Ilma.

Itália, 8 de fevereiro de 1945

Saudosa Ilma,

Com grande alegria consegui obter a sua tão esperada correspondência, datada em 10 de dezembro (4ª carta), à qual reclama a falta de notícias ultimamente.

As suas, apesar do atraso incrível, tenho recebido todas. Uma delas, a penúltima, na véspera do Natal. Todas estão respondidas, cheias de saudades, embora lacônicas.

Injusto seria de minha parte se não houvesse correspondido às suas tão confortadoras linhas que têm trazido momentos de alegres recordações, muitas vezes nas frigidíssimas trincheiras expostas aos perigos incessantes.

Portanto, espere com paciência e fé, porque seu noivo nunca deixaria de lhe escrever. Hoje não estou mais no front.

Quanto ao envio das correspondências, continue daí do Rio, com o mesmo endereço. Digo isso porque fui transferido para um outro local. As que são enviadas daí primeiramente passarão pela companhia de origem, para depois então seguir para o meu destino. Esta é a razão do atraso.

Referente à encomenda, ainda não a recebi pela mesma razão. Para o futuro, dispenso a sua boa vontade e agradeço muito pelas que já enviou.

Nada me falta, tenho recebido muitas encomendas da Clara. No entanto, caso precisar de alguma coisa mais, pedirei.

Ilma, fiz meu aniversário no dia 7. Poderia dizer que passei contente com farta mesa de doces, mas estaria mentindo. Foi um dia como de sempre, cheio de trabalho.

Sinto-me satisfeito porque o nosso bom Deus me concede saúde e esperança.

Se Deus quiser, ainda chegarei em tempo para comemorarmos juntos o dia dos seus anos, então saborearemos seu prometido prato. Não é verdade?

Quanto às outras novidades, deixarei para este dia que será em breve.

Desejando saúde e felicidade a todos os seus e esperando a sua breve resposta, encerro-me por aqui.

Aceite forte e saudoso abraço do seu,

Tomiyo

Capítulo 30
Acima de tudo, acredite

O único problema que chegava a irritar Ilma eram as interferências no sinal do rádio, que paralisavam suas ações e faziam seu coração acelerar só de imaginar que os radialistas poderiam dizer algo sobre Yamada e ela não ouviria.

Virava o aparelho para todos os lados, batia na caixa de som, tentava ajustar a frequência e procurava outras sintonias até encontrar um programa que trazia notícias sobre a guerra. Sua angústia não passava enquanto não ouvisse os nomes dos feridos e mortos na Rádio Tamoyo.

Tomava um copo de leite todas as noites enquanto aguardava o início, sentada e sozinha no sofá da sala. Tinha voltado a bordar, fazia tapetes, panos de mesa e até roupas de crochê. De repente, o locutor dizia:

— Amanhã chegam ao Rio de Janeiro cinquenta feridos vindos da Itália.

No dia seguinte, logo cedo, Ilma era a primeira a chegar ao Hospital Central do Exército. Seu objetivo ali era descobrir se um deles era seu noivo. Colados na porta principal, os avisos exibiam uma coluna com os nomes de quem fora ferido e estava vivo na Europa, outra de quem estava naquele hospital e a última listava quem tinha morrido.

Atentamente, Ilma lia todos os nomes duas vezes cada vez que o documento era atualizado. Deixava a lista dos mortos por último, mas enquanto estava na parte que registrava os internados no HCE seu olhos já começavam a pular para a coluna ao lado, aflitos e em desespero querendo ao mesmo tempo ler tudo, mas sem encontrar o nome de seu noivo.

Lembrava-se com detalhes do dia em que descobriu que Alberto Tomiyo Yamada tinha sido convocado para a guerra. Aquela mesma sensação parecia ficar sempre muito perto de acontecer novamente e não acabava até que Ilma terminasse a tortura da conferência.

De tanto ir ao hospital, Ilma tinha feito amizades nos degraus da entrada. Conheceu um deficiente visual, descendente de japoneses. Inexplicavelmente atraía os orientais, que se aproximavam dela para conversar, entre eles um homem que a confundiu com sua mulher.

— Ah, minha mulher! Você veio me buscar! É você mesmo! Vem aqui! Mudou o cabelo! Está com o cabelo um pouco loiro!

Abalado psicologicamente, ele havia perdido um irmão na guerra há alguns meses, e desde então tinha passado a viver em seu próprio mundo de certezas irreais. Sua esposa tinha morrido de câncer, um ano antes do conflito começar. Ilma soube que ele também aparecia no hospital quase todos os dias.

Ele segurou as mãos de Ilma, que não se esquivou, retribuindo o aperto e olhando fixamente em seus olhos.

— Senhor, não sou sua esposa, mas com certeza ela o ama muito.

— Você veio me buscar! Vamos lá dentro encontrar o Fumiya? Ele está lá no hospital.

Fumiya Yamamoto era o nome do irmão dele. Uma funcionária do hospital, ciente da situação, conversou novamente com ele e decidiu levá-lo para ser atendido dentro da instituição.

Situações como essa abalavam Ilma, que tentava ajudar a todos, mas sofria por saber que era impossível. Ela se sentou no banco do jardim externo enquanto observava o homem ser levado a um consultório. Pôde ver que ele gesticulava muito, provavelmente tentando ainda provar que seu irmão estava ali internado e talvez também dizendo à enfermeira que ela era sua mulher.

Os atrasos nos correios deixavam a comunicação entre Yamada e Ilma totalmente truncada. Ele recebia cartas de meses atrás e respondia, sendo que havia postado uma nova correspondência dias antes. Da parte de Ilma, a mesma situação ocorria. Eles estavam sempre escrevendo dois tipos de cartas: uma para responder o que receberam e outra no tempo cronológico de cada um.

Dois dias depois de escrever a primeira carta após a morte de Cristóvão, Yamada recebeu as linhas numeradas com um 5, de Ilma, escritas por ela em 2 de janeiro. Respondeu na mesma noite.

Itália, 10 de fevereiro de 1945

À mais sincera noiva do mundo,

Outra mala dos correios chegou à minha companhia. Todos esperavam com grande ansiedade. Uns nervosos, outros confiantes, a leitura das correspondências.

Já havia sido entregue mais da metade e nada de aparecer a minha carta. Já sem esperança, ia me retirando, quando ouço chamar o meu nome. Fiquei em dúvida se tinha escutado direito, mas disseram que era minha. Corri.

Era da minha querida irmã Clara. Mais uma, mais outra, e finalmente junto recebi a sua 5ª carta. Era diferente das outras. Grossa, continha qualquer coisa de surpresa.

De casa vieram boas notícias. Renatinho pergunta todos os dias qual o dia do meu regresso. Chega mesmo a chorar de saudade.

As outras duas eram de Henrique e do Reynaldo, que traziam algumas novidades de Mogi.

Ilma, Henrique me pergunta na sua carta se eu já arranjei uma namorada aqui na Itália. Como fui e sempre serei sincero, vou lhe contar sobre minha vida de aventuras com a minha "parceira", mas peço-lhe que leia até o fim. Conheci-a na cidade de Pisa, ainda estava em descanso. Ela é linda, simpática e muito carinhosa.

Com todas essas qualidades, é uma cantora de primeira ordem. Desde então, vivíamos de comum acordo, sempre juntinhos, ainda agora está ao meu lado e lhe envia muitas lembranças.

Chama-se "América". Tem sido uma companheira fiel. Também está ao lado dela uma rival, uma outra metralhadora de primeira linha. Quando a "cobra fuma" há um verdadeiro desafio. Canta, canta até o sol raiar.

Afinal chegou a vez da sua 5ª carta.

Achei muito interessante e estou satisfeitíssimo com a notícia das bodas de seus pais, digna de ser lembrada para sempre esta data tão solenemente celebrada.

Senti imensamente em não poder trocar meu assento para viajar e estar aí, mas chegará o dia muito breve em que poderemos festejar com mais pomposidade ainda, e então brindaremos com nossas taças.

Ilma, quanto à minha saúde, não se preocupe. Estou perfeitamente bem e, além disso, tenho passe de ida e volta.

Aqui no Velho Mundo está tudo monótono para nós que estamos na primeira linha.

Está se aproximando a primavera. Estamos dando a última arrancada para a vitória.

Nos dias de Natal e Ano Bom passei no front. Fizemos uma festa mais animada do que noite de São João. A nossa festa era a mais animada e acabamos abafando.

Como está ficando muito longa, termino enviando saudosos abraços e lembranças a todos os seus e parentes.

À você, a mais sincera noiva do mundo, mil abraços bem apertados. Até breve regresso.

Seu sincero

Tomiyo

Na Quarta-Feira de Cinzas foi a vez de Ilma receber uma boa notícia quando voltava para casa. Uma carta de Yamada, escrita há exatos dois meses, tinha acabado de chegar. Ilma se afligia ao imaginar que em sessenta dias muitas mudanças poderiam ter acontecido no cotidiano do noivo, mas não deixava transparecer o tamanho de sua preocupação nas palavras que escrevia.

Nº 10

Rio de Janeiro, 14 de fevereiro de 1945

Como tens passado? Nem imaginas como fiquei contente de receber as tuas cartas. Cheguei a rir e chorar ao mesmo tempo e depois, quando li as suas palavras, fiquei muito contente. Quanto ao que manda me perguntar: veja se é possível esquecer os nossos sonhos de felicidade?

Quando sinto-me triste e saudosa pego a sua fotografia e contemplo-a por muito tempo e me lembro das datas que jamais serão esquecidas, principalmente a de 10 de setembro, lembra-se?

Quanto ao meu cabelo, está ficando escuro, mas às mil maravilhas é bondade de sua parte. Você disse que na sua imaginação me via triste e abatida. É verdade que nos princípios emagreci muito, mas, agora, graças a Deus, estou bem melhor.

Feliz de nós que temos as nossas orações para nos consolar, pois tenho fé em Deus que nossos sonhos serão realizados.

Espero ansiosa a sua fotografia.

Fiz retiro e rezei muito por você. Aí vai este escapulário para você usar e estes santos são do meu retiro também. Peguei-os para você.

Quanto ao seu dinheiro, tenho recebido. Papai também está tratando disto.

Todos enviam lembranças.

Aceite muitos abraços e muitas saudades com todo o meu afeto.

Sua noiva,

Ilma

A felicidade por receber notícias de Yamada logo diminuía quando Ilma se dava conta de que, por mais que uma carta tivesse chegado hoje à sua casa, a data era de dezembro, e ela não sabia se o noivo estava bem no dia de hoje.

Como forma de aplacar sua angústia, Ilma vinha também montando e bordando o enxoval de seu casamento, que aconteceria assim que Yamada voltasse. Gostava das cores claras e fazia muitos bordados brancos. Estava sempre abrindo todas as peças em cima da cama para admirá-las e imaginar o quão bela seria a vida ao lado de Yamada. O seu futuro estava ali, estendido sobre seus próprios lençóis, e algumas toalhas já estavam destinadas a Teresinha. Dobrava tudo com carinho e apreço, guardava tudo em um saco plástico e depois no guarda-roupa, numa parte que tinha reservado para manter apenas o que fosse referente a ela e Yamada. Seus sonhos estavam acondicionados no armário.

Normalmente na companhia de amigas, Ilma passou a visitar ainda com mais frequência o HCE, sempre alegando que em dois meses muitas coisas poderiam ter mudado na vida de Yamada na guerra. As correspondências que ela tinha nas mãos ficavam gastas de tanto que as relia. A moça só fazia imaginar o caminho que uma correspondência levava para chegar até ela. Mal sabia da solitária peregrinação das folhas preenchidas com as palavras mais elaboradas pelos soldados, que passavam por muitas outras mãos e chegavam a ter frases picotadas pela censura antes de alcançarem delicadas caixinhas de jovens que aguardavam ansiosas a volta de seus amados soldados.

Com a falta de notícias recentes, Ilma tinha voltado a emagrecer e sua falta de apetite a deixava sem forças e cabisbaixa. Seus pais tentavam levá-la para passear e chegaram até mesmo a sugerir uma viagem, mas ela recusava, com medo de não estar em casa quando uma carta de Yamada chegasse.

Dormir tinha se transformado em tormento, pois frequentemente tinha pesadelos relacionados ao noivo e acordava ainda mais preocupada. Via sempre um céu muito escuro e a figura do noivo caminhando sozinho em um tapete branco, seguido pela sombra de uma nuvem pesada, até que Yamada desaparecia por completo. Acordava suada e com a boca seca. Instintivamente agarrava o terço amarrado à cabeceira de sua cama e o apertava até conseguir adormecer novamente.

Raras foram as vezes em que sonhou com o fim da guerra e a volta de Yamada, mas nesses momentos sentia-se ainda mais impotente ao se dar conta de que tudo não tinha passado de cenas que não eram verdadeiras.

Antes de se deitar, pedia a Santa Terezinha que não sonhasse. Não queria mais sofrer, queria que a realidade desse um salto no tempo e que os soldados brasileiros terminassem com louvor suas obrigações para que todos, sem exceção, voltassem para suas casas.

Conforme combinado com Yamada, recebia mensalmente como sua beneficiária uma quantia em dinheiro, que fazia parte do salário do noivo como militar. Ela mesma tinha resolvido a documentação, com a ajuda inicial de seu pai, e agora precisava ir todo mês até a Pagadoria Central.

Costumava passar na pequena capela branca que ficava duas ruas antes da Pagadoria. Uma senhora que aparentava ter seus oitenta anos estava sempre lá, sentada na segunda fileira do lado esquerdo. De cabeça baixa, falava ou rezava em voz bem baixa, e nunca abria os olhos nos poucos minutos em que Ilma ficava no local.

Tinha sempre um lenço chamativo enrolado ao pescoço e, naquele dia de março, a cor era verde, de cetim. Ilma estava com sua irmã Isa e, conforme entrava na capela, sentia que algo a levava para perto da senhora. Escolheu um banco do lado direito, também na segunda fileira. Sentou-se com Isa, e, sem tirar os olhos da senhora, que parecia estar chorando, começou a rezar também.

Pela primeira vez a viu abrir os olhos, em direção ao banco onde Ilma estava. Os cabelos brancos estavam presos a um bem feito coque e o rosto, marcado por traços que representavam o quanto já tinha vivido, carregava uma leve maquiagem que dava um ar aristocrático à senhora. Ela sorriu para Ilma e fez um sinal com a cabeça para que se aproximasse.

Ilma pediu que Isa ficasse onde estava e fez menção de se levantar para falar com a mulher, no que foi segurada pelo braço pela irmã.

— Não se preocupe. Não há de ser nada, Isa.

Ilma se levantou e carregou sua bolsa marrom, pequena como era de seu agrado, pois não gostava de carregar muitas coisas quando saía de casa. Seus olhos castanhos-claros estavam fixados na senhora e ela se sentou ao seu lado.

— Bom dia, senhora. Está tudo bem?

A senhora enxugou uma lágrima com um lenço bordado com a inicial B, e sorriu novamente.

— Tudo bem, minha filha. Percebi que costuma vir aqui com certa frequência.

— Sim, praticamente todo mês, mas na semana passada estive por três vezes aqui, e sempre a vi rezando. Como nunca tinha se levantado, desconhecia que tivesse me visto.

— Não duvide do que as pessoas veem sem olhar, minha filha.

A voz calma e clara da senhora imprimia à sua fala um tom

professoral, de quem dá um conselho, como uma mestra ao falar à sua pupila, por mais que Ilma não fizesse ideia de quem ela era.

— Já sofri muito nesta vida, e gostaria de te dizer algo, se me permitir.

— Claro.

— Acima de tudo, acredite. Confie no que você acreditar, sempre. Nunca, jamais, traia o que sua intuição lhe diz. Eu já fiz isso e muito me arrependi. Repassar essa sugestão é a única coisa que posso fazer para ajudar os mais jovens.

Suas mãos frias encostaram nas de Ilma e a senhora se levantou, com certa dificuldade, mas sem aceitar ajuda.

— Tenha um bom dia, minha filha.

O sol quente queimava do lado de fora da igreja e a senhora usava um manto de renda branca por cima de um vestido de botões cor-de-rosa. Tinha uma sombrinha nas mãos e começou a abri-la para se proteger do calor, mas desistiu e a guardou em sua bolsa.

Ilma só se levantou novamente quando perdeu a senhora de vista. Dentro da capela o ar abafado começava a incomodar e ela chamou Isa para que saíssem do local.

— O que ela queria, Ilma?

— Não sei ao certo, mas me disse para eu sempre acreditar.

— Acreditar no quê?

— Imagino que acreditar no que penso, acima de tudo.

— Um pouco estranha essa senhora, não?

— Não achei. Falar com ela me deu uma sensação de calma. Sabe quando encontramos alguém que nem ao menos sabemos quem seja, mas essa pessoa parece nos conhecer mais do que nós mesmos nos conhecemos? Pode parecer uma bobagem, mas gostei dela.

— Vamos, Ilma, vamos para não nos atrasarmos.

As duas iriam juntas à Pagadoria Central naquela manhã. O prédio antigo tinha duas entradas na frente, uma para funcionários e outra para os usuários ou beneficiários. Pintado de azul bem claro, possuía janelas brancas altas e largas e do lado de fora era possível enxergar três guichês, dois atendidos por mulheres e um deles por um senhor de bigode e boina.

Sempre havia uma fila enorme, que contava principalmente com muitas mulheres e mães de pracinhas à espera do pagamento do soldo.

— Muito prazer, me chamo Rosa Siqueira.

— Prazer, meu nome é Ilma.

— Que fila grande, não é mesmo? Recebi uma carta de meu noivo ontem. Fiquei feliz por demais, mas tenho a impressão de que ele não conta tudo o que acontece na guerra. Parece ter medo ou então quer que eu imagine que ele não está sofrendo.

A moça que estava na frente de Ilma na fila contou-lhe essa história de forma lamuriosa e ao mesmo tempo preocupada, mas otimista. Fazia questão de mostrar com orgulho sua aliança na mão direita. Era muito alta e ainda assim usava sapatos de salto, o que a deixava ainda mais em destaque no meio de tantas mulheres.

— Estou sem receber notícias de meu noivo há muitas semanas. Agradeça e fique feliz que ontem você teve o privilégio de ler uma prova de que seu noivo está bem. Me disseram que por conta da censura eles não podem escrever o que querem, mas tenho fé que em breve chegará uma carta do meu noivo.

— Você tem razão. Devo ficar feliz, mas a mistura de sentimentos no meio da guerra me confunde e às vezes me perco. Tenho certeza de que em breve você será agraciada com a alegria que me foi permitida ontem. Como é o seu noivo?

— Número 37! Número 37!

O grito do senhor que atendia um dos balcões interrompeu a conversa das duas noivas de expedicionários brasileiros. Uma senhora que estava bem à frente delas avançou a fila e começou a ser atendida. A senha de Ilma era a 52, e a de Rose, 51.

— Meu noivo é japonês.

— Japonês? Como assim? Mas por que ele está na guerra?

Rose cruzou os braços e inclinou um pouco o corpo para poder ouvir a resposta de Ilma mais de perto.

— Me apaixonei por um japonês. Ele nasceu no Japão, mas foi registrado aqui, portanto é tão brasileiro como nós e foi convocado para servir o Exército.

— Você sabe que muitos japoneses têm sido perseguidos?

— Sim, sei, e não considero nada correta essa postura, mas meu noivo não está envolvido em nenhuma confusão. Ele tem orgulho do Brasil e por isso está na guerra para defender nosso país. Não conheço japonês algum que mereça tamanha perseguição.

Dito isso Ilma tirou da bolsa uma pequena foto de Yamada e a mostrou para a recém-conhecida. A imagem era de quando o noivo estava em Caçapava, fardado.

— Nossa, que japonês de traços fortes. As sobrancelhas dele mostram que é um homem decidido, não? Muito bonito o seu noivo, parabéns.

— Número 51!

Era a vez de Rose e as duas se despediram desejando felicidades e que o casamento de ambas acontecesse o mais rápido possível. Isa, que estava o tempo todo ao lado de Ilma, pegou em sua mão assim que Rose saiu da fila para que juntas esperassem a chamada do número 52. Ilma acompanhou Rose se dirigindo ao primeiro guichê e entregando um papel à atendente. Ela era a segunda pessoa que tinha conhecido naquele dia, e, assim como tinha acontecido com a senhora na capela, Ilma também simpatizou com a garota.

— Número 52!

Quem atenderia Ilma estava no último guichê da sala, uma mulher de óculos e aparência séria. Nesse momento, Rose olhou para a nova amiga, sorriu e curvou seu rosto, como se estivesse se despedindo.

— Bom dia, qual o nome do expedicionário?

—Alberto Tomiyo Yamada.

Um grande caderno de linhas pretas e capa dura vermelha estava na mesa da atendente. Havia muitas anotações de valores e nomes, em forma de tabela. Ela segurava uma régua para auxiliá-la no encontro dos dados. Ilma percebeu que a última coluna estava repleta de assinaturas, que provavelmente comprovavam o recebimento do valor.

A mulher pediu licença e se retirou para os fundos do escritório, passando por uma porta de vidro que ficava do lado esquerdo da sala e desaparecendo por um corredor que, visto de onde Ilma estava, parecia que daria para uma outra sala, fora do prédio.

Nesse momento, Rose passou ao seu lado. Tinha recebido o soldo e se preparava para ir embora.

— Foi tudo bem rápido hoje. E com você, o que houve?

— Não sei. A atendente teve que ir a outra sala, imagino que para pegar algum papel.

— Entendi. Então fique bem e muitas felicidades a você e sua família. Nos vemos aqui no mês que vem.

— Sim. Desejo felicidades a você também. Seu noivo é de qual batalhão?

— Do terceiro. Ah, e, de coração, espero que tudo dê certo com o seu noivo japonês. Gostei muito dessa história.

— Obrigada. Adeus.

— Adeus!

Bem animada, Rose se retirou do prédio, deixando Ilma e Isa à espera da atendente, que tinha acabado de passar para o outro lado do corredor, aparentemente indo para uma segunda sala diferente da que tinha entrado.

— Ilma, o que será que está acontecendo? — perguntou Isa.

— Não sei, mas não há de ser nada. Tenha mais paciência, Isa.

Do corredor que se parecia um túnel vieram a atendente e uma outra mulher, que parecia ser a chefe da seção. Usava um avental, e caminhava olhando para Ilma.

— Senhorita Ilma?

— Sim, sou eu.

— Senhorita Ilma, sou responsável pela Pagadoria e infelizmente seu pagamento foi suspenso.

— Suspenso novamente? Deve ser um engano, pois entreguei os documentos restantes há três meses. Meu pai, Frederico Faria, também esteve aqui e trouxe os papéis assinados pelo meu noivo.

— Senhorita Ilma, eu lamento informar, mas recebemos uma notícia da Pagadoria Fixa de Livorno, na Itália. Alberto Tomiyo Yamada morreu em combate, e, nesses casos, não podemos continuar com o pagamento. Eu sinto muito.

Isa desmaiou assim que ouviu a notícia. Funcionários se levantaram para acudi-la e perguntavam se ela era a noiva do pracinha que tinha sido abatido na guerra.

Sem desviar o olhar da responsável pela Pagadoria, Ilma respondeu:

— Não. A noiva dele sou eu, e continuarei sendo.

— Senhorita Ilma, estaremos ao seu dispor para o que for preciso.

— Deve ser um engano. Meu noivo não morreu. Poderiam, por favor, conferir novamente os nomes?

Acostumados a lidar com familiares que não aceitavam a morte do soldado, a equipe da Pagadoria levou Ilma e Isa para outra sala. Sua irmã foi carregada e estava acordada novamente, aos prantos.

— Ilma, o Yamada morreu! Ilma!

Ilma não respondia e continuava olhando apenas para a responsável pela seção.

— Senhora, voltarei aqui no mês que vem para receber por dois meses acumulados. Meu noivo não morreu.

Imóvel e impávida, Ilma tinha apenas a expressão repuxada, dura, mas sem sombra de desespero. Quando esquivou o olhar da mulher que lhe dera a notícia, passou a focar o nada à sua frente, sem enxergar coisa alguma. Sentada, segurava a saia de brim, esfregando o tecido com a ponta de seus dedos da mão direita. Ofereceram-lhe água, mas ela recusou. Seu cérebro estava vazio, oco, sem conseguir formatar um só pensamento. Ela não queria reproduzir a frase que tinha ouvido sobre Yamada. Tinha medo de que se repetisse o que lhe disseram a afirmação viraria realidade. Começou a sentir um pouco de falta de ar, mas não demonstrou a ninguém. Não conseguia encher todo o pulmão de ar, apenas metade dele, e logo soltava a respiração, ofegante, no silêncio.

— Acima de tudo, acredite.

O conselho da senhora de cabelos brancos que encontrou na capela foi a primeira sentença que preencheu seus pensamentos enquanto tentava se reencontrar.

— Acima de tudo, acredite.

Ela acreditava, tinha certeza de que seu noivo não morrera. Acima de tudo, sempre acreditaria nisso. Foi só então que conseguiu largar a saia e olhar para Isa, que sofria angustiada sem entender o que a irmã estava pensando.

— Você está bem, Isa?

— Sim, eu estou. Mas e você, Ilma? Como está? Vamos ao hospital?

— Não. Eu estou bem. Vamos para casa.

Ilma se levantou e em segundos três oficiais estavam ao seu lado se oferecendo para ajudá-la. Lentamente, ela fez sinais abaixando as mãos, dizendo que não precisava.

Olhou novamente para a responsável pela Pagadoria, que a observava com uma visível pena. Ao perceber o sentimento, os músculos do rosto de Ilma se contraíram e ela se recusou a aceitar as condolências.

— Voltarei aqui no mês que vem, conforme lhe falei. Muito obrigada pela atenção.

Ela percebeu que a mulher começou a chorar ao ouvir, novamente, as afirmações de Ilma, e se colocou a andar em direção à rua, de braços dados com Isa.

Para chegar à casa de tia Zulmira, as duas precisavam pegar um ônibus e depois um bonde. Não havia espaço para que falassem algo. Ilma nem ao menos virava o rosto para Isa, que não tinha coragem de dizer nada, apenas acariciava o braço da irmã, como que a amparando.

Sentadas no transporte público, Isa deitou a cabeça no ombro de Ilma e lhe deu beijos no ombro. Apenas nesse momento a noiva de Yamada retribuiu o carinho, apertando-lhe a mão com mais força, mas ainda sem olhar para a irmã.

Isa soltou o braço de Ilma assim que entraram na casa de tia Zulmira. Saiu correndo, em direção à sala. Tinha voltado a chorar e entre soluços começou a berrar.

— Mamãe, Yamada morreu! Yamada morreu, mamãe!

Atordoadas, Noêmia e Zulmira olharam para Ilma, que permanecia de pé, segurando sua bolsa, inerte. Ela não disse uma palavra e logo as duas senhoras correram em sua direção para lhe dar um abraço, que ela não correspondeu.

— Ilma, minha filha!

— Isa, o que aconteceu? Diga, Isa!

Isa começou a contar o que houve na Pagadoria, acrescentando também os encontros que tiveram com uma senhora na igreja e com uma outra noiva de pracinha. Ela chorava cada vez que repetia a afirmação de que Yamada morrera.

Ilma, alheia a tantas vozes misturadas, sentou-se no sofá e tirou a foto do noivo da bolsa. Era a mesma imagem que ela mostrara para Rose, horas antes. Acariciou o rosto de Yamada delicadamente e sentiu cada poro da pele do noivo. Duas lágrimas pesadas saíram com dificuldade de seus olhos e caíram em cima da foto. Foram apenas duas gotas, que fizeram arder seu nariz.

Isa não parava de repetir, da forma mais triste possível, que Yamada tinha morrido. A frase ecoava no ouvido de Ilma, mas não parecia real.

Desde o início da guerra, por conta da censura, passara a chamar Tomiyo apenas de Yamada. Os militares só se chamavam pelo sobrenome e ele era o cabo Yamada no meio do combate.

A família dele sabia disso e não apreciava a atitude. Ilma foi alertada por Clara, sua cunhada, que apenas seu irmão mais velho poderia ser chamado de Yamada, sucessor de seu pai. Tomiyo era o caçula, mas Ilma não mudaria a maneira de chamá-lo.

Yamada, Yamada. Yamada morreu. A frase não lhe fazia sentido.

— Ele não morreu, não.

Foi a única coisa que Ilma disse para sua mãe no resto daquele dia, para desespero da família. Noêmia pediu que Frederico voltasse mais cedo para casa, mas nem com ele Ilma conseguia conversar.

O patriarca dos Faria chamou Noêmia para uma conversa a sós e, juntos, no quarto que ocupavam, se abraçaram e choraram longe das vistas de Ilma.

Além de gostarem muito de Yamada, sentiam-se agora responsáveis pela tristeza da filha. Frederico, em particular, relembrava o dia em que ela apareceu em São Paulo dizendo que o cabo a havia pedido em casamento. Eles queriam ter se casado antes mesmo da ida do soldado para a guerra, mas Frederico não aceitou.

Como pai, viu-se encurralado entre apoiar que a filha fizesse o que queria e evitar que ela sofresse no futuro, o que estava acontecendo justamente agora, da maneira como tinha imaginado. Queria, certamente, que nada disso tivesse acontecido, e se culpava por um dia ter realmente pensado que Yamada poderia não voltar da guerra.

Era um pensamento de quem exercia o papel de protetor, conhecedor das fraquezas que viria a sofrer, caso presenciasse sua filha perder o homem que amava. Frederico demorou a se recompor e parar de chorar. Precisava novamente ser mais forte do que imaginava para apoiar Ilma, mas naquela noite não conseguiu mais do que segurar a mão da filha e beijar seu rosto, dizendo que a amava e que estaria ao seu lado para o que precisasse.

Assim como praticamente todos que tentaram se aproximar de Ilma, ele não recebeu respostas. Ela estava em estado de choque.

Na manhã seguinte, os pais de Ilma chamaram um padre para conversar com a filha, que negava a morte do noivo, mas nem o religioso conseguiu tirar a carioca do estado em que se encontrava.

Sete dias se passaram desde que recebera a notícia da morte do noivo, e a resistência de Ilma à comida piorou, principalmente quando foi avisada de que a família de Yamada tinha mandado rezar uma missa de sétimo dia em homenagem ao cabo, em Mogi das Cruzes.

No Rio, sua mãe também cuidou para que uma celebração fosse feita, mas ela se recusou a ir. Ainda não havia informações da exata data de morte de Yamada, e por conta disso a família resolveu considerar que ele tinha perdido a vida no mesmo dia em que Ilma recebeu o aviso na Pagadoria.

Pelo que ficara sabendo, a família Yamada tinha sido avisada da tragédia pelos oficiais militares de Mogi das Cruzes.

Ainda assim, Ilma tinha decidido que não iria a uma missa em nome de alguém que acreditava estar vivo. Nada nem ninguém a fariam pensar o contrário.

O carteiro estava sempre de mãos vazias para ela, mas no fundo de suas orações Ilma não conseguia tomar como verdade que seu grande e verdadeiro amor acabaria dessa forma. Rezava, ajoelhada. Imaginava que o seu querido japonês estava ferido em algum hospital, talvez inconsciente, sem ter sido reconhecido.

— Faz o meu noivo voltar para mim, Santa Terezinha.

Até mesmo os vizinhos passaram a comentar sobre o estado de Ilma. As más línguas diziam que poderia ter enlouquecido de amor. Suas tranças, sempre arrumadas, agoram viviam desgrenhadas, até mesmo nas poucas vezes em que saía à rua, para ir à igreja.

Seus passos, antes rápidos, agora pareciam cambaleantes, e seu sorriso, que até aparecia um pouco, mesmo quando Yamada já tinha ido para a Itália, dera lugar a um rosto triste, cansado. Ela, que era sempre a alegria da casa, agora não ouvia mais ninguém. Outra mudança percebida com nitidez era que Ilma não conseguia chorar. Ela, que sempre tinha sido a mais sentimental da família e a que mais facilmente chorava por qualquer motivo.

— Não adianta vocês chorarem. Tenho certeza de que Yamada não morreu.

Capítulo 31
Traição

A primeira lição que Satsuki Nakasone aprendeu na guerra foi identificar o significado dos barulhos dos canhões. Dependendo do som, ele sabia se a explosão seria perto ou longe de onde estava.

No início da participação brasileira no conflito, o descendente japonês fazia parte do 9º Batalhão de Engenharia, que auxiliava a artilharia observando os terrenos, apontando os lugares onde as trincheiras deveriam ser escavadas e os melhores ângulos para o posicionamento das metralhadoras.

Logo depois foi transferido para a função de granadeiro atirador. Para se proteger dos contra-ataques da artilharia alemã, que poderia estar do outro lado da montanha ou mais distante, a 30 ou 32 quilômetros de distância, observou que, se o chiado do estouro fosse seco, rápido e se sentisse um sopro perto do ouvido, significava que a explosão aconteceria em lugar próximo a ele. Nesse caso, a recomendação era para que os colegas se deitassem no chão imediatamente.

Se o som fosse como o de um assobio prolongado, a explosão seria longe dali. Por fim, se o barulho fosse ensurdecedor e um zunido insistisse em permanecer no seu ouvido, as munições teriam caído em pedras.

Na hora de lançar as granadas, todo o aprendizado sobre a melhor inclinação e a metragem correta acabava substituído pelo "olhômetro". Em segundos os atiradores tinham que escolher onde jogariam os explosivos. Não havia tempo para cálculos precisos.

Atirar contra o inimigo exigia permanecer na chuva e, depois da tempestade, continuar com o uniforme molhado e sujo de barro, que acabava secando no próprio corpo.

Nakasone, com dores nos rins, teve de ficar internado durante quatro dias, devidamente descontados de seu soldo posteriormente. No retorno, foi escalado como telefonista do Posto de Comando e depois passou a mensageiro, e entregava bilhetes e recados dos oficiais para quem estava na linha de frente.

— Japonês, se cair uma bomba aqui eu sei que foi você que mandou.

— Onde estou não vai cair bomba alguma, tenente.

O 2º tenente do batalhão aparentemente não gostava de orientais e sempre mandava o serviço mais pesado para Nakasone. Ele e seus colegas apelidaram o oficial de "Porquinho", por ser baixo e gordo. Diziam repetidamente "o Porquinho vem vindo aí".

Na infantaria, Yamada chegava aos locais sempre depois que o batalhão de Nakasone tinha feito toda a averiguação e detalhado aos oficiais o *status* da tropa em relação aos alemães.

Yamada conhecia um soldado que estava sempre em operações mais perigosas, assim como Nakasone. O rapaz tinha um irmão que também estava na guerra, mais velho do que ele, e que lhe dava ordens sequenciais para que fizesse os serviços em seu lugar.

Um deles era desativar minas com os detectores eletrônicos, que nem sempre funcionavam corretamente. As primeiras mortes de soldados da FEB se deram em explosões de minas, antes mesmo de entrarem efetivamente em combate.

No inverno, Yamada presenciou um soldado perder a perna no meio da neve. Caído na neve e mal conseguindo se mexer, o rapaz não percebeu o que tinha acontecido e disse ao cabo que sua perna estava coçando, quando já havia sido dilacerada.

Yamada apreciava conversar com o pessoal que abria caminho para que o resto da tropa passasse, e admirava o trabalho, geralmente pouco reconhecido.

Havia rótulos para todos os tipos de perfis e funções no teatro de operações. Quem ficava na retaguarda, por exemplo, recebia a denominação de "Saco B", em alusão aos dois tipos de sacolas que cada soldado recebeu antes de embarcar, ainda no Rio de Janeiro. O Saco A estava o tempo todo com o combatente, contendo os uniformes e objetos pessoais, e o B ficava guardado em depósitos longe do *front*.

Yamada sentia falta de Sampaio, que estava em outra linha de frente com o batalhão de São Paulo. Principalmente depois da morte de Cristóvão, o cabo tinha ficado mais calado e recluso, e sempre que possível tentava encontrar Antonio Sampaio em algum dos abrigos, quando conseguia liberação para voltar à retaguarda.

Nesses momentos de relativa folga, um dos passatempos dos soldados era aprender a esquiar na neve. Os norte-americanos dominavam melhor e ensinavam os brasileiros, com bastões improvisados.

— É um esporte muito bobo. Não entendo por que vocês querem aprender a andar dessa forma. Prefiro passar meu tempo livre na barraca onde ficam alguns canhões. Tem até luz elétrica e os folgados soldados que lançam os projéteis dormem muito bem lá dentro. Levam uma vida boa.

Bruno Müller estava sempre mal-humorado e apontando erros dos combatentes brasileiros, além de não participar das atividades fora do *front* e nem mesmo das conversas entre os pracinhas.

Com quase 1,90 metro e olhos azuis, destacava-se dentro do batalhão pelo porte ereto e por estar sempre bem arrumado, mesmo quando voltava das trincheiras. Diziam que ele carregava uma toalha apenas para limpar as botas antes de chegar ao acampamento.

Seu cabelo loiro e muito fino, com a franja arrumada para o lado direito, nunca ficava despenteado. Bruno também era da infantaria do batalhão de Yamada e pedia que evitassem chamá-lo de Müller, sobrenome alemão que herdara do avô nascido em Dresden.

Por mais que respeitasse os alemães, a quem considerava bons combatentes, Yamada não simpatizava com Bruno. Nunca pediu que os pracinhas não o chamassem de Yamada para não ser confundido com japoneses do Eixo, mesmo porque seria em vão, e tinha orgulho de suas origens, mas não entendia por que Bruno relutava tanto em aceitar sua ascendência alemã.

Os dois chegaram a ser vizinhos de trincheira em algumas madrugadas no *front* e, durante uma noite em que o cigarro de Yamada acabou, ele perguntou se o colega, que também fumava excessivamente, poderia lhe dar alguns.

— O que eu tenho você não vai conseguir fumar. É muito forte.

— Qual é?

— Liberty Ovais.

Fabricado pela Companhia de Cigarros Souza Cruz, a marca brasileira era considerada muito forte pelos norte-americanos, acostumados a cigarros mais fracos, que eram, inclusive, distribuídos nas refeições.

— Bruno, sou brasileiro. Por favor, me dê cinco deles.

Esquecidos em buracos no chão, os dois mal trocavam palavras enquanto observavam o comportamento dos tedescos. Normalmente Cristóvão seria a companhia de Yamada, que agora preferia fingir que ainda havia o toque de silêncio nas noites que passava acordado.

Para Yamada, uma das maiores desvantagens de estar longe do acampamento era ter que comer apenas as rações norte-americanas, que vinham em latas acondicionadas e que os italianos chamavam de *scatolettas*.

Na retaguarda vez ou outra havia uma galinha cozida e um pouco mais temperada ou até alguns pratos que lembravam o Brasil. Nas primeiras cartas tinha deixado essa reclamação por escrito para Ilma, dizendo sentir falta de sal.

Acostumados ao feijão com arroz de cada dia, acrescido de farinha e carne, os brasileiros reclamavam das pequenas porções norte-americanas. Havia quatro tipos de comida: ração K, B, C ou D.

O primeiro tipo, fornecido para viagens curtas, funcionava também como alimentação de emergência e era consumido frio. De início as caixas à prova d'água poderiam ser confundidas com suvenires. Com letras vermelhas, a de *breakfast* (café da manhã) vinha com biscoitos, uma lata com carne e ovos, barra de frutas, uma caixa de chiclete, café, açúcar e quatro cigarros. A caixa de almoço, escrita em azul, tinha queijo, limonada ou suco de laranja, açúcar, cigarros e os mesmos biscoitos do café da manhã. Já o jantar, diferenciado pela cor verde, trazia carne, sopa, mais cigarros, fósforos e chocolates. Também consumida fria, a ração C, destinada aos soldados que estavam na linha de frente, era distribuída em seis pequenas latas com picadinho de carne e legumes, entre outros alimentos.

Quem estava nos acampamentos e na retaguarda comia a ração B, feita pelos cozinheiros dos batalhões e servida quente. E a D continha barras com seis tabletes de chocolate, bem calóricos e que suportavam altas temperaturas. Serviam para aliviar a fome em momentos de emergência.

Os brasileiros lavavam as caixinhas e guardavam ou as usavam para abrigar outros produtos, com o objetivo de trocá-las com os italianos por serviços. Entregavam as *scatolettas* com caramelos, chocolates e até cigarros, e pediam que, em troca, as mulheres lavassem suas roupas ou trouxessem garrafas de vinho, por exemplo.

Sentado dentro de uma trincheira lotada de neve, que ele precisava retirar de tempos em tempos, Yamada comia a "marmita" de guerra sem ao menos sentir o gosto. Fazia isso apenas para se alimentar e sobreviver, um gesto automático, enquanto era rendido pelos demais companheiros das laterais.

Sentia menos frio agora que nevava do que na época do fim de ano. Os bombardeios também haviam diminuído, mas alguns soldados estavam sempre na região da Linha Gótica, a postos para qualquer ataque alemão.

Por alguns segundos fechava os olhos e tentava imaginar o dia em que reencontraria Ilma, fazendo uma estimativa de quantos dias ainda seriam necessários passar longe dela. Havia uma expectativa de que, quando o inverno acabasse, os brasileiros finalmente tomariam o Monte Castelo, em uma nova tentativa de ataque, mas olhar a sequência de morros à sua frente estando dentro de um buraco fazia com que eles parecessem maiores do que eram.

— Cabo Yamada, pode voltar para Porreta.

No meio da madrugada, Yamada tinha sido liberado para retornar ao abrigo, de caminhão. Fazia quase sete dias que não tomava um banho e mal conseguia sentir seus pés. Sua maior expectativa era saber se alguma carta de Ilma tinha chegado, mas dessa vez não havia nada.

Aos 24 anos, viu seu rosto refletido no espelho após muitas semanas e não se reconheceu. A ordem que receberam quando chegaram à Itália, de estarem sempre barbeados, não funcionava para quem passava dias no *front*. Além da barba, seu bigode havia crescido desordenadamente, assim como o cabelo, que ele costumava cuidar e aparar. Mais do que a parte física, não encontrou seu usual semblante, e sim marcas de tensão e rigidez e um olhar distante e cansado.

— Não olhe muito, pois vai ter pesadelo depois, Yamada.

Sampaio sorria em direção ao amigo, que estava parado há alguns minutos na frente do pequeno espelho pendurado na entrada dos chuveiros. Como de costume, os dois se abraçaram fortemente, com tapas nas costas.

— Sampaio, lembra-se de quando você me encontrou no acampamento em Pisa, logo que cheguei aqui?

— Sim, claro. Você estava ainda com sua bagagem nos ombros.

— Quanta coisa mudou desde então, caro Sampaio. Naquela época eu pensava que já estava na guerra, mas mal sabia que era ainda um tempo de dias leves, onde tomávamos banho com água quente diariamente, escutávamos o sinal dos horários das refeições, que eram servidas quentes, e mesmo que tivéssemos que comer sentados no chão não haviam granadas caindo ao nosso lado, e eu ainda sentia o cheiro do meu próprio corpo.

— Essa guerra vai nos mudar para sempre, não, Yamada? Às vezes, sinto que estou em um filme, e é estranho, porque não sou o personagem principal e nem ao menos sei o motivo de estar aqui.

— Sampaio, agora nem sinto mais o fedor do meu corpo, de tanto que me acostumei a isso. Tenho medo de me habituar com o que é ruim. Sei que nossa missão será honrada e que temos orgulho de estar aqui, mas também quero o bom, quero a doçura e a beleza de Ilma. Quando imagino o quanto ela deve estar sofrendo, meu coração se aperta ainda mais.

— Yamada, só não conte a ela com exatidão como são nossos dias aqui. Seria preocupação além da conta.

— Nunca conto. E, de qualquer forma, percebi minha incapacidade de expor em palavras o que vejo por aqui.

— Eu também não consigo nem ao menos explicar.

— Tem um último ponto que me faz ser diferente daquele dia em Pisa.

— Qual?

— Nunca tinha visto pessoas morrerem na minha frente da forma como se morre em uma guerra, Sampaio. Nunca tinha visto um amigo morrer diante de meus olhos.

Os dois brasileiros logo se despediram, pois Sampaio tinha que voltar para a concentração do 6º RI. Admirava Yamada por sua lealdade e amizade de tantos anos e sabia o quanto o amigo estava abalado pela morte de Cristóvão.

De cabelo cortado, barba feita e alimentado, Yamada foi convocado para a patrulha da noite seguinte, em meio a novos boatos sobre o próximo ataque a Monte Castelo. Como a linha de frente estava um tanto quanto parada, todo início de noite ou meio da madrugada um grupo saía na escuridão para tentar descobrir movimentos dos alemães. A outra parte dos homens ficava nas trincheiras, no aguardo do retorno dos soldados.

Para se proteger do frio da madrugada, vestia o casaco dos norte-americanos, chamado de *field jacket*, que além de espesso não deixava o vento passar e alcançar a pele.

Pouco antes de sair para a caminhada, Yamada segurava uma foto que Ilma tinha enviado há algum tempo. A imagem, um pouco amarelada, exibia a noiva sorrindo com os dentes da frente separados à mostra, os cabelos presos e as mãos apoiadas uma em cima da outra na frente de seu corpo. Parecia um pouco mais magra, mas continuava formosa aos olhos de Yamada, que não deixou de notar o quanto a aliança se destacava no retrato. Pelo menos ele acreditava que a joia estava bem nítida, representando o compromisso dos dois.

Ao ouvir seu nome ser chamado para o início da patrulha, resolveu fazer algo arriscado. Colocou a foto dentro do capacete, com a ajuda de um pequeno pedaço de chiclete que mascava e que serviu para colar a imagem da noiva no fundo do acessório de aço.

— Para onde eu for, você vai comigo, Ilma.

Como seu cabelo estava curto e rente, por conta do corte que fizera, o capacete ficava bem grudado à sua cabeça, que tinha ainda um gorro de lã por baixo. Yamada balançou o rosto de um lado para o outro para analisar se a proteção cairia, mas nada se moveu. Estava seguro para seguir pela Estrada 64, acompanhado de sua Ilma.

Ao se aproximar do grupo teve uma indigesta descoberta. Bruno iria junto. Yamada não gostou de vê-lo por perto, pois não o considerava confiável, mas, no final, preferiu acreditar que não passava de uma implicância sua e que o rapaz lutava pelo bem do Brasil tanto quanto ele.

— Vamos para o lado norte, como se estivéssemos caminhando para Silla.

A ordem vinha do sargento José Vasquez, que comandaria a expedição. Primeiro o grupo de cinco homens seria levado em um jipe. Demoraram quase uma hora para subir uma serra estreita, ainda com muita neve nas encostas.

— Pelo que sei, essa estrada normalmente fica fechada no inverno, mas os caminhões norte-americanos passaram aqui para tirar a neve do meio da pista.

A explicação vinha do sargento, que tentava a todo custo mostrar o quanto sabia do cotidiano da guerra.

— Pelotão, teremos que descer e continuar o caminho a pé. Por conta da neve não conseguiremos mais nos aproximar de carro.

Todos desceram, pisando na neve que ainda restava na região, mas que já tinha diminuído de altura. Em janeiro, Yamada chegou a ver seu corpo afundar até a cintura durante uma patrulha que teve de ser abortada no meio do caminho. Agora apenas suas botas estavam enterradas na neve, enquanto andava seguindo as ordens do sargento.

Seus pés estavam cansados e traumatizados pelo frio. Usavam galochas forradas de feno e um dos truques para evitar machucados era colocar pedaços de cobertor dentro do sapato, formando uma espécie de cama para os pés.

Os de Yamada chegaram a ficar roxos ou azulados, como um médico definiu. Falta de circulação do sangue por conta do aperto das botas, da posição dentro das trincheiras, além de umidade e falta de higiene por estarem sem banho causavam o que ficou conhecido como "pés de trincheira". Muitos brasileiros tinham sido afastados das batalhas por conta disso. O mesmo médico tinha recomendado o procedimento correto para evitar o problema: sempre que fosse possível deveriam deixar os pés respirarem, livrando-os do calçado e das meias; sempre deveriam enxugar muito bem entre os dedos e jamais esfregá-los, mas a realidade é que os expedicionários chegavam a usar um mesmo par de meia por semanas a fio, sem ter outro para trocar.

— Yamada e Bruno, vocês vão pela direita. Nós vamos pela esquerda — ordenou o sargento.

Estavam quase no sopé de Monte Castelo, em Silla, um pequeno vilarejo por onde os brasileiros haviam passado meses antes. Parecia deserto. Passaram pela ponte de Marano, que frequentemente era alvo dos alemães, e começaram a subir as encostas, na direção contrária das casas de camponeses que estavam abandonadas.

Bem no alto uma luz fraca acesa chamou a atenção do sargento. A ideia era tomar o local, que parecia uma igreja, com cada expedicionário seguindo por um lado. Dois estavam agachados perto de um galpão, enquanto Yamada e Bruno rastejavam escondidos atrás de uma pequena colina.

Cidades-fantasma assustavam tanto quanto ouvir uma mina explodir. Era realmente uma igreja, que tinha uma torre não muito alta na parte da frente.

— Será que está vazia? Por que tem uma luz acesa? — ponderou o soldado de patente mais alta.

Um dos homens tinha se aproximado de Yamada, mas logo se afastou para verificar a porta dos fundos. O sargento, agachado embaixo de uma das janelas, fez sinal para que Yamada e Bruno se levantassem e o acompanhassem.

O japonês foi o primeiro a olhar para dentro do local, com a ajuda de uma lanterna. Estava tudo limpo, não havia ninguém.

— Vamos entrar, Yamada.

Assim que disse isso, o sargento foi atrás do soldado que estava atrás do prédio. Outro homem estava do outro lado da igreja, mas Yamada não conseguia enxergá-lo.

A porta principal estava aberta, mas, ao ser empurrada, fez um barulho enorme. De ferro, parecia estar enferrujada. Yamada e Bruno levantaram juntos um pesado pedaço de madeira que cobria uma caixa, mas não havia nada lá dentro também.

Pela janela, ele percebeu que o lado de fora continuava silencioso e não conseguiu enxergar os outros três brasileiros.

— Yamada, vamos ter que subir.

Bruno estava visivelmente tenso e apontava para que Yamada subisse antes dele os degraus que provavelmente levariam ao topo da torre.

— Está enxergando o sargento do lado de fora, Bruno?

— Estou. Está no canto esquerdo. Parece procurar alguma coisa.

Yamada olhou novamente, mas não conseguiu visualizar a indicação de Bruno, que o empurrou para que subisse logo. Lá de cima poderiam observar melhor caso houvesse algum nazista circulando pelas redondezas. Ele mesmo abriu a porta, tomando cuidado para não virar alvo caso o inimigo estivesse os esperando lá dentro.

— Bruno, me dê cobertura, enquanto observo o lado direito. Veja se não tem ninguém subindo aqui. Ainda não consegui achar o sargento.

Yamada fotografou cada pedaço da escuridão com seus olhos, mas não encontrou nada de estranho. Quando se curvou na janela da torre para olhar para baixo e procurar os outros brasileiros viu um alemão chegando por trás do sargento Vasquez.

— Bruno!

O primeiro instinto de Yamada foi avisar Bruno que corriam perigo, mas assim que virou avistou apenas um vulto.

— Heil Hitler!

Um segundo alemão, com olhos que pareciam sangrar de ódio, tinha subido até o alto da torre e estava parado na porta de madeira, sozinho. Yamada ainda gritou novamente por Bruno.

— Bruno! Bruno!

Em segundos, o alemão atirou três vezes em direção a Yamada. O corpo do brasileiro pendeu para o lado de fora da janela e despencou lá de cima direto na neve, de bruços.

Escondido na lateral da igreja, Bruno viu o ataque a Yamada. Ele percebeu que alguém tinha entrado no local e escapou da torre, sem ser visto.

A neve em volta de Yamada estava começando a se pintar de vermelho. A poça de sangue em volta do cabo aumentava e, pelo número de tiros que Bruno ouviu, sabia que não havia mais jeito. Fugiu para não ser capturado pelos alemães.

Capítulo 32
O envelope

Uma toalha de crochê branca cobria a mesa redonda repleta de doces dos mais variados tipos que rodeavam o bolo coberto de glacê. Feita por Ilma para o seu enxoval de casamento, tinha se tornado personagem principal do aniversário de Zulmira.

A família Faria e os convidados da festa tentavam a todo custo agradar e distrair Ilma, elogiando o capricho dos pontos do bordado que ela tinha dado à sua tia.

— Sinto muito, Ilma. Yamada era um bom homem, e muito jovem. Morreu defendendo nossa pátria. Será para sempre lembrado como um herói.

— Ilma, minha querida, os anos vão se passar e você vai se lembrar dele com carinho, mas não se esqueça que tem uma vida inteira pela frente. Prendada como é, terá muitos pretendentes pelo caminho.

— Chore, Ilma. Não precisa segurar sua dor.

Cada pessoa que parava ao lado de Ilma para confortá-la dizia palavras que ela mal conseguia ouvir. A carioca tinha passado a criar subterfúgios para se desvencilhar das conversas e um deles era observar com afinco algum detalhe que ninguém percebia.

Para ela, os pequenos brigadeiros estavam todos desiguais, de tamanhos e formas diferentes. Ilma olhava um por um para analisar os que estavam maiores e que ficariam do lado esquerdo da mesa. Os menores seriam levados para o direito, perto do doce de abacaxi. Tinham sido feitos pela amiga gaúcha de tia Zulmira, que os chamava de “negrinhos”.

— Ilma, a mesa está linda. Sua arrumação ficou perfeita. Não precisa mexer em mais nada.

Antônia Sperb tinha chegado ao Rio, vinda do Rio Grande do Sul, especialmente para a comemoração de Zulmira, que a colocou a par da situação de Ilma. Ela foi a responsável por conseguir levar a carioca para o lado de fora da casa, longe dos demais convidados.

— Cansada de ouvir asneiras, querida?

Foi a primeira vez que Ilma deu uma risada, mais de duas semanas após receber a notícia da morte de Yamada.

— Tu podes ignorar o que estão te falando e viver em teu mundo o tempo que achares melhor.

— Dei minha toalha para a titia Zulmira porque posso fazer outra a qualquer momento, entende? Mas todos acham que fiz como forma de me desapegar dele.

— Entendo.

— Eu não acredito que ele morreu. Ele não pode ter morrido. Não é verdade, eu sei. Do mesmo jeito que não é verdade que não consigo mais chorar. Tenho chorado em todos os momentos em que estou sozinha. Nessas horas, meus pensamentos ficam brancos. Não choro por lamentar sua morte, mas, sim, por não saber onde ele está. E quando uma ponta de desespero se apodera de mim, querendo me dizer que ele, de fato, morreu, eu logo a enterro e parto para minhas orações.

— Ilma, tu sabes que ele pode, sim, estar morto?

Sentada no banco do quintal da casa de Zulmira, Ilma começou a chorar depois de ouvir a pergunta. A amiga de sua tia a abraçou firmemente e ficou com a garota até que ela se acalmasse novamente. Antônia tinha a pele muito clara e já estava vermelha debaixo daquele sol carioca, quando as duas resolveram voltar para a festa.

****

A combinação da coerência com a incoerência marcava a personalidade de Yamada. Honesto, sensato, calmo, transgressor ao enfrentar tudo e todos em nome de seu amor por Ilma e, ao mesmo tempo, altamente ciumento e teimoso em relação aos seus princípios. Ilma sentia falta de tudo isso.

Algumas de suas camisas estavam no armário do irmão de Ilma desde a última visita que o cabo havia feito a São Paulo, quando os Faria ainda moravam lá. Eram duas peças brancas e uma azul, que tinha perdido um botão — pregado posteriormente por Ilma.

Funcionavam como um tesouro para ela, que abraçava as roupas para cheirá-las até que não conseguisse mais puxar o ar para dentro de seus pulmões. Talvez nem estivessem mais com o cheiro de Yamada, de tanto que foram manuseadas por Ilma, mas ela sentia que preservavam a presença de seu noivo.

Yamada não gostava de perfumes e isso agradava Ilma, que preferia seu aroma natural, sem disfarces. Gostava de o perceber, quando ele estava suado ou se tinha acabado de sair do banho.

Depois de passar semanas sem sair de casa, Ilma resolveu procurar a primeira-dama, dona Darcy Vargas, que fundara a Legião Brasileira de Assistência (LBA). A entidade apoiava as famílias dos soldados e os próprios combatentes desde o ano em que o Brasil oficialmente declarou guerra à Alemanha e Itália.

O grupo assistencial se mobilizou em diversas cidades do país, fazia campanhas para arrecadar produtos e roupas para os pracinhas, tais como cigarros, chocolates e livros, que eram enviados para os quartéis durante o período de treinamento ou mesmo para os campos de batalha, na Europa.

Havia cartazes espalhados, principalmente no Rio de Janeiro, convocando quem pudesse ajudar. O foco estava principalmente nas mulheres e uma das ações se chamava "madrinha do combatente", quando voluntárias escreviam cartas para os soldados solteiros, sozinhos ou que precisavam de ânimo para lutar pela pátria. Cartazes sobre as madrinhas informavam que "alguém protege teu lar", em alusão ao fato de que as voluntárias da LBA zelavam pelos entes queridos de inúmeras famílias que estavam se arriscando na temida guerra. Elas estavam ali para levar conforto.

As madrinhas também faziam intermediações entre os pracinhas e seus familiares, averiguando a situação do soldado no *front* e levando a notícia aos interessados no Brasil, além de acalmar os combatentes com informações sobre seus parentes.

Ilma sempre se voluntariava para diversas tarefas e conhecia de perto o trabalho do grupo. Por isso, não hesitou em procurar dona Darcy, que a atendeu prontamente. Muitas mulheres e mães corriam até ela em busca de notícias.

— Dona Darcy, escolhi as coisas que eu podia esquecer, que são muitas tristezas, mas não posso apagar de minha memória as boas lembranças que me dizem que meu noivo está vivo.

Após abrir seu coração à primeira-dama do país, mostrou-lhe as cartas que Tomiyo havia lhe enviado e explicou que a última correspondência, que havia recebido em fevereiro, tinha sido escrita pelo noivo em dezembro. Contou sobre o recado que recebeu na Pagadoria Central, mas demonstrou fé e a certeza que possuía em relação à vida de Yamada.

Dona Darcy Vargas, então, enviou, com sua própria assinatura, uma carta aos comandantes da FEB na Itália, dizendo que Yamada era seu afilhado e que precisava descobrir com urgência o seu real paradeiro.

Nas semanas seguintes, Ilma passou a frequentar ainda mais a igreja, com suas colegas da congregação Filhas de Maria, que a acompanhavam para todos os lados.

Suas promessas a Santa Terezinha aumentaram consideravelmente e, mesmo que seus olhos pesados transparecessem fadiga e desânimo, ela dava mostras de que estava se recuperando. Mas apenas porque acreditava que seu noivo realmente estava vivo.

Soube por uma carta de Clara que a mãe de Yamada estava inconsolável e cada vez mais debilitada. Teve vontade de visitar dona Kishi e dividir suas crenças com ela, além de ampará-la, mas sabia que não seria bem recebida e muito provavelmente não conseguiria se comunicar com ela.

Mesmo com todo o histórico contra seu relacionamento, a família Yamada estava sempre nas orações de Ilma, que acreditava que as desavenças seriam sanadas assim que descobrissem o paradeiro de seu noivo.

Seus pais começaram a se preocupar ainda mais com a insistência de Ilma em acreditar que Yamada tinha sobrevivido. Frederico e Noêmia foram à Pagadoria Central tentar descobrir mais notícias e lá tiveram uma nova confirmação de que Yamada tinha sido morto em combate.

Souberam que o acidente acontecera durante uma patrulha numa madrugada, não muito distante do Monte Castelo, e que todos os companheiros de Yamada tinham fugido dos alemães e voltado depois para resgatar seu corpo, pois sabiam o exato local onde ele tinha sido abatido, mas não o encontraram. Receberam também a informação de que, no dia seguinte à morte de Yamada, o tal Monte Castelo finalmente havia sido conquistado pelos brasileiros.

Noêmia entrou em choque com a informação de que o corpo estava desaparecido e possivelmente teria sido destruído pelos alemães. Combinou com Frederico que não contariam a Ilma esta última parte, e deixariam claro que estava provada a morte de Yamada.

Encontraram a filha com o terço azul na mão, no sofá da sala. Noêmia sentou-se do lado direito da filha, e Frederico, do outro.

— Eu sei que vocês foram atrás de informações de Yamada, mas eu também fui outro dia e dona Darcy Vargas há de me ajudar.

— Filha, eu e seu pai soubemos que é verdadeira a informação de que Yamada morreu. Foi durante uma patrulha noturna e inclusive os colegas que estavam no local viram o momento em que ele levou tiros dos alemães.

— Mamãe, ele está vivo. Acredite em mim.

— Filha, só eu sei o quanto me dói te ver desse jeito. Olhe para o papai, por favor.

Ilma levantou os olhos e virou o rosto para o pai, que chorava.

— Eu também estou sofrendo muito, Ilma. Eu amava aquele japonês como se fosse meu filho, você sabe. No começo talvez eu tenha relutado em aceitar que vocês dois se gostavam. Pode até ter sido ciúme, não é mesmo? Depois ele foi convocado para a guerra e você me contou que estava noiva dele...

Conforme falava, Frederico apertava as mãos de Ilma, que já estavam entrelaçadas com as de Noêmia.

— Pensei em impedir o avanço do relacionamento de vocês, com medo de que o dia de hoje realmente chegasse, mas não fiz isso. Não fiz isso por ter amar, acima de tudo, e por saber que você realmente amava o Yamada.

Os três estavam em prantos e dona Noêmia, de olhos fechados, molhava os cabelos de Ilma com suas lágrimas ao apoiar sua cabeça no ombro da filha.

— Mas, agora, sinto-me culpado por te ver assim, Ilma.

Calada até aquele momento, Ilma assoou o nariz no lenço vermelho que comprara de manhã, igual ao que Yamada costumava usar, e pendeu sua cabeça para cima, olhando para o teto. Respirou muito fundo, beijou a mão de seu pai e sorriu.

— Não se sinta culpado, papai. O senhor e Yamada são os homens que mais amo neste mundo. O senhor é lindo.

Pai, mãe e filha se abraçaram com as mãos misturadas e assim permaneceram até o fim da noite.

A segunda quinzena de março estava para começar e a FEB contava com mais um contingente de soldados brasileiros, que chegara à Itália no final de fevereiro para iniciar as comemorações das sucessivas vitórias que vinham tendo desde a conquista de Monte Castelo.

Ao lado dos norte-americanos da 10ª Divisão de Montanha, os pracinhas da Divisão de Infantaria Expedicionária (DIE) dominaram a região de La Serra. Depois, ocuparam Roncovecchio e Seneveglio, e foram divididos em dois times, Grupamento Oeste e Leste. Quando Castenuolvo foi conquistada, a Estrada 64 estava segura para os aliados e os soldados avançaram para o Vale do Pó.

Ilma continuava a acompanhar os programas de rádio na esperança de ouvir algo sobre Yamada, e decorava os nomes dos feridos que chegariam ao HCE. Quando uma nova leva de soldados voltou, a LBA organizou um evento em homenagem a todos os pracinhas que estavam em recuperação no hospital. Artistas como Grande Otelo e Ataulfo Alves estavam lá, assim como Ilma, que gostava de visitar o local e olhar atentamente para todos os pacientes. Um deles poderia ser Yamada. Na festa, dona Darcy Vargas a encontrou e disse que não tinha se esquecido de seu caso, apenas ainda não obtivera informações sobre Yamada.

No dia 21 de março, antes mesmo de a missa terminar, Ilma foi abordada na igreja por uma voluntária da LBA. Dona Darcy Vargas a chamava com urgência na sede da entidade. Em disparada, Ilma correu até o local e aguardou de pé para falar com a primeira-dama, com o coração palpitando. Mas, assim que cruzou a porta do escritório, percebeu que o semblante da elegante senhora não era bom.

— Ilma, infelizmente não tenho boas notícias. Acabo de ser informada de que o seu noivo, Alberto Tomiyo Yamada, realmente está morto e não se encontra em nenhum hospital de campanha da FEB na Itália. Minha equipe andou por todos os locais de atendimento médico e não o encontrou. Eu sinto muito, minha filha.

Darcy Vargas abraçou Ilma e pediu que uma funcionária a acompanhasse até sua casa.

Noêmia e Frederico sabiam que o melhor a fazer seria não perguntar nada à filha, e deixaram que ela fosse direto para o quarto, sem ao menos almoçar, imaginando que Ilma passaria o dia deitada.

Em vez disso, Ilma se colocou a escrever uma carta para Yamada, que seria enviada para o último endereço que recebera dele. Jurava seu amor e pedia que o noivo contasse onde se encontrava, se tinha sido realmente ferido ou se, por algum motivo, estaria de novo se escondendo dela, assim como fizera há anos em Mogi.

Ao andar na rua, Ilma imaginava que estava sendo seguida por Yamada, que a observava e estava sempre perto dela, sem que ela soubesse. Dessa forma conseguia se manter viva e viva também sua esperança de rever o noivo.

Postou o envelope na mesma tarde e passou a fazer isso diariamente, ainda que a resposta nunca chegasse.

Quando saía de casa correndo, no fim do dia, seus pais sabiam que ela tinha pensado em algum plano novo ou uma maneira de descobrir mais notícias sobre o noivo.

Chegou a entrar em contato com a família de Sampaio para descobrir se o grande amigo de Yamada mandava notícias do *front*. Afinal, eles poderiam saber algo a respeito dele. Mais uma vez, ela estava enganada. Recebeu um telegrama de volta, com condolências, pois o soldado havia contado para seus pais sobre a morte do amigo japonês.

Mesmo com mais um indício de que Tomiyo estava morto, a obstinada mulher não desistia e se ocupava de vários afazeres no dia, como que para apagar as notícias desfavoráveis das nuvens negras que a seguiam. Mal estava parando na casa de tia Zulmira, onde sua família ainda estava hospedada. Visitava o hospital, ia à igreja, procurava as famílias dos feridos e se voluntariava em entidades filantrópicas.

As ruas estavam repletas de folhas de outono caídas no chão e os passos arrastados sobre as plantas secas faziam um barulho que Ilma apreciava. Era início de abril, mais precisamente início da segunda semana do mês. Mais um mês que começava sem Yamada.

Ela gostava do bairro de Madureira pela facilidade do bonde elétrico e pela alegria dos sambistas da Portela, cuja sede ficava bem perto da casa da tia. Mesmo não sendo muito de samba, Ilma sentia a animação da vizinhança. Por ela, sua família permaneceria no bairro por um longo tempo.

Pensando na vida no Rio de Janeiro e na saudade de Yamada, Ilma não percebeu que um homem moreno e fardado estava parado ao lado do portão de Zulmira. Estava quase entrando na casa quando ouviu chamarem por seu nome.

— Senhorita Ilma?

Ilma não conhecia o rapaz, mas percebeu imediatamente que ele usava o uniforme da FEB com a insígnia que ela ainda não tinha visto pronta, a da cobra fumando.

— Sim, sou eu. Você quem é?

— Rufino Fontes.

— Rufino Fontes. Esse nome não me é estranho. Espere, já sei. Meu noivo me falou de você uma vez, que era interessado em escolas de samba ou algo assim.

— Sim. Deve ter sido quando a Portela foi campeã no ano passado, pois tive uma discussão acalorada com um colega no quartel — disse, rindo, ao se lembrar da peleja.

— Exatamente isso. Você mora por aqui? Mas você voltou da Itália? O que houve?

— Moro aqui perto. Bem perto da escola de samba.

— Rufino, e o Yamada? Você sabe dele? O Yamada!

Ilma estava quase engolindo o rapaz com seu olhar. Se ele estava ali à sua procura, provavelmente teria notícias de seu noivo. O rapaz abaixou a cabeça e fechou os lábios, usando os dentes de cima para pressioná-los com força. Tinha uma mancha no rosto bem perto da boca, no lado direito, e seus cabelos pareciam estar lambuzados com um pote inteiro de vaselina. Carregava uma bolsa de lona parecida com a do carteiro Ferreirinha e retirou de lá de dentro um envelope.

Assim que viu a carta, Ilma apoiou o corpo no portão. Rufino Fontes estendeu o papel a ela, sem dizer nada. Nervosa, Ilma não conseguia levantar o braço para pegar o envelope, e olhou novamente para o soldado. Ele fez um sinal de que ela deveria segurar o papel e, antes que Ilma reagisse, uma leve ventania soprou, fazendo algumas folhas rodarem em uma espécie de redemoinho na rua, e balançando o envelope na mão de Rufino.

Quando conseguiu segurar a carta, Ilma viu o símbolo de uma cruz vermelha e o nome "American Red Cross" impressos. Tratava-se de uma correspondência da própria Cruz Vermelha, entidade que vinha ajudando soldados feridos e prisioneiros de guerra pelo mundo. À mão, estava escrito o nome dela. Ilma reconheceu a letra no mesmo segundo, muito mais bonita que a dela, adulta, imponente, sem tantas curvas. Chorava tanto que teve de ser amparada por Rufino, que a acompanhou para dentro de casa.

Itália, 21 de março de 1945

Querida Ilma,

Escrevo-lhe esta simples carta devido aos poucos minutos que me restam.

Não se preocupe com minha saúde porque já estou restabelecido por completo e aguardo apenas o dia feliz do meu embarque.

Fui ferido em combate. Queria levar isso ao seu conhecimento antes, porém não o pude devido à censura.

Hoje, portanto, aproveito do portador que é meu bom amigo, e para quem você poderá fazer algumas perguntas. Naturalmente, ele te explicará melhor.

Imagina se não é minha alegria em retornar novamente para junto de vocês, meu amor.

Se Deus quiser, embarcarei no próximo navio-hospital. Provavelmente sairá daqui no dia 20 de abril. Sendo assim, estarei aí no dia 5 de maio. Como está na hora do meu amigo embarcar, despeço-me por aqui.

Lembranças a todos os seus.

Aceite um imenso e saudoso abraço do seu noivo querido,

Tomiyo

Depois de ler e reler a carta escrita há quase um mês por Yamada, Ilma passou alguns minutos chorando e olhando para Rufino sem conseguir agradecer ou dizer uma só palavra. Soltava uma risada misturada ao pranto, tirava os óculos e enxugava as lágrimas, mas logo voltava a chorar de novo. Esteve certa o tempo todo!

Seus pais e sua tia chegaram em seguida e ouviram de Rufino que ele era amigo de Yamada, que estava ferido e internado em um hospital de Livorno com outros soldados. Ele próprio também tinha se ferido, mas já estava recuperado, por isso fora autorizado a voltar ao Brasil. Sabendo disso, Yamada pediu que ele, pessoalmente, entregasse a correspondência para Ilma.

— Minha filha, a sua Santa Terezinha realmente te ouviu. Não podemos negar isso!

Frederico se ajoelhou na frente de Ilma e a chacoalhava de alegria, enquanto a filha tentava controlar as lágrimas para conseguir conversar com Rufino.

— Ele não pode andar.

Foram as primeiras palavras que o soldado disse a Ilma, cercado de delicadeza e ao mesmo tempo querendo sacramentar que ela não deveria ter muitas esperanças.

— Não vou enganar você, não. Ele está muito mal.

Rufino continuou nos detalhes até terminar de explicar o diagnóstico completo. Ilma não fez perguntas, mas passou mal e desmaiou assim que acabou de ouvir tudo.

Capítulo 33
O amor tudo vence

O sol batia forte no chão, ainda branco de neve, e o reflexo dos raios atrapalhava a visão da patrulha de norte-americanos que caminhava ao pé do Monte Castelo. Eles davam suporte às tropas que estavam nas linhas de frente, inclusive aos brasileiros. Estavam em quatro homens e deixaram o jipe, roubado, diga-se de passagem, atrás das primeiras casas que avistaram. Deviam ter saído a pé, mas pegaram o veículo de oficiais que estavam de folga para facilitar o trabalho de verificação.

Raramente patrulhavam à luz do dia, mas, com o boato de que um novo ataque ao monte estava perto de acontecer, havia a desconfiança de que os alemães tinham conquistado a confiança de italianos e os transformado em espiões, naquela região.

O silêncio em volta não era normal, mas ainda assim eles não perceberam nada de estranho. De onde estavam, conseguiam avistar até o fim do vilarejo e só enxergavam brancura na paisagem. No topo da colina, uma construção que parecia ser de uma igreja jazia sozinha, isolada das ruínas de casas.

Entediados, os soldados decidiram que não precisavam chegar até lá, pois estava tudo tranquilo. Começaram a caminhar na direção contrária, mas o rapaz mais novo fez todo mundo parar.

— Vamos até lá, sim. Dessa forma poderemos dizer que fizemos o serviço completo, e não quero voltar agora para o acampamento. Dá tempo de fumar mais um cigarro.

— Para quê? Vamos embora logo. Daqui a pouco vai escurecer.

— Não custa andarmos até essa igreja. E, de repente, podemos encontrar alemães escondidos por lá.

— E aí eles nos matam, é isso?

Bufando, os três soldados aceitaram acompanhar o novato até a afastada construção, mas não deixaram por menos e começaram a arremessar bolas de neve contra o rapaz, que saiu correndo. Em algumas pequenas partes do chão já dava para perceber que o degelo começaria em breve e um dos soldados, o que estava mais atrás do grupo, levou um tombo.

Os três voltaram para ajudá-lo e quando chegaram até ele o encontraram sentado olhando para frente, pedindo silêncio e apontando para a diagonal.

Havia um corpo caído de bruços, na frente da igreja, e uma mancha vermelha sujava a neve de sangue.

Cada um dos soldados foi para um lado da construção verificar se mais alguém estava por perto. Dois deles subiram na torre. Um verificou a parte dos fundos e o mais novo foi até o corpo, sendo seguido por todos depois.

— É um nipo-americano. Está com nosso uniforme. Só pode ser do 442º Regimento, mas deve estar morto.

— Não! Ele está vivo. Vamos levá-lo para o hospital de campanha perto do Monte Belvedere.

— Mas o que ele estava fazendo aqui? Os *japs* não tinham ido para a França?

— Não sei, vai ver se perdeu, mas, de qualquer forma, eles vão voltar para a Itália, pelo que ouvi.

Os norte-americanos se referiam aos descendentes de japoneses nascidos nos Estados Unidos como *japs*, diminutivo de *Japanese*, e o 442º Regimento tinha se juntado ao 100º Batalhão meses antes e partido para a França, realmente.

Mais forte de todos, o soldado que levou o tombo foi incubido de carregar o supostamente norte-americano até o jipe. Pelas marcas na roupa, teria levado rajadas de metralhadora na altura da barriga. Ao seu lado estava um fuzil Springfield e um capacete, prontamente recolhidos pelo rapaz mais novo.

— Espera. Olha ali, tem algo caído ainda. Pega lá.

O garoto voltou para perto da mancha de sangue e encontrou o retrato, um pouco amarelado e agora molhado e manchado, de uma moça sorrindo. Ela tinha os dentes separados e os cabelos presos.

— Deve ser a namorada dele. Vamos levar.

****

Alberto Tomiyo Yamada chegou com vida às barracas de lona que funcionavam como postos de atendimento, no meio de um dos acampamentos emergenciais dos norte-americanos. A 10ª Divisão de Montanha estava instalada ali perto também, no pé do Monte Belvedere, vizinho ao Monte Castelo.

— Onde vocês o encontraram?

— Caído na frente de uma igreja perto de Silla.

— Sabem há quanto tempo ele estava lá?

— Não temos ideia. Vai sobreviver?

— Está muito ferido. Três tiros. Provavelmente o intestino está todo perfurado. Deve ter sobrevivido porque a neve segurou o sangue. Não há outra explicação, mas teremos que operá-lo aqui mesmo.

— Aqui? Não dá para levá-lo a outro lugar?

— Rapaz, estamos no meio da guerra! Que outro lugar? Livorno ou Nápoles ficam longe daqui. Ele morre de vez se tiver que viajar.

O médico norte-americano estava irritado com o jovem soldado, assustado com a situação do japonês.

— E se ele for japonês do Japão infiltrado aqui? — Outro paciente se intrometeu na conversa, irritando ainda mais o doutor.

— Aqui atendemos todos que necessitarem, ok?

****

Obrigados a voltar ao local em que tinham sido atacados pelos alemães, Bruno Müller e o sargento Eduardo Vasquez acompanharam dois padioleiros para mostrar o exato lugar onde Yamada havia sido abatido.

Vasquez não compreendia como Bruno saíra ileso e ainda tinha conseguido defendê-lo do alemão que tentava atacá-lo do lado de fora da igreja.

— Eu percebi um tedesco entrando na igreja, avisei o Yamada e me escondi.

— Mas o Yamada te ouviu?

— Acho que sim, oras.

Depois que Yamada levou os tiros, Bruno salvou Vasquez e avisou a todos que deveriam sair de lá imediatamente para não serem atingidos pelo mesmo alemão. O próprio Bruno tinha visto o cabo morrer.

— É ali no alto.

Bruno guiou o padioleiro, que seguia pela parte de baixo da colina. Quando chegaram à igreja, apenas a poça de sangue com a marca do corpo de Yamada ainda estava lá.

— O alemão levou o Yamada para se vingar de nós, com certeza.

— Mas o que ele iria fazer com um corpo, Bruno?

— Deve ter enterrado em algum lugar apenas para nunca o encontrarmos e para que sua família não tenha certeza do que aconteceu com ele. Vamos embora.

****

— Bruno! Bruno! Bruno!

Ainda no hospital de campanha, o *jap*, que as enfermeiras norte-americanas julgavam ser havaiano, estava acordando um dia após a operação. Ele suava muito e tentava se debater, mas não tinha forças. Delirava e chamava por um nome que elas não conseguiam entender ao certo e pensavam ser de um italiano.

— Bruno! Avise que eu fui ferido!

Uma lâmpada que balançava, pendurada em um teto marrom, foi a primeira coisa que Yamada se lembra de ter visto quando abriu os olhos. Sua vista estava embaçada. Ilma estava ao seu lado.

— Ilma! Ilma!

Ilma olhava para ele como se não o conhecesse. Seus cabelos estavam um pouco mais escuros, vestia um avental branco e usava um batom que Yamada nunca tinha visto a cor. Não entendia o que estava acontecendo. Sem ao menos sorrir, ela saiu de perto dele.

Uma dor perto da cintura o impedia de se mexer. Estava em alguma barraca muito alta, e, no ar, havia um cheiro forte, que ele não soube identificar e se misturava ao aroma de comida.

Sentindo um cansaço fulminante, Yamada dormiu novamente.

Ao acordar, Ilma estava de novo ao seu lado, mas falava algo que ele não entendia. A mulher, na verdade, era uma das enfermeiras norte-americanas que tentava se comunicar com Yamada.

Passaram-se dois dias até que ele descobriu o que tinha acontecido. Estava em um hospital norte-americano.

— Brasileiro. Eu sou brasileiro. Brazilian. Alberto Tomiyo Yamada.

O médico que o operou mandou buscar um brasileiro que tinha conhecido em Nápoles, Marcelino Alvarenga.

— Cabo Yamada, como se sente?

— Quem é o senhor?

— Marcelino Alvarenga, médico brasileiro.

— Muita dor. O que aconteceu, doutor? Onde está o Bruno?

— Quem é Bruno?

— Eu caí de uma torre. O Bruno estava lá.

— Escute, cabo Yamada. Você foi socorrido por norte-americanos, que o trouxeram para cá. Todos aqui acreditavam que você fosse um deles, veja só. O doutor David Gibson o operou. Teve que fazer uma colostomia de emergência. Você levou rajadas de metralhadora e sofreu muitas lesões.

Yamada apenas ouvia, mas parecia estar muito confuso.

— Vou te resumir de forma simples, Yamada. Cerca de vinte centímetros do seu intestino foram retirados e parte do que restou está para o lado de fora do seu corpo, agora, mas isso é temporário. Suas fezes serão levadas e armazenadas diretamente em uma bolsa coletora que está junto ao seu corpo.

— Doutor Alvarenga, preciso avisar Ilma.

— Cabo Yamada, espero que tenha entendido tudo o que eu disse. No momento, o senhor precisa é de descanso. Vamos providenciar para que sua companhia e seu batalhão sejam avisados e que o senhor vá para Livorno, onde estão muitos outros brasileiros.

No hospital, aos poucos Yamada ficava a par do que acontecia na guerra. Estava sendo muito bem tratado e as enfermeiras e os médicos misturavam inglês, italiano, português e até alemão para tentar se comunicar com ele. O cabo podia comer vários tipos de alimentos, mas em pouca quantidade. E precisava se alimentar a todo momento.

Sua maior preocupação era a noiva. Como não conseguia andar, não podia sair das barracas para postar cartas e imaginava que tanto a família de llma quanto a sua acreditavam que ele tivesse morrido.

Antes do ferimento, enquanto estava no front, chegou a enviar postais apenas com sua assinatura para que sua noiva soubesse que ele estava vivo, mas agora tinha decidido esperar sua pronta recuperação para entrar em contato, pois tinha receio de ser um estorvo para a noiva, caso sobrevivesse com sequelas.

Na barraca improvisada Yamada presenciou todos os tipos possíveis de ferimentos e problemas psicológicos apresentados por soldados. Os casos mais graves ficavam em uma área isolada por lençóis e ele não conseguia vê-los, mas podia escutar os gritos de dor e desespero de homens mutilados por granadas. O soldado ao seu lado estava com os olhos enfaixados. Não voltaria a enxergar, mas ainda não sabia disso.

À sua frente, em uma maca que se parecia com os beliches do navio, estava um rapaz que quase nunca dormia e falava muito sozinho. Por não compreender o idioma, Yamada não sabia o que ele falava, mas, ao final de uma tarde, o garoto se aproximou dele com os olhos arregalados. O rapaz passou a fazer isso todos os dias com todos os soldados feridos. Estava visivelmente perturbado e Yamada sentia por não poder fazer nada para ajudar.

A primeira visita que recebeu quando começou a melhorar foi do jovem soldado norte-americano que estava no grupo que o salvou. O rapaz se chamava Tim Campbell e tinha um envelope para entregar a Yamada. Os dois mal conseguiam se comunicar, mas ao desdobrar o papel e encontrar a foto de Ilma, que estava dentro de seu capacete quando levou os tiros, manchada pelo tempo e por ter ficado na neve, Yamada chorou e agradeceu. Eles tinham se entendido.

****

— Yamada, não te falei que você não podia comer amendoim?

— Oi, doutor Alvarenga, mas como o senhor adivinhou que comi?

— Vi seu saquinho de fezes, oras.

No início de maio, Yamada tinha sido transferido para o 7th Station Hospital em Livorno, sob os cuidados de Alvarenga. No local também trabalhavam dezoito enfermeiras brasileiras.

Enquanto estava internado, a guerra nos Apeninos tinha terminado. As divisões alemãs se renderam aos brasileiros e aliados, que conquistaram vários pontos cruciais antes sob o domínio nazista, como Castelnuovo, Montese e Collechio.

— Soube que o Mussolini foi preso e que Hitler se matou, Yamada? Você aqui nesse bem-bom não está é sabendo de nada, não é mesmo? Só fica comendo amendoim, sendo que nem intestino tem. Sentiu alguma coisa diferente?

— Diferente como, doutor?

— Teve vontade de ir ao banheiro?

— Não. Por quê?

— Porque quando você sentir vontade de ir ao banheiro significa que está na hora de revertermos a cirurgia, mas provavelmente faremos isso no Brasil mesmo.

— Doutor, pode me matar, mas eu não vou voltar antes de reverter essa cirurgia.

— Mas que coisa é essa, agora? Não quer reencontrar sua noiva?

— Certamente que quero, mas amigos me avisaram que os operados que voltaram ao Brasil estão morrendo e ninguém sabe o motivo. Quase morri na guerra e, se retornar vivo, será com saúde.

Alvarenga estava a par das mortes dos enfermos, mas não podia expressar sua opinião. Sabia que Yamada estava certo e não insistiu em fazer o cabo brasileiro retornar ao Brasil.

Seguindo diretrizes dos médicos norte-americanos, os pacientes em situações como as de Yamada se alimentavam de pratos apimentados com o objetivo de estimular o intestino a voltar a funcionar, para reverter a cirurgia o quanto antes.

Pelo que ouviu de oficiais que foram e voltaram do Brasil, os pacientes que tinham sido transferidos para lá recebiam apenas comidas leves, como sopas de legumes e purê de batatas, que não ajudavam a fazer o intestino funcionar. Muitos tiveram o órgão necrosado.

Yamada tinha voltado a andar, ainda que muito devagar. Sempre cauteloso e calmo, queria se recuperar por completo na Itália mesmo que significasse ter que passar mais tempo na Europa. Sua perna repuxava a todo momento e soube que não poderia mais carregar peso. A boa notícia chegou no meio do mês, quando sua cirurgia finalmente foi revertida e Yamada estava pronto para deixar a Itália.

****

O maior desespero de Ilma ao receber as notícias de Rufino sobre o estado de Yamada foi quando o carioca contou a ela que seu noivo tinha enlouquecido, que chamava por nomes estranhos e gritava por ajuda com frequência.

Apesar de, ao se encontrar com Yamada no momento de buscar a carta para Ilma, não ter notado nenhum problema, soube pelas enfermeiras que o amigo não estava bem. Felizmente, ao que tudo indicava, tinha sido somente uma confusão. Ilma teve essa certeza após reler a carta que lhe foi entregue.

Tomiyo chegou ao Brasil em junho, a bordo de um navio destinado somente aos feridos de guerra. Atracou em Natal e depois foi levado para o Recife. Teria que ficar um tempo no Nordeste, para se recuperar melhor. Ilma recebeu uma foto do noivo tirada assim que chegou a Pernambuco. Estava magrinho, mas a ela não importava. Ilma apenas agradecia à Santa Terezinha.

Recife, 20 de julho de 1945

Saudosa Ilma,

Espero que todos estejam gozando bem de saúde.

Como é do seu conhecimento, cheguei no dia 18 de junho em Natal e agora me acho em Recife, aguardando o embarque desde o dia 3. Minha intenção era não lhe enviar mais cartas, tanto é que resolvi, na última hora, rabiscando esta às pressas. E aproveito para também lhe mandar algumas fotografias que havia prometido.

Não lhe escrevo com detalhe sobre minha saúde porque, pelas fotografias, poderá notar quão forte e cheio de saúde me acho. Se não contasse o que aconteceu, não diria que fui ferido. Não resta dúvida de que o meu ferimento foi gravíssimo, isto é, perfuração intestinal por rajada de metralhadora. Graças aos cuidados dos médicos e enfermeiras americanos recuperei por completo a saúde.

Já estou praticando alguns esportes leves e me divirto à vontade.

Se não fossem as saudades estaria tudo bem.

Estas fotos foram tiradas bem longe do hospital, no Jardim Zoológico de Recife. Gostei imensamente do passeio.

Creio que embarcarei no dia 28 ou 29, mas não é certo. Em todo o caso, escreva-me contando algumas novidades. Espero ansiosamente a resposta.

Mais uma vez, peço que se tranquilize.

Um forte abraço deste que muito a estima, aos seus saudosos abraços do seu,

Tomiyo

O viço da pele de Ilma tinha voltado, assim como seu sorriso e saúde. Ela não parava de falar quando encontrava as amigas e tinha pedido ao pai que a deixasse viajar para o Nordeste, o que foi prontamente recusado.

Seus lábios chegavam a tremer ao pensar que em breve reencontraria o noivo.

Mesmo com Yamada longe do *front*, Ilma continuou a acompanhar todos os passos da FEB e vibrou com o término das hostilidades no teatro de operações italiano.

Rio de Janeiro, 23 de julho de 1945

Querido noivo,

Tenho fé que ao receber esta esteja passando bem.

Tomiyo, recebi os telegramas num dos quais você disse que possivelmente estaria aqui no meu aniversário. Bem, podes imaginar como fiquei contente, afinal depois de 10 meses de preocupações, lágrimas e tristezas, poderemos ficar juntos novamente.

Passamos uma semana alegre e feliz e não tínhamos outro assunto a não ser a chegada de um herói. Porém, voltou novamente a tristeza aos nossos corações quando recebemos o seu último telegrama, no qual você pede-me para dar notícias e que vai mandar fotografias.

Por isso concluí que não vens em breve. Por que motivo? Pioraste? Mande-me contar tudo o que houve contigo, pois ainda não tenho certeza do que lhe aconteceu. Cada informação que procuro obter de você me chega de um jeito.

Pois seja qual for o seu ferimento não irá alterar o nosso amor. Sei que, os nossos corações, a guerra não conseguiu ferir porque estarão unidos para sempre, não é verdade?

Tomiyo, diga-me se precisas de alguma coisa, pois seja o que for estarei ao seu inteiro dispor.

O que você acha possível fazer para que venhas o mais depressa possível? Se é por falta de vaga no hospital daqui, lembre-se que tens uma casa à sua disposição e uma dedicada enfermeira. Se ao caso for outro, mande-me dizer que recorrerei a todos os meios, e se for preciso irei até falar com o Presidente da República.

Todos enviam lembranças e abraços.

Aceite muitos abraços com saudades da sua noiva ansiosa,

Ilma

****

Rio de Janeiro, 8 de agosto de 1945

Meu querido noivo Tomiyo,

Recebi teus telegramas e a tua carta. Muito me alegrou em ver as tuas fotografias. Mandas me dizer que dia 28 ou 29 embarcaria. Eu fiquei esperando e não vieste. Qual o motivo? Aqui em casa todos nós estivemos de cama, mas agora melhoramos. Só eu e Isa é que ainda estamos em tratamento, por isso não lhe respondi logo. Ainda estou muito fraca.

Todos lhe enviam muitas lembranças. Aceite muitos abraços com saudades de sua noiva que te espera ansiosamente,

Ilma

Em agosto uma sequência de telegramas permitia que Ilma acompanhasse os passos de Yamada rumo ao Rio de Janeiro.

14 de agosto de 1945

ESTOU COM SAUDE VG EMBARCAREI PROXIMA SEMANA PT AVISAREI CHEGADA NO HCE VG ABS ALBERTO

20 de agosto de 1945

RECEBI CARTA MUITOS AGRADECIMENTOS VG PROVAVEL EMBARQUE DIA 20 SE NAO FOR TELEGRAFAREI VG ABRACOS ALBERTO

22 de agosto de 1945

CHEGUEI BEM BAHIA CHEGAREI RIO 26 LEMBRANCAS A TODOS YAMADA

23 de agosto de 1945

SIGO RIO ITANAGE PT ESTOU BEM PT ABRACOS ALBERTO

23 de agosto de 1945

RECEBI CARTA PT BREVE ESTAREI LICENCIADO PT QUASE RESTABELECIDO PT SIGO ITANAGE PT ABRS TODOS ALBERTO

Todo domingo era dia de missa para Ilma, mas o de 26 de agosto de 1945 seria marcado pelo retorno de Yamada. Ela mal podia se conter. Dormiu pouquíssimo na noite anterior e se arrumou da maneira como imaginava que seu noivo iria gostar.

Mandou polir a aliança, prendeu os cabelos em uma trança lateral, vestiu um conjunto de saia, camisa e colete, e guardou seu terço azul na pequena bolsa.

Ilma, seu pai e seus irmãos foram até o cais, o mesmo de onde Yamada tinha partido em setembro do ano anterior. O mesmo onde ela tinha passado horas à espera do noivo por conta das cartas que recebeu com datas que não se concretizaram.

O pai, o irmão e o sobrinho de Yamada também o aguardavam. Renatinho pulou em seu colo e os adultos a cumprimentaram polidamente, sem festa.

Ilma ficou na grade observando a chegada da embarcação. Havia muitas ambulâncias à espera dos soldados e um bloqueio de segurança impedia que ela se aproximasse mais.

Cada vez que avistava um paciente saindo pelas escadas seu coração batia mais forte. Viu, ao fundo, parte de umas sobrancelhas e um cabelo preto penteado para trás. Era Yamada. Andava devagar, a passos muito lentos e apoiado a um outro homem. Estava bonito como de hábito, de calça marrom e uma camiseta branca colada ao corpo, que deixava claro o quanto tinha emagrecido.

— Ilma! Ilma! Ilma!

Ele a viu assim que o oficial saiu de sua frente. Nitidamente se esforçou para andar mais rápido, enquanto Ilma perdeu a voz. Yamada sorria muito e, em vez de seguir até a ambulância, como recomendava a equipe que dava suporte ao desembarque, ele andou até sua noiva, passou pelo bloqueio e se atirou nos braços dela.

Choravam os dois. Ilma foi incapaz de dizer uma só palavra e ouvia a respiração de Yamada no seu ouvido. Sentiu o abraço e um beijo no rosto, e logo um guarda caminhou até eles e segurou o braço do cabo, pedindo que entrasse na ambulância.

— Já fiz o que tinha que fazer, não fiz? Lutei e estou aqui! Não era isso o que o Brasil queria? Agora voltei. Me deixe falar com ela.

O companheiro foi irredutível e disse que Yamada precisava ser medicado. O casal se olhou novamente e Ilma fez um sinal com a cabeça de que estava tudo bem.

Yamada também viu sua família, que estava discretamente muito feliz, e deu um beijo em Renatinho, que o abraçou e não queria soltá-lo. Seu pai disse que voltaria para visitá-lo, pois sabia que o filho teria que permanecer internado no Rio por algum tempo.

Yamada entrou no carro e em seguida Ilma também foi para o Hospital Central do Exército, onde tinha ido tantas vezes procurar pelo noivo. Como ela conhecia os funcionários, permitiram que entrasse rapidamente na área onde Yamada ficaria.

— Nossa, como você emagreceu, minha noiva. Voltei, está vendo? Não vá embora, não. Fique me esperando, que eu vou sair.

— Como você vai sair? Está ferido.

— Eu vou sair. Espera que eu vou mandar um recado para você.

Uma enfermeira pediu que Ilma se retirasse do local para que os feridos pudessem descansar da viagem.

— Me espere lá fora, Ilma.

Ilma e sua família tinham enfeitado toda a casa com bandeiras do Brasil. Imaginavam que Yamada poderia ficar hospedado na casa de Zulmira enquanto se recuperava. Havia uma festa à espera dele, mas agora ela entendia que ele precisava ficar no hospital.

Sem compreender muito o que estava para acontecer, Ilma se dirigiu à parte externa do complexo. Agradecia a Santa Terezinha repetidamente e reafirmava suas promessas, garantindo que as cumpriria.

— Meu Deus! Yamada!

Deu um berro ao avistar Yamada bem à sua frente, mancando.

— Fique quieta. Vamos embora.

Ele havia trocado de lugar com um rapaz que trabalhava no hospital. Deixou o garoto deitado em seu leito e foi ao encontro da noiva. Tinha combinado tudo previamente.

Depois de tantos meses separados, não queria perder horas e dias amarrado a uma cama. Todos os riscos valeriam a pena por Ilma.

Na ladeira que ficava ao lado do hospital, Ilma tentava segurar Yamada para que ele fizesse o mínimo de esforço possível durante o trajeto até o bonde, em direção a Madureira.

Foi ali que pela primeira vez Yamada tentou dar um beijo, como o dos amantes, na mulher que escolhera para passar com ele o resto de sua vida. Um beijo que, a princípio, deixou a noiva assustada. Estava nervosa e envergonhada, mas com Yamada se sentia protegida e deixou que o noivo conduzisse o momento único.

Chegaram à casa dos pais de Ilma de mãos dadas. Dona Noêmia levou um susto, porque seus filhos a avisaram que Yamada chegara debilitado e teria que ficar no hospital.

O herói foi recebido com festa, palmas, palavras de agradecimento e parabéns pela campanha. Os pratos preparados por dona Noêmia foram os primeiros que ele atacou.

Na manhã seguinte, ele acordou às cinco horas e pulou a janela do quarto da noiva para se despedir, garantindo que ficariam juntos. Tinha dormido no quarto dos irmãos de Ilma, que o acompanharam até o hospital a tempo de ele trocar de lugar com o rapaz que estava em seu leito.

****

Yamada passou mais três meses internado, recebendo visitas regulares de Ilma. Um dos médicos mais pessimistas que eles conheceram dizia que o cabo viveria apenas mais um ano.

— Se ele morrer, ao menos tive um ano de felicidade, doutor.

— Você gosta de criança?

— Gosto. Sou louca por crianças.

— Ele nunca vai te dar uma criança, você sabia?

Os prognósticos eram sempre desfavoráveis ao casal, mas, assim como nunca acreditou que Yamada não voltaria da guerra, Ilma também nunca deu bola para as opiniões contrárias à felicidade deles.

Os pais de Yamada também o visitavam no hospital e os horários que apareciam por lá não coincidiam, quase que por milagre, com as visitas de Ilma. Insistiam que o filho voltasse a morar com eles, que tocasse os negócios da família, o que consequentemente faria com que não se casasse com a gaijin.

No dia de sua alta, recebeu homenagens no HCE. Todos os funcionários foram se despedir e entregar-lhe presentes.

No portão, para sua surpresa, havia dois grupos. Ilma, seu Frederico e dona Noêmia estavam perto dos bancos. Seu pai e seu irmão estavam bem à frente da saída. Yamada caminhou até eles primeiro.

— Tomiyo, você vem conosco?

— Pai... Eu não vou.

— Tomiyo, você sabe o que isso significa, não?

— Sim, pai...

Sem abraços, Alberto Tomiyo Yamada se despediu do pai e do irmão com a tradicional saudação japonesa, inclinando o corpo para frente. Ao se recompor, virou-se para a vida.

****

Notas finais

Ilma Faria e Alberto Tomiyo Yamada se casaram em 26 de dezembro de 1946 e passaram a lua de mel em Paquetá, no Rio de Janeiro.

Conforme prometeram, deram o nome de Teresinha para sua primeira filha, nascida em 1947. Tiveram mais cinco filhos: José, Sueli, Suzui, Regina e Vera.

Cerca de dez anos depois do casamento, todos os Yamada aceitaram Ilma como membro da família e ela passou a ser uma das pessoas mais adoradas pelo clã.

Yamada continuou ciumento até morrer, em 2002. Ilma faleceu em 2009. As últimas palavras que Ilma disse à autora deste livro, em 2006, resumem sua história com Yamada: "O que eu mais gostava era dos olhinhos dele. Eu apertava aqueles olhos, que hoje já não posso mais olhar. Foi um amor."

Referências bibliográficas

BARONE, João. 1942: O Brasil e Sua Guerra Quase Desconhecida, Nova Fronteira, 2013.

BARROS, Orlando de. A Guerra dos Artistas: Dois Episódios da História Brasileira Durante a Segunda Guerra Mundial, E-papers, 2010.

BÖHMLER, Rudolf. Monte Cassino - Coleção A História que Vivemos, Editora Flamboyant, 1966.

BRAGA, Rubem. Crônicas da Guerra na Itália, Record, 1986.

BRAYNER, Mal. Floriano de Lima. A Verdade Sobre a FEB, Editora Civilização Brasileira, 1968.

CYTRYNOWICZ, Roney. Guerra Sem Guerra: A Mobilização e O Cotidiano em São Paulo Durante a Segunda Guerra Mundial, Edusp, 2000.

FERRAZ, Francisco César Alves. Os Brasileiros e a Segunda Guerra Mundial, Zahar, 2005.

GOLIN, Cida, João Batista de Abreu (org.). Batalha Sonora: O Rádio e A Segunda Guerra Mundial, EDIPUCRS, 2006.

HARADA, Kiyoshi (coordenador). O Nikkei no Brasil, Cadaris Comunicação/Associação Para Comemoração do Centenário da Imigração Japonesa no Brasil, 2013.

ISHIKAWA, Tatsuzô. Sôbô: Uma Saga da Imigração Japonesa, Ateliê Editorial, 2008.

MAIA, Pe. Pedro Américo. História das Congregações Marianas no Brasil, Edições Loyola, 1992.

MARTINS, Patrícia Carla de Melo. Práticas e Representações Femininas - Do Catolicismo à Cultura Letrada / O Modelo Civilizatório Europeu Sobre O Brasil, no Início do Século XX, Paco Editorial, 2011.

MAXIMIANO, Cesar Campiani. Barbudos, Sujos e Fatigados - Soldados Brasileiros na Segunda Guerra Mundial, Grua, 2010.

MORAES, Mario Sérgio de. História da Imigração Japonesa em Mogi das Cruzes, Editora Mogi News, 2008.

MORAIS, Fernando. Corações Sujos, Companhia das Letras, 2000.

OKUBARO, Jorge J.. O súdito (Banzai, Massateru!), Editora Terceiro Nome, 2006.

SAKURAI, Célia. Os Japoneses, Contexto, 2011.

SILVEIRA, Joaquim Xavier da. A FEB por Um Soldado, Editora Expressão e Cultura, 2001.

SILVEIRA, Joel. O Inverno da Guerra, Objetiva, 2005.

UDIHARA, Massaki. Um Médico Brasileiro no Front, Hacker Editores, Narrativa Um, Imprensa Oficial do Estado, Museu Histórico da Imigração Japonesa no Brasil, 2002.

WAACK, William. As Duas Faces da Glória, Planeta, 2015.

WAINBERG, Jacques Alkalai. Império de Palavras, EDIPUCRS, 2003.

WITTER, José Sebastião. Memorial de Mogi das Cruzes, Ateliê Editorial, 2002.

Cartas

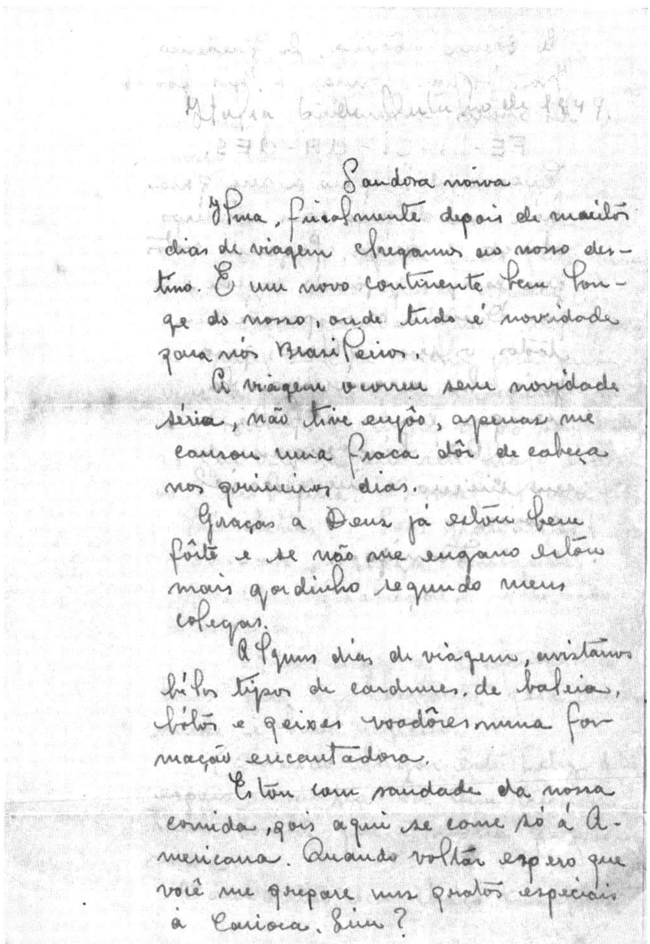

Saudosa noiva

Ilma, finalmente depois de muitos dias de viagem chegamos ao nosso destino. É um novo continente bem longe do nosso, onde tudo é novidade para nós Brasileiros.

A viagem ocorreu sem novidade séria, não tive enjôo, apenas me causou uma fraca dôr de cabeça nos primeiros dias.

Graças a Deus já estou bem fôrte e se não me engano estou mais gordinho segundo meus colegas.

Alguns dias de viagem, avistamos bêlos tipos de cardumes, de baleia, bôtos e peixes voadôres numa formação encantadora.

Estou com saudade da nossa comida, pois aqui se come só à Americana. Quando voltar espero que você me prepare uns pratos especiais à Carioca. Sim?

Carta de Tomiyo para Ilma de 6 de outubro de 1944, relatando sua chegada na Itália

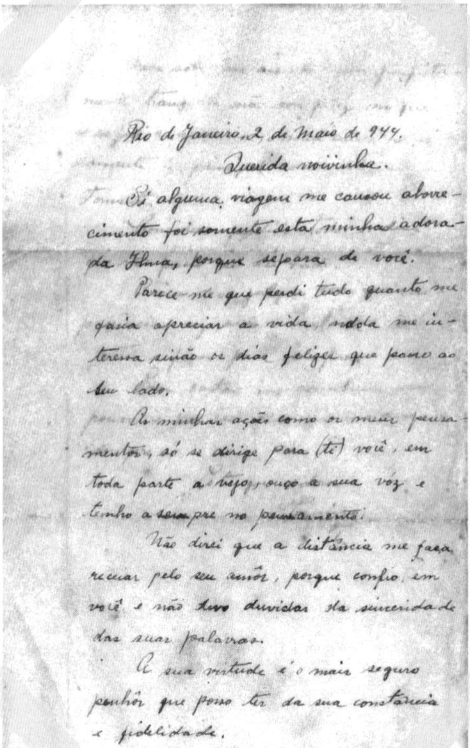

Rio de Janeiro, 2 de Maio de 944.

Querida noivinha.

Se alguma viagem me causou aborrecimento foi somente esta, minha adorada Ilma, porque separa de você.

Parece-me que perdi tudo quanto me fazia apreciar a vida, nada me interessa senão os dias felizes que passo ao seu lado.

As minhas ações como os meus pensamentos, só se dirige para (ti) você, em toda parte a vejo, ouço a sua voz e tenho a sempre no pensamento.

Não direi que a distância me faça recear pelo seu amor, porque confio em você e não tenho duvidas da sinceridade das suas palavras.

A sua virtude é o mais seguro penhor que posso ter da sua constância e fidelidade.

Em correspondência de 2 de maio de 1944, o soldado Tomiyo demonstra sua dor pela separação da noiva

Carta de Tomiyo para Ilma datada de 18 de março de 1944, na qual combina com ela de sempre às 18h um pensar no outro, onde quer que estejam

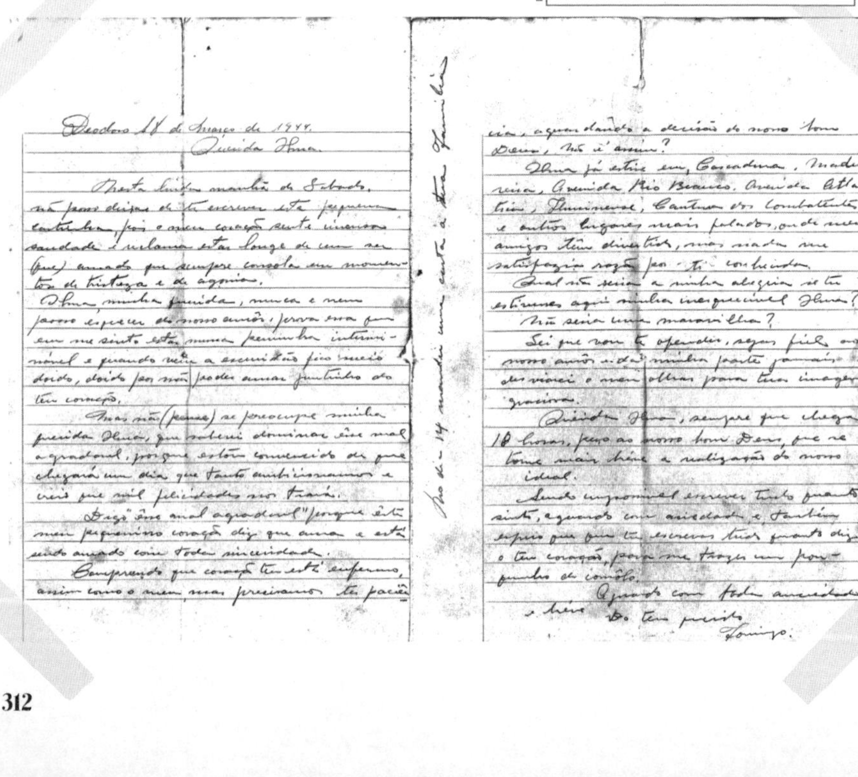

Deodoro 18 de Março de 1944.

Querida Ilma.

Nesta linda manhã de Sabado, não posso deixar de te escrever esta pequena cartinha, pois o meu coração sente imensa saudade e reclama estar longe de um ser (que) amado que sempre consola em momentos de tristeza e de agonia.

Ilma, minha querida, nunca e nem posso esquecer do nosso amor, pensa essa que eu me sinto estar numa penumbra interminável e quando vem a escuridão fico meio doido, doido por não poder amar juntinho do teu coração.

Mas não (pense) se preocupe minha querida Ilma, que saberei dominar esse mal agradavel, porque estou convencido de que chegará um dia que tanto ambicionamos e creio que mil felicidades nos trará.

Digo "esse mal agradavel" porque êste meu pequenino coração diz que ama e está sendo amado com toda sinceridade.

Compreendo que coração teu está enfermo, assim como o meu, mas precisamos ter paciência, aguardando a decisão do nosso bom Deus, não é assim?

Ilma já estive em, Cascadura, Madureira, Avenida Rio Branco, Avenida Atlantica, Fluminense, Cantina dos Combatentes e outros lugares mais falados, onde meus amigos têm divertido, mas nada me satisfazia sozinho por ti conhecida.

Qual não seria a minha alegria se tu estivesses aqui minha inesquecivel Ilma?

Não seria uma maravilha?

Sei que vou te ofender, sejas fiel ao nosso amor e da minha parte jamais desviarei o meu olhar para tua imagem graciosa.

Querida Ilma, sempre que chega 18 horas, peço ao nosso bom Deus, que se torne mais breve a realização do nosso ideal.

Sendo impossivel escrever tudo quanto sinto, aguardo com ansiedade e também espero que tu escrevas tudo quanto diz o teu coração, para me trazer um pouquinho de consôlo.

Aguardo com toda ansiedade o beijo do teu querido

Tomiyo.

No dia 14 mandei uma carta à tua familia

Envelopes das cartas trocadas por Tomiyo e Ilma, durante o período em que ele esteve em combate na Itália. Detalhe para os carimbos de "censurada" da FEB

Fotos

Foto do casamento de Tomiyo e Ilma, em 26 de dezembro de 1946, no Rio

Fotos de Tomiyo Yamada durante seu treinamento em Caçapava e, depois, no Rio

Tomiyo (o segundo da esquerda à direita) em visita ao Zoológico de Recife, em 20 de julho de 1945, durante seu período de recuperação, na capital de Pernambuco

Da esquerda à direita: Tomiyo, a primogênita do casal, Teresinha, Ilma, e o único filho dos dois, José Alberto, em foto do início da década de 1960, tirada no Rio

Tomiyo e Ilma em foto de 26 de agosto de 1946, tirada, na Quinta da Boa Vista, no Rio. Ao lado do casal, Isa, irmã de Ilma

O cabo Tomiyo segue de Itanagé, na Bahia, para o Rio, em meados de agosto de 1945

Dois momentos do soldado Tomiyo (segundo da esquerda para a direita, em pé na primeira fila; e terceiro da esquerda para a direita, agachado), durante seu treinamento em Caçapava (SP), em 1943

Felizes, Tomiyo e Ilma posam na frente da casa de tia Zulmira, no dia em que o cabo reencontrou sua noiva, em 26 de agosto de 1945

P/ jornalista Mariana

SATSUKI NAKASONE

BRASIL

BAIRRO DO COCUÉRA - Kim. 10 — CAIXA POSTAL, 82 — MOGI DAS CRUZES

Satsuki Nakasone III BTL-6RI - 1ª seção metralhadora CPP III.

10 dia antes de seguir p/ linha de frente, fui transferido p/ 9ª cia fuzileiro. Porque discutia muito c/ um 2º tenente Camargo não gostava muito dos olho puxhado só me mandava serviço pesado. Com o tempo apelidarão, como era baixo e gordo "O porquinho" vem vindo ai. Dp/ transferido p/ 9ª cia. fiquei como observador de terreno, ou Topografia, trincheira e metralhadoura, de onde [illegible] partia o eco da artilharia pesada.

Dp. alguns mezes fui como granadeiro atirador, os graus e metrajem seria na base do ollometro. Dp. da chuva, Roupa tudo molhado e sujo de barro secava no corpo, em fim não aguentei de dores nos Rim, fiquei 4 dia internado, no fim me descontarão os 4 dia internado. Dp. retornei p/ cia me escalarão como Telefonista do PC, Posto comando p/ linha de frente. Dp. alguns mezes fui p/ mensageiro do PC da cia para PC do batalhão.

Quando chegava com os papeis no PC do batalhão, um 1º tenente Nilton me dizia o japonês japonês, se cair uma bomba aqui, e voce que mandou, respondi onde eu estou não cai.

Não me lembro o mez, o capitão foi o local onde poderia armar baraca c/ o terreno molhado e achou uma granada inimiga andando c/ ela derrepente escorregou bateu com o fundo da granada na pedra e detonou, capitão perdeu a mão, 2 sargento ferido e os demais

A missão de patrulha como esclarecedor e como isca do Pescador e minhoca, leva 1º tiro e sabe onde tem trincheira e metralhadoura.

Desde que a cia. entrou na linha de frente c/ mais ou menos 320 soldados, até fim da guerra só Retou 3 da minha cia. restante substituido, preenchido os vaga

1º De Caçapava, fomos 1º transferido p/ cidade Lins, 1º que formou o Quartel, chegamos nesta cidade dia 2-1-1943. Como chovia muito aliás umas goteira e subi no forro avia um rolo de corda grossa, que usava no [illegible] e dai que percebi que era Kaikai da cidade. Ficamos até ± 20-8-1943 Fomos transferido p/ cidade Pindamonhangaba, por ultimos no Rio de Janeiro local Bangú. Dp. 3 mezes comecei ir até cais p/ Ver se já avia Navio, sim um dia avistei canhão coberto c/ lona, e voltei ao quartel chegou navio) o pipoqueiro, porque pipoqueiro, metralhado e canhão.

Cabeçário

(observação artilharia pesada, quando ouvir estouro 15 segundo, se assobiar vai estourar longe, antes ouvir sopro no ouvido cai perto.

Na italia, não me recordo todas cidade em combate. local de combate

Zoca corneta, Montese, Livorno, formaci de Barga, Camayole, Monte plano, Vista vegnia, galicano Barca, Monte castelo, Montese

Desembarque 16-7-1944

~~Zoca corneta~~ Porreta Teronica inverno Nevado, Collechio, Fornovo

Relato do soldado Satsuki Nakasone (foto ao lado), escrito à autora, sobre o que vivenciou na guerra

Agradecimentos

Conheci Ilma Faria em 2002, poucos meses após a morte de Alberto Tomiyo Yamada. Nos sete anos seguintes tive o privilégio de passar pequenas temporadas em sua companhia e, em todas as ocasiões, a maneira como ela lembrava e falava do marido deixava bem claro o quão forte era o amor que sentia por ele. Parecia viver o início de uma paixão adolescente todos os dias. Seus depoimentos, sua ternura e a confiança que depositou em mim foram o combustível determinante para que eu conseguisse descrever o mais belo encontro de que já ouvi falar.

Cada detalhe sobre a personalidade e o cotidiano do casal não teria sido colocado no papel sem o apoio irrestrito e a força inspiradora de Regina Yamada, uma das cinco filhas do casal protagonista. Seu irmão, José Alberto (Zé), falecido em 2010, muito me ensinou com a visão sobre o que a guerra representou para seu pai. Renato Yamada, o Renatinho tantas vezes mencionado no livro, me permitiu conhecer quem mais ajudou Ilma e Yamada a se encontrar escondidos nas praças de Mogi das Cruzes.

A todos da família Yamada, meu muito obrigada.

Só descobri que o Brasil teve entre seus pracinhas o cabo Alberto Tomiyo Yamada por conta de outro expedicionário, Satsuki Nakasone (1921-2010). Ele foi o primeiro descendente de japoneses combatente da FEB que entrevistei, no início da minha pesquisa, em 2001, e passou a ser como um avô para mim. Ele me relatou por escrito o que viveu na guerra, inclusive identificando os nomes de todos os *nikkeis* que recordava ter conhecido no *front*. Tive o privilégio de ser uma das únicas pessoas a quem Satsuki Nakasone contou o que aconteceu durante o conflito. Agradeço aos integrantes da família Nakasone, Leila Kiyomi, Claudio Massaki e Dalmo Massami.

De sua lista, entrevistei João Horita, Kunio Ojima, Kyossi Hirata, Raul Kodama e Tomoki Sannomiya. Agradeço imensamente a esses senhores que viveram entre a farda e a bandeira do país de seus antepassados, na década de 1940.

Há mais de dez anos, o projeto deste livro estava engavetado, e só o retomei porque minha editora, Márcia Pereira, o resgatou das minhas próprias memórias, me fez conhecer uma Marianne que eu desconhecia, acreditou no meu trabalho e apostou na história.

Obrigada também ao professor Roberto Medeiros, orientador do meu projeto de conclusão de curso na Universidade de Mogi das Cruzes, que deu origem a este romance.

Meu pai foi a primeira pessoa que leu a versão inicial deste projeto, há quatorze anos. Reclamava do meu texto e me dava dicas, que, na época, eu não aceitava. Valdemar Hideki Nishihata estava correto em todas as suas ponderações, que procurei ao máximo seguir agora. Como leitores em primeira mão, ele, minha mãe, Elsa Satie Nishihata, e meu irmão, Leonardo Nishihata, foram fundamentais.

Na reta final e mais complicada, Milton Yassuro Fujiwara, o tio Fuji, me revelou leituras diferentes para palavras que tinha escrito. Velho amigo de meus pais, dedicou seu tempo a enviar mensagens e conselhos que me fizeram enxergar melhor a beleza que uma cena escrita pode proporcionar.

Presente em todas as fases do processo, cada noite em que Daniel Tozzi voltou para casa me dizendo a mesma frase, "estou muito orgulhoso de você", fez com que eu me orgulhasse ainda mais de ter um marido tão companheiro e que torce não só por mim, mas por nós. Torce também, incondicionalmente, para o Palmeiras. A maior prova de amor que me deu foi assistir a muitos jogos de seu time com a televisão no volume mínimo e sem gritar nos gols, que, segundo ele, aconteciam. Tudo para que eu pudesse escrever em paz. À sua mãe, Valdicilia Tozzi de Lucena, meu também muito obrigada pela sensibilidade na leitura.

Pelo apoio irrestrito, compreensão e até mesmo leituras prévias agradeço Alecsandra Zapparoli, Alice Torihara, Chico Fireman, Cleide Floresta, Daniela Bertocchi, Emersom Karma Könchog, Erika Roesler, Felipe Pozzo Roesler, Giane Suenaga, Gui Komel, José de Moura Campos Neto, Luiza Pagliari, Mario Nogueira, Renata Aguiar, Suzi Uk Choi e Viviane Zandonadi.

Termino agradecendo a quem dedico o livro. Roberto Hirao (1944-2012), meu grande ídolo na vida e no jornalismo, amigo, mentor, o maior incentivador deste trabalho. Em sua homenagem, publico este romance.

Este livro foi composto em Doulos SIL e impresso
pela gráfica Intergraf para a Editora Planeta do Brasil
em outubro de 2015.